NF文庫
ノンフィクション

空母対空母

空母瑞鶴戦史［南太平洋海戦篇］

森 史朗

潮書房光人新社

空母対空母——目次

第一部　猛将ハルゼー vs.弱気な南雲中将

第一章――決戦を求めて

第二章――戦機熟す

第二部　空母対空母

空母対空母

——空母瑞鶴戦史［南太平洋海戦篇］

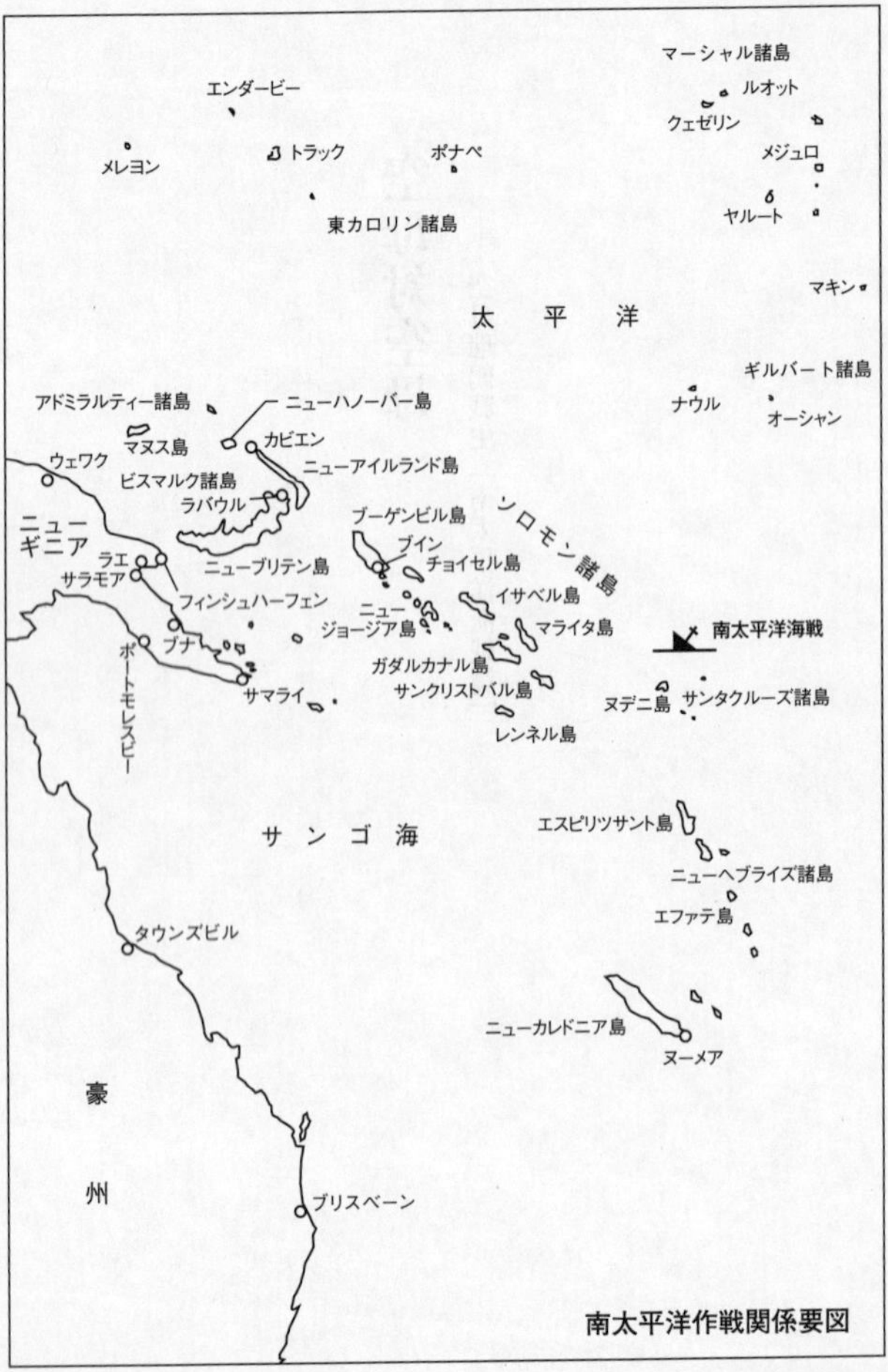

マーシャル諸島
エンダービー
ルオット
クェゼリン
メレヨン
トラック
ポナペ
メジュロ
ヤルート
東カロリン諸島
マキン
太　平　洋
ギルバート諸島
アドミラルティー諸島
ニューハノーバー島
ナウル
オーシャン
マヌス島
カビエン
ウェワク
ニューアイルランド島
ビスマルク諸島
ラバウル
ニューギニア
ブーゲンビル島
ソロモン諸島
ブイン
ラエ
チョイセル島
サラモア
ニューブリテン島
フィンシュハーフェン
イサベル島
ニュージョージア島
マライタ島
南太平洋海戦
ブナ
ポートモレスビー
ガダルカナル島
サンクリストバル島
サマライ
ヌデニ島
サンタクルーズ諸島
レンネル島
サンゴ海
エスピリツサント島
ニューヘブライズ諸島
エファテ島
タウンズビル
ニューカレドニア島
ヌーメア
豪州
ブリスベーン

南太平洋作戦関係要図

第一部　猛将ハルゼーVS.弱気な南雲中将

第一章　決戦を求めて

ふたたびソロモン海へ

1

一九四二年（昭和十七年）九月十日、南雲機動部隊はトラック泊地南水道をぬけ、外洋に出た。ソロモン諸島北方海域を南下して、米空母部隊との会敵にそなえる。

艦攻隊搭乗員、金沢卓一飛曹長の日記。

「午前三時三〇分（注、日本時間）起床。本日艦隊が出港するので前路対潜掃蕩のため、小型爆弾六発携行して飛び立った。警戒を厳重にし無事艦隊は港外に出た」

午前六時、南雲忠一中将麾下の第三艦隊各艦は環礁内の各錨地から行動を起こした。いつものように最先頭に第十戦隊の軽巡長良が立ち、第十一戦隊の戦艦比叡、霧島がつづく。その左右に第七戦隊の重巡熊野、鈴谷を配し、第一航空戦隊の空母翔鶴、瑞鶴、瑞鳳三隻が単縦陣となって航行する。これら機動部隊の両翼を固めるのは第四、第十、第十六駆逐隊の駆逐艦群一〇隻である。

「第一戦速!」

外洋に出て、野元為輝《ためき》艦長から操舵の指揮を託された大友文吉航海長が、旗艦翔鶴からの速力指示を高い声で操舵員につたえた。瑞鶴は、艦隊速力二〇ノットに増速する。

上空哨戒中の金沢飛曹長は、堂々たる機動部隊の航行序列に気を取られることもなく、目を皿のようにして四周の洋上に警戒の視線をはなっていた。

「対潜警戒を厳重にしろ」

発艦にあたって、分隊長今宿滋一郎大尉からきびしく念を押された注意事項である。前日早朝、夏島泊地の北方約七、〇〇〇メートル付近に「敵潜水艦発見!」との駆逐艦秋月見張員報告があり、爆雷攻撃、航空機による爆弾投下などの制圧が実施されたが、効果は不明のままでおわった。

夏島付近は海底が深く、艦隊泊地として最適とされていたが、同時に米軍潜水艦が侵入しても気がつかない底深さでもあった。「敵も環礁内にまで潜りこんでくるとは、天晴れだな」と冗談口をきく乗員がいたが、艦隊司令部としては笑いごとではすまされない。同日午前一一時、空母部隊は大事をとって、冬島南方に転錨した。
金沢飛曹長は機動部隊中央の単縦陣に目を走らせた。米潜水艦が雷撃するとすればもっともねらわれやすいのはこれら空母群である。旗艦翔鶴、瑞鶴、瑞鳳……。その四周に、くまなく警戒の視線をそそぐ。

軽空母瑞鳳は四日前、ようやく元の一航戦三番艦として復帰し、トラック泊地に進出してきたものである。佐世保工廠での小修理のため代わって龍驤が参加し、第二次ソロモン海戦では沈没の憂き目をみた。

特徴のあるのは艦橋が翔鶴型の島型でなく、飛行甲板下の平甲板型であることだ。防禦力に欠ける小型空母だが、戦闘機二一機搭載の艦隊防空専門艦として（その他、艦攻六機搭載）、活躍が期待されている三番艦である。

上空に第二直の九七艦攻が到着するのを確かめて、金沢飛曹長はふたたび竹島基地にもどった。午前九時三〇分、高橋定飛行隊長以下瑞鶴隊全機が準備をおえているのでともに基地を発ち、洋上の機動部隊にむかった。いよいよ米空母部隊とのソロモン海二度目の航空決戦である。

——こんどの雷撃戦では生きてはもどれまい。

と、金沢飛曹長は覚悟を決めている。四ヵ月前、はじめてのサンゴ海海戦雷撃行では、空母ヨークタウンめざして突進し、二番機の樋渡隆康二飛曹の九七艦攻が海上に叩き墜とされるのを目撃している。佐賀県出身、蒼白な表情で手を振って別れをつげた樋渡二飛曹の火だるまの最期は、明日の自分の姿でもある。

「戦争は相手を殺すか、自分が殺されるかでしかない。味方の戦死者も可哀そうだな、と思うだけで、いずれ明日はわが身の運命だと割り切っていた。夜なんかも、よく眠れましたね」

母艦にふたたび帰れなかったときは自分の寿命だと、二十九歳の金沢飛曹長は心に決めていた。

だが、海戦後に罹《かか》っていたアミーバ赤痢が、徐々に彼の身体から体力を奪って行くのを気づかないでいる……。

「作戦計画によれば、陸軍部隊のガダルカナル島基地奪回は九月十一日ごろと書かれていますな」

源田実瑞鶴飛行長は特徴のある鋭い眼で、野元艦長を見返して言った。野元大佐から「ガ島の戦況について、君はどう思うか」との質問に答えてのものである。

南雲機動部隊は各艦へは六日付で、連合艦隊電令作二六三号が発せられていた。それによると、「『ガ』島ノ陸軍ハX日（原注、九月十一日頃）総攻撃ヲ開始ノ予定」とあり、「連合艦隊ハ一部ヲ以テ友軍ト協同シ『ガ』島飛行場及『ラビ』ヲ攻略スルト共ニ海上部隊ノ大部ヲ以テ敵艦隊ヲ『ソロモン』諸島方面ニ捕捉撃滅セントス」とつづく。

その他、各部隊の作戦命令が長文にわたって打電されてきているのだが、肝心の機動部隊の主作戦については「基地航空部隊と共に米機動部隊を捕捉撃滅」とあるのみで、この七月、米軍に占領されたガ島飛行場奪回については陸軍の川口支隊まかせでしかない。

野元大佐は、ブカ島への戦闘機隊派遣によってもガ島での米航空兵力を壊滅できず、日高盛康大尉以下の瑞鶴零戦隊一四機が九機に減少している現状に、「米海軍機恐るべし」との印象を強くしている。これら米軍基地を叩く有効な戦法は他にないのか、というのが空母部隊艦長としての悩みであった。

「陸軍部隊としては、こんどの奪回作戦で一夜にしてガ島飛行場を占領してみせる、と自信満々のようですが……」

と源田飛行長は同期生の内藤雄航空参謀から耳打ちされた話をした。

第三艦隊司令部は連合艦隊側と九月七日に、トラック泊地で作戦打ち合わせをしている。その席上の話で、陸軍第十七軍と連合艦隊司令部との現地協定が結ばれたさい（五日付）、第十七軍の二見秋三郎参謀長が「川口支隊に青葉支隊を加えて、牛刀を振るう」と、相変わらず強気で、一撃の下に米陸軍将兵を追い払ってみせると豪語していたそうである。

「海軍としては、陸軍の奪回作戦にまかせるほかはありますまい」

と、源田中佐は自説をのべた。

同じ日、彼は内藤参謀から連合艦隊司令部の敵情判断をつたえられていた。それによると、米海上兵力はサンタクルーズ諸島およびソロモン南部方面を偵察基地とし、「最新戦艦二、空母約四（既存の二隻は撃沈破し、新たに一、二隻特空母参加）、巡洋艦約七、駆逐艦約二〇、潜水艦約一〇隻を基幹」とする勢力を有している。この米海上兵力と南雲機動部隊が一大決戦をはかる、というのが源田飛行長の説く航空決戦主義であった。ミッドウェー海戦の敗北によっても、元一航艦参謀の確固たる信念は揺るぎがない。

そして、作戦順序についてはこんな見通しをのべた。

「ガ島への陸軍部隊による逐次《ちくじ》上陸、航空撃滅戦、敵の増援阻止、いずれも成功しなかった場合は、正攻法による作戦でいくしか方法がありません。すなわち、ブカ島基地に引きつづき、ソロモン諸島につぎつぎと基地を建設、前進せしめて航空撃滅戦を展開する。これにより敵航空兵力を撃滅して、しかるのちに攻略する作戦、でしか途はありますまい」

当然の意見であり、野元大佐も異論はなかった。

だが、問題は味方基地航空兵力の増強であった。

ブカ島への戦闘機隊派遣時、在ラバウルの航空兵力は陸攻三三機、艦戦一六機にすぎない。その後、第十一航艦に戦闘機、陸攻隊各一個中隊が進出を命じられたが、彼ら全機がラバウルに展開するのは九月二十日以降である。

——いずれにしても、航空消耗戦がはじまる。

と、野元大佐は考えている。

その嚆矢《こうし》は、無敵を誇った零戦隊にめばえている。彼ら戦闘機隊員たちの死が、母艦戦闘の将来にかすかな不安をあたえている。艦内に活気をよみがえらせるには分隊長日高盛康大尉の活気ある雄姿だが、彼はトラック在泊時に母艦瑞鳳に復帰して、艦内から姿を消している。元々は同艦の戦闘機分隊長で、瑞鶴は臨時乗組なのである。

先任分隊長白根斐夫《あやお》大尉、若い分隊士荒木茂、吉村博両中尉に隊内の士気を奮い立たせてもらわねばならぬと、野元艦長はひそかに願った。

艦橋内で、二人のやりとりを神妙にきいているのは副長光井正義中佐である。出撃の十日付異動で、池田副長とあわただしく交代して乗艦してきた。

兵学校四十八期卒。福岡県出身。こののち野元艦長の女房役として、南太平洋海戦を戦いぬく大事な補佐役となった副長である。

2

飛行機隊にも人事異動がある。主に艦爆隊再建のための士官搭乗員で、一人は空母大鷹から転じてきた艦爆隊先任分隊長津田俊夫大尉である。

発令は九月十五日だが、トラック出撃時にあわせて泊地内からいそぎ転任してきたのだ。大鷹は客船春日丸を改造した空母で、兵員や飛行機輸送用に使われた。ソロモン海へは戦艦大和と行動をともにしてきている。

「あっ、津田大尉！」

と士官室で最初におどろきの声をはなったのは、艦爆隊の石丸豊大尉である。石丸大尉は兵学校六十六期生。昭和十年四月、彼が長野県飯田中学から入校してきたとき、最上級の一号生徒として君臨していたのが六十三期生の津田大尉である。

「願います」

と型通りの敬礼をして士官室入りした津田大尉は、「おお、岩下か。よろしく頼むよ」と彼の旧姓を口にして頰をくずした。

東京府立四中（現・戸山高校）出身。飛行学生は第三十期で、艦攻隊の今宿、艦戦隊の白根両大尉よりは一期先輩となる。たちまち津田大尉をかこんで、飛行科分隊長たちの輪ができた。

同じような出会いは、ガンルームでもあった。第一航空基地隊付から転じてきた烏田《からすだ》陽三中尉の場合である。

「やあ、カラスじゃないか。元気か！」

と転任してきた彼をつかまえて両肩をゆすったのは、鹿児島生まれの米田信雄中尉である。二人は兵学校六十八期同士の顔なじみで、「烏田」という姓から、彼は校内で「カラス」とアダ名されていた。

「艦爆隊分隊長ヲ命ズ、と辞令があってな。貴様と一緒になれるのを楽しみにして来たぞ」と、烏田中尉は白い歯を見せて笑った。なるほどカラスと言われるだけあって、陽に焼けて頬は浅黒く、艦爆乗りらしく精悍な面がまえである。

広島一中出身。「どこか飄《ひょう》々として物にこだわらず、俗人離れのした風格があった」と、兵学校同期会の芳名録にある。

西国育ちのせいもあってか常に笑みを絶やさず、偵察学生として内地の宮崎県富岡基地に配属されていたことを同期生にグチって、「早く実戦配置につきたくてな。ジリジリさせられたぞ」と、戦場未体験の気楽さで、屈託なく言った。これからが彼の実力を見せる正念場である。

二人の新参者を加えて、瑞鶴艦爆隊は再編成されることになった。

飛行隊長として高橋定大尉が、先任分隊長として戦死した大塚礼治郎大尉に代わって津田大尉が、後任分隊長に石丸大尉、分隊士に米田、烏田両中尉が、列機をひきいることになった。

艦爆隊の形はととのったが、高橋隊長の悩みは戦闘航海中に飛行訓練がまったくできないことであった。飛行任務は対潜哨戒の二時間だけで、あとは搭乗員待機室で時間をつぶすだけである。

とくに新任の津田大尉は偵察員石井誠助飛行特務少尉と初コンビで、操縦—偵察の呼吸合わせが大変であったし、小隊長機島田中尉との連携プレーの訓練も皆無のまま、戦場に出て行かねばならない。当の津田大尉本人の焦燥感も、相当のものであったと思われる。

X日当時になって、連合艦隊司令部から「X日を十二日とする」との攻撃開始の変更が通知されてきた。ガ島奪回作戦に展開中の陸軍川口支隊が連日の風雨でジャングルに前進をはばまれ、弾薬、糧食の集積もはかどらなかったためである。

これで、南雲機動部隊はまたソロモン海で足踏みの状態になる。

事態急変は、日本側の予想を裏切って八日未明、米海兵隊二個大隊がタイポ岬に上陸してきたことにある。彼らは輸送駆逐艦二隻、漁船改造の特設哨戒艇二隻に分乗し、夜陰にまぎれてツラギから送りこまれてきたのだ。これによってガ島飛行場を攻撃にむかう川口支隊は、腹背に米軍に挟まれる形となった。

同日午前六時三五分、ひそかに包囲態勢をととのえた米上陸部隊はガ島飛行場を発進した航空機と輸送駆逐艦の艦砲射撃によって、彼らの阻止にむかった川口支隊の野砲中隊を撃退し、多数の砲、弾薬、糧食を破壊あるいは焼却した。「情報資料となる文書と四七ミリ対戦車砲などを捕獲」し、その日午後おそく「ツラギへ乗船撤収した」と米側記録にある。

米海兵隊の増援部隊は一日にしてツラギに引き揚げたわけだが、この急報により陸軍第十七軍は、かねて準備中の青葉支隊（歩兵第四連隊第三大隊）六三〇名を第二十四駆逐隊の駆逐艦海風、江風、夕立三隻に分乗させ、十一日夜半に荒天をついてカミンボ岬に揚陸させた。駆逐艦によるこの「快速輸送」の増援も無事成就したわけだが、これら陸軍部隊の増援によってガ島基地奪回兵力は充分といえただろうか。

川口支隊主力を指揮する川口清健少将は、開戦時のボルネオ攻略のさい、英領ボルネオから蘭領へと島づたいに舟艇を機動させ、作戦をみごと成功させた実績がある。これをガ島奪回作戦に応用し、同島北西約三〇カイリのパブブ島に上陸、ついで夜間に舟艇機動によりカミンボ岬へ上陸をはかるというのが川口少将の計画であった。

陸軍側第十七軍、海軍側第八艦隊幕僚たちの反対を押し切って、百武軍司令官の指示のもと強引に舟艇機動作戦を実施。主力の三分の一、約一、〇〇〇名もの兵力を投入した。

だが、低速の大発をもってする舟艇機動は、ショートランドを出港した後、セントジョージ島南岸に達した四日夜、早くもガ島基地の米軍機による空襲で三〇隻のうち被害は三分の一にもおよび、カミンボ岬にむかう途中で荒波にほんろうされて浸水、舟艇故障などで兵力は四分五裂となった。

岡連隊長の要請により、第十九駆逐隊の浦波、敷波二隻はこれら分散した川口支隊陸兵の救出にむかう。三ヵ所に避難上陸した川口支隊の陸兵は独力で、あるいは舟艇機動の回航によってガ島への上陸をめざす。

ガ島奪回作戦の陸軍部隊の戦力は敗残兵の集団のように劣勢のまま、X日を迎えることになるのである。

3

九月十二日、金沢飛曹長の日記。

「午前三時起床、四時整列。六機同時発艦で夫々《それぞれ》索敵に出た。私は九〇度、三五〇浬進出、赤道と併行した索敵に出たが敵を見ず、九時三〇分着艦した」

この日こそ、日米決戦の天王山――という意気ごみが艦内乗員たちにあふれている。トラック出撃の翌日、艦長訓示で「米空母は二隻撃沈破せるものの、新たな特空母二隻あり」との情勢分析が語られた。その告知をうけて、金沢飛曹長は索敵にも念を入れたつもりである。

だが、晴れた天候のもと、暑い日差しが風防に照りつけてひたすら距離を伸ばしても、おだやかな海原が渺々《びょうびょう》と広がるばかりである。五時間もの空しい索敵飛行をおえて、金沢機は帰途についた。

ラバウルの基地航空隊は、この日もガ島基地空襲に零戦一五、陸攻二五機を派出している。この出撃で陸軍側の要望のあった川口支隊突入前の艦船攻撃、飛行場攻撃各一回、米軍陣地攻撃二回をおえたことになる。川口支隊の飛行場奪回は、夕刻六時作戦開始の予定である。参加陸軍兵力の総員は六、二一七名。

未明に発進した索敵機全機が、三五〇カイリ扇形海面の末端に達したところで米空母部隊発見の報がなく、即時待機の攻撃機は任務を解かれて、ふたたび各機とも格納庫に収容されることになった。

午後、引きつづき索敵機発艦。全機とも「敵ヲ見ズ」の入電がある。陸軍部隊の飛行場突入にそなえて、当然出撃してくるはずの米機動部隊を「捕捉撃滅」すべく前進部隊との間合いを取りながら、その北方海域を並行して南下する。翌日午前には、前進部隊はツラギ沖北東二五〇カイリに達する見込みだ。

九月十三日、午前中から緊迫した情勢がつづいた。午前一〇時一五分、ラバウル発の陸攻機が「敵機動部隊発見」を報じ、その兵力が空母一、戦艦二、巡洋艦二、駆逐艦二隻より成る一個機動部隊であることを打電してきた。一五分後、さらにこんな朗報が飛びこんできた。

「『ガ』島飛行場ハ既ニ占領セリ」

瑞鶴艦橋ではどっと歓声がわき上がったが、米空母の発見位置は機動部隊の南方五四〇カイリ（一、〇〇〇キロ）、サンタクルズ島南西沖と遠く、攻撃隊発進は翌日早朝と延期された。

陸軍部隊のガ島基地制圧で、後は米空母部隊との洋上決戦のみと意気ごんだが、午後になって十一航艦参謀長からの「飛行場は占領しあらず」の通報で、野元艦長を大きく落胆させたものであった。

結局、川口、青葉両支隊によるガ島奪回作戦は失敗におわった。ラバウルの第十八軍司令部はようやくのことで事態の重大さを知り、スラバヤに在った第二師団主力を十月中旬を目途として、ガ島総攻撃に投入することを決意する。

同月二十三日、山本長官命令によりトラック泊地にふたたび引き揚げるまで、南雲機動部隊はガ島米軍基地に接近することなく、三度もいたずらにバリカン運動――南北への上下行動をくり返すのみである。


九月二十二日午前八時三〇分、艦内スピーカーで全乗員に命令が下される。すでに今宿滋一郎大尉の第一中隊九機、梼原正幸大尉の第二中隊九機、合計一八機の九七艦攻が発艦し、洋上はるかで編隊を組み、高度一、〇〇〇メートルから突入態勢にはいっている。はるか前方の旗艦翔鶴からは総指揮官機として村田重治少佐が離艦し、翔鶴隊一八機、瑞鳳隊六機をふくめた一大攻撃集団として右舷前方に占位している。攻撃隊訓練の勇壮な眺めであった。

瑞鶴新入りの三等水兵たちは、それぞれの持ち場でこれら雷撃隊が空中で散開し、単縦陣となって母艦に突進してくる姿を息をのんで見つめていた。加藤戸一は一番高角砲、岡田建三は高射班、大村孝二は第二分隊機銃群陣地である。

右舷前部の一番砲陣地では、古参の羽生《はふ》津武弘二曹が「そろそろ突っこんでくるぞ！」と大声を張りあげていた。九七艦攻の先頭機には、頭部を赤く塗装した演習用魚雷が吊下されている。海面より二〇メートル、速力一六〇ノット（約二九六キロ）、距離八〇〇メートル。一番機は理想的な射点についた。

この日は早朝からスコールが襲来し、嵐のような豪雨が海面をおおった。三〇分ほどで雨幕をぬけ出すと、たちまち暑熱が飛行甲板を乾かして行く。

直射日光が高角砲陣地に照りつけて、今はじりじりと砲員たちの肌を焼く。かたずを呑んで見つめている砲手たちの額に汗が流れた。

母艦は右に左に転舵し、突進してくる魚雷をかわそうとするがさけきれず、艦中央に命中魚雷を受けることがある。といって、演習用魚雷は艦底をくぐりぬけて行くだけだ。随伴駆逐艦がいそがしく走って、これらの浮上、停止した魚雷を回収する。

直上からは、関衛少佐の指揮する翔鶴艦爆隊一八機、高橋定大尉のひきいる瑞鶴隊一八機が翼をかたむけて、それぞれ一本の棒状になって突っこんでくる。雷爆同時襲撃の華ばなしい空中一大ページェントである。

一番一二・七センチ高角砲座につく加藤戸三水ははじめて見る航空戦教練の勇壮さに息をつめ、驚嘆の声をあげるばかりであったが、ベテラン下士官の羽生津二曹は前海戦の経験者らしく、わけ知り顔でこんな言葉を吐いた。

「こんどの海戦では、こんな演習のようにはうまく運ばないよ。サンゴ海海戦では敵の対空砲火がメチャクチャにはげしくなっているというし、ずいぶん未帰還機も出た。こんな風に突っこんで行けば、相当の犠牲が出るぜ」

思わずこぼれ出た古参砲手の本音である。じっさいミッドウェー海戦の大惨敗いらい、艦内でベテラン下士官同士の会話は、「どうも、この戦争の行方は怪しくなってきたぞ」との不安気にささやく声が多くなっていたから、心の動揺をつい新兵たちの前でもらしてしまったのだ。だが、彼はあわてて一番砲手としての威厳を取りもどして言った。

「いいか、おれたちも頑張って、アメ公が襲来してきたら一機残らず射ち墜としてくれるぞ！」

航空戦教練がおわったのは午前九時である。当日の記録によると、使用された演習用魚雷は六本で、命中は四本。命中率六六パーセントという結果であった。

南雲長官以下司令部幕僚たち全員が見守るなかでおこなわれた演習だが、サンゴ海海戦での実戦の命中率八〇～九〇パーセント（注、当時の推定）という数字であったから、訓練完成までは「いま一歩」という判定になる。

翌二十三日午後二時三〇分、南雲機動部隊はトラック泊地に帰投した。

トラック泊地

1

トラック泊地は東カロリン群島における日本海軍最大の根拠地である。大小二百数十もの島々が二〇〇キロメートルにおよぶ環礁によって取り囲まれ、入口は北と南に二つあるだけ。この両水道を押さえてしまえば、水深七〇メートルもの礁湖は天然の要塞となる。

機動部隊の各艦は旗艦翔鶴を先頭に北水道からはいり、春島西方泊地に投錨した。すでに前進部隊の第二艦隊旗艦愛宕以下の重巡部隊が先着しており、連合艦隊旗艦大和、戦艦陸奥の堂々たる艦姿が見えていた。

飛行機隊は一足早く、竹島の飛行基地に降り立っている。この小島が訓練基地の中心で、搭乗員の一行は内火艇で母艦に送られ、翌朝ふたたび竹島にもどってくるのである。内火艇による往復と、はげしい訓練が彼らの日常だ。

九月二十五日は秋季皇霊祭で、一日「課業休メ」となった。久しぶりの休日で、艦内にのどかな雰囲気がただよっている。午前七時、飛行甲板に総員一、五六〇名余が集められた。

秋季皇霊祭とは、現在ではなじみのない祭日だが、戦前の皇室行事である。春季と秋季の二度あり、いわゆる春分、秋分の日のことだ。起源は中世の仏教に発していて、彼岸の中日に祖先の霊をまつるという意味あいがある。

軍艦旗掲揚のあと同七時五分、宮城遙拝。夜は乗員慰安のため、映画鑑賞となった。

これも、久しぶりに日本内地でヒットした映画が観られるとあって、艦内乗員たちの期待は大きくふくらんだ。

南十字星の下での映画会である。日中の暑気が去り、夜風に吹かれて飛行甲板に腰を下ろしての鑑賞であったから、現在にいたるも瑞鶴乗員たちに懐かしい思い出の一つとなって残っている。

甲板上に白い天幕を張り、野元艦長以下主要幹部、高橋隊長以下の分隊長、分隊士たちが椅子をならべて腰かけ、乗員の下士官兵たちは行儀よく横ならびに坐っている。

最初に上映されたのは「日本ニュース」が二本。戦意昂揚のための国策ニュースが中心だから、威勢のよい戦勝地の報道がつづく。本編は漫談家徳川夢声《むせい》主演のドタバタ喜劇『雷《かみなり》親爺《おやじ》』で大いに笑わせてくれ、つぎに前年に内地でヒットした高峰三枝子主演の松竹映画『戸田家の兄妹』が上映された。

監督は戦後も『東京物語』などの名作を生み出し、海外でも評判の高い小津安二郎で、ストーリーは彼が得意とした日本の家族の物語を情感豊かに描いた佳品である。

映画では、主人公の末娘役の高峰三枝子とその母親が父親亡きあと財産を引きついだ長男夫婦の世話になるが、冷たく扱われ、次女夫婦にも同様の仕打ちを受ける。中国天津にいた末弟役の佐分利信が父親の一周忌の席上でその事実を知り、兄夫婦を叱りつけ、母娘二人で一緒に満州に来ないかと誘う。

佐分利信の末弟が次女の姉を怒りにまかせて平手打ちを食わせるなど、鮮烈なシーンもあり、人間の哀しさを描いて秀作だが、戦地でこうした日本の家族の亀裂、孤独感を描いた映画を見ていると、だれしもひとしおの望郷の思いを抱いたようである。

二日後、第四艦隊参謀長の招きでトラック在泊の内南洋部隊旗艦鹿島を訪れたとき、野元艦長は翔鶴艦長有馬正文大佐と出会った。翔鶴艦上でも、同じ小津作品が上映されている。野元大佐が『戸田家の兄妹』を観た話題にふれ、問わず語りに東京・目黒に残してきた妻や息子たちのことを思ったと語ると、有馬大佐も同じように、

「私の一家と家内の一家と、つきまぜたような境遇が描かれていますね。私は長男だが、故《く》郷《に》の鹿児島に残してきた弟妹たちにとって、はたして自分は良き兄であったかどうか……」

と、しみじみとした口調で応えてくれたものだ。

謹厳実直一点張りの有馬大佐だが、この日は人情味豊かな姿をふと垣間見せてくれたようである。

一方、瑞鶴飛行甲板の映画会では、とんでもない出来事が起こっていた。整備科艦爆分隊では西村泰分隊長以下、一個分隊がひと固まりの車座になって観ていたが、途中に映画フィルムが何度かとぎれて映写にモタモタと手間取る仕末になった。すると新兵たちの間からざわめきが起こり、不平を鳴らす声が乱れ飛んだ。

映写終了後、幹部士官たちが姿を消したあと、飛行甲板に下士官兵たちだけが残された。その集団の中に、艦爆分隊の百合武一三水がいる。

「貴様たち、よくきけ！」

ふだんは冷静で、部下に受けのよい甲板士官が顔色を真っ赤にして仁王立ちになっている。

「たしかに映画フィルムがとぎれて、不手際があった。まことに申しわけない。だが、これは銃後の人たちが一所懸命になって、われわれのために送ってくれた映画だぞ！」

甲板士官の肩が怒りで震えていた。この人は本当に腹を立てているんだなと、百合三水は身を固くした。こんなけわしい表情を見たのは、はじめての経験だった。

彼は拳を振り上げた。

「それにくらべると、貴様たちの態度はなっとらん！　申しわけないと思わんか、猛省せい！」

と言うが早いか、目の前の整備兵たちから一人ずつ、力をこめて殴りかかった。百合三水も身体が揺らぐほどの一撃を頬に食らったが、甲板士官の怒りの中身も理解でき、痛みをこらえてやはり自分たちが悪かったのだと、納得していた。

2

次期出撃日が決まるまで、母艦部隊のトラック泊地での整備、補給作業がつづけられる。

九月二十七日より四日間、午後からの散歩上陸が許可されることになった。

この日午後二時半、野元艦長が旗艦鹿島に招待されたのは、前述の通り。光井副長、源田飛行長も同席した。

第四艦隊参謀長は矢野志加三大佐で、源田中佐と同じくイギリス駐在武官体験があり、しかも駐在期間が長かった。温厚な紳士ぶりで知られ、温和な表情で母艦部隊一行をむかえ入れた。

「いいときに来られた」

と言って紹介されたのは先客の第一潜水戦隊第一潜水隊司令小野良二郎大佐で、ちょうどソロモン海での作戦をおえてトラック泊地に帰投してきたところだった。

のちに米空母ワスプ撃沈とわかった「エンタープライズ型空母撃沈確実」の殊勲者、伊号第十九潜水艦長木梨鷹一少佐の直接上司である。

「どのように撃沈されましたか」

さっそく熱心に口火を切ったのは、相席していた有馬翔鶴艦長である。

「いやあ、魚雷を射ったあとは八時間も爆雷攻撃を食らいましてね。深度八〇メートル。ちょっとでも浮上すればさらに猛烈な爆雷投下で、参ったですわ」

と、小野大佐は豪快に笑った。

伊十九潜はガダルカナル島の南東、サンクリストバル島沖で同島支援の輸送船団邀撃のために派遣されていたものである。

九月十五日午前一〇時五〇分、同島南東一四二カイリ付近で米空母一、巡洋艦一、駆逐艦数隻を確認。五五分間追尾ののち、魚雷六本を発射した。同大佐の説明によれば――。距離八〇〇～九〇〇メートル、方位角五〇度、敵速一二ノット。扇形に射ち出された九三式「酸素」魚雷のうち四本の命中を確認した。ただし、米駆逐艦の投下爆雷約八〇発により長時間にわたる潜航、避退のため撃沈は確認できなかったというのが、話の大要である。

米国側記録によると、米空母ワスプは空母ホーネットとともに、ガ島応援の米第七海兵連隊四、〇〇〇名を満載した六隻の輸送船団護衛のために進撃中のものであった。同海域に日本軍潜水艦約二〇隻が潜んでいることは察知していたが、彼らが南太平洋で唯一の増援兵力なのであった。

ワスプは巡洋艦四、駆逐艦六隻の輪型陣で護られ、北方五～六カイリ離れてホーネットは戦艦ノースカロライナ、巡洋艦三、駆逐艦七隻に取りかこまれて航行していた。彼らにむかって伊十九潜の雷撃が敢行され、ワスプ撃沈、ノースカロライナ損傷、駆逐艦オブライエンは大破、のち沈没するという大被害を受けた。

これで、米国は南太平洋海域に出動できる米空母はホーネット一隻という悲運に見舞われた。八月三十一日には米空母サラトガが伊二十六潜の雷撃により損傷、戦線を離脱しており、その間、南雲機動部隊ははるか北側の海域でいたずらに南北運動をくり返しているのみにすぎない。

小野大佐の苦心話と潜水艦部隊の活躍ぶりを思い知らされ、これも誇り高い源田飛行長にとっては自分の作戦失敗と重ねて屈辱的な思いであったにちがいない。

飛行隊長高橋定大尉は、一日の飛行作業をおえると夏島桟橋に渡り、好きな碁《ご》の勝負相手をもとめて士官宿舎に出入りしていた。夏島には南洋庁長官の旧宿舎のほか、軍需部、経理部、港務部、工作部などの鎮守府なみの諸施設があった。士官用の海軍料亭『南華寮』があり、のちに横須賀から料亭『小松』の支店も進出してきた。

短いトラック滞在中に、珍しい出会いがあった。兵学校時代のクラスメートで、呂号第百潜水艦長に就任予定の坂本金美大尉である。

同艦艤装委員長としてトラック泊地に立ち寄ったさい、「おい、元気にしているか」と声をかけられたのだ。

「貴様はどこにおったんだ？」

と、たがいに戦地の話になり、開戦直後からの戦場体験を語りあっているうちに、高橋大尉はふと天の啓示を受けた気分になった。

坂本大尉の話とは、以下のようなものであった。——自分は伊号第一潜水艦の水雷長として、真珠湾攻撃のさいハワイ沖に潜っていた。ハワイ島ヒロ港を砲撃したり、レキシントン型空母を追いかけたり……。敵機に見つかって急速潜航しても、旧型艦なので潜航に倍の二分もかかる。そのうえ、数十発も爆雷を投下された場合は身の動かしようがない。

「そんな場合は」と、この級友は屈託のない口調で言った。「——何の造作もないよ。海底で眠っているだけさ」

これが捨身の戦法というものか、と高橋大尉は合点がいく気がした。旧式大型潜水艦でもこうして窮地を脱することができる。ならば、米グラマン機にほとんど無力な九九式艦上爆撃機でも、彼に対抗する捨て身の手段があるのではないか。小武装で強力な敵の戦闘機に対抗するには何らかの知恵があるのではないか。

3

兵学校時代に学んだ日本戦史、世界戦史の軍学授業の、ひたすら記憶をたどった。中国三国史時代の戦法、日本戦史、戦国時代の兵法……そのなかで、一つひらめいたものがある。川中島の戦いで、上杉謙信の猛攻をしのいだ武田信玄の戦術、「鶴翼《かくよく》の戦法」。これなら勝負できる、と高橋大尉は心に閃《ひらめ》くものをおぼえた。

これはミッドウェー海戦で飛龍艦爆隊指揮官小川正一大尉が採用した決死の戦法で、米空母ヨークタウン撃破に大いに寄与した捨て身の作戦である。

さっそく母艦にもどり、隊長室に石丸豊、津田俊夫両分隊長を呼びよせた。

「われわれ艦爆隊は、つぎの海戦では鶴翼の戦法でいく。これなら敵空母を撃沈することができるぞ！」

闘志あふれる分隊長で知られた石丸大尉は、「それは痛快ですな」と眼を輝かせた。

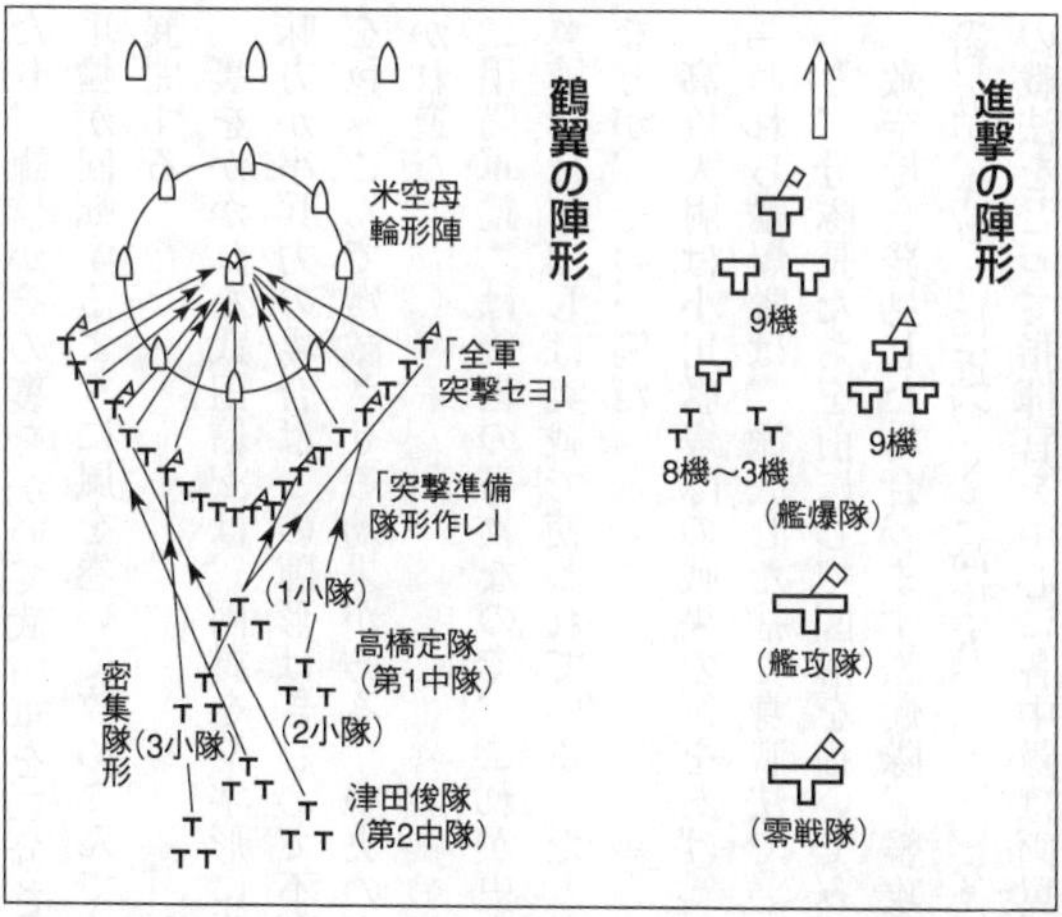

飛行隊長高橋定大尉が考察した戦術とは、前述のように戦国時代の武将武田信玄が採《と》った兵法「鶴翼《かくよく》の陣形」にもとづいている。つまりは、鶴が翼をひろげたような形で敵の大軍と対決する、捨て身の戦法のことだ。

その着想は、こんな軍記から誕生した。江戸時代に書かれた『甲陽軍鑑』である。日本の戦国時代、天下統一をめざした武将武田信玄一族の興亡を描いた史書だが、このなかで越後（新潟県）の英雄上杉謙信との合戦を描いた川中島の戦いが白眉《はくび》である。

その合戦の頂点が、永禄四年（一五六一年）九月十日の史上有名な謙信と信玄の一騎打ちであった。『甲陽軍鑑』には、武田方の軍師山本勘助が登場して「啄木鳥《きつつき》の戦法」を駆使して上杉軍の背後から追い立てようとし

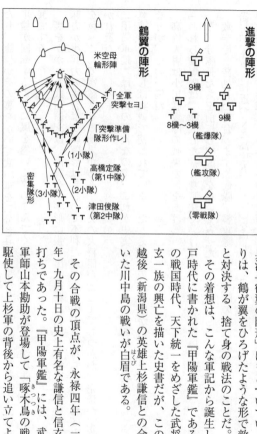

たり、謙信がその裏をかいて武田軍を二分させ、「車掛《くるまがか》りの戦法」で大将を中心に各部隊が車輪が回転するように風を巻いて攻めこんでくるというような、兵法攻防のオンパレードが展開する。

裏をかかれた武田信玄は、両翼をV字形に張り出す鶴翼の戦法で上杉軍の猛攻をしのいだ。味方が小兵力の場合はこの陣形はきわめて不利だが、中央の本陣が持ちこたえれば両翼で敵を包みこんで殲滅《せんめつ》させる効果がある。中央の大将側がどこまでもつかが、完勝か完敗かのわかれ道だ。

『甲陽軍鑑』は後世の書物なので、これが史実かどうかは諸説あるが、兵法として、この鶴翼陣形はしばしば実戦で使われている。たとえば、徳川家康が信玄軍を邀えた三方原《みかたがはら》の戦いなどが、その一例だ。

高橋大尉は小川艦爆隊の戦果の例をあげ、

「われら艦爆隊は、徹底した捨て身戦法でいけば勝てるのではないか」

と、分隊長たちを前にして図形を描いてみせた。

「敵空母を発見した場合、まず艦爆隊、艦攻隊、戦闘機隊の順に進撃する。敵前三〇カイリ（約五六キロ）に近づくと高度五、〇〇〇ないし八、〇〇〇メートルに上昇し、以後は鶴翼の戦法をとって指揮官を中心に各中隊は両翼にひろがる。艦攻隊は高度零メートルまで下がり雷撃態勢にはいる。零戦隊は、それまでは艦攻隊への直接掩護を、艦爆隊には間接掩護をやってもらう」

この陣形は、敵の対空砲火や戦闘機の攻撃を分散させ、味方の急降下爆撃を効率よく成功させるのが目的だ、と高橋大尉は強調した。第二次ソロモン海戦で、紅蓮の炎につつまれながら、「隊長、私の仇を討って下さい！」と悲痛な表情でさけんでいる大塚礼治郎大尉の表情が隊長の脳裡に浮かんでいる。

新戦法の利点とは、以下のようなものであった。――従来の九九艦爆隊の戦法では、指揮官機の突撃命令により各分隊ごとに単縦陣となり、ぐるぐると円を描きながら一中隊一番機から一機ずつ、四〇度の角度で突入して行くという悠長な攻撃法であったが、これでは全機が一機ずつねらい射ちされ、集中砲火をあびて被弾炎上してしまう。

この愚をさけ、一中隊右翼、二中隊左翼に各機がひろがり、指揮官の号令とともに全機いっせいに急降下する。突撃投下高度は六〇〇メートル以下、適宜でよい。この戦法は、ミッドウェー海戦のさい空母飛龍の艦爆隊長小林道雄大尉がすでに実行していた。

「陣形をととのえるまでに少し手間どりますが、敵グラマンの攻撃への対策はどうしますか」

と、津田大尉が率直な質問をした。一中隊、二中隊と横にひろがって行く間に片っ端からグラマン戦闘機にねらい射ちされるのではないか。

「単縦陣になって降下する場合でも同じ危険があるだろう。攻撃された場合、機体を横すべりさせて射線をはずせばよい。高度が下がるのをさけて、左右交互に大角度の横すべりさせる。味方機の集中攻撃も有効だから、できるだけ曳光弾を多く使って敵を威嚇しろ」

「急降下の場合、これでは味方機同士が空中で激突する危険があるな」

空中操作では果敢な突撃態勢をみせる石丸豊大尉が、津田大尉の同意をもとめるように首をかしげた。

「衝突してもかまわん。一か八かの危険な勝負だ。多少の犠牲は止むをえん。その代わり、急降下の順序は問わない。進入方向も降下角度も、投下高度も自由選択。とにかく戦果を最大限にあげて、味方被害を少なくするのが私の目的だ。そして全機無事に収容して、安全確実に母艦にもどってくる」

両分隊長とも、暗闇の先に光が見えたような、前途に明るい希望を見出したような明るい表情に変わっていた。二人の周囲の部下搭乗員たちの中には、サンゴ海海戦の米海軍の猛烈な対空砲火をくぐって生還してきた者がいたし、彼らの体験を耳にするにつれ、とくに新参者の津田大尉には前任者の壮烈な戦死があるだけに、攻撃の成果に自信を持てないでいたのだ。

「この戦法で行く、と艦隊司令部に申し入れてもらう」

と、高橋大尉は源田飛行長の部屋を訪ねるため腰をあげた。飛行長の了解をえたあとは、戦闘機隊の白根斐夫、艦攻隊の今宿滋一郎大尉、両分隊長二人の協力をあおがねばなるまい。

「よろしい。山本が引き受けた」

1

陸軍一木支隊、川口支隊の相つぐガ島飛行場奪回作戦失敗によって、陸軍の参謀本部、ラバウルの現地第十七軍はようやく事態の深刻さに気づいた。

これで、「アメリカ兵が相手なら一日あれば充分」と豪語した米軍戦力を下算した極端な楽観論から、師団投入の本格的逆上陸作戦実施へと、大きく舵を切ったのである。

投入兵力としては、九月十五日付でジャワ攻略に名をはせた丸山政男中将ひきいる第二師団、第三十八師団、兵站《へいたん》部隊など約二〇個の部隊が組み入れられ、総兵力一五、五〇〇名といった大兵力となった。

だが、あきらかに時期を失していたといわねばならない。米側はガ島基地建設を強力に推進し、海兵隊の増援兵力もつぎつぎと送りこみ、航空機も増強されている。そのために、日本側海軍部隊もガ島基地からの航空反撃をおそれて、昼間は海上から近づくことさえもできない有様なのだ。

東京・市ヶ谷台で机上プランを練る参謀本部の首脳たちは、決してその困難な現実を認めようとはしない。田中新一作戦部長（新任）、服部卓四郎作戦課長も「異常の強気」で、

「負けてはならぬ、負けるはずがない」とばかりに、「負けるのは第一線責任者の弱気のせい」とした。これは、当時ラバウルに派遣された井本熊男参謀の証言にある。

その結果、第十七軍の参謀は総入れ替えとなり、百武晴吉軍司令官のもと、陸大教官宮崎周一少将を転任させて新参謀長に、大本営研究班長小沼治夫大佐を高級参謀に、合計一二名の新陣容で作戦実施にあたることになった。そして、現地におもむく小沼参謀にたいして服部作戦課長がおこなった情況説明では、あくまでも「敵の本格的決戦は昭和十九年」という従来の判断に変更はない――。

大本営派遣参謀として第十七軍入りしたのは、これも服部作戦課長お気に入りの辻政信中佐で、さっそくラバウル入りしたこの張り切り屋参謀は、前線進出してきた丸山師団の先陣部隊を視察すると、「上も下もいっこうに元気がない」「さっぱり気勢が上がっていない」と一喝した。

辻参謀は服部卓四郎関東軍参謀と組んでノモンハン事件を惹き起こした張本人である。のちに返り咲いて、開戦当初にはシンガポール攻略で名を馳せ、一転して作戦の神様とまで称えられた。秀才だが独走型の参謀で、口八丁手八丁の歯に衣を着せぬ物言いが特徴だ。

九月二十日、占領地スラバヤからはるばるラバウルにやってきた第二師団将兵は、いきなり〝作戦の神様〟から悪罵《あくば》を叩きつけられて、さぞかし迷惑顔であったにちがいない。

彼らはジャワ攻略後は内地仙台へ帰還できるときかされていたから、故郷の妻や子、親兄弟たちへの土産物をたくさん買いこんで手荷物として船に持ちこんできたのである。

それが、いきなり激戦地のガダルカナル島へ転進命令を下されたものだから、現実感がとぼしかったのも無理はない。

辻参謀の登場は、こののち第二師団の総攻撃にさいして百武司令部の作戦指揮に混乱を生じさせる結果を招くのだが、ラバウル入り当初は、持ち前の行動力を発揮して海軍側の全面支援を取りつけることに成功している。ただちにトラック泊地に飛び、直接山本長官に面会をもとめたのである。

九月二十八日、同行したのは現地十七軍の参謀一名、および海軍側から十一航艦参謀大前敏一大佐。辻参謀の意図は、第二師団総攻撃にあたって火砲、戦車、資材、兵員を高速輸送船団によってガダルカナルに運びこみ、百武軍司令官みずからが陣頭指揮をして一挙に戦局を挽回するというものであった。そのためには、海軍艦艇の全面協力が欠かせない。

山本長官の返答は、こうである。辻参謀手記によれば――。

「海軍が油断し、拙《まず》い戦《いく》さをして奪われたガ島に陸軍を揚げて補給が続かず、餓死させたとあっては何とも申訳ない。よろしい。山本が引き受けました。必要とあらばこの大和を横づけして必ず船団輸送を陸軍の希望通りに掩護しましょう。

その代り唯一つ、百武さんに輸送船で行くことだけは山本の顔に免じてやめて貰いたい。

駆逐艦で安全に上陸して立派に指揮して下さいと、一言伝えて下さい」

山本長官とのやりとりは、記録がないので辻回想を引用するしかないが、まるで講談をきくような大仰な描写である。――だが、のちの経過を見る通り山本長官の決意は本物で、つぎつぎとガ島支援の海軍側積極支援策を実行に移した。

すなわち、十月十五日の夜間月明期までに、ショートランドよりの舟艇機動「蟻《あり》輸送」、駆逐艦六隻による「鼠《ねずみ》輸送」、水上機母艦日進、千歳による重火器運搬、そして本命の高速船団六隻による第二師団強行上陸など、などである。

この船団輸送成就のためには、ガ島米軍航空基地の制圧が最大の要件となる。そのために第二師団の上陸時期から総攻撃終了までの約二週間、基地航空部隊による航空撃滅戦、引きつづいて第三戦隊の高速戦艦金剛、榛名を投入しての陸上基地砲撃を成功させる。戦艦の三六センチ主砲と陸上要塞との交戦は海戦史上、暴挙とされているが、あえて山本長官は高速戦艦二隻をこの危険にさらそうとまで決意をかためたのだ。

ガダルカナル攻防戦は、いまや日本海軍興亡の岐路に立たせている。

そして、連合艦隊司令部では、第三戦隊による砲撃を十月十三日とし、その二日前に五藤存知少将のひきいる第六戦隊重巡青葉、古鷹、衣笠三隻によるルンガ飛行場砲撃を命じた。彼らは丸山師団の重火砲を運搬する水上機母艦日進、千歳の護衛任務をかねている。

この五藤部隊とノーマン・スコット少将のひきいる米重巡部隊が戦火をまじえたのが「エ

スペランス岬海戦」（日本名、サボ島沖海戦）であり、これに引きつづき南雲忠一中将の指揮する第三艦隊とウイリアム・ハルゼー中将のエンタープライズ、ホーネットを基幹とした機動部隊との対決が「南太平洋海戦」である。

2

十月一日、内地から日本郵船の商船八幡丸を改造した輸送用空母雲鷹がトラック泊地に入港し、翔鶴に零戦、艦爆、艦攻合計二五機を補充した。瑞鶴にも七機が調達され、同時に下士官搭乗員一五名が着任した。これで、次期海戦にそなえての航空戦備がととのったのだ。

特空母雲鷹が入港して、搭載機の機材を更新した翌十月二日から十日の基地撤収までの九日間、ぶっ通しの飛行訓練がおこなわれ、飛行機から降り立った搭乗員全員は真っ黒に陽焼けしていた。

その間、高橋大尉は飛行隊長として新戦法「鶴翼の陣形」の連携プレーに熱中したが、訓練をおえると母艦に帰り、ほとんどを士官室ですごした。隊長の趣味は碁で、ライバルは札幌一中出身の八重樫飛曹長である。

兵学校では無敵を誇った高橋大尉も彼には歯が立たず、「もう一番！」と勝つまでは放さない強気ぶりで引き止める始末。今宿大尉は黙々と読書にふけり、四国土佐出身の椿原大尉は、中、少尉の士官連中を集めて豪快に酒盛りをしていた。

一方、トラック泊地内での乗員たちの唯一の愉しみといえば、ランチで夏島桟橋に渡ることだが、搭乗員たちは猛訓練にくたびれ果てて外出どころではなかったようである。

艦内各科では釣りが厳禁されていたが、搭乗員の場合は大目にみられていた。「肉の切れ端を針にくっつけたら、何とか釣れますよ」と、部下搭乗員に耳打ちされて、金沢飛曹長は舷窓からこっそりと釣り糸を垂れてみた。釣り針は、工作科の手仕事である。

「釣果はヒラアジ一〇匹」

というのが、在泊中の彼の自慢である。さっそく酒保からビールを取りよせ、主計科で調理をしてもらい、艦攻分隊員たちを集めての小宴となった。

艦内乗員にとっても、散歩上陸の四日間は物珍しさの夏島そぞろ歩きで一日がおわった。兵隊たちの娯楽施設も少なく、軍事色ばかりがめだつ島内であった。日本人町があり、日本製品を売る商店があったり、原住民をふくめた公民学校もあった。

西カロリン地方の中心はカナカ族で、艦隊乗員のための民族踊りがおこなわれていた。目もあざやかな原色の衣裳を着て、中年の肥った女性が手で膝をたたき、男たちも歌をうたいながら、ひじを曲げた部分を手の平でたたく。

独特の音を出しながらの熱演で、

「いかにも南国に来ているという強い実感がある」

と、翔鶴信号員橋本廣一曹の回想にある。

整備科飛行班の清水三代彦一整兵の場合は、発着器配置の仲間と連れ立って夏島桟橋に渡った。陸上に一歩踏み出すと、さすがに暑気が一気に押しよせてきて額に汗がにじむ。風がゆるやかに吹き、木々の梢にバナナやマンゴー、パパイヤの小さな実が生っている。

士官用料亭「南国寮」のほかに、下士官兵用の慰安所があった。玄関に〝やり手ババア〟とおぼしき女性がいて、料金が二円五〇銭。ここで切符を買い、待ち合い所で女の順番を待つのである。兵隊たちで大勢こみあっていて、こりゃあ、内地と同じだわいとほうほうのテイで引き揚げた。

ある日、艦爆隊整備班の中野正男一整兵は、泊地の基地整備作業中にこんな体験をしている。

夏島の南側、春島では大型機飛行場の拡張工事がおこなわれていたが、ここに日本から連れてこられた作業員たちがいた。監視役がきびしいので、なぜかときくと「内地で服役中の囚人で、懲役十五年以上、無期までの連中だ」という。

昼休み、中野たち整備員が翼の下で休んでいると、中のひとりが人懐っこく親しげに話しかけてくる。

よくきくと、当時の人気俳優林長二郎の頬を切って傷つけた犯人だと打ち明けた。のちの映画俳優長谷川一夫のことで、松竹映画『雪之丞変化』で大ヒットを飛ばした彼が東宝に移籍するというので、昭和十二年、嫌がらせのために松竹が暴力団員をやとって犯行を企てた。その張本人というのである。

まことにふしぎな体験をしたのだが、トラック在泊時、もう一つ南雲機動部隊からは衝撃的な事件が発生した。旗艦翔鶴から水兵が二名、逃亡したのである。

3

南雲機動部隊の戦史に汚点を残す不祥事が起こったのは、旗艦の空母翔鶴での出来事である。同艦がトラック泊地に在泊中の十月八日夜のことだ。

午後八時三〇分の巡検前点検で、二人の水兵が姿を消しているのを点検番が気づいた。どこに行ったのかと居住区や厠《かわや》などを捜してみたが、どこにもいない。まさか艦から逃げ出したのではないかと疑ったが、夏島沖の夜の海に飛びこんだ水音もしないし、新兵たち二人だから艦内のどこかに迷いこんだのかも知れない。だが、逃亡となれば大事だ。

とくに「敵前逃亡」は、軍法会議モノである。場所が戦地となれば重罪で、まず二人の銃殺刑はまぬがれない。甲板士官とともに事情を知った亀田副長は、あわてて艦橋の有馬正文大佐のもとに走った。

有馬艦長は、〝海軍の乃木さん〟とアダ名されるほどの謹厳実直な人物である。ガミガミと小うるさいと陰口をきく一部乗員もいたが、それも艦長としての責任感にあふれていたはいで、部下を大切にする意味では、他艦の艦長にはみられない細やかな愛情の配慮をした。

　たとえば、飛行兵たちは自分の命を投げ出して戦っているからと言って、航海中は艦長室を彼らの休憩用に開放して自分は艦橋の艦長控え室で着のみ着のままで眠る。夜明けとともに飛び起きると、そのまま艦橋で一日中立ちつづける。自分自身も命がけなのだ。

　医務科の軍医中尉渡辺直寛の表現を借りると、「この人こそ、まさに武人の鑑《かがみ》」ということになる。

　さっそく呼び出されて顔面蒼白となった新兵たちの分隊長に、有馬大佐は手きびしい質問をあびせかけたことは言うまでもない。二人は主計科の三等水兵で、海兵団を卒業したばかりの新入りであった。

　はたして、母艦勤務に慣れていなかったのだろうか。それとも、任務がきびしすぎたのではないか。

　あるいは主計科内で、新兵相手に古参兵たちが過度の体罰を加えたのではないか。そのすさまじい「バッター罰直」に耐えかねて、二人は艦から脱走したのではないか。

　じっさい、そのような例があった。少し後の話になるが、トラック在泊中の重巡熊野から一等機関兵が逃亡するという事件が起こった。夏島に上陸した缶《かま》分隊の一人が帰艦時刻までに帰らなかった。これは、戦時刑法でいう「後発航期罪」の重罪である。

重巡熊野臨時乗組の少尉候補生桂理平回想によると、昔から缶分隊といえば石炭を焚《た》いていたころから重労働で制裁の手きびしい配置であり、「叱られて面白くなかった。たまたま上陸したら艦に帰るのが厭になってしまった」のが、その原因だったという。

翌日から捜索隊が出て、夏島内を探しまわった。この環礁内では島内から外へ逃れ出すべがないからである。三日目の夕方、山中で行き倒れ状態となっている機関兵を発見した。南方の島といっても夏島は木々がとぼしく、マンゴーやバナナの小さな実をかじったり木の実などを食べていたが、ついに飢えて気を失ってしまったのだ。

隊に発見され収容されたので逃亡罪とはならず、罪一等をまぬがれた。桂少尉候補生は「こんな可哀想な兵隊もいた」と同情している。

有馬大佐に命じられて、翌日早朝から捜索隊が出た。といって、行方を探す先はかぎられている。陸戦隊が編成されて夏島に上陸し、方々を捜索してみたが、二人の行先はわからなかった。原因も不明である。出撃がせまっていたので捜索は打ち切られ、逃亡者が出たとあれば本艦と艦長の不名誉になるというので、事件は艦内のみで極秘処理された。

したがって、三等機関兵二人の生死は不明のままである。故郷の家族にたいしてどのような処置がされたかは、資料がない。

源田飛行長の交代

1

「太平洋戦争中、作戦上の危機が二度あった」

と、戦後来日した米国戦略爆撃調査団のオフスティ海軍部長はのべている。

「最初は一九四二年（昭和十七年）十月の第三次ガ島奪回作戦（注、第二師団の総攻撃）が予定通り実行されていたら、おそらく米軍基地は日本側に奪回されていただろう。彼らが約一週間攻撃を延期したため、このわずか数日の間に米豪援軍が到着し、防備をかため死守することができたのだ。

二度目はレイテ沖海戦で、栗田艦隊の戦艦大和が湾内突入を断念したときのことである」

後者については戦史上よく知られた通説だが、前者は当初十月二十日と予定されていた第二師団の総攻撃が同月二十四日までくりのべされたことを指す。

その遅延によって米・オーストラリア連合軍、すなわちニューカレドニア防衛のために編成されていた一個連隊三、〇〇〇名が大型輸送船二隻、駆逐艦八隻に分乗して、十月十三日、ガダルカナル増援兵力として送りこまれ、同島での展開を無事おえ、防備態勢をさらに強固なものとしたのである。

これら米第一六四歩兵連隊の投入を強力に推し進めたのが、米太平洋艦隊司令長官チェスター・W・ニミッツ大将である。

ニミッツ大将はハワイの司令部にあって、ガ島における米軍の絶望的な戦況に一喜一憂し、いらいらと落ち着かないときをすごしていた。

まず第一に、ガ島防衛に積極性を欠く、煮えきらない海軍側総指揮官ゴームレー提督の作戦指揮に失望していたのである。

南太平洋部隊司令官ロバート・L・ゴームレー中将は、配下にフレッチャーの機動部隊をもち、水陸両用部隊のターナー少将と地上部隊のヴァンデグリフト少将を指揮する絶大な権限を有している。ニミッツの太平洋艦隊のほとんどは彼の手中にあり、ガ島防御の可否は彼の采配ひとつに託されていた。

にもかかわらず、守勢ばかりで積極的な反撃、攻勢に向かわないのはなぜなのか？

ニミッツ大将の不満は、以下のようなものであった。――なぜ、ヴァンデグリフトの第一海兵師団のみが単独で戦いつづけなければならないのか。他のニュージーランドの部隊や航空機は、なぜ協力できないのか。また、なぜ日本側の「東京急行」（注、駆逐艦輸送の意）を阻止するために、海軍部隊は積極的な戦闘行動に出動しないのか？

九月二十五日、ニミッツは幕僚四名と副官一名を連れ、最前線基地の視察に出た。飛行艇で真珠湾を発ち、カントン島をへて南太平洋部隊司令部のあるニューカレドニア島ヌーメアに着いた。

三日後、彼の訪問を受けて、膠着《こうちゃく》状態にあるガ島の苦境を脱するための緊急会議がひらかれた。出席者は、他にゴームレーとターナー、マッカーサー大将の南西太平洋方面部隊から参謀長サザーランド中将、陸軍航空隊総司令官アーノルド大将の計五人。

ニミッツの質問は、ポートモレスビー防衛のため同地に増強された米豪軍五五、〇〇〇名のうち、日本軍のポートモレスビー進攻を阻止した八月十七日以降、余分な兵力の一部をガ島防衛に回わせないものか、という疑問であった。

「それは、お断わりする」

と、サザーランド参謀長がにべもなく言った。サンゴ海海戦時と同じように、日本軍は陸路ではなく海上からふたたび大がかりな輸送船団を送りこんでくるにちがいない、と彼はその理由を説明した。彼らの侵攻を阻止するために、わがポートモレスビー防衛兵力は一兵たりとも動かすことはできないと彼は拒否した。

じっさいには、日本側はポートモレスビー、ガダルカナル両面作戦を中止している（八月三十一日）のだが、マッカーサー軍は日本軍の相つぐ攻勢にガ島確保は不可能と判断し、米豪交通連絡線とオーストラリア、その橋頭堡《きょうとうほ》たるモレスビー港を何としてでも守りぬかねばならないという強迫観念に駆られていたのだ。

マッカーサー軍のこうした悲観論、南西太平洋方面部隊側の非協力にたいして、ニミッツ大将は何ら強権を発動することができない。太平洋は一人の指揮官でなく、ニミッツの太平洋方面とマッカーサーの南西太平洋方面に分けられ、もともとソロモン群島はマッカーサー大将の担当区域に入っているのだ。

ガ島進攻直前の七月二日、キング海軍作戦部長とマーシャル陸軍参謀総長の話し合いによって、第一段作戦は東経一五九度線——ガダルカナル島の西側——すなわちサンタ・クルーズ諸島およびツラギ、その周辺要地の作戦は、いちおうニミッツの戦略体制下におかれただけにすぎない。

つまり、米側のツラギ攻略以降のソロモン諸島北上、ラバウル攻略といった後半期の指揮権は、マッカーサー大将に移される。そのためサザーランド参謀長の関心はガ島死守よりも、パプア半島からサラモア、ラエへとつづく南西太平洋方面部隊の攻略に移されているのである。

もう一つ、ニミッツ大将は、厄介な難問を抱えていた。米側戦史が指摘するのは、ヴァンデグリフトとターナー両少将の作戦構想の対立、確執である。

海兵第一師団長アレキサンダー・A・ヴァンデグリフト少将は、太平洋戦争での各諸島上陸作戦で名を知られた人物である。一八八七年、ヴァージニア州生まれ。五十五歳。厳格な海兵隊学校で学び、海兵隊少尉としてニカラグア、ヴェラクルス、ハイチに勤務。海兵隊司令官補から一九四二年四月、第一師団長になった。

物静かで、高ぶらない指揮官という定評がある。「海兵隊《マリーン》」といえば、現在でも荒くれ者の集まり、闘志あふれるタフガイという評価だが、彼らの渦中にあってヴァンデグリフトは〝部隊の父〟として慕われ、尊敬されていた。

水陸両用部隊司令官リッチモンド・K・ターナー少将は、二歳年上。性格はその逆で、きわめて強固な意志の持ち主である。仕事熱心で評価は高いが、強圧的なところがあり、ニックネームに〝海軍のパットン将軍〟（注、陸軍の戦車部隊で鳴らした指揮官）というのがある。

砲術科出身ながら航空畑にめざめ、戦前から空母作戦の重要性を説いていた。開戦時、キング作戦部長が合衆国艦隊長官を兼ねることになり、彼は参謀副長として海軍作戦部の戦争計画責任者となった。ゴームレーをニミッツに代わって南太平洋部隊指揮官に命じたとき、水陸両用部隊指揮官にターナーを起用したのは、このキング大将である。

ターナーは、海軍大学校教官時代から上陸作戦の研究に熱心で、ガ島作戦でも上陸地点から各部隊がいっせいに全面攻撃に出る強気の戦術を主張した。彼は、いったんこうと決めれば一歩も引かない強引さがある。

ヴァンデグリフトは地上部隊の指揮官だけに、地道な慎重派である。彼はターナーのようなあちこちの海岸線からいっせい攻撃に移るのではなく、確保したヘンダーソン飛行場の周囲を固めて一点死守するのが最上の防備だ、と考えていた。日本軍も明らかに飛行場奪回のみをねらっており、この基地攻防戦が勝敗の岐《わか》れ目で、配下の部隊を分散させるのは得策ではないと確信していた。

したがって、日本側が新たな攻勢に出るたびに作戦対応をめぐって両者の意見は対立し、その決着はゴームレー中将のもとに持ちこまれるのである。

だが、総指揮官として彼はどちらの主張をも採用せず、解決を先送りした。前線の米兵たちはマラリアと戦闘で疲れ切っており、指揮権の混乱と対立で、士気は最低の状態にあった。

2

「ゴームレーは、疲労と心労で、すっかりやつれはてていた」

と米海軍兵学校歴史学部のE・B・ポッターは伝記『提督ニミッツ』のなかで、ニミッツがヌーメアを訪ねた折の印象を記している。

ゴームレー中将は潜水母艦アルゴンヌを旗艦としていたが、冷房装置のない〝トルコ風呂のような部屋〟を使っていた。なぜ司令部を陸上基地に移さないのかについては、同島がフランス領で、地元が施設を提供せず、彼もまた強引に要求しないところに理由があるらしかった。

ニミッツの質問にたいして、ゴームレーは南太平洋作戦の問題点と将来計画についてのべたが、ガダルカナル防衛には希望が持てないという口ぶりであった。前掲の五者会議の途中で、南太平洋司令部の参謀が二度にわたって緊急電報を手渡したが、ゴームレーは「どうしようか」とつぶやくばかりであった。

九月三十日、ニミッツと幕僚一行はガダルカナル基地に飛んでいる。B17型爆撃機に乗りこみ、最前線のヘンダーソン飛行場に着陸する。彼は出迎えたヴァンデグリフト少将と固い握手をかわし、海兵隊陣地を視察。野戦病院の負傷兵、重症のマラリア患者、皮膚病患者たちを見舞った。

ヴァンデグリフトと二人だけの話し合いになり、ニミッツはたずねた。「君たち海兵師団は、どこまで持ちこたえられるかね?」

「ガダルカナルは守りぬいて見せます」と、ヴァンデグリフトは確信をもって答えた。そのためには、ヘンダーソン基地防備を強固にし、増援部隊と航空機の補充をいそいでほしいと要望をのべた。

「日本軍は消耗し、増強兵力よりも損失兵力が上まわっている。海兵隊があと少し抵抗をつづければ、潮の流れが変わる」と主張していたニミッツにとっては、頼もしい味方であった。

戦闘地域に近づけば近づくほど、前線部隊の士気は強くなっていて、〝敗北主義は主としてブリスベーンやヌーメアの司令部に充満していた〟からだった。ブリスベーンとは、マッカーサー大将のいる南西太平洋部隊のことを指す。

翌朝、ニミッツは痩せおとろえた将兵たちの前で、ヴァンデグリフト少将に海軍十字章を授与した。

ニミッツはヌーメア基地にもどると、半ば強制する形で、ゴームレーにニューカレドニア守備隊をガ島防衛へと増派させた。それが前掲の第一六四歩兵連隊で、十月九日のことである。その部隊輸送の指揮官がターナー少将となり、彼はマレー少将の空母ホーネットグループ、リー少将の戦艦ワシントン部隊、スコット少将の巡洋艦部隊、三つの任務部隊をそれぞれ配備することになった。

ノーマン・スコット少将の巡洋艦部隊は重巡二、軽巡二、駆逐艦五隻より成り、直接掩護部隊としてレンネル島沖近海に派遣され、空母ホーネット部隊はガダルカナル島南西一八〇カイリ（三三三キロ）沖に配置されることになった。

ハワイの太平洋艦隊司令部にもどったニミッツは、視察をおえた幕僚たち一同と特別会議をひらいた。

目的は南太平洋艦隊の指揮統率ぶりについて、彼らの意見を求めるためのもので、議題は「司令官は必要とされる資質を持ち合わせているか？」というものであった。全員が「ノー」と答え、ゴームレーの解任に賛成した。

その結果、後任司令官として病気回復した〝猛牛《ブル》〟ハルゼー中将が登場する。日本側の南雲忠一中将にたいする強力なライバルが、ソロモン海に登場してきたのだ。

3

瑞鶴飛行長源田実中佐に転勤命令が出た。南雲機動部隊が陸軍川口支隊のガダルカナル飛行場奪回作戦に失敗後、しばらく米空母部隊との対決を求めてソロモン海を南下遊弋したが会敵せず、むなしくトラック泊地に帰投して二週間後の、十月八日のことである。

「補軍令部出仕臨時第十一航空艦隊参謀」が正式辞令であった。すなわち、海軍中央の軍令部作戦課に招かれ、航空作戦の全般を企画立案する重要なポストに抜擢されたのである。

臨時とあるのは、着任前に最前線のラバウル基地に行き、ガダルカナル、ニューギニア方面の熾烈《しれつ》な航空戦の実情を基地航空部隊の参謀としてよく見ておくように、という内意がこめられているらしい。

（何のための飛行長交代か）

というとまどいが、艦長野元大佐の脳裡を走る。ガ島基地をめぐる日米攻防戦のさなかに、第一線空母の飛行長を交代して他にだれが適任者として来艦するのか。

艦長とのコンビ、艦内乗員との融和、飛行隊長、搭乗員たちとのチームワーク、これらの人間関係を成就させるためには相応の時間を必要とする。こんな乱暴な人事を考えて、中央の海軍当局はどういうつもりなのか。

十月八日付辞令を手渡すと、さすがに源田飛行長も「はあ?」と意表をつかれたような表情になった。「軍令部出仕ですか。ならば第一部第一課の航空作戦担当かな、これは重大な任務ですな」

平時なら海軍省の〝赤レンガ組〟のエリート街道に返り咲き、ミッドウェー作戦惨敗の汚名から救われた人事配置となる。いちおうは敗者復活の途をあたえられ、参謀肩章を吊ってふたたび東京・霞ヶ関に君臨していればよいのである。

だが、戦時下であり、しかも米海軍がガ島防衛で猛烈に抵抗をつづけ、将来的には圧倒的な軍備強化で太平洋戦線に大反攻してくる事態を予想すれば、容易なことではない。生半可な空母作戦では太刀打ちできないことは、自明であった。何のための人事異動なのか。

野元艦長のこうした不審は、海軍省人事局から中瀬泝《のぼる》第一課長がトラック基地に飛来してきたことで、そのナゾがとけた。十月六日、夏島錨地に碇泊中の旗艦翔鶴に中瀬大佐が訪れ、この突然の人事異動について釈明をおこなった。さすがに南雲長官以下、司令部幕僚たちのこのドタバタ人事に対する不満も、海軍当局は計算にいれていたものらしい。

「今回の人事異動は、やむをえぬ事情がありまして……」

と、中瀬大佐はていねいな口調で言った。まず第一は、ラバウル基地の海軍指揮官塚原二四三中将がマラリアとデング熱に罹《かか》り、体調をくずして海軍病院で治療を受けたが回復せず、代わって兵学校長の草鹿任一中将が指揮をとることになったこと。明日、トラック着で同中将は連合艦隊司令部と打ち合わせの予定である。そして、

「源田君も、このさい中央にもどって海軍全体の作戦、将来の米海軍の大攻勢にそなえて存

分に腕を振るってもらう。その意味で、人事当局はすでに発令ずみのように今回の異動をいそぎ決定した。どうか、ご了解をねがいたい」

と言い、代わって瑞鶴飛行長には兵学校同期生の軍令部付松本真実中佐を当てる、とつけ加えた。同中佐は開戦時の第一航空隊飛行隊長であり、中攻隊指揮官として米比島クラーク基地の攻撃に参加。ラバウルからルオット島に転戦した最前線指揮官として知られている。

「彼なら、実戦指揮官としても最適でしょう」と、後の野元大佐との雑談の席で、艦長の不安を取りのぞくような言いかたをした。

さらに、源田飛行長のこの人事は連合艦隊司令部、いなむしろ山本長官の意向が強くはたらいている、と中瀬大佐は言いながら視線を宙に泳がせた。第一課当局ではどうにもならないトップ人事だ、と訴えたかったらしい。

これで、野元大佐はすべてを了解した。山本長官は真珠湾攻撃の航空作戦を、当時の第一航空艦隊航空参謀であった源田実中佐に託したように、今また日本海軍の航空戦略のすべてをこの少壮飛行長にゆだねようとしているのである。

連合艦隊の作戦参謀として〝変人〟黒島亀人大佐を寵愛したように、攻撃一本槍の海軍中佐を偏愛する。この山本長官の人選が、果たして吉とでるかどうか。

母艦瑞鶴を去るにあたって、源田飛行長も不本意であったにちがいない。ソロモン海で米空母部隊と対決し、ミッドウェーの仇を討ちたいと一念発起したことはまちがいないが、唯一参加した第二次ソロモン海戦では互角の引き分け状態、むしろ艦爆隊は一個中隊壊滅の被害を出した。

瑞鶴飛行長としての在任期間はわずかに三ヵ月間だが、しかしながら作戦指揮にも彼は精彩を欠き、積極的な意見具申もみられない。何となくションボリして敗軍の将らしい、とは部下搭乗員たちの一致した印象だが、強気一点張りのエリート参謀としてはそれだけミッドウェー敗北から立ち直るのに時間がかかった、ということだろう。

無為のままトラック泊地に帰投するのは源田中佐にとって無念の思いであったが、飛行隊長の高橋定大尉にとってはその分だけ、彼独断の飛行機隊の錬成に時間の余裕ができて大助かりであった。

まず麾下の艦爆隊第二中隊、新入りの津田俊夫大尉と鳥田陽三中尉のコンビ熟成をいそがねばならない。何しろソロモン海出撃中の一三日間は対潜哨戒のほかは何の訓練もできず、搭乗員たちは艦内でゴロゴロと暇つぶしに明け暮れるばかりであったからだ。

決戦海面への進出

1

十月十一日正午前、南雲機動部隊の旗艦翔鶴、瑞鶴、瑞鳳三隻の空母群はトラック泊地を抜錨した。米空母を索《もと》めての三度目の出撃である。

午前一〇時一五分、軽巡長良を先頭に駆逐艦七隻の警戒隊が先頭に立ち、第七戦隊の重巡鈴谷、第八戦隊の利根、筑摩、第十一戦隊の戦艦比叡、霧島につづいて第三艦隊の本隊——機動部隊が、つぎつぎと行動を起こした。随伴する直衛駆逐艦は九隻である。

二番艦瑞鶴は夏島北方沖を抜錨し、旗艦翔鶴にしたがって北水道にむかう。三番艦瑞鳳もその後につづく。

在泊中の戦艦大和をはじめ、連合艦隊各艦から「帽振レ」で乗員たちがいっせいに出撃の壮行を見送ってくれる。いつもながらの胸が熱くなる儀式であった。

「おや、長官が出ておられますぞ」

艦が外洋に出るまでは、操艦は艦長の役目である。野元大佐がいそがしく羅針盤に眼を走らせると、かたわらに立つ大友航海長が小声で注意をうながした。

見ると、大和の後甲板天幕の下で幕僚たちにかこまれた山本長官が白い第二種軍装に身を固めてゆっくりと帽子を振っている姿が望まれた。

律儀な長官だと、野元大佐はいつも感動に胸を震わせる。自分にはとてもできない部下乗員たちへの思いやりだ。感謝の答礼を返しながら、それにくらべると、自分たち母艦部隊は長官の期待に何一つ応えていないと、わが身を恥じる思いがした。

外洋に出て、竹島飛行場から飛来した全飛行機隊の収容作業に取りかかる。原田整備長が艦橋を飛び出して行き、新任の松本飛行長も発着艦指揮所に出た。

飛行長松本真実中佐は広島の人である。一空飛行長時代にラバウルから内南洋ルオット基地へと転戦してきた飛行幹部で、戦場慣れしているが、空母飛行長ははじめての体験だけに頬がこわばったような、緊張した面持ちでいた。乗艦時に、

「高橋大尉、よろしく頼むよ」

と中国戦線いらいの顔なじみながら、松本中佐は端正な物腰で、飛行隊長にまるで初対面のような固いあいさつをした。着任して、いきなりソロモン海での日米機動部隊対決の指揮をとるのである。肩にかかる責任の重さを痛感していたにちがいない。

古参搭乗員の金沢飛曹長は、この能吏型の新飛行長の初印象を、「冷たい感じの人」と受け取っている。艦橋と士官室にこもりきりで、准士官室の金田特務少尉や八重樫飛曹長のベテランと盃を交すこともなく、また緒戦のラバウル時代の戦争談義となると、不愉快そうに口を閉ざして語らない。

それがなぜだったのかは、その後金沢たちが最前線基地ラバウルに進出してみて、はじめて知ることになった。

竹島基地から飛来した飛行機隊を収容するのに、飛行甲板では整備科の各分隊員が大わらわで着艦した機体に取りついていた。

十月十二日、トラック泊地を出撃して二日目。瑞鶴は針路一二五度、速力一八ノットで戦闘航海をつづけている。

未明に索敵機が飛び立ち、対潜哨戒機が発艦してしまうと、いくら戦場近しといえども空っぽとなった飛行甲板の周囲で、整備員や対空砲、機銃座の兵員たちも手持ち無沙汰となる。

野元艦長によると、戦闘航海中の一日とは以下の通り(一例、日出〇三三八＝日本時間午前三時三八分の意)。

〇二四〇　総員起床
〇三五五　配置ニツケ
〇四一五　朝食
〇五〇〇〜〇五二〇　日課手入レ
一〇〇〇　昼食(戦闘配食)
一五〇〇　夕食
日没時　配置ニツケ
一八一五　巡検

備を確認する。

その他、「日課手入れ」後には戦闘服装の点検があり、事業服、脚絆《きゃはん》、防毒マスク等の準

艦橋から見下ろすと、赤道まぢかの東カロリン海域の海上は茫漠《ぼうばく》たる紺青の広がりで、波頭も立たず、おだやかな海原である。一瞬、戦場を忘れたかのような心情に駆られるが、いつ波を蹴って米軍潜水艦の魚雷が突進してくるやも知れず、一艦をあずかる艦長として警戒をおこたらないつもりだ。

前方を往く旗艦翔鶴には、同じ艦橋に見なれぬ顔がある。新入りの海軍報道班員牧島貞一カメラマンである。

牧島カメラマンは同盟通信記者として日中戦線に参加。空母赤城に乗り組んでミッドウェー海戦を体験したベテラン記者である。写真家木村伊兵衛に学び、一流カメラマンを目指したこともある。同盟通信社入社後召集され、海軍報道班入りをした。

ミッドウェー作戦後、重巡熊野に乗り組み、第二次ソロモン海戦をへてトラック泊地で翔鶴に転じてきた。明治三十八年生まれ、三十七歳。

民間人カメラマンだけに、海軍軍人とは一味ちがった視点があり、彼の回想には、これまでたどってきた元乗員たちの証言とは異色の、新聞記者らしい鋭い寸評がある。

たとえば、翔鶴乗艦時の印象として、ミッドウェー敗戦後の南雲司令部の意気消沈ぶりを、「長官は〝よぼよぼの狸〟みたいになっちゃうし、参謀長は〝金仏〟のように黙っちゃう」と、彼らの覇気《はき》のなさを搭乗員の言葉を借りてあっさり一刀両断しているし、また艦長以

下の人物評については、

有馬大佐＝精神家、軍人精神の塊みたいな男
艦攻隊長村田重治少佐＝喜劇俳優にそっくりだから、エノケン
艦爆隊分隊長山田昌平＝第一印象にしたがって、ノッポ
戦闘機分隊長指宿《いぶすき》正信＝映画俳優なみの良い男、林長二郎
瑞鶴同分隊長白根斐夫＝美男子だが、青白い顔なので、ウラナリ

そして、

参謀長草鹿龍之介＝西郷隆盛
長官南雲忠一＝むく犬

といった具合だ。

牧島カメラマンは空母赤城乗艦時の一航艦全盛時代を知るだけに、元戦艦改造型空母ではなく正規空母として建造された翔鶴型のぶっ通しの長い二段格納庫は、横に通る通路をおぼ

えるだけで一苦労で、要するにこの艦は「飛行場と格納庫を背負って走るバケモノ」なのである。

　また、その格納庫の下には修理工場、兵員室、士官室、艦長室、医務室、郵便局、酒保、床屋などがごちゃごちゃに配置されていて、探しあてるのが一苦労。――だが、はじめから空母として設計されているので、艦首と艦尾側に集中している居住区を頭に入れておくと、たちまち行動が楽になった。

　牧島記者がおどろかされたことは、まだあった。転任してきて異様な印象だったのは、艦内の防火壁の白ペンキがすべて剝《は》がされていたことである。代わりにセメントが塗りこめてあり、机、椅子などの木製品も極端にへらされ、格納庫のいたるところに背丈の倍ほどの炭酸ガスボンベがならべられていた。

　前海戦の被害から福地運用長が提案したもので、「飛行機の被爆炎上をすぐ消し止めることができるが、同時に消火する人間も生命がない」ときかされた。捨て身の防火対策だが、戦局はそこまで重大な事態をむかえていたのだ。

　牧島カメラマンがふたたび南雲司令部の旗艦入りすると、艦攻隊長村田少佐、艦爆隊の山田昌平、戦闘機隊の指宿正信両大尉が「おう、また乗ってきたか」と口をそろえて祝ってくれた。旧一航戦の赤城時代がよみがえったかのような賑わいである。

　彼は気づかなかったが、こうした旧一航戦グループのはしゃぎぶりをにがにがしい思いで見ている搭乗員がいた。旧五航戦の先任下士官石川鋭一飛曹で、初代艦攻分隊長萩原努大尉機の操縦員である。

　翔鶴生えぬきの彼の眼から見れば、ミッドウェー敗戦後、新参組としてやってきた連中は旧赤城、加賀乗組の搭乗員が多く、かつてのエリート意識を引きずったままに傲岸《ごうがん》で、わがままの仕放題。とくに、下士官兵の古参搭乗員は先任搭乗員の注意にも、きく耳をもたない。

　たまりかねて、搭乗員室で「搭乗員集合！」の整列をかけたことがある。これができるのは、古参下士官の先任搭乗員、石川一飛曹の特権だ。

　石川一飛曹は怒りをこめて、声を張りあげる。

「いいか！　貴様たちは本艦の伝統を何と心得ているんだ。いつもダラダラしやがって、気合いがはいっとらん！　何さまのつもりだ、しっかりせい！」

　搭乗員同士、相手が下士官兵とはいえさすがに頬を張るといった制裁は加えなかったが、不意の「搭乗員整列！」で充分に気合いを入れたつもりだ。

　石川鋭一飛曹の回想談。

「村田少佐もエエ人でしたが、最初は『村田一家』の雰囲気には溶けこめなかったですねえ……。旧赤城組は、ずいぶんいばってました。私らからすれば、横須賀で翔鶴艤装員時代から乗り組んでいるわけですから、何をエラそうに、という反発がありました」

　艦攻隊は戦闘機とちがってチームワークが身上である。何とはなしに搭乗員仲間に緊張感が高まったが、その険悪な雰囲気をやわらげてくれたのは艦攻隊後任分隊長岩井健太郎大尉である。

岩井大尉は同分隊長鷲見《すみ》五郎大尉の兵学校同期生で、空母赤城で真珠湾攻撃、のちに空母加賀に転じてミッドウェー海戦を体験した偵察分隊長である。福島県須賀川の生まれで、宇都宮中学校出身。素朴な親しみやすい性格の指揮官で、「常識円満、春風を感じさせる人徳を持っていた」と、兵学校『第六十五期回想録』にある。事実はその通りで、隊内のこんな対立話をきくとわざわざ解決に乗り出してきて、

「石川君。まあ、そうカリカリしなさんな」

と笑いながら、先任下士官の日ごろの不満をたっぷりきいてくれた。石川一飛曹にしてみると、「おや、このオヤジ、なかなか話せるわい」というわけで、両者の感情的対立はいつのまにか解消されて行ったという按配《あんばい》になる。

午後から、曇り空になった。戦闘航海中なので舷窓は閉められ、冷房装置も停められていたため一気にむし暑くなった。瑞鶴乗員たちの戦意は旺盛だったが、汗まみれで気持が滅入っているところに、思いがけない朗報が艦橋スピーカーから飛びこんできた。

「わが第六戦隊はガ島砲撃のため出撃中、サボ島沖で敵艦隊と遭遇、交戦。嚇々《かくかく》たる戦果をあげたり。敵ロンドン型甲巡一隻轟沈、艦型不詳甲巡又は乙巡一隻撃沈、一隻大破、駆逐艦一隻撃沈す。――以上」

引きつづき、艦内スピーカーが歓声にわく各科戦闘配置にガ島での戦況をつぎつぎとつたえて行く。

「その他、日進および爾余《じよ》の艦艇は、ガ島増援部隊の揚陸に成功し、上陸部隊は飛行場にむけ北進中なり！」

これは第二師団の輸送計画にしたがって「鼠輸送」の第三日、水上機母艦日進、千歳両艦に陸軍重火器、陸兵二八〇名を搭載。タサファロング揚陸を命じられたものを指す。この作戦は十月九日から十五日まで連日強行され、駆逐艦輸送によって兵員五、〇〇〇名、高射砲六、野砲一〇、高射機銃一二門、戦車一二両、糧食一三〇トン等を運びこむ企図があった。

十一日夜半、輸送計画を支援するために五藤存知少将の指揮する第六戦隊旗艦青葉、衣笠、古鷹の重巡三隻、初雪、吹雪の駆逐艦二隻がガ島飛行場砲撃にむかった。それの行動を阻止するために、米ノーマン・スコット少将の重巡部隊がサボ島南方海域に出撃し、両艦隊のあいだで不意の「サボ島沖夜戦」が勃発したのである。

だが、日本艦隊お得意の夜戦は意外な結末をつたえていた。同日午後一時三四分、瑞鶴艦橋にとどけられた旗艦青葉艦長久宗米次郎大佐からの戦闘概報は、戦果報告についで第六戦隊側の被害にもふれていた。

「味方も相当やられたな」

野元艦長が通信文を小川砲術長に手渡しながら、思わずつぶやくように言った。小川五郎太少佐も電文を見て、表情を曇らせる。

「古鷹、吹雪沈没、初雪被害アルモ戦闘航海異状ナシ」

さらに、旗艦青葉の被害に主砲、二、三番砲、一、三番六米《メートル》測距儀及び前檣及び信号用諸灯とあるのをみて、「これは青葉艦橋に直撃弾を食らっとりますな。通常航海差支ナシとありますが……」と表情を曇らせた。

小川少佐は砲術科出身だけに、日本の水雷戦隊の予想外の苦戦に色を失っていた。追い打ちをかけるように、続報で深刻な事態が報じられてきたからである。

「司令官五藤存知戦死、幕僚其ノ他多数ノ戦死負傷」――。

日本側は相手艦を日進、千歳と誤認して手間どっているあいだに、軽巡ヘレナが装備した新式レーダーによって発見され、一斉射撃をうけた。大混戦の結果、重巡ソルトレーク・シティ大破、軽巡ボイス小破、駆逐艦ダンカン沈没の戦果をあげたが、米海軍が海上探索用レーダーを使用したかも知れないという予測は、日本海軍お得意の夜戦が封じられたという怖るべき未来を暗示していた。

この事実は、瑞鶴乗員たちに知らされていない。

2

南雲機動部隊の首席参謀高田利種大佐が連合艦隊司令部からの暗号電報を受けとったのは、

十月十二日午後のことである。

「X日ヲ十五日ト決定ス」

同日午後二時四五分発の電令作第三三四号によれば、X日＝高速船団による第二師団輸送日は十五日と決まり、自動的にガ島米軍基地総攻撃＝Y日（注、X日プラス五日ごろと予定）は二十二日と想定された。これで、いよいよ決戦の秋《とき》が来たのである。

日本側の大攻勢を知って、米空母部隊はかならず出撃してくるにちがいない。いままで二度空母決戦の機会をもとめたが成就せず、三度目の正直。（こんどこそミッドウェーの仇を討ってやるぞ）と、高田大佐は着任時に決意した闘志をふるい起こした。

「長井参謀に渡してくれ」

差し出された受信用紙にサインしたあと、伝令に命じて羅針艦橋直下の作戦室にとどけさせるように手配した。作戦室には、長井作戦参謀、内藤航空参謀、中島情報参謀の三人がおり、戦闘航海中はほとんど一日を閉じこもってすごしていたのである。

「いよいよはじまりますな」中島少佐が回覧された暗号文に目を通して思わず声をあげると、入れちがいにあわただしく艦橋に登って行った。

中島情報参謀が申告する。

「目下の敵情について、ご報告します。ガ島付近に敵巡洋艦、駆逐艦数隻行動の算あり、との索敵報告です。ガ島所在敵機は、戦闘機三〇、艦爆二〇機、大型機一〇機が昨日までの推定ですが、今朝の十一航艦からの二度のガ島空襲も天候不良で、二個中隊のみ爆撃。滑走路炎上、撃墜四機と報告してきていますが、残りは引き返したため、敵航空基地の兵力に変化はないようです」

作戦計画では、十月九日から十五日までは連日駆逐艦による「鼠」輸送で人員五、〇〇〇名をガ島に運びこまねばならない。

この重要任務を成功させるために、五藤存知少将の第六戦隊重巡部隊が艦砲射撃によりガ島航空基地を制圧。十二日には陸軍部隊による飛行場射撃開始、十三日までに十一航艦、すなわちラバウル基地航空部隊によって極力航空撃滅戦を展開し、敵機を二〇機以下にすれば高速船団輸送を展開する、という手はずであったが、とつじょサボ島沖夜戦が生起して、計画が大きく狂ってしまった。

しかも五藤司令官戦死、重巡古鷹沈没、青葉大破、駆逐艦吹雪沈没という大損害を受け、今朝の電報では帰途のニュージョージア島沖で、米軍艦爆機の攻撃により駆逐艦夏雲が浸水、沈没。同叢雲《むらくも》も大火災、味方魚雷による処分を報じてきている。

「明日は、栗田さんの部隊による砲撃だな。その前に天候が晴れて、ラバウルからの空襲が何としても成功してもらわねばならん」

と、高田大佐は中島参謀の説明におうじるように顔をしかめて言った。十月十三日は、ラバウルの十一航艦航空部隊による航空撃滅戦の期限である。

栗田さんの部隊――とは、第三戦隊司令官栗田健男中将のひきいる第三戦隊戦艦金剛、榛名二隻がサボ島沖からヘンダーソン飛行場砲撃に突入する、という大胆な作戦の第二回目を指す。幸い、日進、千歳両艦による重火器輸送に成功したが、十四日はいよいよ高速船団六隻による陸軍歩兵第十六連隊主力の輸送を成功させねばならない。

南雲長官、草鹿参謀長の二人は、参謀たちのやりとりにじっと耳をかたむけている。戦闘がはじまってしまえば、両首脳はほとんど指図をせず、首席参謀に頼りきりになる。高田大佐は第二次ソロモン海戦でいやというほどその事実を知らされ、がく然となったものだ。

一方、中島情報参謀はガ島日本軍基地からの報告で、前途に漠とした不安を抱いている。米軍基地の航空機群は日本機の空襲前に、あらかじめ情報を得ているかのように哨戒の戦闘機三機、対潜哨戒の艦爆二機を上空に残して、残機が「突入三〇分前ヨリ全機空中逃避ヲ企テタリ」というありさまなのだ。

これでは、いくらラバウルからの長距離猛攻撃を加えても、施設や滑走路を破壊するだけでいっこうに米航空兵力を減殺させることはできない。

また、味方空母がガ島基地に「接近すればするほど、相当の反撃を受ける」というのが、中島少佐のつねづねの警告である。何としてもガ島への中継基地がほしい。高田大佐が口調をあらためて、こうただした。

「ブインの飛行場使用はまだかね」

ラブウルの南方、ブーゲンビル島ブインに飛行場建設がはじまったのは、九月十九日のことである。連合艦隊長官命令で一、〇〇〇メートル滑走路建設が決まったもので、この八日にようやく零戦部隊一五機が進出した、との報告を耳にしている。

「いや、天候不良がつづいて、滑走路は泥沼状態。まだ完成とはいえません。砕石を敷きつめて一部使用可能となり、十五日には零戦二五、艦爆一五機が作戦可能となりそうです」

「それは、よかった」

情報参謀の返答を耳にして、高田大佐は二人の艦橋将官の気を休めるように声高に言った。

事実、第二師団の総攻撃を前にして、これほど心強い掩護はなかった。ようやく、待望のガ島への中継基地が誕生するのだ。

この日、索敵機が未明より発進したが、何ら敵空母の発見報告はなかった。代わって、前線配備の潜水艦部隊からの電報がとどいたのみである。

「ガ島南東方ニ敵巡洋艦一、駆逐艦二、運送船ノ北上スルヲ発見」

南雲機動部隊三隻の空母群は針路一一五度、速力一六ノットで、ひたすら南下をつづける。

3

午前三時（日本時間）、総員起こし。瑞鶴の一日が動きはじめた。

十月十三日午前八時三〇分、ラバウル基地から、索敵機が「レンネル島南東七〇浬《カイリ》ニ敵空母一、巡洋艦二、駆逐艦三隻発見南東ニ向フ」を報じてきた。

つづいて正午、「スチュワート島南東八〇浬ニ敵主力艦一、巡洋艦二、駆逐艦二隻発見針路二八〇度、速力一六節《ノット》」の飛電がはいる。日本側の大攻勢を察知して、米機動部隊も動き出したのだ。

艦橋背後の海図台で、航海士がいそがしくコンパスと定規で米空母部隊の航跡と彼ら索敵機の飛行範囲をさぐっている。米空母ははるかに遠い距離にあり、味方空母が高速南下しても本日中には出会うことができまい。

「敵が索敵機を飛ばしたところで、槍の穂先はとどきませんな」

松本飛行長が緊張の頬をゆるめて、艦長に言った。午前中には艦隊付属タンカー国洋丸が追いついてきて、警戒隊の軽巡長良以下駆逐艦部隊にも洋上給油を実施することになっている。燃料補給中に米側索敵機に発見され、攻撃を受けることがあれば、身動きがとれない。新飛行長は、それを気づかっていたのだ。

正午になって、艦橋上の見張所から「駆逐艦二隻、合同しまーす」の声がきこえた。

右舷方向から第十駆逐隊の秋雲、巻雲の二隻が発光信号を点滅させながら近づいてきて、前衛部隊の航行序列に占位した。ガ島カミンボ岬に海軍側増援部隊の舞鶴特別陸戦隊兵五〇〇名、および高射機銃等の揚陸にたずさわった両艦が任務をおえ、元の警戒隊にもどってきたのだ。

給油作業は、午後いっぱいかかった。機動部隊の決戦、その後の残敵掃討の夜戦のためには、航続力の短い駆逐艦群は時間の許すかぎり燃料を満載状態にしておかねばならない。

「旗艦より信号！　翌朝黎明《れいめい》までに南緯三度二〇分、東経一六四度二〇分に達し、敵機動部隊に備えよ！」

艦橋上の防空指揮所から、信号長のさけぶ声がした。指定された位置はソロモン諸島北方海域で、ここに身をひそめてガ島に急行する米空母部隊を叩け、という連合艦隊司令部からの命令が転送されてきたのだ。

今夜こそ、第三戦隊の艦砲部隊はガ島近海からサボ島沖に進入する。はたして戦艦部隊による艦砲射撃が期待した通りの華ばなしい効果をあげてくれるものかどうか。

瑞鶴艦橋の希望と不安の入りまじった感情は、小川砲術長のこんな一言から発していた。

「いくら高速戦艦といったって、速力を一八ノットまで落とし、敵前に長時間身をさらすんでしょう。危ないなァ……。だいたい艦砲で陸上基地攻撃といったって、今まで効果があったわけじゃないし」

少し巻き舌の、いつもの江戸っ子口調で遠慮のない口調で言った。野元艦長も後で知ったことだが、当の砲撃命令を受けた栗田中将自身も、第三戦隊による挺身攻撃作戦に賛成でなかったようである。

これら栗田司令部側の不安にたいして山本長官は積極的で、「必要な砲術参謀だけをつれてみずから実施する」との意志をしめし、彼らの抵抗をはねつけた。陸軍の辻参謀に約束した通り、「戦艦大和をガ島に横づけしても輸送船団を送りとどける」とまで言った約束を忠実に実行しようとするのだ。

砲撃は決行された。

栗田中将の第三戦隊は、前進部隊の第二艦隊に属していた。司令長官は近藤信竹中将で、第四戦隊重巡愛宕（旗艦）、高雄、第五戦隊の重巡妙高、摩耶（司令官大森仙太郎少将）、警戒隊の第二水雷戦隊軽巡五十鈴、駆逐艦六隻（司令官田中頼三少将）、航空部隊として空母隼鷹、飛鷹、駆逐艦二隻（司令官角田覚治少将）より成る部隊である。

前進部隊は機動部隊出撃直前にトラック泊地を進発し、前方一〇〇カイリにあって警戒任務につく。栗田部隊は十三日午前三時三〇分、前進部隊と分かれてガ島砲撃にむかった。同日午後一一時三六分、サボ島の南方水道に突入。随伴するのは、二水戦の軽巡五十鈴、および駆逐艦六隻である。

同夜半、途中で米軍機に発見されることなく、上空に待機していた弾着観測機二、照明機二機による照明弾投下により、こうこうと明るい光の下、まず戦艦榛名が砲撃開始した。つづいて戦艦金剛の三六センチ主砲が火を噴く。発射距離二一、〇〇〇メートル、弾数合計九六六発。

ヘンダーソン飛行場にむけ、単縦陣となって第一射撃コースとして海岸線を遠く横切って通過したあと、折り返し同一コースを復路として砲撃、通過した。

米軍陣地は意表をつかれたらしい。ルンガ岬方向から照明射撃で反撃したが弾丸は到着せず、戦艦部隊は副砲でこれに応戦した。使用された砲弾のうち、「三式通常弾」(注、三式弾と略称)は一〇四発を数える。

三式弾は主砲の対空射撃用に開発されたもので、爆発すると、内蔵された焼夷弾、および弾片が大量に散布され、在地航空機、燃料等の焼却破壊、滑走路の使用封止に多大の効果がある。

この新砲弾の威力は絶大なものであった。旗艦金剛の艦橋から見た凄惨な光景を、同艦の戦闘報告は誇らしげにのべている。

「……滑走路ヲ含ム二二〇〇米平方内一面火ノ海ト化シ特ニ滑走路付近十数ヶ所大火災ヲ生ジ『ルンガ』河付近弾薬ラシキモノ盛ニ誘爆シツツアルヲ認ム」

在ガ島の日本側陸軍部隊にとっても、日ごろの鬱憤《うつぷん》を晴らす恰好の勝利の舞台であったにちがいない。この日、予定通り重砲部隊が一五センチ榴弾砲二門を飛行場に射ちこんだが、戦艦群の艦砲射撃にくらべれば物の数ではなかった。

ラバウルの第十七軍司令部は、戦艦の艦砲射撃は「野砲一、〇〇〇門に相当する」と手放しの賞めようで、ガ島守備隊は苦境を脱し、「欣喜雀躍《きんきじやくやく》せり」と、喜びの電報を中央に打電した。

在トラックの連合艦隊司令部では、第三戦隊の戦艦金剛、榛名による艦砲射撃が大成功におわったと知り、ただちに山本長官に「砲弾一、〇〇〇発射ちこみに成功。飛行場は炎上爆発、誘爆各所に起っています！」と勢いこんで報告した。この砲撃プランは、反対論を強引に押し切って長官みずからが推しすすめたものだったからである。

「昨夜の射撃は大なる効果を収めたり」

と、作戦参謀三和義勇大佐はさっそく翌日の日記にその喜びを書きつけている。

駆逐艦群による連日の陸軍兵「鼠」輸送では、米軍航空基地の反撃によりさんざん手を焼かされていたからである。さっそくガ島日本軍通信基地からも「（敵の）飛行可能所在機数、戦闘機九、爆撃機六ナリ」との報告があり、「砲撃により敵機一〇機以下に減殺」との所期目標を達成できたと信じられた。

これで、最後の切り札たる高速船団輸送は成功まちがいなしと確信を抱いたところで、意外な続報が飛びこんできた。壊滅したはずの米軍基地から戦闘機、艦爆約三〇機が飛び立ってきて、航海途中で輸送船団に銃爆撃を加えているというのである。

やはり当初から栗田長官が渋っていたように、〝陸上基地にたいする艦砲射撃は効果が少なかった〟のだ。宇垣参謀長も「前古未曾有の三十六糎《センチ》砲を以てする夜間飛行場砲撃はまた美事の成果を収めたり」と、鉄砲屋出身の参謀長らしく自信満々であったが、その自負もたちまち冷水をあびせられた恰好となった。

自戒をこめて、彼は日誌『戦藻録』に書く。

「昨夜の攻撃は敵に大打撃を与へ、飛行機に於《おい》ては少くも八十余機中の三分の二を破壊せしめたるが、敵は残余の諸機を動員整理して対抗しつゝあるものと認めらる。飛行場使用不能を望むのは余りに欲の深きものにして寧《むし》ろ警戒を要す」（傍点筆者）

たしかに、日本戦艦部隊の砲撃は凄まじいものであった。米海兵第一師団の将兵にとって、歩兵第一六四連隊の増援は大いに勇気づけられるものであったが、その喜びは第一夜にして打ちくだかれた。敵艦隊の艦砲射撃にたいして唯一反撃したのは、ルンガ岬砲台の一二・七センチ砲六門のみである。

海軍部隊はツラギ港に進出していた魚雷艇四隻が探照灯を照射しながら、日本側警戒部隊の駆逐艦群と交戦した。指揮官アラン・R・モンゴメリー大尉。四人の艇長たちは果敢に肉薄攻撃を加えたが、日本側記録では駆逐艦長波が艦砲および銃撃で応射したとあるのみで、戦果をあげることができなかった。

「ヘンダーソン飛行場は当分の間、お手あげの状態だった」

と、米海兵隊公式戦史は三式弾艦砲射撃の威力について記している。滑走路は弾着のたびに震動し、飛行機や倉庫を叩きつぶした。樹木を根こそぎなぎ倒し、燃料集積所を大爆発させた。航空機用ガソリンは底をつき、所在航空機九〇機のうち四八機が破壊され、戦闘機三五、急降下爆撃機七機と、計四二機だけが飛行可能の状態であった。

海兵隊員の戦死者四一名。一発の三六センチ主砲弾が海兵隊砲兵連隊長デル・ヴェル准将の司令部建物を粉砕する、というおまけまでついた。

米海兵隊員たちの士気は、最低だった。到着したばかりの歩兵第一六四連隊の兵士たちは、「ガダルカナルの生活は、いつもこんな風なのか」と身ぶるいした。師団司令部から海兵隊大佐がやってきて、基地の航空部隊員たちにこんな悲壮な命令を下した。

「われわれは、いつまでこの基地を保持できるかどうかはわからない。日本軍の艦船部隊がせまってきている。だが、一回分の戦闘用ガソリンだけは残っている。もう一度戦って、その後は陸上部隊とともに銃を持って地上で戦え！　幸運を祈る」

米側は、ヘンダーソン飛行場のほかにもう一つ、海岸側に滑走路を建設していた。日本側通信基地からもこの事実に気づいて、十三日付で「数日来、一部ノ小型機ノ行動ト睨合《にらみあわ》セ、東方ニ新飛行場アル疑アリ」と報じていた基地である。

いまはこの未完成の、草深い滑走路でも、日本側の海上攻撃に対抗して飛び立っていかねばならない。

米海兵隊航空部隊司令官ガイガー少将は、航空ガソリンの手持ちがないときくと烈火のごとく怒って言った。「いいか、燃料がないというならどこからでもいい、一滴でもガソリンを探し出せ」

航空隊司令官ガイガー少将のはげしい叱咤の声は、絶望と不安に駆られていた海兵隊員たちの勇気をふるい起こさせている。

ロイ・S・ガイガー少将は一八八五年、フロリダ州生まれ。五十七歳。草創期の海兵隊員としてパイロットを志し、第一次大戦にも参加したこの老航空兵は彼らの〝尊敬すべきオヤジ〟であり、熱血あふれる指揮官であった。

航空隊の隊員たちは手分けして、飛行場そばの退避場所に隠してあるドラム缶約四〇〇本から残留ガソリンをかき集め、また飛行不能となったB17型爆撃機二機から燃料をぬき取り、飛行可能なグラマンF4F戦闘機、SBD艦上爆撃機群に燃料補給した。彼らの死にもの狂いのはたらきのおかげで、タサファロングにむけ航行中の日本軍輸送船団に攻撃隊を発進させることができたのである。

翌日も、悪夢がつづいた。十三日の大規模な日本機空襲につづいて、この日も連続して戦闘機、爆撃機群がやってきた。正午すぎるころ第一次攻撃で陸攻および零戦一五機、第二次攻撃で同機数の攻撃隊がやってきて、「滑走路弾着炎上、グラマン二〇機ト交戦ス」（第十一航艦戦闘詳報）とある。

ガイガー少将は日本側輸送船団の南下を知り、残存戦闘機、艦爆あげて阻止に立ちむかよう命じた。まずエスピリット・サント基地からのB17型爆撃機二機が相ついで飛来して攻撃に発進し、第一波に三〇機が銃爆撃（投弾五発）、第二波二六機が輸送船団空爆にむかった。

日本軍輸送船団の上空には、幾重にも手厚い防御戦闘機網が敷かれていて、米軍攻撃機のパイロットたちはいつもと勝手がちがうことに気づいていた。船団上空には零式観測機六機がたえず四周を警戒し、新設のブイン、ブカ両基地からのべ五〇機の上空直衛機が飛来し、ラバウルから絶えず水上戦闘機二六、零観一〇機が派出されてきていた。

これらの日本機の妨害により、米軍機の攻撃は護衛駆逐艦五月雨《さみだれ》に軽微の損害をあたえただけにすぎない。

悪夢の夜は、二度つづいた。前夜の戦艦群の砲撃によっても米軍航空基地の制圧は不十分だとみた連合艦隊司令部は、第八艦隊長官三川中将に命じて再度ルンガ沖からの飛行基地砲撃を命じた。

重巡鳥海を先頭に衣笠、駆逐艦天霧、望月が単縦陣となって同夜ガ島沖に突進する。発射弾数七五二発。「飛行場北側付近ニ火災発生」と日本側記録にあるが、米海兵隊将兵にとっては、この小さな河口はまたしても〝眠られぬ潟《ラグーン》〟となった。

十五日朝、夜が明けると、タサファロング沖には海兵第一師団将兵にとっては、おどろくべき〝屈辱的な光景〟がひろがっていた。六隻の日本軍輸送船団が海岸近くまで接近し、あわただしく兵員と軍需品の揚陸作業に取りかかっていた。上空には直衛機が飛びまわり、沖には警戒駆逐艦が白波を蹴立てて走っている。「まるで東京湾にいるみたいだった」と、米海兵隊戦史は兵士たちの落胆ぶりを記している。

これこそ、山本長官が「全力をあげてお護りする」と陸軍側に誓った待望の高速船団輸送の成果であった。海軍所属の吾妻山丸、南海丸、陸軍徴用船の佐渡丸、九州丸、笹子丸、埼戸丸六隻が午後一〇時に入泊し、すぐさま荷揚げ作業に取りかかっていた。彼らが搭載してきたものは高射砲、高射機銃などの重火器のほか、兵力として歩兵第十六連隊主力、歩兵第二百三十連隊など陸軍兵力、海軍側の舞鶴第四特別陸戦隊、弾薬、糧食などであった。

翌十五日早朝八時四五分ごろまでには、各船とも兵員、糧食のほとんど、弾薬の八割の揚陸をおえていた。第二師団の高速船団輸送は最終局面になって大成功をおさめたのである。

日本側が描いた甘い夢は、夜明けとともに瞬時にして打ちくだかれた。瑞鶴艦橋の野元大佐は、予期せぬガダルカナルの戦況情報の第一報を受けとっていたのである。

十五日朝、同島タサファロング岬に陸軍歩兵第十六連隊主力を上陸成功させた高速船団部隊が米軍機の空襲をうけ、大被害をこうむっているというのである。その前哨戦として戦艦金剛、榛名両艦がガ島基地への夜間艦砲射撃を加え、ブイン、ブカ両基地からの航空攻撃で米航空兵力を壊滅させたはずであったが、午前中の通信連絡では、

「船団ニ対スル敵機ノ銃爆撃ハ〇四五〇頃（日本時間）ヨリ二、三機ヅツ一〇余回行ハレ、〇八四二、一番船中部ニ爆弾命中、火災中」（ガ島通信基地発）

と、気がかりな緊急信が入電し、午後四時には現地第四水雷戦隊からの報告で、

「『タサハロング』海岸ニハ輸送船三隻擱坐《かくざ》、炎上中」

と、高速輸送船団六隻のうち半数が猛攻撃をうけ、海岸に沈没、座礁してしまったことを明らかにしてきた。

米基地航空機群は壊滅しなかったのか。それとも、すぐさま増強兵力が送りこまれてきた

のか?

野元艦長には詳細がわからなかったが、小川砲術長が予言したように「艦砲で陸上基地に砲撃効果があるのか」という疑念が至当であったのかも知れない。何とかY日=ガ島米軍基地総攻撃にむけて味方被害が最小限であってほしい、と洋上からひたすら願うばかりである。


しかしながら、現地では予想外の深刻な事態におちいっていた。タサファロング岬には重火器の全部、弾薬、糧食の八割が揚陸されていたのだが、海岸での荷役作業に手間どっているあいだに、のべ一二九機の米軍機の空襲によりその大部分が爆破、炎上してしまったのだ。この間、水上戦闘機、零式観測機のべ三二機が上空直衛につき、零戦部隊ものべ七八機が六直まで警戒態勢にはいっていたが、当直交代や米軍機を追っての空戦中に他機によって空爆され、海岸に山積みされた物資に投弾、根こそぎ銃撃された。

既述のように、ガ島米軍基地の航空機は栗田艦隊の砲撃により五四機が破壊されたが、四二機が飛行可能の状況となって残っており、米海兵第一師団のガイガー少将はこれら少数機をフルに駆使して、これら日本輸送船攻撃に立ちむかったのだ。

グラマンF4F戦闘機には四五キロ爆弾×二の搭載能力があり、これら残機九機とSBD偵察爆撃機一一機が入れ替り立ち替り爆弾、燃料を補給して、基地を飛び立った。日本側の上空直衛機が引き返したわずかな時間の隙をねらって、上空を自在に乱舞する。

最初に笹子丸が炎上し、九州丸、吾妻山丸がつぎつぎと擱坐、沈没した。対空砲火をぬって輸送船に攻撃を加える米軍機の様子を、沖合の護衛駆逐艦四水戦側は口惜しまぎれにこう報告している。

「……敵機は地の利を極度に利用し味方上空直衛機の行動を終始観測し、其の間隙《かんげき》に乗じ来襲するものの如く、又味方基地航空部隊の攻撃時には大部分上空に逃避しあるを認めたり」

零戦の上空直衛が飛来するとさっと逃げ出して、引き上げればまた船団部隊に襲いかかってくる。日本側が手の打ちようのない手口で、ヘンダーソン基地を舞台にたくみな駆け引きで、揚陸物資を片っ端から爆破炎上させたのだ。

この日、ガイガー少将専用のPBY飛行艇は破壊された同飛行場に強行着陸し、魚雷二本を装備して日本船団攻撃に発進している。その意味では、「ガ島基地を死守する」という米軍側の必死の抵抗は本物であった。

そして翌日には、思いもかけず、空母ホーネットを発艦した艦上機群がタサファロングの陸軍揚陸部隊を急襲してきたのだ。

4

米海軍史家サミュエル・E・モリソンは著書『太平洋戦争アメリカ海軍作戦史』のなかで、十月後半のガダルカナルの戦況について、大要つぎのようにのべている。

「日本軍の計画はY日（飛行場奪回の総攻撃日＝十月二十二日）にそなえて十月第三週中に

米海兵隊の抵抗力を弱め、丸山第二師団長の手で日の丸旗をヘンダーソン飛行場に押し立てる予定であった。連合艦隊はこの間、ソロモン諸島北方海域を辛抱づよく取りまき、米国艦隊、とくに空母部隊との艦隊決戦にそなえた」

この日本海軍の戦術は、ガダルカナル争奪の主導権を陸軍側地上部隊の攻勢にゆだね、みずからは海上権力＝制海権確保から一歩退くという安全策に逃げこんだことを意味している。これは日本海軍が模範としたマハン提督の海上戦略理論――制海権、すなわち海戦の勝利が陸戦を決定する――という点からみれば、落第点というべきものである。

「日本海軍は、マハン提督の教えを忠実に実行すべきであった」

とモリソン博士は鋭く指摘している。

日本海軍が危険を冒《おか》さず、丸山師団の攻勢を海上で見守っていた十月十九日から二十六日にかけての一週間、海兵隊員や陸軍GIたちはヘンダーソン飛行場を頑強に守りぬき、米キンケイド海軍少将がエンタープライズに乗りこんでふたたびガ島沖に登場するまでの、決定的な時間の余裕をあたえたのである。

ニューカレドニアから派遣されてきた米第一六四連隊アメリカル部隊三、〇〇〇名の増援兵力が、飢えとマラリアに苦しめられていた米海兵第一師団の将兵を大いに勇気づけたことは言うまでもない。十月二十三日の段階でガ島守備隊の兵力は二三、〇〇〇名であったが、その大半は戦闘に疲れ、熱病と原因不明の疾病に悩まされていた兵士たちだった。

だが、日本側の陸軍第十七軍司令官百武晴吉中将は、米側がそれほどまでに絶望的な断崖に追いつめられているとは夢想だにしていない。日本兵たちはガ島上陸いらい数次にわたって果敢な突撃を敢行したが、険阻なジャングルと優勢な火力にはばまれてヘンダーソン飛行場に近づくこともできない。空中戦で撃墜され、艦砲射撃で爆砕されても、基地からつぎからつぎへと飛び立ってくる米攻撃機群は陸軍地上部隊にとっては恐怖の的であった。

同月十五日、高速輸送船団五隻によって第二師団陸兵四、五〇〇名が送りこまれ、日本側の兵力は二二、〇〇〇名に増強されたが、同時に積載物資の弾薬、糧食のほとんどを米軍機によって焼き払われたことは痛恨のきわみであった。——ちなみに、マハン提督は戦略要素のポイントとして交通線、すなわち兵站《へいたん》（補給）が戦争を支配するとのべており、日本海軍はそれを軽視し、米海軍は必死にその教えを守ったということになる。

百武司令官はこれ以上の海軍側の協力はえられないとみて、既定通りの迂回奇襲作戦を実行することにした。これは当初に計画していた飛行場への正面攻撃をあらため、ようやくアメリカ兵の能力を下算せずにジャングル中を迂回して米軍基地の弱点をつく、効率的な戦法へ移行したのである。

日露戦争いらい、「無敵陸軍」の勝利をみちびく白兵戦における銃剣突撃は、ガ島攻防戦ではじめて苦杯をなめた。その原因は、進撃をはばむ想像を絶する密林の深さと米軍の圧倒的な火力である。

当初は、マタニカウ河両岸の配備についていた川口支隊に代わって進出した青葉支隊が右岸、および左岸陣地を強化して主攻撃の拠点とするはずであったが、その動きを察知した米側が一挙に攻勢に出た。

青葉支隊とは歩兵第四連隊のことで、支隊長は中熊直正大佐。米海兵隊指揮官はエドソン大佐で、九月十八日、海兵第七連隊の増援をえて息を吹き返したところで東進してきた青葉支隊を急襲して猛砲爆撃を加え、クルツ岬からも側背をつく奇襲戦法に出て、中熊部隊を総くずれさせたのである。

日本側にとって、一木支隊の全滅につづく予想外の敗退であった。百武司令部は十月九日、ガ島に上陸してみてはじめて第二師団第一線の苦境を知らされた。

事態は衝撃的であったが、まだ銃剣突撃の自信はゆるがない。師団長丸山政男中将などは米軍基地攻撃を前にして「敵が降伏を申し出た場合……」などと早手まわしに武装解除、発砲停止の方法について指示するなど、あくまでも楽天的である。

迂回奇襲作戦は、つぎのような要領で実施されることが決められた。

第二師団はアウステン山南側を迂回し、ルンガ川とテナル川にはさまれた二つの飛行場南側から急襲する。右翼隊として川口清健少将の指揮する歩兵約四個大隊、左翼隊として那須弓雄少将の歩兵二連隊、予備隊は歩兵一連隊、牽制攻撃をおこなうのは住吉正少将の砲兵隊である。

攻撃計画は、あくまでも参謀たちが机上で描いたプランである。米ヘンダーソンおよび新設飛行場への攻略道は工兵隊が切りひらき、「丸山道」と名づけられた。早くも占領後のことを考えて命名されたのだ。

十月十六日、ガ島西北岸タサファロングから第一陣の那須部隊が丸山道を出発した。一人あたりの糧食一二日分、弾薬も持てる分だけは携行して行く。だがしかし、――行く手には日本軍が想像もしていなかった道なき道、人跡未踏の深いジャングルが待ちうけていた。陽は射さず、得体の知れない植物が道をふさぎ、泥とぬかるみで足を取られる。そして、降りつづく雨また雨……。

石丸中隊の独断専行

1

――機動部隊本隊に話をもどす。

十月十五日未明から、機動部隊各艦から索敵機が飛び立って行く。午前五時、瑞鶴からも六機が発艦した（以下、現地時間に統一する。日本時間はマイナス二時間）。

「機動部隊ハ早朝『ステワート島』東方海面ニ進出……」（連合艦隊電令作第三三九号）

昨夜は連合艦隊司令部からの南下命令がとどき、旗艦からの発光信号で野元艦長はいよいよ決戦海面に進出するのだと覚悟をさだめた。ソロモン群島南端のスチュワート島の線まで南下すれば、ガ島支援の米空母部隊と会敵することはまちがいない。

前方一〇〇カイリを往く前衛部隊、ガ島の北方二〇〇カイリまで進出した前進部隊からも、東方三五〇カイリの扇形索敵を実施している。

これで隈《くま》なく決戦海域を網羅できたと一息ついたとたん、さっそく前衛部隊の重巡利根がはなった索敵機から第一報が飛びこんできた。

「敵大部隊見ユ」

午前七時一五分の触接報告から引きつづき、前衛各艦水偵から相ついで暗号電報がはいる。総合すると、「敵巡洋艦二隻、輸送船二、駆逐艦数隻ノ輸送船団」ということがわかった。

「総員配置につけ！」

野元艦長が副長に命じて、艦内スピーカーで朝食をおえたばかりの乗員たちを戦闘配置につかせる。原田整備長がさっそく格納庫内に走り、松本飛行長が艦橋を出て発着艦指揮所で待機する。高橋飛行隊長もそのかたわらで旗艦からの発光信号を待つ。

「旗艦より発信！　第一次攻撃隊は翔鶴艦爆隊二一、瑞鶴艦攻九機、第二次攻撃隊は瑞鶴艦爆二一、瑞鶴艦攻九機。発艦準備完了の後、甲板待機となせ」

信号員があわただしく翔鶴からの信号文を読みあげる。南雲司令部は、これら輸送船団の背後に米機動部隊がいると見て、索敵機からのつぎなる報告を待っているようだ。

第一次攻撃隊には艦攻隊の今宿滋一郎大尉が、第二次攻撃隊には高橋定大尉の艦爆隊全機と椿原正幸大尉の艦攻隊が、出撃することに決まった。

「ついに敵が姿をあらわしたな」と、野元大佐は思わず大友航海長の肩ごしに話しかけた。

「いままで、ずいぶん待ちくたびれたぞ」

艦橋上の天蓋では、小川砲術長が両脚を踏んばって上空をにらみすえている。二夜つづくガ島基地への砲撃成功には思わず快哉をさけんだが、その効果もなく壊滅したはずの米航空機群がこの日未明から二〇機ほどタサファロングの輸送船団に爆撃を加えつつあり、との通報を耳にした。

小川少佐は深い疑念にとらわれている。これは、いったいどうしたことなのか。戦艦金剛、榛名の三六センチ主砲であっても飛行場制圧は不可能だったのか？

――じりじりと時間だけがすぎて行く。

「敵輸送船団発見！」の第一報いらい、三時間が経過した。他にガダルカナル東方海面に米空母部隊の姿は発見できず、このまま手をこまねいていては、輸送船団によって増援物資がそのまま米軍基地に運びこまれてしまう可能性がある。

「よし、行こう。まず手近な部隊から攻撃をかける」

南雲司令部の作戦参謀長井純隆中佐がついに決断して、同意をうながすように内藤航空参謀を見た。内藤中佐がほっとした表情で、汗ばんだ顔を大きく上下した。二度目の海上航空戦指揮で、極度に緊張を強《し》いられていたらしい。

艦橋に上がって長井中佐が進言すると、首席参謀高田大佐の反応はすばやかった。この人の決断はつねに明快だった、と中島情報参謀の評がある。たちまち草鹿参謀長、南雲中将の了解を取りつけて、第一次攻撃隊の発進が決まった。

午前一一時二〇分、後続する空母瑞鶴あて発光信号が送られる。

「第一次攻撃隊ハ直チニ発進セヨ　第二次攻撃隊ハ格納庫ニテ攻撃即時待機セヨ」

攻撃開始が決定してしまえば、あとは翔鶴飛行長根来茂樹中佐の仕事である。すでに関衛少佐の九九艦爆二一機が対艦船攻撃用の二五〇キロ通常（徹甲）弾を装備して、つぎつぎと飛行甲板にあげられて行く。先頭位置には、ガダルカナル上空戦闘から帰還したばかりの新郷英城大尉以下、八機の制空隊零戦がならべられている。

飛行隊長村田重治少佐は攻撃隊編成からはずされて、発着艦指揮所から二人の隊長たちの進発を見守っていた。

「敵空母が出てきたら、君におまかせするよ」

と、飛行長は村田少佐に因果をふくめてある。真珠湾攻撃いらい空母赤城隊の指揮官として戦場を駆けまわった猛者である。米空母への雷撃隊突入となれば生還は期しがたいのに、この愛称〝ブツさん〟（注、佛のような男との意味もある）は相変わらずつかみどころのない笑顔で、

「はァ……」

とうなずいたきりだった。

内藤参謀も、旗艦の村田艦攻隊を空母決戦の切り札として使うつもりであった。代わって新参の瑞鶴艦攻分隊長今宿、梼原両大尉には水上艦艇相手の手軽な戦闘で経験をつませてやりたい、という配慮があった。

その二番艦瑞鶴艦上では、上空直衛機を発進させた後のがらんとした飛行甲板上に、九式改三型八〇〇キロ航空魚雷を装備した九七艦攻がリフトで運びあげられてきていた。機数は一個中隊九機なので、格納庫内での整備点検にそれほど時間はかからなかった。

艦攻隊整備先任班長山本治夫二整曹は、トラック在泊時に新機材と旧機が交換され、発動機調整に苦労しないですむことに一安堵といったところだった。発艦時のエンジントラブルで整備員たちが立往生する、という整備班長としての気苦労から解放されたからである。

「それにしても、相手が駆逐艦二ハイじゃつまらねえなあ……」

と、彼はベテランらしく不平を鳴らす。攻撃隊の搭乗員から敵は手近な距離にいる駆逐艦二隻で、「一隻はやや短く、幅広く飛行艇母艦の疑いあり」というらしい。

「こんな奴らが相手だったら、艦爆連中の二五〇キロ一発で充分」

というのが、山本二整曹の不満であった。すでにエンジンの起動がはじまっており、艦橋下での彼らのあからさまなグチも隊長今宿滋一郎大尉の耳にきこえるはずはなかった。

整備員たちの視線が一番機にそそがれた。午前一一時二一分、発艦指揮官の手旗を合図に翔鶴艦爆隊より一分おくれて、今宿大尉の雷撃機が飛び立つ。第二中隊長伊藤徹中尉以下三機、第三小隊長鈴木仲蔵飛行特務少尉以下三機がつぎつぎとその後を追う。はるか旗艦上空で彼らが関少佐隊と編隊を組むと、三八機全機が一団となって南の空に進撃して行った。

2

米側の、唯一の反攻拠点であるガ島基地を何としても守りぬくという闘志は、翌十五日からつぎつぎと具体的行動となってあらわれた。対岸のツラギ港から哨戒艇で航空機ガソリンのドラム缶二〇〇本が運びこまれ、エスピリット・サント基地から輸送艦による燃料緊急輸送が開始された。

同島基地からB17型爆撃機が発進し、ガ島基地を経由して日本軍輸送船団攻撃に加わってくる。また、ニューカレドニア基地からはダグラス輸送機でドラム缶一〇本の輸送がくり返され、水上機母艦マクファーランドは同三〇〇本を積みこんで出港した。

重巡利根が発見した輸送船団も、この増援部隊の一グループであった。すなわち、輸送艦アルキバ、ベラトリス、魚雷艇母艦ジェームス・タウ、旧掃海艇ヴィレオ、駆逐艦メレディス、ニコラスの計六隻である。

ニューヘブライズ島を出発したこれら輸送船団は二、〇〇〇バレル（三一八キロリットル）のガソリンと二五〇キロ爆弾五〇〇発を搭載した曳船二隻を曳行していた。

十五日午後一時をすぎるころ、北方はるか上空に日本機の群れを発見した。ただちに南方への反転命令が出たが、駆逐艦メレディスは旧掃海艇ヴィレオを魚雷処分するため、現場にとどまった。ヴィレオは速力がおそく撃沈されるのは確実で、残ったとしても日本軍に鹵獲《ろかく》されるのはまちがいない。曳船二隻も同艦に繋がれた。

一時二五分、翔鶴隊二一機の九九艦爆がこの孤立した二隻の米軍艦艇に殺到した。メレディス艦長ハリー・E・ハバード少佐が魚雷の発射命令を下す直前であった。だが、そんな手間をかける必要はなかった。同艦の戦闘記録はメレディスを「爆弾、魚雷および機銃弾が押しつつんでしまい、ほとんど瞬時に同艦は撃沈された」とある。

翔鶴隊、瑞鶴隊いずれも同一目標を攻撃したらしい。関少佐の報告では、「敵軽巡洋艦(艦型不詳)一隻、および曳船(五〇〇トン—六〇〇トン)一隻」とし、今宿大尉は目標を「敵『カイロ』型軽巡及駆逐艦各一隻」としている。

新郷大尉の列機、小平好直一飛曹の談話がある。当時、上空には米側戦闘機群は見られず、関隊は定石通り一機ずつ、単縦陣で突っこんでいったようだ。「水と火と黒煙とが、一緒くたになって大きく上がったと思うと、瞬間、艦首と艦尾が突き上がった。真っ二つに折れたのだ。折れた敵甲巡(注、誤認)はサーッと沈んで行った。後にはかすかに煙が残っただけであった。

胸のすく撃沈であった」

それにしても、わずか二隻の駆逐艦グループに三八機もの攻撃隊が集中投弾するのは、いくら指揮官が戦場慣れしていない未経験者とはいえ、度がすぎよう。二隊を分離して、あるいは艦爆分隊を二隊に分け一隊で付近洋上をさらに別の米艦艇を索敵攻撃すべきではなかったか。しかも、ヴィレオは無事に戦場から逃れ出ているのだ。

同三五分、駆逐艦メレディス沈没。艦長は救命ボートで逃れ出たが、三日二晩の漂流の間に乗員一八五名と死の運命を共にした。生存者八八名は駆逐艦グレイソンとダウィンに救出されている。

3

南雲司令部では、輸送船団グループを四群とみている。いずれも軽巡を中心とした小部隊だが、第二師団総攻撃日をひかえて米軍側の残存の増援兵力を見逃す手はない。

午後一時五〇分、関少佐からの「敵巡ヲ撃沈ス、ワレ帰途ニツク」の連絡を受けとると、高田首席参謀はただちに第二次瑞鶴隊への発進命令を下した。相変わらず、ソロモン東方海域に米空母部隊の姿は発見できない。

瑞鶴艦内では、搭乗員待機室で飛行隊長高橋定大尉が出発前の最後の打ち合わせをおこなっていた。攻撃隊全員を集めて、目標は第一次攻撃隊が逸した駆逐艦グループであること。

付近に米空母が見られないとの通報があり、直掩の戦闘機隊なしで往くこと、などをつげた。
さらに艦爆隊員を残して、トラック泊地で特訓した新戦法「鶴翼《かくよく》の陣形」を試す絶好の機会がきた、と強調した。

要点はただ一つ。単縦陣でなく、同一高度で円孤を描き、全機いっせいに突入することで味方被害を極小にすることにあると、高橋隊長は四一名の部下たちの顔を見まわして言った。
「進撃高度は八、〇〇〇メートル。艦攻隊は三、五〇〇で直下方を往く。敵前三〇カイリで横隊を組むと高度三、〇〇〇ないし五、〇〇〇メートルに緩降下。突撃命令と同時に輪型陣を突破したあたりで突っこめ！　号令をよくきいて、まちがえないようにしろ」

高橋隊長の第一中隊には、小隊長として米田信雄中尉がいる。第二中隊長津田俊夫大尉、小隊長烏田陽三中尉、第三中隊長石丸豊大尉、小隊長村井繁飛行特務少尉が、それぞれ熱心な面持ちで新戦法に耳をかたむけている。

相手が駆逐艦二隻目標なので、いくらか彼らの表情にもゆとりがあるようだ。

午後二時一〇分発艦。艦橋の野元大佐以下幹部たちに見送られて、第二次攻撃隊は艦爆隊二一機、艦攻九機の編成で、関少佐が報じてきた位置にむかった。

一方、日本機を視認した直後、反転して逃避行をつづける米輸送船団は、駆逐艦ニコラスに護られた輸送艦アルキバ、ベラトリスのグループと、単艦で南方に逃れ去る高速の水上機母艦ジェームスタウンの二つのグループに分かれていた。瑞鶴艦爆隊が推定海域にたどりついたのは、四〇分後のことである。

だが眼前にひろがる海上には、米駆逐艦群の艦影はまったく見られない。隊長機の操縦席で高橋定大尉は、さらに五〇カイリ距離をのばして索敵攻撃をつづけることを決意した。第二次ソロモン海戦時と同じように、敵艦発見せずの電報を打電して空しく帰投するのか。胸苦しいまでの不安がこみあげてきて、わきの下から冷たい汗が流れた。

高橋大尉は必死になって、偵察席の国分豊美飛曹長に前海戦と同じ督励のことばをくり返す。

「国分、しっかり見張ってくれ！」

それにしても、なぜ隊長機は二度も索敵攻撃に失敗したのだろうか？

国分豊美飛曹長は、翔鶴乗組から転じてきた真珠湾攻撃いらいのベテラン偵察員である。航法にミスがあったとは思われず、一方の高橋大尉は昭和十二年の南京空襲参加の古参操縦員で、中国大陸での地上攻撃を主とし、洋上作戦は二度目。まだベテラン隊長とは言いがたい。

隊長機は出撃にあたって、海上の風向、風速を考慮にいれて偏流修正をほどこしながら飛び、気象条件におうじて進撃針路を微妙に修正しなければならない。その判断、角度修正を誤まったものか。

左翼前方に、梼原大尉の艦攻隊九機が黙々と飛行をつづけている。梼原大尉の表情は遠く見えないが、新戦法の連携プレーを快く承諾してくれた表情が思い起こされ、何としても敵艦を見つけねばと、高橋大尉はつぎつぎとわきあがってくる焦燥感をじっと押し殺した。

「隊長、艦爆が八機おりません！」

とつぜん、国分飛曹長の声が背後から飛びこんできた。

「なに？　よく見てみろ」

「はい、先刻から何回も数えているのですが、うちの艦爆が八機おりません！」

「石丸中隊だな」

「そうです！」

「よし、心配しなくていい。われわれは、このままで往く」

向こう意気の強い石丸大尉が、がまんしきれず独断専行に出たにちがいない。叱る気持になれず、彼の好きなようにさせてやれ、と高橋大尉は覚悟した。何しろ二度も索敵行動に失敗しているのである。彼が指揮官なら、第三中隊八機をかならず引きつれて、無事に帰艦してくるにちがいない。

事実は、少しちがっていた。帰艦後、石丸大尉がやってきて、隊長機からわざと離れたわけではない、独断専行するつもりもなく軍規違反をするつもりもなかった、と涙を浮かべて釈明した。

石丸大尉の必死の言いわけ、とはこうである。隊長機の右翼後方を進撃した彼は、水平線上に何物かを見つけた。雲か艦影か、一瞬のうちに消えた何物かを確認するために、その影を追い求めた。とうぜんのことながら編隊から後落するが、列機は石丸大尉にしたがってついてくる。隊長に報告するまでの確信はもてず、しかし飛行機乗りの本能として、あくまでもその「何物か」の正体を追いかけた。

石丸大尉は訴える。

「私はたしかに敵影を見たのです。しかし、隊長機はすでに遠くにあり、私は自分たち八機だけで攻撃しようと決心したのです」

この中隊長の判断にしたがわない部下がいた。第二小隊長村井繁飛行特務少尉以下二機である。彼らは石丸大尉があらぬ方向に針路をとったので、あきらかな軍規違反、抗命とみた。戦闘行動中は、かならず指揮官の命令にしたがわねばならないのだ。そのため、村井小隊は直進し、高橋隊の主隊を追いかけた。

石丸中隊は五機になった。第一小隊は別宮利光一飛曹、角田光蔵一飛の二機を彼が直率し、第三小隊長岡本正人飛曹長、宮原良一一飛曹の二機が後続する。

石丸豊大尉は霞ヶ浦海航空隊教官時代、熱血漢として知られる、いわゆる〝往き足のある〟パイロットである。「敵ヲ見ズ」との二度の出撃失敗では、帰艦後の艦内の冷たい視線に耐えられなかったのであろう。ガンルームでは、他科の若手士官から「こんどの飛行科指揮官はだらしねえなァ」と陰口を叩かれていることを耳にしていた。何としても屈辱を晴らしたいと、この青年士官は心に燃ゆる思いを抱いていたのだ。

午後四時二〇分、石丸大尉の死にもの狂いの決意がついに成就した。エスピリット・サント港へ反転中の輸送船グループを発見したのである。指揮官機の電信員東藤一飛曹長が誇らしげに発見電報を打つ。

「敵巡洋艦、駆逐艦各一隻、他ニ輸送船発見、ワレ攻撃ス」

石丸豊大尉の九九艦爆は逃げまわる輸送艦ベラトリス、アルキバ、駆逐艦ニコラスをめざして、つぎつぎと急降下して二五〇キロ爆弾を投下する。

その戦果は、「巡洋艦一隻火災大破、輸送船一隻火災大破、同一隻火災小破」というものである。だが、じっさいは米側記録によれば、「ベラトリスに至近弾を受け、ちょっとした浸水を生じた」とあるのみ。残る全艦は無事にエスピリット・サントに帰港している。

4

第一次攻撃隊、第二次攻撃隊の一航戦翔鶴、瑞鶴艦爆隊、艦攻隊による雷爆撃は不首尾におわったとみるべきである。両艦による同時攻撃を企図しながらも、第二次攻撃隊はむなしく引き返し、結果的には戦果は米駆逐艦メレディス一隻撃沈のみ。搭乗員の技倆低下、錬度不足はあきらかで、これ以降の米機動部隊同士の対決に暗雲を投げかけた。

かえって、味方機に被害が出た。第一次攻撃隊では関少佐の列機、川村正彦一飛の九九艦爆が対空砲火を受けて被弾不時着、未帰還となった。また瑞鶴艦攻隊では宮下栄一飛の九七艦攻が不時着水、未帰還となっている。

午後六時二〇分、出発してから四時間一〇分後に、第二次攻撃隊の高橋艦爆隊、椊原艦攻隊が重い魚雷、爆撃を抱いたまま帰艦してきた。着艦時の事故にそなえて、九七艦攻隊はあらかじめ腹下の航空魚雷を海中投棄する。艦爆隊も同様である。

ここでも、思いがけない事態が起こった。高橋隊長は燃料切れを訴える津田大尉の列機、若輩《ジャク》の操縦員河村修一飛、偵察員中根甫一飛のコンビをまっ先に着艦させることにした。

九九艦爆の帰投一番である。久しぶりの夜間着艦見物だと艦橋に上がってきた宮尾直哉軍医中尉は、通報による戦果が軽巡一隻撃沈、駆逐艦一隻大破ときかされ、「こっそり出かけて行ってこんな結果とは何と情ない」とひとりグチっていた。

つぎの瞬間、一番機が右に流れながら着艦してきて信号檣《マスト》の索に翼を引っかけ、大きく右に回わりこんで艦橋入口のドアにぶつかり、十数人の整備員たちを巻きこんで海に転落してしまった。あっという間もなく九九艦爆は海に消え、わずかな気泡だけが後落して行く。

治療室、応急治療室に整備員の負傷者が運びこまれ、宮尾軍医中尉もあわてて駆けこんで行く。重傷一名、輸血患者三名、負傷者は一〇名を数えた。

あわただしい夜をおえ、ようやくガンルームにもどると、あらためて第二次攻撃隊の不首尾を確認して軍医中尉は大いに落胆する。彼の日記の一文は、この夜の多くの瑞鶴乗員たちの偽らざる心情であったろう。

「……重ねがさねの醜態で、こんな飛行機乗りばかりでは、もしサンゴ海海戦のごとき情況であったら恐らく敵空母の撃沈は不可能であったろうと思うと、慨嘆にたえない」

南雲機動部隊からの二次にわたる航空攻撃は失敗におわった。表面的には「敵水上艦艇撃沈！」と戦果は一見華ばなしいが、その内実がともなっていないことを他ならぬ搭乗員自身がよく知っていた。

第一次攻撃隊の指揮官関衛少佐は翔鶴艦爆隊二一機をひきいて「敵軽巡（艦型不詳）一隻撃沈」の戦果を報じ、かろうじて面目を保ったが、みずからは初弾をはずした。石井信一三飛曹の九九艦爆一機が未帰還となっている。

同隊の瑞鶴艦攻隊九機は「敵カイロ型軽巡一隻撃沈」と、帰艦後野元艦長に報告しているが、分隊長今宿滋一郎大尉は生まじめな性格だけに「翔鶴艦爆隊と協同」と説明し、自隊だけの戦果をほこっていない。だが実情は雷撃機がバラバラに魚雷を投下して命中せず、二手に分かれて挟撃するどころか今宿大尉自身が上気して、統一指揮を忘れた。最若年の宮下栄一飛の操縦する九七艦攻一機が未帰還となっている。

第二次攻撃隊の総指揮官高橋定大尉は、かねて主張していた一艦の艦爆隊、艦攻隊を分散せず同一指揮官のもとに結集するとの自説がかなえられ、三〇機の攻撃集団をひきいて念願の出撃を果たした。しかし、第二次ソロモン海戦に引きつづき二度も「敵ヲ見ズ」、さらに五〇カイリ付近海上を捜索したが見つからず、むなしく母艦にもどることになった。着艦時、艦爆一機が衝突大破し、艦攻二機が未帰還（一機、不時着水）となったのも弱り目にたたり目といった体《てい》たらくであった。

「申しわけありませんでした」

と隊長としていさぎよく謝まったが、野元艦長は「おう」とこたえた切りであった。松本飛行長も着任して一週間目。どう声をかけてよいのかとまどっている様子で、艦橋内の何となく浮かない空気が彼らの失望感をあらわしているようであった。

艦橋を出て、高橋大尉は横側の指揮所にむかう。夜間着艦用の探照灯はすでに消されていて眼前に夜の闇がひろがっているばかりだが、不時着水した艦爆一機を随伴駆逐艦がひろい上げて救出してくれているはずであった。その連絡を待つつもりだ。

本隊におくれて帰投してきた石丸艦爆中隊の最後の一機を収容したのは、午後六時五〇分のことである。長時間にわたる洋上飛行で攻撃隊員はみな疲れきっており、艦攻分隊長椿原大尉も無為におわった索敵攻撃のせいか、言葉少なく飛行甲板から艦内に降りて行った。

椿原大尉の一言が、一日のおわりの合図だった。

「ゆっくり休め、明日も出撃待機だ」

帰投後の搭乗員たちは艦攻分隊、艦爆分隊に分かれて、それぞれおそい夜食をとっていた。主計科員心づくしの食物がならべられ、サイダーが一本ずつ付けられている。

「姫石よ、こんどは何とか生きて帰れたな」

搭乗員待機室での食事にむかう姫石忠男一飛曹に八重樫飛曹長がくだけた口調で声をかけると、金田特務少尉と連れだって二人は准士官室に足を早めた。艦攻隊九機のうち第一小隊は椿原正幸大尉、第二小隊を金田数正特務少尉、第三小隊を八重樫春造飛曹長がそれぞれ指揮し、その八重樫小隊の偵察員がハワイ作戦いらいの名コンビ、姫石一飛曹であった。

「はあ……。惜しいことをしましたね」

姫石一飛曹は、恩賜の銀時計をもらった偵察練習生の優等生である。せっかくの米水上艦艇攻撃の機会をのがし、隊長機の偵察員国分豊美飛曹長の航法ミスがあったのかどうか。彼にも疑問がわいていたはずであったが、何ひとつグチをこぼさない。

「まあ、いいさ。隊長機が見つけられなかったんだから……」

といいながら、彼は正直なところまた命びろいしたな、と肩の力がぬける思いであった。

「魚雷を抱いて飛んで行く。最初の雷撃行は夢中でしたが、二度目となると急に空おそろしくなりました。怖くてたまらん。サンゴ海海戦のあとで二度目の雷撃ときいたときは、『まだか！』と身体がふるえましたよ。敵のものすごい対空砲火を経験すればするほど、自分が卑怯《ひきょう》な気持になる。『敵ヲ見ズ、反転』の隊長命令が出たときは、思わずホッとしました」

八重樫飛曹長の、戦後の正直な感想である。

戦場にたどりつくまでは「いやでいやでたまらない気分」だが、突入態勢になるとわれを忘れて熱中し、雷撃後に避退しているうちに「あ、生きてるな」とふたたびわれに返る。そのくり返しが、雷撃隊搭乗員の心理らしい。

艦橋の直上、防空指揮所からテレトークで信号員のさけぶ声がする。野元艦長が伝令に命じて、すぐその内容を高橋大尉につたえさせた。

「隊長！　不時着水した本艦の艦爆一機、駆逐艦より無事収容の連絡がありました！」

伝令の声は、気がかりであった安田幸二郎二飛曹の無事救出を知らせていた。ベテランの九九艦爆機の操縦員、佐藤茂行飛曹長が暗夜の海上にたくみに着水してくれたにちがいない。安田二飛曹はマニラ基地時代の部下で、とくに瑞鶴に呼びよせた腹心の部下である。富山生まれの豪快な男で、「いやあ、ヒドイ目にあいましたよ」と頭をかいて隊長室に訪ねてくるにちがいない。

「また、あいつに越中おわら節でも唄わせながら、無事帰艦を祝ってやろうか」

と高橋大尉は重い気分のなかで、少し心晴れる思いになった。

重巡戦隊突入せず

1

旗艦翔鶴の南雲司令部では、航空攻撃の小戦果に南雲長官も渋い表情をひとときわしぶくしていた。相変わらず米空母部隊の行方はわからず、味方はPBY飛行艇につきまとわれている。

南雲中将を失望させる原因は、もう一つあった。前衛重巡群の戦闘行動のにぶさである。機動部隊前衛は新戦策により、空母群の前方一〇〇カイリ（一八五・二キロ）に見張り兼水上追撃戦用隊形に布陣することになっている。十月十五日朝には阿部弘毅少将の戦艦群は別働隊となってはなれ、原忠一司令官直率の第八戦隊重巡利根、筑摩、第七戦隊重巡熊野、鈴谷、第十戦隊軽巡長良が横一列となって進撃し、駆逐艦四隻がその後方にしたがう隊形で航行していた。

午前五時、本隊より五〇カイリしか前進していない位置から索敵機を飛ばし、米水上艦艇および輸送船群を発見したのは既述の通り。

ちょうど重巡群がはなった水上偵察機が帰ってきて、交替機が出発する午後一二時五〇分から午後四時五〇分までの頃合い——司令官原少将は同一海面にとどまって機体の収容発進を命じるのみで、何ら南下進撃する行動をとらなかった。後方の機動部隊本隊との距離はぐんぐんちぢまるばかりである。

「司令官、南下をいそぎましょう」

首席参謀土井美二中佐がうながしても、原少将は「まあ、しばらく待て」と南下に消極的であった。

原忠一少将は前任が五航戦司令官で、ハワイ作戦からサンゴ海海戦までを戦った歴戦の将官である。水雷科の出身で、航空戦を指揮しながら空母瑞鶴の司令官室で、「おれが水雷戦を指揮していたらなあ……」と華麗なる水上艦艇決戦を夢見ていた人物である。

だが土井参謀の眼から見ると、じっさいの原司令官は「積極的に進出して損傷した敵艦船を捕捉する気迫に欠けていた」ようである。

アダ名は「キングコング」。のっそりと大柄で、いかにも将官らしい偉丈夫だが、神経は細やかで、心優しい性格で知られる。その反面、決断力に欠け優柔不断で、サンゴ海海戦では航空戦の決定的優位なチャンスを何度ものがした。その心の弱さは、戦場においては空母戦闘の致命的な欠陥となった。

連合艦隊司令部では、機動部隊前衛が指示通りに一〇〇カイリ前方を布陣しているとみた。その位置はガダルカナル島の南方、レンネル島とエスピリットサント島の中間海域で、第一次、第二次攻撃隊が発見した米水上艦艇部隊と近距離にあることがわかった。

「機動部隊ハ適宜《てきぎ》ノ兵力ヲ以ッテ攻撃セヨ」

宇垣参謀長からの命令文がとどいたのは、第二次高橋隊が目標推定位置に達していた午後二時四五分のことである。

旗艦翔鶴の南雲司令部でも、同じように前衛重巡部隊が一〇〇カイリ南方に進撃しているとみて、長井作戦参謀がすぐさま高田首席参謀に意見具申した。

「重巡部隊を突進させ、航空攻撃で討ちもらした残存米艦艇群を夜戦で撃滅する。夜間であれば米軍航空機の反撃を想定しなくてよい、との内容であった。

高田大佐が賛成し、この命令文起案に、草鹿参謀長、南雲長官の異論はなかった。

「前衛ハ夜戦ニ依リ、敵ヲ撃滅スベシ」

この電文が重巡利根艦橋にとどいたのは、午後四時五〇分のことである。前衛の重巡利根、筑摩、熊野、鈴谷、軽巡長良、駆逐艦四隻がいっせいに南下に移ったのは午後五時のこと。単純にみても二、三時間の時間ロスがある。やはり、命令にしたがって南下進撃しても米残存艦艇群は見つからず、夜になった。

「ソロモン南方を捜索したるが、基地索敵機同様何等大物を発見せず」

と、報告をうけた宇垣参謀長もその日の日誌に失望の気持を記している。

このままでは機動部隊、第二艦隊の前進部隊ともに燃料不足になるとみて、山本長官名で両部隊に北上命令が出た。午後九時一〇分、原少将の前衛部隊もともに反転命令が出て、重巡部隊は夜の海を北にむかった。

ところが反転北上を開始して三二分後、利根艦橋にざわめきが起こった。前線に配備されていた伊号第三潜水艦から「敵機動部隊発見！」の緊急信が飛びこんできたのである。

兵力は不明とあるが、敵機動部隊とあるからには米大型空母がふくまれているにちがいない。あわただしく航海士が海図台で定規とコンパスをあて、「敵艦隊との距離、およそ八〇カイリ（一四八キロ）」と絶叫する。機関長が、残存燃料量について報告をあげた。

だが、艦長兄部《こうべ》勇治大佐は渋面をつくり、「このままでは、反転南下しても夜戦にはいれば燃料はもちますまい」と、北進を止める気配がない。第八戦隊司令部参謀たちのあいだで異論が噴出した。

「ただちに南下して敵艦隊にむかうべきです」

参謀たちの意見を代表する形で土井首席参謀が原少将にせまった。

「夜戦となれば、敵航空兵力の反撃もなく水上決戦に持ちこめる。八〇カイリなら全速力で追いつけます」

「いや、敵空母を捕捉できなかった場合、明早朝には敵機の空襲をうけ、味方全滅のおそれがある」

と、原少将は顔をしかめていった。あくまでも慎重に、味方重巡の安全を第一に考える消極策である。艦隊の無事は保証されるが、これは平時の航海常識であって、戦闘行動といえるものではない。

「長官、反転して攻撃しましょう」

第一次ソロモン海戦で圧倒的な勝利をあげながら、米輸送船団を前にして反転する三川中将にたいし旗艦鳥海の早川幹夫艦長が吐いた同じ言葉を、ガ島攻防戦でも首席参謀がくり返すのである。いったい、艦隊指揮官トップのこの戦意不足は何ゆえのものだろうか？

原少将は燃料不足を追撃中止の理由にあげ、兄部艦長も参謀たちの意見具申に耳を貸さなかった。指揮官二人の意志は固く、前衛部隊は追撃夜戦の機会を見送ることになった。

南雲司令部でも、前衛部隊の夜戦突入をかたずをのんで見守っていた。当初、索敵機が報じた米水上艦艇群は四グループあり、第一次、第二次攻撃隊の空爆によってもまだ残存輸送船が逃走中であり、「夜戦を期して重巡部隊が飛びこんでくれる」と期待をかけていたものだ。

明朝にそなえて、旗艦大和から機動部隊はスチュワート島北東方面より、前進部隊はオントンジャバ北東方面より索敵攻撃せよとの連合艦隊命令が新たに発信され、それぞれの幕僚たち全員が夜戦の成り行きに期待をつないでいたのだ。

だがしかし、結果は意表をつかれるものであった。原少将名で打電されてきた通信文には、「明朝ノ索敵機使用不能、ワレ二六節《ノット》ニ増速シテ北上中」とあり、南下して夜戦する意図がないことを明らかにしていた。はじめから原忠一少将には、水雷部隊をひきいての艦隊決戦の戦意が欠けていたのだ。

また、事態は意外な方向に動き、敵機動部隊と報じてきた伊三潜は追加電報で「敵巡洋艦ラシキモノ数隻北上中」と訂正文を送ってきている。

これで、米空母機の反撃をおそれずにすんだわけだが、なおのこと米巡洋艦部隊との夜戦の機会をのがした悔いは大きい。洋上での同一海面での時間を短縮し、極力南方進撃につとめていたら、

「当然その敵巡洋艦部隊を捕捉できたろう」

というのが、土井首席参謀の無念の言葉である。

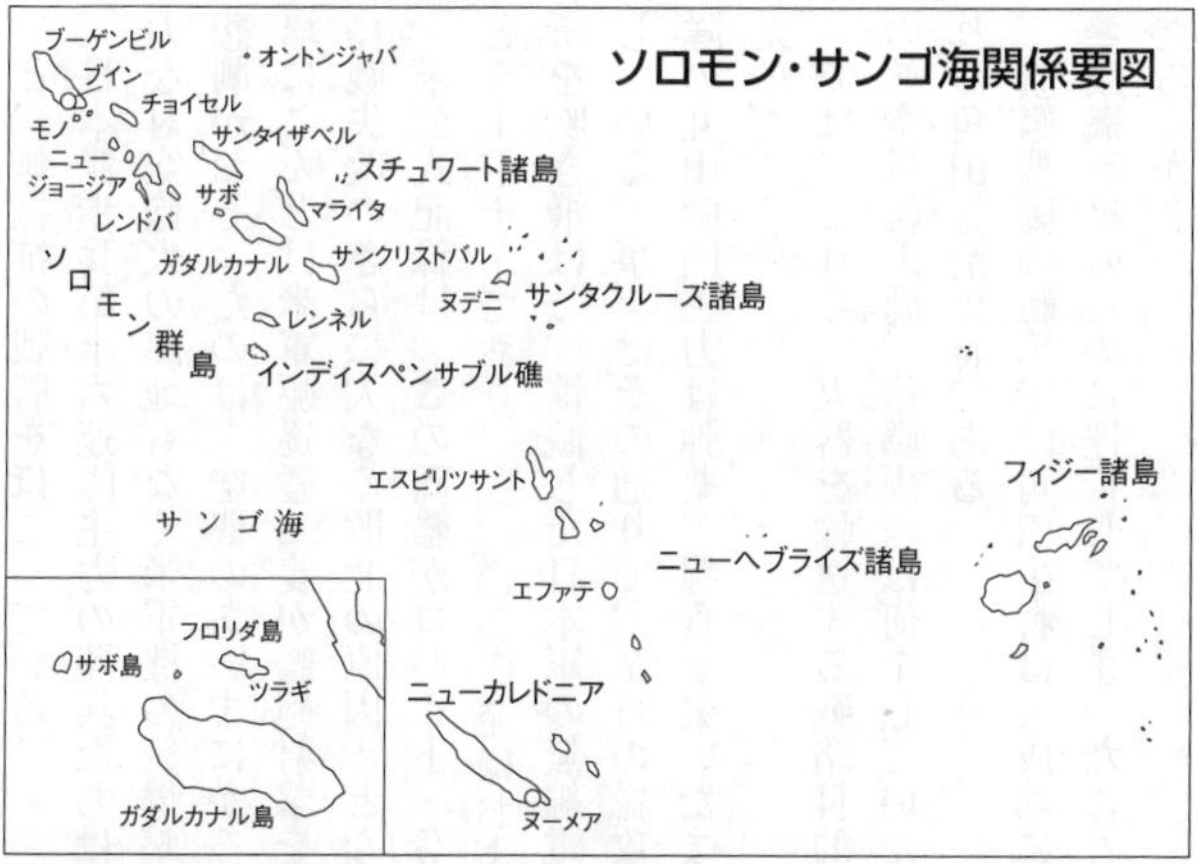

ソロモン・サンゴ海関係要図

2

ソロモン海の南に下っていたジョージ・D・マレイ少将麾下のホーネット部隊は十六日午前六時三〇分、SBD艦爆一六、グラマンF4F八機をブーゲンビル島の南方、サンタイザベル島のレカタ湾攻撃に発進させた。日本軍水上機基地を空爆し、第二波二四機（艦爆一二、艦攻四、戦闘機八機）はサンクリストバル島へ、第三波二二機（艦爆五、艦攻九、戦闘機八機）はガダルカナル島へと分離して、それぞれ奇襲攻撃にむかった。

ホーネット第三波の攻撃開始は午後二時三〇分のことで、同艦の戦闘行動日誌によると、「空爆により攻撃は成功し、日本軍基地は破壊された。対空砲火は沈黙しており、全機が無事に帰艦した」

と、無抵抗の戦勝をほこっている。

日本側歩兵第十六連隊主力の陸兵たちは密林に逃げこんで空襲をさけるのが精一杯で、強力な対空砲火の陣地もなく米軍機の銃爆撃にさらされるばかりである。さらに、陸軍部隊に悲劇がおそったのは、空襲のあいまにかろうじて密林内に運びこんだ残量弾薬、糧食の集積場にこんどは米軍駆逐艦二隻が艦砲射撃を加え、守備隊の門前鼎《かなえ》大佐がなげいたように「ガ島戦失敗のさらに大なる敗北の原因」となった壊滅的大被害をこうむったことである。

米公式記録は、この両艦がロバート・G・トビン大佐ひきいる米駆逐艦アーロン・ロードとラードナーであり、二、〇〇〇発におよぶ五インチ砲弾を射ちこみ、「二ヵ所の弾薬集積所を吹き飛ばし、憤慨した日本軍の無線電話がキーキー声のコーラスをまき起こした」と記している。事実はその通りで、Y日の総攻撃を前にして日本側は戦うに重火器なく、陸軍部隊の丸山師団主力は弾薬、糧食を欠いたままガ島最前線で米軍と対峙《たいじ》しなければならなかったのだ。

では、これら重火器を輸送する戦略目的のために支援部隊として派遣されている第二艦隊の航空母艦飛鷹《ひよう》、隼鷹《じゅんよう》両艦は何をしていたのか。前進部隊の二航戦指揮官は闘将として知られる角田覚治少将である。

旗艦飛鷹の艦橋で、角田少将は大成功におわった高速船団輸送が最後の瞬間になって上空警戒機不足のために挫折してしまったことを知り、どんな思いで南の空をながめていたことだろうか？

二航戦の飛鷹、隼鷹にたいする作戦命令は以下のようにさだめられていた。

「前進部隊ハ『ガ』島北方概《おおむ》ネ二〇〇浬《カイリ》付近ニ在リテ『ガ』島付近及南方海域ニ策動スル敵艦隊ヲ捕捉撃滅」（連合艦隊電令作第三三九号）

前進部隊――すなわち第二艦隊および二航戦部隊はガダルカナル島二〇〇カイリ（三七〇キロ）北方にあって、米軍基地航空兵力の反撃をうけない海域から「敵艦隊ヲ捕捉撃滅」すべしというアウトレンジ戦法、日本側にとってははなはだ都合のよい艦隊戦闘を想定していたのである。

むろん、二航戦の旗艦飛鷹、隼鷹両艦からは十五日朝からタサファロング沖で揚陸作業中の高速船団部隊上空直衛のために、午前五時三〇分に零戦二一機、午後一時四五分に零戦一五機を派出しているが、わずか二直の直衛だけでは米軍機の来襲をすべて防ぎきることはできない。

また前日には、ガ島砲撃から帰投してくる栗田艦隊の戦艦金剛、榛名の上空直衛にも二航戦の零戦二一機を割《さ》かねばならなかった。

二航戦航空参謀奥宮正武少佐の戦後回想によると、船団部隊の上空直衛には「常時一八機ていどの零戦を配慮するにしても、三〇〇浬はなれたブイン基地からではのべ二〇〇機ほども必要とする」とし、当時ブインにはそのような基地兵力はなく、母艦部隊が協力して零戦部隊を派出する必要があるとのべている。

しかしながら、機動部隊本隊も二航戦と同じく十五日早朝、「『ステワート』島東方海面ニ進出」との連合艦隊命令をうけており、前進部隊の東方海域にいた。いずれもガ島周辺から二〇〇カイリ北方にはなれており、その結果、戦略目的のタサファロング沖から懸命の努力で揚陸された日本側重火器、弾薬類のほとんどを米軍機による反復攻撃で爆破、焼却されてしまったのだ。

一方、同日夜になって前衛部隊がガ島輸送の米軍艦船部隊と八〇カイリしかはなれていないことがわかり、連合艦隊司令部では当然夜戦を期待したが、すでに同部隊は反転北上中であり、翌十六日未明からふたたび南下してスチュワート島北東からの索敵を命じた。

結局、機動部隊、前進部隊ともに「敵ヲ見ズ」で反転北上し、給油点にむかうことになった。両部隊が南下および北上の上下運動をくり返すのは、これで三度目のことである。

だが、反転北上と同時に、サンゴ海北方を索敵していた特設水上機母艦聖川丸水偵からまたしても「敵艦隊発見！」の緊急信がとどいた。

「『インディスペンサブル』礁ノ一〇七度二四〇浬、戦艦三、重巡一、駆逐艦五、針路三一〇速力二五節《ノット》」

これが午前一〇時のことで、一時間後にラバウル発の哨戒機からも「戦艦二、重巡五、駆逐艦五」の発見を報じてきている。同一部隊を視認したものと思われる。同二〇分後には、また「空母一、巡洋艦二、駆逐艦八」の報告電がきた。

旗艦大和では、宇垣参謀長がこれら米戦艦、米空母部隊を捜し求めていたガ島防衛の米機動部隊の全貌とみた。これら米艦隊を洋上にとらえて撃滅する――そのためにこそ南雲機動部隊および前進部隊をトラック泊地から出動させてきたのだ。だが、肝心の味方艦隊は戦場を引き上げて日本側は打つ手がない。

日米両艦隊の動きは「フェースを異にす」すなわち、一方が来れば片方はしりぞき、また来れば引き返すといった具合にいたちごっこをつづけているわけで、これは、

「米側の索敵が十分だから、決戦をさける合理的な戦法をとっているのではないか」

と宇垣参謀長は疑念を抱いている。

一方で、味方はさっぱり米側の行動をつかめていないのだ。このままでは、米側が戦いの主導権をにぎったままガ島戦がおわり、味方機動部隊は決戦の機会を失ってしまうのではないか。

さすがに冷静な参謀長だけに、作戦参謀たちの計画案がいつも同じパターンのくり返しでマンネリ化しているのではないか、と見ぬいた。黒島先任参謀が主導する固定化した戦法への痛烈な批判である。千変万化する戦局におうじて、もっと自在に臨機応変の戦法が必要なのではないか。

したがって、

「従来のやり来《きた》りの方法にては捕捉ならず、敵の意表に出て、其の裏をかき火花を散らす事こそ肝要なれ。而《しか》も期日は旬日を出でず。作戦の妙、投機の策を工夫実施を要す。右各参謀に命ず」（十月十五日付『戦藻録』）

第二章　戦機熟す

「ジャップを殺せ！」

1

「日本人《ジャップ》を殺せ、殺せ、殺せ
　もっと、もっとジャップを殺せ
　諸君が任務をはたせば、
　黄色いならず者を殺すのに役立つのだ」

米軍の占領地ツラギの艦隊出入口の丘にこの憎悪にみちた大看板を立てさせたのは、新任の南太平洋部隊司令官ウイリアム・F・ハルゼー中将である。

この大看板は、米国が人間的精神《ゼントルマンシップ》をかなぐりすてて敵意と憎しみだけで戦い、日本が「鬼畜米英」とののしったように、米国もまた「キル・ジャップ」と何の精神的抑制もない殺戮《さつりく》の世界に踏みこんだことを意味している。

ニミッツは闘志にあふれ、血気さかんだが、その反面で粗暴な、激情家のハルゼーの起用を危うんだ。だが、ガ島戦のような逼迫した戦況ではゴームリーのような慎重な、調和型の指揮官は不適格と判断した。そのねらい通り、日本人ぎらいのハルゼーは、かつての〝辺境地におけるインディアン狩り〟のように、戦意をむき出しにしたのだ。

その判断を支持したのが、ワシントンの海軍作戦部長アーネスト・J・キング大将である。作戦部長とは日本海軍でいえば軍令部総長の役割で、年齢でいえば一八七八年（明治十一年）生まれだから、永野修身総長の二歳年上ということになる。六十四歳。

キング大将は真珠湾攻撃の直後、合衆国艦隊司令長官に任命された。米大西洋艦隊と太平洋艦隊の両方を統率するトップである。キング大将は欧州戦線の〝ヒトラー打倒〟を第一としながらも、ワシントンや豪州に逃れたマッカーサーが敗北主義におちいるのに抗して、徹底的にガ島確保、対日攻勢を主張した。

米豪交通連絡線を堅守して南太平洋の制海権を日本海軍に奪われてはならない、というのが彼の一貫した姿勢であった。そのためにも、対日反抗の拠点であるガダルカナルは何としても死守しなければならない。

第一次ソロモン海戦での米海軍の大敗北、総指揮官ゴームリーの戦略指揮、機動部隊の活用策などについて疑問を呈したのも海軍トップのキング大将である。同時に彼は、第二次ソロモン海戦以降のフランク・J・フレッチャー中将の空母采配にも不満を抱いた。

フレッチャー中将は、日本海軍の南雲忠一中将と同じく空母部隊を指揮して戦った米国最初の将官である。一八八五年（明治十八年）生まれ。南雲中将より二歳年上、五十七歳。サンゴ海海戦では空母レキシントンを、ミッドウェー海戦ではヨークタウンを撃沈され、第二次ソロモン海戦では同サラトガを燃料補給のため戦場離脱させてエンタープライズが被弾炎上、のち雷撃されてサラトガは大破した。

これらいずれの海戦でも、フレッチャーは慎重な性格を発揮して万が一の場合にそなえて空母部隊に絶えず燃料補給をおこなったが、そのためにしばしば日本空母との会敵の機会をのがした。また、情報の精度をたしかめ確信がもてるまでは出撃の決定を下さなかったことから、キングはこれを消極性、戦意不足とみた。

ゴームリーもフレッチャーも共通しているのは、性格は穏和で、部下の評判がよく、アナポリス海軍兵学校の成績抜群で、ホワイトハウスにも議会筋にも好意的にむかえられたという点である。ゴームリーが参謀としての経験が永く、補佐役として重宝がられたように、フレッチャーも航海局時代にワシントンの評判が高く、平時のリーダーとしてはいずれも遜《そん》色《しょく》のない人物である。

だが、戦場ではあれこれ気配りするだけに決断がおそく、性格の優しい分だけ優柔不断となり、果断さに欠ける。フレッチャーの場合は、人柄の良さと戦場経験の豊富さでニミッツは評価していたから、彼がサラトガ修理の期間中にワシントンに召還された折には海上への復帰を約束したが、キングはそれを許さず、シアトルの海軍区司令官に追い出してしまった。同年十一月末のことで、米側戦史家が痛烈に皮肉るように米国西海岸で、「彼の能力にもっとも適した職務」で戦争の後半をすごしたのである。

トーマス・C・キンケイド少将が後任の空母部隊指揮官となった。一八八八年（明治二十一年）生まれ、五十四歳。

この人選はニミッツが決めた。ニューハンプシャー州出身で、アナポリス時代は成績優秀ではなく、砲術科育ちだが、合衆国艦隊参謀、海大教官時代に実績をつみ、巡洋艦戦隊司令官となってからは思わぬ実力を発揮した。ミッドウェー海戦では病気のハルゼーに代わってエンタープライズの指揮をとり、未経験の航空戦に〝砲術長〟がみごとな采配を発揮してみせたのだ。その砲術屋の手腕に、ニミッツは米機動部隊の将来を託したのである。

一方の日本側はどうか。キング提督が対日反攻の基本にガダルカナル確保を第一としてあげ、このソロモン群島から島嶼線をさかのぼって北上して行く対日反攻ラインを戦略構想として確固たるものとしているのにたいし、永野総長は対米戦について、一度も対米戦略構想を提示したことはない。真珠湾攻撃実施についても「山本長官にそれほど自信があるなら、やらせようではないか」というのが彼の対応であり、ミッドウェー作戦についても同様にみずから作戦構想を思索し、これを立案実施することがない。

かつて軍令部員として永野総長の配下にいた佐薙《さなぎ》毅大佐のこんな述懐がある。

「総長も軍令部次長も、作戦計画はすべてわれわれ〝下僚まかせ〟でした。部員が南方作戦を構想し、上司としてそれを追認するだけ。戦後、私が史料調査会にはいって米国戦史を研究したとき、キング元帥もニミッツも海軍トップが自分で戦略を立て対日戦を研究し、作戦指揮に腕をふるうのを知って、本当におどろきました」

山本長官自身についても、同じことがいえる。

真珠湾攻撃について南雲長官が不賛成で反対論者であることを知りながら、作戦実施のすべてをまかせているし、ミッドウェー海戦の大敗北にもこれまで指摘してきた通り、南雲中将の責任を問わなかった。結果的には長官―参謀長コンビがそのまま留任したために、機動部隊敗北の原因究明がおろそかになったのである。

両国海軍のトップが、一方では非情に指揮官の首をすげかえ、片方は人情味を発揮して留任させた。国民性のちがいとも言えようが、山本長官にはとくにその情愛が濃かったようである。その選択が吉と出るか、凶となるのか。

日本側の場合は、第三艦隊の新幕僚となった高田首席参謀―長井作戦参謀―内藤航空参謀三人の頭脳に、機動部隊の命運が託されたのだ。

2

ガ島の第十七軍百武《ひゃくたけ》司令部では、タサファロング沖で揚陸作業中の高速船団三隻、南海丸、崎戸丸、佐渡丸が作業途中で反転。サボ島沖まで退避したのでまだ余剰物資があるとみて、「十七日に再急送するように」と在ラバウルの宮崎周一参謀長に至急電を送った。

ところが、積荷の大半は揚陸ずみであり、これら資材がすでに壊滅状態にあった以上困りはてた宮崎少将は、その後無事にラバウルに帰還した前記輸送船三隻をもって重火器、弾薬の再輸送をはかるよう、連合艦隊の宇垣参謀長あて電報で直訴した。

「海軍はこれ以上、協力できぬ」

というのが、宇垣少将の拒否電である。

連合艦隊側はタサファロング揚陸場での被害におどろいて、すでに十五日夜、第五戦隊の重巡妙高、摩耶に命じてヘンダーソン飛行場および新設の戦闘機基地にむけ艦砲射撃を実施させている。

日本側資料では、妙高の発射砲弾四七六、摩耶四五〇、随伴の第三十一駆逐隊二五三発とあり、ルンガ沖の重巡摩耶からはなたれた着弾観測機からは「飛行場南東約二キロノ草原一帯大火災誘爆中ナリ」、「飛行場北端五ヵ所炎上中」との報告があり、「敵ノ反撃ヲ認メズ、被害ナシ」と夜間砲撃が無事に完了したことをつげている。

同時に、ブイン基地に進出した艦爆隊にはルンガ沖の米軍艦船群への攻撃が命じられ、午後五時五〇分には、米飛行艇母艦マックファーランドを大破炎上させている。同艦の被害は、これ以降の米軍の戦闘継続に重大な障害をもたらすことになった。

米側戦史は、「恐るべき損失」とその影響の深刻さをつぎのように記している。同史によると「〝ヴァル〟(注、九九艦爆の意)九機が零戦とともにやってきて、同艦爆弾架に一撃を食らわし、艦尾をめちゃくちゃに壊した」とあり、その積荷全部が爆砕され、機関は損傷し、左舷機関は可動不能となった。

この爆発により、マックファーランドが運びこんだ魚雷一二本、三七ミリ弾薬無数、航空照明弾、その他四、〇〇〇ガロンの航空用ガソリンが失われた。艦長ジョン・C・オルダーマン少佐はかろうじて艦の沈没を回避し、哨戒艇YP－239号の曳航によって、同艦とともにツラギ港に逃げこんだ。

結局、「ガダルカナルの飢えた米軍航空機に、何の〝命の水〟も供給することはできなかった」のだ。

――日米両軍ともに、消耗戦がつづく。

連合艦隊司令部は、同月十七日の増援部隊全兵力による艦艇輸送をもって、陸兵輸送の最後と決めていた。日米機動部隊の決戦にそなえて味方艦艇の損害をこれ以上出したくない、と考えていたからだ。

陸軍側への宇垣参謀長回答電は、海軍側の精一杯の努力にたいし、いっこうに抵抗を止めない米軍の頑強さに辟易《へきえき》しているせいもあってか、逆にその反動で、陸軍百武司令部側への突っけんどんな手きびしいものになった。

まず、怒りのほこ先は高速船団に乗りこんだ陸軍第一船船団長伊藤忍少将の独断専行ぶりにむけられた。

海軍側護衛指揮官高間完少将が米軍機の空襲から無事であった残る三隻を再度入泊させて荷役作業を再開させようとしたところ、陸上に上がった伊藤少将が「月明アリ、来ルナ」と独断で電報を発して反転帰投させてしまった。この処置は、陸軍側がもう積荷は陸揚げの必要なし、と判断したことではないのか。したがって海軍側では再度輸送船を護衛する必要はない、という皮肉っぽい理屈をこねまわしたような切り口上が返電にある。

護衛任務に艦隊の大部分を投入するのは海軍の目的ではなく、本来は、「艦隊ノ大部ヲ要所ニ配備シ敵機動部隊ノ制圧ヲ要スルモノ」と原則論をあらためてのべ、「飛行場占領前（護衛任務は）再度実施ニ応ジ難シ」と、きっぱり陸軍の申し出を拒絶した。

宮崎参謀長も、海軍側の強硬な怒りの文章に出会って困惑するばかりである。在ガ島の百武晴吉中将もこれ以上の海軍護衛部隊の派遣はむりとみて、唯一残った最後の艦艇輸送に望みを託すことにした。

十七日未明、軽巡戦隊（川内、由良、龍田）および旗艦秋月を中心とした第四水雷戦隊、駆逐艦一四隻はラバウル港を出撃。直前になって水上機母艦日進、千歳、千代田が連合艦隊命令により米機動部隊発見のため参加中止となり、重火器搭載艦を欠いたままの出発となった。

搭載物件は陸兵二、一五九名、野砲六門、速射砲一二門、弾薬および糧食という貧弱な「蟻輸送」である。これが米軍兵力と対抗するガ島基地奪回作戦の最終増援兵力のすべてであった。同日午後零時、タサファロング岬、エスペランス岬にそれぞれ揚陸完了。米側の妨害もなく、全艦帰途についた。

以上の経過にみるように、陸軍側が陸上兵力の充実をもって戦闘の帰趨《きすう》を決めたいと考えているのにたいして、海軍側はあくまでも洋上に決戦を求めて艦隊決戦によって勝利を得る、という伝統的な戦術から一歩もぬけ出していない。

陸海軍一致して上陸部隊を敵前に送りこむのではなく、機動部隊は洋上にあって制海、制空権を握ってこそ戦争の主導権をもつ、というのが日本海軍旧来の発想であった。したがって、南雲機動部隊も第二航空戦隊も決戦を求めてたえずソロモン海を遊弋しているだけなのである。これが、タサファロング沖揚陸物資全滅、炎上の真相といえる。

奥宮正武参謀は、二航戦の両空母がガ島沖から遠くはなれて上空直衛を二直しか出していない現況に危機感をおぼえた。むざむざ戦略物資を焼き払われてしまっては、何のための艦砲射撃であり、ラバウル航空部隊の犠牲なのか。

「司令官、つぎにこのようなことがある場合にはもっと積極的な手段をとるよう、連合艦隊司令部あて意見具申していただきたい」

角田少将も、味方空母が戦艦部隊の護衛任務が主で、輸送船団が沈没炎上している状況を知り、無念の思いにかられていたのであろう。奥宮正武少佐の回想録に、積極性を尊ぶ角田少将はわが意を得たり、というような微笑でこれにこたえたとある。

3

前進部隊指揮官近藤信竹中将も、二航戦の空母部隊が上空直衛任務だけでおわらせるのは得策でないと考え、米機動部隊との会敵を期待できない以上十七日の最後の艦艇輸送にも協力すべし、と角田部隊にガ島への艦爆隊出動を命じた。

「二航戦ノ兵力半数ヲ以テ攻撃セヨ」

ルンガおよびツラギの米輸送船、貨物集積所が目標である。合理主義者らしい近藤中将の現実的な選択である。

この指示は、命令をうけた二航戦司令部側を混乱させた。航空参謀奥宮少佐は中国戦線での基地爆撃の経験はあるが、艦爆隊による在泊艦船攻撃は不熟練の分野である。大型艦船は別として、はげしい対空砲火のもと「海岸にいる小艦を艦爆で攻撃しても損害が多く、効果があがらないのではないか」という疑念がめばえた。

ここで在泊艦船を発見できない場合を想定して、飛行場爆撃と陣地攻撃の二重の安全策をとることにした。機種変更である。

「攻撃隊編成を、艦爆隊から艦攻隊にかえます」

九七艦攻各艦一個中隊九機、直衛零戦九機ずつ、合計三六機の攻撃隊編成である。使用するのは八〇〇キロ陸用爆弾×一八。

奥宮正武少佐は兵学校五十八期生で、零戦の空中分解事故で殉職した下川万兵衛や蒼龍艦爆分隊長としてハワイ作戦に参加した江草隆繁の同期生である。昭和八年、飛行学生卒業の古参航空屋で、理論家肌の人。「研究熱心な航空参謀」とは二航戦搭乗員たちの評だが、その理づめの戦法が、思いがけない悲惨な結果を生むことになった。

角田少将の意見具申で、近藤中将も攻撃隊の機種変更に異存はなかった。この時期、砲術科出身の提督たちは航空作戦の内容について、一歩踏みこんで口をさしはさむほどの実力はなかったのである。

二航戦の両空母は、十六日夜から南下を開始し、翌日未明にはガダルカナル島沖一八〇カイリ（三三三キロ）の地点まで近接した。はじめてガ島米軍基地二〇〇カイリ圏内まで突入したのだ。

旗艦飛鷹の飛行甲板には戦闘機隊長兼子正大尉以下零戦九機、艦攻隊分隊長入来院良秋大尉の九七艦攻九機がならべられている。発艦予定時刻は午前五時一五分。まだ南の空は明けきらず、遠くに厚い雲が広がり、悪天候だ。

後続の空母隼鷹では、戦闘機隊長志賀淑雄大尉、艦攻隊分隊長伊東忠男大尉がそれぞれ同機数の列機を指揮して発艦する予定だ。

ガ島攻撃を前にして、艦内居住区の雰囲気に微妙な変化がめばえていた。出撃予定を交代させられた九九艦爆隊の搭乗員たちは、新参者が多かっただけに「張りつめていた気分が肩すかしにあったように不満の声でいっぱいだった」と、小瀬本国雄三飛曹がいう。彼は空母蒼龍からの転任組で、ハワイ作戦いらいの古参艦爆隊搭乗員だ。

「つぎは、おまえたちの出番だ」

飛行長崎長嘉郎少佐になぐさめられて彼らはようやく納得したのだが、一方出撃が決まった艦攻隊員たちの居住区では雰囲気がまるで逆。艦攻隊分隊長伊東大尉ほか主だった隊員たちはミッドウェー海戦の敗残体験者が多く、米軍陣地相手の水平爆撃では、「生還おぼつかなし」との悲壮な空気に満ちていたのだ。

水平爆撃とは高度三、〇〇〇メートルから接近し、一番機の照準によって九機編隊がいっせいに爆弾投下。逆三角形の隊形面の、いずれかの爆弾が命中することを目的とする戦法をいう。開戦前の研究では目標捕捉率六〇パーセント、命中率一三パーセントを想定していた(注、ハワイ作戦時には八〇パーセントに向上)。

九機編隊の密集隊形を作るのは、それだけ後部機銃手の七・七ミリ旋回銃を集中させて防御態勢をかためるためである。だが、昭和十七年度後半になると、米軍機の防弾、防火装備も強化され、グラマンF4F『ワイルドキャット』戦闘機群も日本機攻撃に慣れてきて、強力な零戦との空戦をさけ一撃離脱戦法《ヒット・エンド・ラン》で艦爆、艦攻のみを急襲するようになった。

「水平爆撃で、重い八〇〇キロ爆弾をかかえて投弾するまでじっと同じ隊形で飛びつづけるなんて、成功おぼつかなし。生きては還れまい」

というのが、艦攻隊員たち全員の偽らざる本音である。

志賀大尉は自分の二番機佐藤隆亮一飛曹がつたえる彼らの本音《ホンネ》を耳にして、はじめて艦攻隊員たちの苦衷《くちゅう》を知らされた。「戦闘機隊は自分たちの空戦ばかりして、われわれを護ってくれない」とは中国戦線でかつて中攻隊員たちからきかされた言葉である。いま、九七艦攻の搭乗員たちも同じような不安におびえているのだ。

「おれたちはかならずお前たちを護る。それも一機に零戦一機ずつだ。安心しろ！」

居住区に駆けつけた志賀大尉は、大声で艦攻隊員たちをはげました。ただし、それには条件があった。飛鷹の兼子正大尉は兵学校二期上の先任で、隼鷹戦闘機隊はその指揮下にはいらなければならない。母艦同士で話し合う機会もなく、そんな時間の余裕もない。

戦場上空で兼子大尉の指揮下をはなれて独断で隼鷹艦攻隊の上にかぶさって護衛して行くほかはあるまい、と志賀大尉はひそかに心に決めた。

隼鷹艦攻隊全機還らず

1

　発艦は午前五時五〇分になった。出撃前の訓示では、崎長飛行長が艦攻隊員たちの不安を察知したものか、「被弾しても自爆するな。味方陣地に不時着するか、ブイン、ブカ基地まで飛べば拾ってくれる」とはげました。

　艦攻隊指揮官伊東大尉は飛鷹隊の入来院大尉とは兵学校六十五期の同期生だが先任で、最先頭の位置を飛ぶことになっている。したがって、その上空を飛鷹戦闘機隊の兼子大尉が直衛し、飛鷹艦攻隊の上空を逆に隼鷹の志賀隊が護衛する変則的な隊形になっている。その直掩隊形を攻撃直前で入れかえようと、志賀大尉は考えていたのだ。

　伊東大尉は金沢一中出身。少年時代を外地大連《だいれん》で育ち、スポーツ万能でとくにスケートが得意だった。兵学校時代、性格は穏和で下級生に鉄拳制裁を振るうことは一度もなかった、と同期生窪正男が回想している。

「自分の主張をまくしたてるのではなく、だまって他人の話に耳をかたむける」という協調性のある人物であったから、艦攻隊リーダーにふさわしい分隊長ということになる。

　ただし、戦場経験がまだ浅いという致命的な欠点があった。そのために、彼はガ島上空で水平爆撃をやり直すという大失態を演じてしまったのだ。

進撃高度四、〇〇〇メートル。ガ島上空に達すると雲が切れ、空が晴れ上がった。見晴らしがきく広い視界に待ち伏せしているはずの米軍戦闘機の機影も見当たらず、北側のフロリダ島とガ島間、シーラーク水道からルンガ岬方向に進入する。

目標はルンガ岬の桟橋に横づけされている大型輸送船か。伊東大尉の一番機めがけて対空砲火が射ち上げられる。はげしく高角砲弾の炸裂するなかを、列機がぴったりと緊密な編隊を組んで後につづく。

伊東機の電信員大田五郎一飛曹が手をあげた。「投下用意!」の合図だ。一秒、二秒、三秒、その瞬間がせまってくる。つぎの瞬間、電信員が左右に大きく手を振っているのが見えた。何と「投弾やり直し」なのだ!

「いかん、いかん。練習ではないんだぞ!」

列機の操縦員森拾三一飛曹は思わず声をあげた。グラマン戦闘機群がいつ出現してくるかわからない。左旋回してまた元の位置にもどってくるためには、数十秒を必要とするだろう。伊東機の偵察員川本良枝飛曹長はベテランで、旧蒼龍乗組時代からのペアではないか。なぜこの緊迫した瞬間に、一撃必中の判断を部下に託さなかったのか!

「うまく目標がつかめなかったらしいな」

森機の偵察員八代七郎飛曹長が困ったような声を出した。

上空の志賀淑雄大尉は五〇〇メートル高い直掩の位置から先頭の兼子大尉と入れかわって、

隼鷹艦攻隊の上空に出ようとした。兼子大尉も一瞬のうちに彼の意図を読みとり、後方に下がろうとした。その動きのなかに、一瞬の空白の時間が生まれた。

米海兵隊第一二一戦闘機中隊のデューク・ディビス少佐は日本機来襲の警告をうけ、艦砲射撃をまぬがれた残存F4F戦闘機八機とともに迎撃に飛び立っていた。断雲にまぎれて高空から一気に突入射撃する態勢だ。午前七時三二分、日本機の艦攻隊が爆撃照準にはいって、ふたたび左旋回でやり直し……。

「攻撃《アタック》せよ！」

ディビス少佐につづいて、ロジャー・ハバーマン大尉、ジョセフ・ナノル大尉らのF4F七機が一機あて一二・七ミリ六梃装備の機銃弾をあびせかける。

先頭の隼鷹艦攻隊がグラマン戦闘機群のつづけざまの一連射をあび、一瞬のうちに高木二三一飛曹、岩田高明二飛曹の操縦する九七艦攻二機が炎上墜落した。第二中隊長久野節夫中尉機、森拾三一飛曹の二機が被弾不時着。久野中尉戦死し、森一飛曹は右手首を吹き飛ばされながら、重傷の身で日本軍守備隊に救助された。

伊東大尉は投弾に成功したようだ。ただし、直前に佐藤長作二飛曹機に高角砲弾が命中して爆発炎上し、投弾後に伊東大尉、田辺正直二飛曹、川島甲治二飛曹の九七艦攻それぞれが被弾、炎上して墜落した。隼鷹飛行機隊戦闘行動調書には、「全機未帰還」とある。

志賀大尉はスロットルを全開して突入したが間にあわず、後方の飛鷹艦攻隊は空戦の輪から取り残されて無事なのをたしかめた。米軍機の姿は跡形もなく消えていた。

志賀淑雄大尉の証言。

「ごく一瞬のことでした。あっという間に味方艦攻隊が火を噴き、つぎの瞬間には何もかも消えて青空が広がっている。空中戦闘の悲惨さを身にしみて味わいましたね」

むろん、直掩隊零戦との空戦があり、「敵戦闘機一三機ト空戦、一三機撃墜」と報じているが、米側記録ではグラマン一機喪失、一機大破、不時着とあり、米側艦船にも被害はない。

旗艦飛鷹に異変がつたわったのは入来院大尉の艦攻隊が一団となって帰ってきたときである。隼鷹の上空には零戦が小隊ごとに分かれて帰ってきており、飛鷹艦攻隊の機影は一機も見当たらない。指揮官伊東大尉からも、「敵発見」の第一報がとどいたきり、何の続報も来ていない。

艦橋を飛び出して飛行甲板に駆けおりた奥宮参謀の前に、長身の入来院大尉が色青ざめた表情で立った。

「伊東大尉はグラマンに食われたようです」

2

瑞鶴艦攻隊金沢卓一飛曹長の日記。

「十月二十二日　木曜日　半晴

……南洋の海は実に美しい。澄み切った空気、そして波は一度だって時化《しけ》たことがない。大海戦を近日に控えたこれが戦場の空気だろうか、と思われる。私は死を覚悟することは常で、心は静かである。この日記をいつまで書き続けることができるのであろうか？」

Y日＝陸軍総攻撃の当日である。はるか南の空の下では、陸軍部隊将兵が暑熱のもと米軍基地突入を前にして、息をひそめて攻撃開始の瞬間を待っているにちがいない。

だが、期待に反して総攻撃は一日くり下げられ、二十三日となった。陸軍側はジャングル中での進軍に手を焼き、部隊展開がおくれているらしい。これによって海軍側は第二艦隊の前進部隊、機動部隊ともに進撃予定を変更せざるをえなくなった。不吉な前兆である。

「艦長、南下をはじめます」

艦橋に立つ大友航海長が低い声でいった。予定では昨日から南下をはじめ、Y日には前進部隊がガ島北方二五〇カイリ（四六三キロ）まで近接し、機動部隊はその東側に位置しているはずであったが、それを取り止め、いったん北上して折り返してきたのだ。

「針路一六〇度、強速！」

午後三時三〇分、瑞鶴は一六ノットの速力で南下を開始した。旗艦翔鶴、三番艦瑞鳳もそろって予定配備地点にむかう。タービンがうなりを上げ、信号旗が風に鳴る。いよいよ明日は戦場だ。

「筑摩、はなれまーす」

防空指揮所から信号員の声がした。前衛部隊の重巡筑摩が東方海面を警戒のため、分派されて艦隊から離れて行くのだ。随伴するのは駆逐艦照月のみ。

「ご苦労なことですな」

大友航海長がポツリといった。単独でサンタクルーズ諸島方面の警戒に出動して米軍機に見つかった場合、どのように空襲をさけるのかは航海長の腕の見せどころだが、これまでの例からそう簡単に事は運ぶまいとの思いがあったのだろう。

野元艦長にも共感するものがあった。すでに、トラック島の通信隊から「ソロモン南方海面に有力なる水上部隊行動中なり」との報告電がとどき（二十日付）、北方海面には米潜水艦の出現数増加し、

「敵飛行機ノ哨戒依然厳重ナリ」

との警告が発せられていたからだ。

この日は、索敵機から米機動部隊の発見報告もなく、夜半になって艦隊はふたたび間合いをとるために反転北上する。翌日は、早朝から警戒駆逐艦の燃料補給の予定だ。


旗艦翔鶴の第三艦隊司令部では、作戦室で長井作戦参謀が連合艦隊司令部の指示に反して、陸軍総攻撃の翌日、すなわち米空母部隊との対決が予想される二十四日の行動予定を、

機動部隊　ガ島東方二七〇カイリ（五〇〇キロ）
前衛　その南方一〇〇カイリ
とした（午前四時三〇分現在）。米軍哨戒機による発見をさけて、はるか東方海面から索敵機をはなち、味方が戦術的優位に立つことをねらったのである。
この行動計画は、ミッドウェーの仇を討ちたいと機動部隊決戦を願う草鹿参謀長の意にかない、南雲中将も同意した。二十二日夜、南下を前に無線封止をといた第三艦隊から旗艦大和へ通報したところ、深夜一時三二分、連合艦隊司令部から叱りつけるような返電が送られてきた。
「二十四日黎明時ニ於ケル配備標準」
として、つぎの位置をこまかく指定してきたのだ。すなわち、
機動部隊　南緯九度一〇分、東経一六四度三〇分付近
前進部隊　南緯八度一〇分、東経一六二度五〇分
海図上でみるとガ島近海で、マライタ島東方海上である。この位置なら、夜明けとともに味方機動部隊の位置がただちに米側に発見されてしまうにちがいない。
（相変わらず、トラックの司令部連中はわれわれを子供あつかいしているな）
と長井参謀の報告をうけた高田首席参謀は、不快な思いに駆られた。おそらく黒島先任参

謀あたりが、なぜ機動部隊は積極的行動をせんのか、腰ぬけめ！　とサンゴ海海戦当時、五航戦司令部をののしったように、攻撃第一主義をふりかざして大和艦橋内でどなりまくっているのであろう。

在トラックの、現場を知らぬ連合艦隊司令部に何がわかるのかと、高田大佐は腹立たしく思った。

「やむをえん、予定通りの艦隊行動でいこう」

いまは、あせってはならない。目的はただひとつ、行方をつかめない米空母部隊を早期発見することだ。

十月二十三日、いよいよ本日こそ陸軍のヘンダーソン基地総攻撃の日と期待していたところに、またしても陸軍側から「Y日ヲ更ニ一日繰下ゲ二十四日ニ改ム」との総攻撃変更の通知がきた。

「また、反転北上ですか」

瑞鶴艦橋に失望の声があがった。日出午前五時三〇分、日没午後五時四〇分。これで夜になって反転北上すれば、四度目のくり返しになる。

艦内の張りつめていた気分が急速に失われて行き、高まりつつあった士気も衰えがちである。飛行機隊の高橋隊長も今宿大尉も艦橋から降りて行き、松本飛行長も索敵機の収容作業以外にすることもなく手持無沙汰である。

「初風より信号！　敵飛行機見ゆ」

天蓋の信号所よりテレトークがきこえ、発着艦指揮所の松本中佐が待機中の戦闘機に急速発進を命じた。翔鶴からも、零戦三機が飛び立って行く。

「また、見つかりましたな」

寡黙な光井副長が不安げにつぶやいた。

何度も南下しては米軍哨戒機につきまとわれる。米軍飛行艇はツラギ、あるいはサンタクルーズ諸島を基地にして、六五〇カイリ圏内ではかならず触接を維持してくる執拗さだ。やがて緊急発進した零戦隊がもどってきた。どうやらPBY飛行艇を見失ったらしい。

「筑摩が雷撃されたようです」

東方海面に派出されていた重巡筑摩が前衛と合流中に米軍機の魚雷攻撃をうけたようだ。隊内通信で知らせてきたと小山通信長が報告するのを耳にしながら、自艦もいずれは米軍機の標的になるぞと、野元艦長は覚悟をきめた。それが明朝になるか、その一日後か。

——その翌日のことである。旗艦翔鶴の厠《かわや》で小用に立っていた高田首席参謀は、不意に疑惑の黒雲が心の内に浮かぶのをおぼえた。こんな決まりきった場所で同じ反復運動をつづけていては、自分から危険海域に身をさらしているようなものではないか。

「どうもいかんな。こんな南下、北上の〝バリカン運動〟ばかりくり返しては、どうにもならん。作戦計画をやり直そう！」

いそいで作戦室に駆けこみ、内藤航空参謀と額をよせて相談している長井作戦参謀に切り出した。前日の彼の行動計画案が頭にあったからだ。

「きみはどう思うか」

「私も、その点は気にかかっておりました」

「そうか。それでは、機動部隊はとぐろを巻いて出なおそう」

話は即決だった。長井参謀も冷静に戦局を見透す点では、高田大佐と判断は同一である。すぐさま内藤航空参謀と二人で、海図上に定規とコンパスをあてる。

総攻撃日の二十四日朝には連合艦隊命令の位置より北に大きくはずし、翌二十五日に指定位置につくよう行動計画を一日おくらせたのである。前掲のように、あくまでも戦術的優位に立つためである。

こんどは、南雲長官が反対した。

「いかん、いかん。命令に反して行動予定を変えるなどとはもっての外だ」

色を失って反対する。南雲長官は山本長官以下、大和の司令部の意向にさからえないのだ。こんどは草鹿参謀長が間にはいって味方の所在を秘匿するのが得策と、ミッドウェーでの敗北の原因となった情報戦の敗北を例にあげて説得した。

ようやく南雲中将が了解し、艦隊無線封止のため駆逐艦嵐を北上させて旗艦大和あて行動計画の変更を打電した。

その電文がトラック泊地にとどいたとき、宇垣参謀長は怒りに真っ赤となった。
「何をバカな、許さん！　第三艦隊の勝手にはさせんぞ！」

3

長官南雲忠一中将は連合艦隊司令部の作戦命令には決してさからわない性格である。山本五十六は南雲をきらっていたが、南雲自身はよく山本の言うことをきいていた、とする軍令部佐薙毅部員の寸評がある。第三艦隊戦務参謀末国正雄中佐も、「南雲長官は命令には絶対服従の性格」と語っている。

したがって十月二十四日夜、南雲長官は連合艦隊命令通りに機動部隊を南下させようとし、高田首席参謀以下司令部新幕僚たちはこぞって猛反対した。

夕食後、旗艦翔鶴の長官休憩室にいた南雲中将に、幕僚たちの代表として首席参謀高田利種大佐が説得役として出かけて行った。作戦室では、長井作戦参謀、内藤航空参謀、中島情報参謀らが息をころして結果を待ちうける。

「このまま南下すれば、味方はミッドウェー敗北の二の舞いになります」

と高田大佐は単刀直入にいった。

陸軍の総攻撃Y日が一日ずつくり下げられ、二十三日予定がまた二十四日に変更された。

陸軍のガ島飛行場奪回がはたして成功するのか。陸軍部隊の飛行場突入を確認したうえで、機動部隊はY＋2日、すなわち二十六日に攻撃開始の予定配備点に進出するという次善の策で十分だ。

「敵空母は少なくとも三隻、これらは十六日以降姿を見せていません。しかも敵の戦艦をふくめ有力部隊出動の算あり、との情報もきています。本日、われわれは敵飛行艇に発見せられ、味方は何の情報も持っていない。これでは、相手側の有利に乗じられるばかりです」

「しかし、すでに連合艦隊命令は出ているのだ」

と南雲中将は渋面をつくった。

「山本長官は南下せよ、と命じておられる。命令にはしたがうべきだと思うが、どうかね」

言葉は強気のようだが、高田大佐は南雲中将の手がかすかに震えているのを見逃さなかった。長官は明らかに判断に迷い、決断を下しかねて困惑しているのだった。

南下して敵哨戒機の真っただ中に突入すればミッドウェー海戦のような惨事が起きないともかぎらず、反転北上すれば連合艦隊命令違反という海軍将官としての恥ずべき汚名をあびることになる。この決断力のなさが、結果的にはミッドウェー沖四空母喪失の大敗北をまねいた原因だと、いまさらながら思い知ったことだった。

慎重派の草鹿参謀長も加わって、長井参謀が企画した北寄りの進撃策を南雲中将に提示して、ようやく配備地点の変更が決まったのは、既述の通り。

これが宇垣参謀長の怒りを買い、山本長官名でさっそく叱りつけるような電報がきた。

「極力連合艦隊電令作第三五一号ニ応ズル如ク行動セヨ」

あくまでもガ島東方二七〇カイリ(五〇〇キロ)の索敵攻撃地点まで南下進出せよ、との命令である。この直接命令では、前線の第三艦隊司令部側としても抵抗のしようがなかった。ましてて山本長官名で命令文を打電してきた背景には、在トラックの旗艦大和艦橋での幕僚たちの怒りが尋常でないものを感じさせた。

「やむをえん、艦隊への燃料補給を打ち切って南下しよう」

草鹿参謀長もついに同意し、南雲長官の希望通りに南下を決意した。後続する空母瑞鶴、三番艦瑞鳳あて発光信号が送られる。

「各艦ハ二〇〇〇ヨリ南下、針路一七〇度速力二六節《ノット》」

ソロモン群島よりはるか北、東京・霞ヶ関の軍令部作戦課では、永野総長も顔を出して両者の電報のやりとりを傍受していた。

富岡作戦課長はミッドウェー攻略を彼らが強引に決定したいきさつから、連合艦隊司令部の独走に強い疑念を抱いていた。富岡の推薦で高田首席参謀を第三艦隊に送りこんだ経緯もあり、同日夜、駆逐艦嵐を通じてY+2日にガ島近海進出くりのべを報告したのを知るや、

「機動部隊は落ち着いていますぞ」とうれし気に永野総長に報告した。

ところが、意外にも旗艦大和からの南下命令である。

「こんな馬鹿な命令があるか！」と富岡作戦課長は息まいた。

わざわざ敵哨戒圏の中に機動部隊を突っこませれば、前進部隊の第二艦隊とともに米軍攻撃機に不意に側面をつかれるおそれがある。連合艦隊司令部の相変わらずの攻撃第一主義は、ミッドウェー大敗北をもってしても改まらないものなのか。

「危ないなァ……」

めったに口を出さない永野総長までも、憂えげな口調でつぶやいた。そして富岡大佐にむかって高田利種は自分が少将時代、第二練習艦隊長官でいたとき参謀としてよく仕えてくれた、頼もしい男だといい、

「高田がおるから、後は何とかしてくれるだろう」

と大ざっぱな物言いをした。ずいぶん楽天的な人物で、最高指揮官とも思われない呑気さだが、それだけ首席参謀への信頼に篤《あつ》かったということにもなる。

最前線で呻吟する高田大佐は、そんな軍令部側の大いなる期待に何も気づいていない。

4

「上空直衛機を発艦させます」

そう言って、松本飛行長があわただしく艦橋を飛び出し、発着艦指揮所へ足早やに駆け出して行った。二十五日午前五時、すでに索敵機五機が飛び立ち、針路一六〇度を中心に南の

サンタクルーズ諸島方面の捜索にあたっている。

索敵担当艦は旗艦翔鶴で、対潜哨戒も同艦の九九艦爆が飛び立っている。上空直衛は瑞鶴の当番だ。

同六時、野元艦長が米空母部隊出現にそなえて、艦攻、艦爆機の雷爆装命令を下した。各艦そろっての第四編制による攻撃待機——第一次攻撃隊と第二次攻撃隊とに分けて半数ずつ、出撃発艦の用意をととのえる態勢である。

搭乗員待機室では、飛行隊長高橋定大尉と艦攻隊分隊長今宿滋一郎大尉とが腕を組み、黙然として第一次攻撃隊の出撃命令が下されるのを待っている。これで攻撃待機のくり返しは何度目になるのか。出撃前の緊張の極から、「待機止メ」の命令が出たあとの落胆の気分まで一気に気持がゆるむと、疲れが倍加するものがある。

米空母の行方はわからず、また待機状態がつづくのかとウンザリしながら、一方で高橋大尉は飛行隊長としての不安をも抱えていた。部下搭乗員の技倆低下の悩みである。

「艦隊搭乗員は自分の飛行機の点検、整備以外に、毎日何もすることがないんです。艦内のうだるような暑さのなかで、ヒマにまかせてトランプをするか、囲碁、将棋に興じたり……。戦闘航海中は、風呂なんかにもはいれない。新聞はなし、ラジオもきこえない。夜になると、お燗《かん》のついたようなビールを飲むだけ」

と、高橋大尉は回想する。気晴らしは対潜哨戒飛行に出ることだが、二番機の鈴木一飛曹が「隊長、私も飛ばせてください」とたびたび志願するので、隊長機が率先して出て行くわけにもいかない。

艦爆隊は搭乗員同士の連携プレーが大事なので分隊長石丸豊大尉は、新任の分隊長津田俊夫大尉あたりが格納庫に降りて整備員たちと艦爆機の点検を手つだったり、搭乗員待機室で部下と談笑したりで一日をすごしているが、それだけではパイロットとしての勘どころがにぶくなるばかりである。

「とくに精密な急降下爆撃照準の腕前低下が心配でした」

といい、指揮官としても、第二次ソロモン、一〇月一五日の輸送船団攻撃で二度とも部下機の命中効率が予想外に低かったのが気がかりなようであった。隊長機の自分も目標をとらえることができず、むなしく母艦に帰投した。

――こんどこそ、一撃必中の精神でいく。

彼もまた、失意のどん底からはい上がろうとしている。

瑞鶴艦橋では、野元艦長が一睡もせずに陸軍部隊からのガ島米軍基地総攻撃の吉報を待ちのぞんでいる。

前夜のことである。深夜零時をすぎるころ、第十七軍司令部から「予定時刻突入シ得ル状態ニアリ」との飛電がとどき、野元大佐を喜ばせた。あとは飛行場突入成功の「バンザイ」電を待つばかりである。

午前二時二〇分、艦内電信室から艦橋へテレトークの声がひびいた。

「艦長、バンザイ電がとどきました！」

小山通信長の飛び上がるような、はずんだ声がした。第二師団参謀による陸軍部隊の飛行場占領電がほこらしげに、連合艦隊各部隊に報じられてきたのだ。

「ようやく成功しましたね」
第三戦隊の砲撃いらい、地上部隊の攻勢にやきもきしていた小川砲術長が肩の荷を下ろしたように、野元大佐に声をかけた。これでガ島米軍基地からの航空攻撃は皆無になる、との対空射撃訓練に熱中する砲術長らしい計算があってのことだろう。

だが、意外なことに陸軍部隊の「飛行場占領」は誤報だった。現地ガダルカナルでは、第二師団丸山政男中将により二十四日正午、ヘンダーソン基地両翼からの攻撃命令が発せられていた。

右翼側の東海林連隊は開戦時、ジャワ攻略の快進撃で勇名をはせた歩兵部隊である。だが、深いジャングルに進撃をはばまれ、午後から降り出した豪雨で道に迷って突入した草原を飛行場と見まちがえ、「バンザイ」電を打電してしまったのだ。三〇分後に取り消したが、第十七軍戦闘指揮所は落胆し、大あわてで訂正電を発電することになった。

唯一突入したのは、左翼隊である。歩兵第二十九連隊古宮政治郎大佐指揮する歩兵部隊は凄惨《せいさん》な銃剣突撃と手榴弾攻撃で米軍鉄条網に取りつき、米軍側も機銃と迫撃砲、ついには白兵戦で戦った。

「日本兵は夜もすがらあらゆる策略をもちいて、猛然と戦った」と米軍戦史にあり、一時はブラー大佐の海兵第一大隊の陣地も危うくなったほどである。しかしながら、ホール大佐の予備隊、第一六四連隊が応援に駆けつけるにおよんで、古宮連隊長と軍旗は孤立。古宮大佐は自決した。

「……かかる結果を招きたることは慚愧《ざんき》にたえず。吾人は火力を軽視すべからず。火力十分なれば兵の行動は果敢となり、その気力充実するも火力不足なれば消極的ならざるを得ず（以下略）」

との彼の遺書は、銃剣突撃だけでは米軍火力の前では絶望的に惨敗するのみ、という最前線連隊長の悲痛な訴えでもあった。

「艦内哨戒第三配備！」

索敵機が飛び立ってまもなく、艦内スピーカーが高角砲、機銃座各員の戦闘配置を命じている。いよいよ戦闘要領により、ガ島近海での航空母艦決戦に突入すると総員が覚悟を決めた午前七時、思いがけなく「飛行場ハ未ダ占領シアラズ」の訂正電がとどき、乗員たちの期待は一気に失望に変わった。

前方を往く第三艦隊の司令部ではさっそく作戦室で情勢分析がおこなわれた。中島情報参謀が「通信情報では敵潜水艦がガ島北方海域に集中しており、このまま直接南下するのは危険だ」との報告をし、長井作戦参謀も予定通り反転北上して、中断していた燃料補給を再開することを即座に決断した。

午前七時三〇分、機動部隊は元のバリカン運動にもどって反転北上する。阿部弘毅少将の前衛部隊はそのまま南下し、戦策通りに距離をひらいたうえで後刻北上する予定だ。

南雲艦隊はすっかり様変わりしていた。強力な航空参謀一人が作戦全体を支配して「源田艦隊」と長官、参謀長が揶揄《やゆ》されるような機能不全の集団ではなく、首席（先任）参謀を中心として各参謀が意見を出しあい、議論を重ねたうえで、幕僚一致して参謀長、長官に意見具申する。南雲中将も草鹿少将も彼らの合理的な判断に対抗するには、自分自身も強力な理論武装をしなければならない。それがなければ、幕僚たちの結論にしたがうほかはない。

作戦室にいた末国正雄戦務参謀は、高田―長井の首席―作戦参謀二人のトップが連合艦隊長官命令を無視した独断専行の現場を目のあたりにした証人である。

「私の戦務参謀の役割は各幕僚たちの起案する命令をまとめて作戦、先任参謀の同意をえて艦隊命令として出す。草鹿さんは決裁役です。

内藤航空参謀は判断は早い。結論を出して説得力があるのは、偵察将校としてずいぶん戦場を見てまわった功績でしょう。長井作戦参謀は肚《はら》が太く、ねばっこいんです。高田先任参謀はカミソリのように頭が切れる。結論をズバリ、いつも先にいう。といって部下の意見も無視せず、よくきいてくれる。とてもやりやすい人でした」

ともあれ、南雲司令部は日米開戦いらいはじめて幕僚たち頭脳集団が一致して、ハルゼー艦隊と対抗できる態勢となった。日米空母部隊の対決は二十六日に持ちこされた。

そしてこの日、日本艦隊はまず第一の危機をのがれることができたのだ。

機動部隊「バリカン運動」

1

南太平洋部隊司令官ハルゼー中将は、ヌメア基地でさっそく行動を起こした。旗艦である潜水母艦アルゴンヌに腹心の参謀長マイルス・ブラウニング大佐と一五名の参謀、一五〇名の司令部職員をかき集め、前任のゴームリーがお手上げだった多彩な作戦処理を即断即決でこなした。

ハルゼーの宿舎は小高い丘にあり、旧日本総領事が使用していた建物で、快適な場所のゆえに副官たちは「太平洋大ホテル」と名づけた。といって、ヌメアは安息の土地ではなく、ホテルは荒々しく出入りする参謀たちの土足でたちまち泥まみれになった。

ハルゼーは三つの艦隊を指揮していた。トーマス・C・キンケイド少将の空母エンタープライズ隊、ジョージ・D・ムレイ少将の空母ホーネット隊、ウイリアム・A・リー少将の戦艦巡洋艦群である。このうち空母二グループをキンケイドに統一指揮させることにし、第六十一任務部隊と命名した。

その代わり、エンタープライズに勤務する主要幕僚プロムフィールド・ニコル中佐以下四名——彼らは東京空襲、ミッドウェー海戦に参画した優秀なスタッフたちである——を強引に南太平洋司令部に引きぬいた。

彼ら四人は待ちうけていた飛行艇によってヌメア基地に運ばれ、アルゴンヌの艦内でいらいらと一人時をすごすハルゼーに迎え入れられた。

ハルゼーは立ち上がり、ガダルカナル島米軍基地が最悪の状態であることを語り、日本人ぎらいの本領を発揮して「いまいましい奴らだ！」と吐きすてるようにいった。

ハワイの太平洋艦隊司令部では、ニミッツ大将が新任のハルゼー艦隊への支援策をつぎつぎと実行に移していた。新造戦艦インディアナをパナマ運河を経由して太平洋方面に回航し、ソロモン海域に二四隻の大型潜水艦を増強する。また八月二十四日の艦底損傷で修理をいそがれていた空母エンタープライズを万難を排してガダルカナル攻防戦に投入する、その最大課題を取りもなおさず実現させた。

一方、陸軍部隊からはB17型爆撃機二四機がエスピリッツサント基地に送られ、陸軍機五〇機が中部太平洋方面から移動を命じられた。また、ハワイの陸軍第二五歩兵師団への出動命令が下されており、米陸海軍兵力の増強がしだいに攻勢力を高めて行く。

〝猛牛《ブル》〟ハルゼーの猪突猛進型性格は、遺憾なくその本領を発揮した。十月二十四日正午、エスピリッツサント島東方海域で、ハワイを出撃したエンタープライズ（第十六任務部隊＝TF16）、ホーネット（第十七任務部隊＝TF17）両部隊が合流すると同時に、北西海域の日本空母部隊への突進を命じたのだ。

慎重な性格のキンケイドは燃料補給を十分におこなったうえ、二五ノットの高速力で南雲機動部隊との対決にむかう。

二日前から、米側PBY飛行艇は日本艦隊発見を報じており、二十四日中はその触接報告がとぎれている。しかし、明らかに日本の主力空母部隊がトラック泊地を出撃してガ島攻撃にむかっており、このまま直進すれば彼らの左側面から奇襲攻撃を仕かけることができよう。キンケイド部隊は無線封止をつづけ、幸いにも密雲と降雨のため日本軍索敵機は姿を見せていない。これこそ、ミッドウェー海戦勝利の再来ではないか、とハルゼーが快哉をさけんでいたとしても無理はない。

ハルゼーは駆逐艦乗りでありながら航空畑に転身し、空母サラトガ艦長をつとめた。空母機動作戦を強く提唱し、いま自分が指揮するソロモン海でも、ミッドウェーでの勝利のときのように圧倒的に優勢な日本空母部隊にたいし、わずか二隻の米空母でも横あいから急襲すれば、発艦準備中の彼らを海底に叩きこむことができる。それこそ、

「日本人を殺せ《キル・ジャップス》、殺しつくせ《キル・モア・ジャップス》！」

の彼の憎悪を達成することができる。

しかしながら、ハルゼー提督の〝猪突猛進〟は、いたずらに暴走することではない。ブラ

ウニング参謀長、ニコル中佐ら優秀なスタッフをかかえて、彼らの意見を充分に取り入れながら思い切った決断をする。その決断が突拍子もない意外な、常識はずれの大胆な作戦であったことから、〝猛牛の突進《ブルス・ラン》〟と戦史家たちから皮肉られたりする結果を生むのである。

キンケイドの手元には、正午にエスピリッサントを発進したPBY飛行艇からの「日本空母二隻発見」の報告がとどいており、悪天候のなかで攻撃隊を発進させるかどうかの決断をせまられていた。

密雲が西方にかけてはてしなく広がっており、はたして降雨の南太平洋での発艦、収容が無事できるのかも危ぶまれた。

だが、苦労人のキンケイドは前任のフレッチャー提督が冒《おか》して更迭の原因となった優柔不断をくり返さなかった。午後一時三〇分、彼はまず索敵機一二機を発進させ、五〇分後に攻撃隊二四機を発艦させた。

「攻撃せよ！」

日本空母との距離は三六〇カイリ（六六七キロ）であり、SBD哨戒爆撃機の航続距離内にあり、正確な位置はPBY飛行艇が続報を送ってくれるはずである。

北上中の南雲機動部隊では翔鶴索敵機から「敵飛行艇見ユ」との報告をうけ、午前九時四〇分には艦隊東方にPBY飛行艇が雲間から姿を見せるのを見張員が発見している。

甲板待機中の制空隊零戦三機が飛び立ち、東方海上を追撃したが捕捉できず、反転帰艦した。密雲が視界をさえぎったものらしく、同じPBY機が前衛部隊でも視認されている。

キンケイド少将は、日本空母が反転北上したのを知らず攻撃隊を放ったのだが、結局該当海面に何ものをも発見できず、さらに八〇カイリ距離をのばして索敵したが燃料不足となり、攻撃隊は日没まぢかになってようやくエンタープライズに帰還してきた。着艦時には海が荒れ、視界が暗くなっていたので、一機が飛行甲板に激突して破壊、六機が海上に不時着。合計七機を喪失した。「翌日の決戦にそなえて、貴重な戦力を失った」と米側戦史にある。

連合艦隊命令を無視して反転北上した南雲司令部幕僚たちの判断は、米軍攻撃隊の横あいからの奇襲をさけるという意味で賢明な判断というべきであろう。この事実を戦後になって知った長井作戦参謀は、「我にとっては誠に幸運な日であった」と回想している。

だが、幕僚たちをふたたび困惑させる事態が起こった。同日夜、南雲長官が長官休憩室に草鹿参謀長をこっそり呼んで、こう懇願したのだ。

「これは幕僚たちの前ではいえないことなんだが、何とか連合艦隊命令通りに南下できないだろうか」

2

南雲中将は機動部隊がガ島近海に突入せず、反転北上をくり返すのを連合艦隊命令違反とばかりにとらえていた。山本五十六大将名での南下命令を、ほとんど恐怖感で受けとめている。彼は自分が山本に好感を持たれていない事実を知っており、真珠湾攻撃での再攻撃問題で山本が「南雲はやらんよ」と臆病者あつかいをして、彼を口惜しがらせた。

ミッドウェー敗北後、責任を問わず再任された人事の恩義もあり、逆に南雲中将は山本長官を畏《おそ》れ、命令には盲目的になった。

女房役の草鹿参謀長も、さすがに最高指揮官の弱腰に業《ごう》を煮《に》やした。

草鹿少将の証言。

「二十五日の夕刻、長官休憩室に南雲さんに呼ばれて行った。『こんな議論は、幕僚たちのいる艦橋ではできないから』というんだ。そして、連合艦隊司令部から何度も南下進出の電報がくると自分としてもほうっておくわけにはいかないんだ、と訴えられた」

南雲中将と草鹿参謀長のコンビは、もう一年六ヵ月になる。草鹿少将は南雲長官の几帳面《きちようめん》で慎重型の、慎重すぎてかえって優柔不断になって何事も決められない、消極的な性格をよく知っていた。その臆病さに隠れて、自分自身の決断力のなさを棚上げにしてきたところもあるのだが、さすがに今度はたまりかねて最高指揮官としての決断をせまった。

「長官、あなたが戦争をやるんですよ。あなたがやる、といえば参謀長の私は従います。だが、このまま反転南下すれば、敵のＰＢＹかＢ17がエスピリッサント基地から発進して、今夜半から明朝にかけてわれわれは触接され、かならず攻撃をうけるでしょう。だが、あなたが機動部隊を南下させるといえば、やむをえません」

南雲長官はホッとしたように肩の力をぬいた。

「君も、南下を承諾してくれるかね」

「あなたが突っこめ、というなら突っこみましょう。味方もやられるが、かならず敵も倒す手段に出ましょう」

二人は、階上の羅針艦橋にのぼって行った。そして、草鹿参謀長は高田首席参謀を呼びよせて長官の決意を手短につたえ、「ただちに機動部隊は反転南下して、翌早朝の占位地点にむかう」と命じた。

高田大佐は一瞬、夜半まで北上して米軍哨戒圏から離脱し、その後南下しても艦隊速力をあげれば十分予定地点まで進出できるのではないか、と思ったが、長官命令とあればもはや参謀としてくつがえすことはできない。

「了解しました。南下します」

作戦室では、不満げな表情をこらえて長井参謀がさっそく翌朝の占位位置を海図上にもとめている。中島情報参謀が「敵飛行艇は撃ちもらしてしまったが、平文で機動部隊本隊、前衛の発見を長文で打電している。敵に見つかったのは確実だ」と警告を発しており、その情勢判断にしたがって、長井中佐は東方を警戒して味方を西よりの方向によせる計画を立案した。

旗艦翔鶴から、続航する瑞鶴、瑞鳳あて発光信号が送られる。

「機動部隊ハ明二十六日左ニ依リ作戦スベシ　本隊　〇二四五南緯八度二二分東経一六三度五二分」

午後六時、機動部隊三隻の空母はバリカン運動を途中で停止し、いっせいに南下を開始した。明十月二十六日はかならず米空母部隊との決戦が生起するにちがいない。

「針路一七五度！」

旗艦翔鶴では、有馬艦長の指示にしたがって塚本航海長が転舵を命じた。有馬大佐はいつものように一刻も艦橋をはなれず、全身に緊張をみなぎらせて暗い闇に目を光らせている。米軍潜水艦を警戒しているのだろうか。

その前方に立つ塚本航海長は、しかし内心の不満を隠しきれないでいる。

――こんどの作戦は、連合艦隊の面子《メンツ》を立てるだけのものか。

という内心の怒りが、サンゴ海海戦を戦ったベテラン航海長の胸の底にうずまいている。あの五月八日のサンゴ海海戦時にはとっさの転舵により被弾三発で母艦の損傷を食い止めたが、今回は敵情もわからず海戦場に突入し、米軍機の来襲をうけ最悪の事態が生じるかも知れない。

司令部幕僚たちがこぞって反対している事情は、艦橋の背後の空気でよくわかっている。南雲長官が「何とか連合艦隊のメンツを立ててやってくれ」と懇願する様子も、草鹿参謀長がもらした私語で気がついた。旗艦艦橋の雰囲気は決して高まっている、とはいいがたかった。

「連合艦隊の要望だけで南下することになって、割り切れない気持でした。この作戦が成功するのかと、われわれは悲愴な気持でいました」

というのが、塚本中佐の真情であった。

3

旗艦翔鶴から九、〇〇〇メートル後方を往く瑞鶴では、長官と司令部幕僚との対立を知らずに二番艦特有の気安さで、「いよいよ南下決戦だな」と野元艦長は南雲長官の判断を肯定的に受けとめていた。

幕僚をもたない航空母艦の艦長は、通信長の持ちこむ電文を頼りに敵情判断、情勢分析をたった一人でこなさなければならない。電信室からとどけられる暗号解読文は重要なものから順次翻訳されるので断片的にすぎず、その一つひとつをつなぎあわせて戦況を判断しなければならない。腹心であるはずの飛行長は新任で、まだ気心の知れない仲だ。

その意味では、二番艦の艦長は孤独であった。

「飛行場未占領」との陸軍部隊からの電報は野元艦長を失望させたが、その後の戦闘状況について新たな報告がこない。陸軍第十七軍の将兵は相当の苦戦を強いられていることが感じられた。

この朝、北上中の機動部隊上空に米軍ＰＢＹ飛行艇が触接し、同じく反転北上する前衛部隊にも接近を試みた。上空直衛は瑞鶴が担当艦である。

正午をすぎるころ、前衛部隊上空にも艦攻二機が誘導する形で、零戦三機が直衛任務として派出された。指揮官は新任の戦闘機隊分隊士荒木茂中尉。

午後四時一〇分、全機が無事任務をおえて帰還したが、荒木中尉の報告をうけた松本飛行長が艦橋にはいってくると、

「空戦をやったようです」

と眉をしかめていった。「敵はB17六機で二機を追撃し、一機に致命傷をあたえたが、取り逃した」と残念そうに言葉をそえた。

前衛部隊の戦艦霧島には、上空からB17型爆撃機六機が投弾し、岩渕三次艦長のたくみな操艦によって全弾回避できたらしい。味方被害なし。

その通報を耳にした松本飛行長が、「B17『空の要塞』は、ラバウルでもなかなか墜とせませんでした」と語りかけると、野元大佐はうなずきながら、「これで、味方艦隊の全貌は完全に敵に知られたな」と別の話題に変えた。

というのも、味方上空には頻繁《ひんぱん》に米軍哨戒機が飛来するものの、相変わらず米空母の消息がまったくつかめないからである。

この日、午後一時一五分には、ラバウルからの哨戒機はガ島の南、レンネル島沖東三〇カ

イリに「戦艦二、巡洋艦四、駆逐艦一二隻北上中」との発見電報を発している。

これを知って前進部隊の近藤信竹中将から、「機動部隊ハ為シウレバ攻撃セヨ」との命令電を打電してきて、瑞鶴艦橋に一時緊張感が走ったが、旗艦からは何の指示もなく、司令部は攻撃隊を出さないつもりだと理解された。

野元大佐の推測通り、これは「空母以外の敵は攻撃するな」とあくまでもミッドウェーの復仇を誓う草鹿参謀長の意志が強くはたらいて、攻撃中止を決定したものである。

午後六時になっての反転南下は、瑞鶴艦橋にいよいよ戦機が熟しつつあることを感じさせた。

「陸軍ハ今夜一九〇〇（現地時間午後九時）『ガ』島飛行場突入ノ予定」

と連合艦隊からの敵情説明がとどいており、陸軍部隊は総攻撃再挙を期して、二度目の飛行場突撃を敢行するらしい。

「二十六日敵艦隊ハ『ガ』島南東海面ニ出現ノ算大ナリ」

と旗艦大和からの「指導電」（電令作三五四号＝午後九時一八分発）は支援部隊、基地航空部隊、先遣部隊などの戦闘行動について事こまかに行動要領を指示している。

とくに飛行哨戒では、「飛行艇二機ヲ以テ南緯一一度〇分東経一六八度〇分ヲ中心トスル一七〇浬圏内ノ索敵ヲ行ヒ」などと、子供に教えるような丁寧さである。宇垣参謀長以下、大和の幕僚たちの心配顔が目に浮かぶようである。

また「指導電」に、「連合艦隊ハ二十六日敵艦隊ヲ撃滅セントス」とあり、連合艦隊司令部の大いなる意気ごみと期待が感じられた。その言葉通りに、二十五日は海軍の南東方面艦隊全力を投入した陸軍総攻撃の協力支援が実行されていたのだ。

この日午前七時、飛行場占領は誤りとの訂正電を打電してきたあと、陸軍第十七軍は飛行場の北、「ルンガ河左岸ノ米軍陣地爆撃」を海軍側に依頼してきた。

これにより、ブイン基地を発進した戦闘機隊は午前一〇時から午後二時三〇分まで四直、のべ二八機がガ島基地上空制圧に任じ、米グラマン戦闘機群二〇～三〇機と交戦した。陸攻隊も、零戦一八機の護衛のもとに爆撃に加わっている。

同時に、ルンガ岬沖で「敵艦艇脱出阻止」を命じられて出撃中の第八艦隊第一攻撃隊の突撃隊（駆逐艦暁、雷、白露三隻）は、「敵軽巡一隻、ルンガ泊地入泊」の情報により、はじめてのガ島海域への昼間突入作戦を実施した。

第八艦隊参謀長名による命令電は、「ルンガ岬付近敵砲兵陣地ヲ砲撃シ、陸戦ニ協力スベシ」とあり、旗艦暁坐乗の第六駆逐隊司令山田勇助中佐は艦砲射撃で加勢すれば、陸上戦闘は成功するにちがいないとみた。

旗艦大和の宇垣参謀長は、ただちに待機中の第二攻撃隊（秋月以下駆逐艦五隻、軽巡由良）にもルンガ岬沖への突入、米軽巡攻撃後の陸戦協力を命じた。連合艦隊司令部は、見敵必殺の攻撃第一主義にはやり立っていたのだ。

突撃隊は午前一〇時二七分、ツラギ沖に「軽巡二隻」を発見し、ただちに砲撃を開始した。

「命中弾一発をあたえてシーラーク水道へ敗走せしめた」と日本側記録にあるが、じつは相手は米掃海駆逐艦トレバーとゼーンの誤認で、また南側に視認した「仮装巡洋艦一、小型船二隻」も曳船セミノールと哨戒艇第二八四号であった。

二隻の米掃海駆逐艦はそれぞれ新造内火艇二隻を曳航しており、ツラギからガダルカナルへの兵員、弾薬、ガソリン、兵器の運搬荷揚げのまっ最中の出来事であった。両艦は四本煙突の旧式駆逐艦で速力がおそく、三五ノットの高速力で接近する日本駆逐艦隊にかなう相手ではなかった。

ところが、危機一髪のところで米軍機が救援に基地から駆けつけ、山田司令の砲撃命令は「対空戦闘！」に切り替わった。このため、トレバーとゼーンは缶室の大奮闘で二九ノットのトップ・スピードに上げ、ガダルカナル方向へ逃れることができた。

同海域にもどってきた日本駆逐艦群は、ガソリン搭載のセミノールを撃沈、炎上する海上で同じく哨戒艇二八四号も沈めた。その後、西進してルンガ岬米軍陣地に砲撃を加えたが、逆に陸上陣地より駆逐艦暁に三番砲塔への被弾があり、雷、白露二隻にも米軍戦闘機による小被害が生じた。

第二攻撃隊も果敢にインデスペンサブル海峡を東進して偵察機をはなったが、「敵影ヲ見ズ」と報じ、そのままルンガ岬へ進撃中、米軍基地からのＳＢＤ哨戒爆撃機五機に急襲された。軽巡由良に命中弾二発、秋月に至近弾二発。

軽巡由良は大正十二年竣工の長良型五、五〇〇トン級の四番艦である。マレー半島、ジャワ攻略作戦に参加したこの水雷戦隊旗艦も退避中に米艦爆機、戦闘機群の波状攻撃をうけ、かろうじて危機を脱したが、午後五時五分、飛来したB17六機の爆弾が命中、航行不能となり全艦火につつまれた。

駆逐艦春雨、夕立が各魚雷一本を発射し、さらに夕立が砲撃してこの戦歴のある由良をガ島沖の海底に沈めた。

だが、意外な結果を生んだ。この小さな海戦は、「米海軍にとって思いがけない幸運をもたらした」と、米海兵隊戦史は記している。

――ガ島総攻撃の日本陸軍の進撃をはばんだ二十四日夜のジャングルの豪雨は、ヘンダーソン飛行場と新設の戦闘機用飛行場を泥沼化し、明け方まで使用不能にした。そこに日本艦隊の艦砲射撃が加われば、二十五日いっぱいは両基地とも活動不能となっていたにちがいない。だが、日本の駆逐艦群が米海軍の〝小者いじめ〟にかかっていて砲撃時間を無駄《ロス》にしているあいだに、

「熱帯のきらびやかな陽光は両飛行場をたちまち乾燥させ、幸運にも正午前には、急降下爆撃機と戦闘機が離着陸できるようになった」――。

反転北上命令

1

連合艦隊司令部からは水上部隊の昼間突入に呼応して、近藤信竹中将指揮の前進部隊に「ガ島付近所在敵艦船又ハルンガ岬付近敵陣地ノ攻撃」を命じてきた。二十五日午後一時三五分、ガ島の北北東二一〇カイリ付近を北上中の二航戦の空母部隊はただちに攻撃隊を発艦させる。

ただし、角田覚治少将の坐乗する旗艦は空母飛鷹でなく、隼鷹に変更されている。飛鷹は十月二十日深更、右舷発電機室で火災発生し、缶室に損傷。最高速力が一六ノットにまで落ちた。日本郵船の太平洋航路豪華客船出雲丸を改造した二四、〇〇〇トンの小型空母で、めまぐるしく速力を入れかえる戦闘行動に即応しきれなかったようだ。

搭載機の零戦一六、艦爆一七機は三重野武飛行長とともにラバウル基地に進出、残機は隼鷹に移された。飛鷹はトラック泊地にもどり、翌昭和十八年三月二十二日に戦線復帰するまで、小型空母とはいえ、連合艦隊は貴重な戦力を空費することになった。

二航戦攻撃隊は志賀淑雄大尉の零戦一二機、山口正夫大尉の艦爆一二機の編成でインデスペンサブル海峡から進入。ガ島飛行場上空から爆撃に成功し、「敵陣地六ヵ所に命中弾、飛行場大型機に三弾命中火災」の戦果をあげ、今回は全機帰艦した。

これらの側面援助攻撃も、今夜の陸軍部隊再突入を期待してのものである。在トラックの宇垣参謀長は「今夜の成功こそ最後の望とす」と、日誌『戦藻録』に最高指導部の苦しい胸の内をこう書きつけた。

「栗名月《くりめいげつ》も冴え渡らず、其の気分出でざれば句もなし。今夜の陸軍夜襲に一縷《いちる》の望を嘱して早く寝につく」

栗名月とは、栗をそなえて月見をする故郷岡山の秋の行事のことである。そんな悠長な、月を楽しんでいる余裕などはないというのが、この月夜の宇垣少将の心境であった。


同じ明るい月の洋上を、空母瑞鶴はひたすら南下しつづける。整備長原田栄治中佐は明朝の攻撃隊発艦にそなえて艦橋を降り、士官私室で少し仮眠を取っておくことにした。

前進部隊、機動部隊はともに南下し、明二十六日の空母決戦にそなえる。月齢一四・八、この月明では米軍潜水艦もPBY飛行艇も味方機動部隊を捕捉するのは容易だろう。敵信班からは「敵機の感度あり」との報告がきているが、その位置が直上なのか、前衛部隊上空なのかはわからなかった。

午前二時五〇分、とつじょ大音響とともに艦体がはげしく左右に揺れた。(やられたか!)と思って飛び起きて、服装をととのえるのももどかしく艦橋に駆けこんで行った。

「総員配置につけ!」

野元艦長が副長に命じて各科総員の戦闘配置を指示している。信号員の吹き鳴らすラッパがけたたましくひびく。

「どうしたんか！」

と艦長の背後にいた航海士に問いかけると、「右舷正横三、〇〇〇メートル付近に投弾、四発の爆発がありました」と緊張して答えた。被弾はなかったらしい。

「ただちに旗艦に信号せよ」

と野元艦長がふりむきもせず、落ち着いた声でいった。

「本艦、異常なし」

第三艦隊司令部では、中島情報参謀が仮眠のあと午前零時から艦橋直下の作戦室につめかけていた。

電信室からは「敵飛行艇触接中」の報告が返ってきて、このまま南下すれば夜明けとともに米空母機の急襲を食らうかも知れない、と情報参謀らしい危惧の念を感じていた。

やはり同じ思いでいたのか、高田首席参謀が寝床から起きて作戦室に顔を出した。「敵はこちらの手の内を知っているのに、われわれはサッパリ行方をつかめない」と情報不足を口に出した。瑞鶴被弾直前のことだ。

「残念ですが、敵飛行艇はわが艦隊の行動を察知して、さかんに電波を発信しているようです」

「遠いのか、近いのか」

「敵の飛行艇は遠いようです」

と中島少佐が答えると、「よし、それなら俺は少し眠る。眠くてたまらん」といい、高田大佐はまた甲板下の私室にもどった。その直後、瑞鶴への爆弾投下の急報がとどいたのだ。

――わが生涯の恥辱。

というのが、のちになっての高田首席参謀の悔恨である。あまりにも油断しすぎた。眠いという私的な肉体的疲労感だけで、肝心の参謀職務をおろそかにした。幸い瑞鶴に被弾はなかったものの、首席参謀としての緊張感に欠ける、と居たたまれないほどの自責の念に駆られた。

深夜のこの一弾で、横っ面を張られたような強いショックをうけた。

「長官、参謀長に来てもらえ！」

ただちに作戦室に駆けこむと、高田大佐は長井作戦参謀にいった。このさい、南雲長官の南下方針に反対し、何が何でも自分の北上意見は通すという覚悟であった。

もはや長官、参謀長の力は恃《たの》むにたりない。機動部隊の命運は首席参謀たる自分の双肩にかかっているのだ。冷静沈着な長井作戦参謀が自分の意図を知り、大いに支えてくれるにちがいない。二人で力をあわせて、この難局を切りひらいて行かねばならない。

高田大佐は一歩もしりぞいてはならない、と心に決めていた。結論は明快である。

「敵を知り己《おの》れを知れば百戦危うからず、といいます。敵は己れを知り、己れは何も知らない。これでは逆で、何も知らないわれわれに何ができるのか。それにはいま、反転北上するしかありません。このさい反転し、敵の目をくらますのが一番良い方法だと思われます」

米軍飛行艇は触接をやめて基地へ引き返し、幸運にも味方に被害はなかった。中島情報参謀の報告によると長文の電文を発信しつづけているようだから、味方はこのまま南下行動をつづけると思いこんでいるにちがいない。

「ここで味方がいっせいに反転北上し、彼我《ひが》の態勢を思い切り変えたほうがいいのではありませんか！」

南雲中将は味方空母への投弾で、明らかに動揺していた。ミッドウェー海戦での被爆体験がよみがえっていたものか、即座にこう答えた。

「よし、反転！」

草鹿参謀長は前夜の北上進言を反対されたこともあり、内心では（それ見たことか！）と思ったそうだが、ただちに同意して「反転命令を出せ」と高田大佐に命じた。

「戦務参謀、以下の通り発信せよ」

末国中佐がメモを取り、首席参謀が口頭でつたえる信号文を筆記していった。

「宛機動部隊、通報先軍令部および連合艦隊。本文、全軍直ちに反転せよ。基準針路零度、速力……」

といいながら、機関参謀に燃料の残量を問い、あまりに北上して燃料を食うよりは適度な速力で反転北上、頃あいをみて南下、翌朝の索敵機発艦地点までもどろうと思い、回答をえた。

「よし、速力一八ノット」

「待って下さい！」と内藤航空参謀がさえぎった。「索敵計画は南下を前提として立案しました。発令を変更しないと、索敵機は全機帰ってくることができません」

「わかった。それでは、『明朝ノ索敵計画変更ス』としよう」

首席参謀が動きはじめた。海戦前夜のこの決意の進言が、南雲機動部隊第二の危機を救ったのだ。

2

旗艦エンタープライズの艦橋にあったキンケイド少将は月明の十月二十五日夜に、夜間攻撃隊を組織して日本空母への攻撃にそなえた。

彼の母艦部隊は昼間の索敵攻撃で七機を喪い、攻撃当日までに他の事故機もあわせてF4F戦闘機二機、SBD艦上爆撃機七機、TBF艦上攻撃機二機、合計一一機を喪失している。代わって夜間攻撃には、ムレイ少将の第十七機動部隊空母ホーネット隊が当たることになり、戦闘機八機、艦爆一五機、艦攻六機が甲板待機となっていた。指揮官は第八偵察隊隊長ウィリアム・J・ウィッドヘルム少佐。

隊員たちはいずれも夜間飛行可能なベテラン搭乗員ばかりで、一五〇カイリ（二七八キロ）圏内なら雷爆撃可能という選ばれた者たちだ。煌々《こうこう》と明るい月夜とあっては、出撃に願ってもない好条件である。

　だがこの夜、攻撃圏内には明らかに日本艦隊が存在せず、ウィッドヘルム少佐の進言で「明朝出撃にそなえて、パイロットを休ませたい」との理由で、キンケイド提督もムレイ少将からの申告を受けいれた。

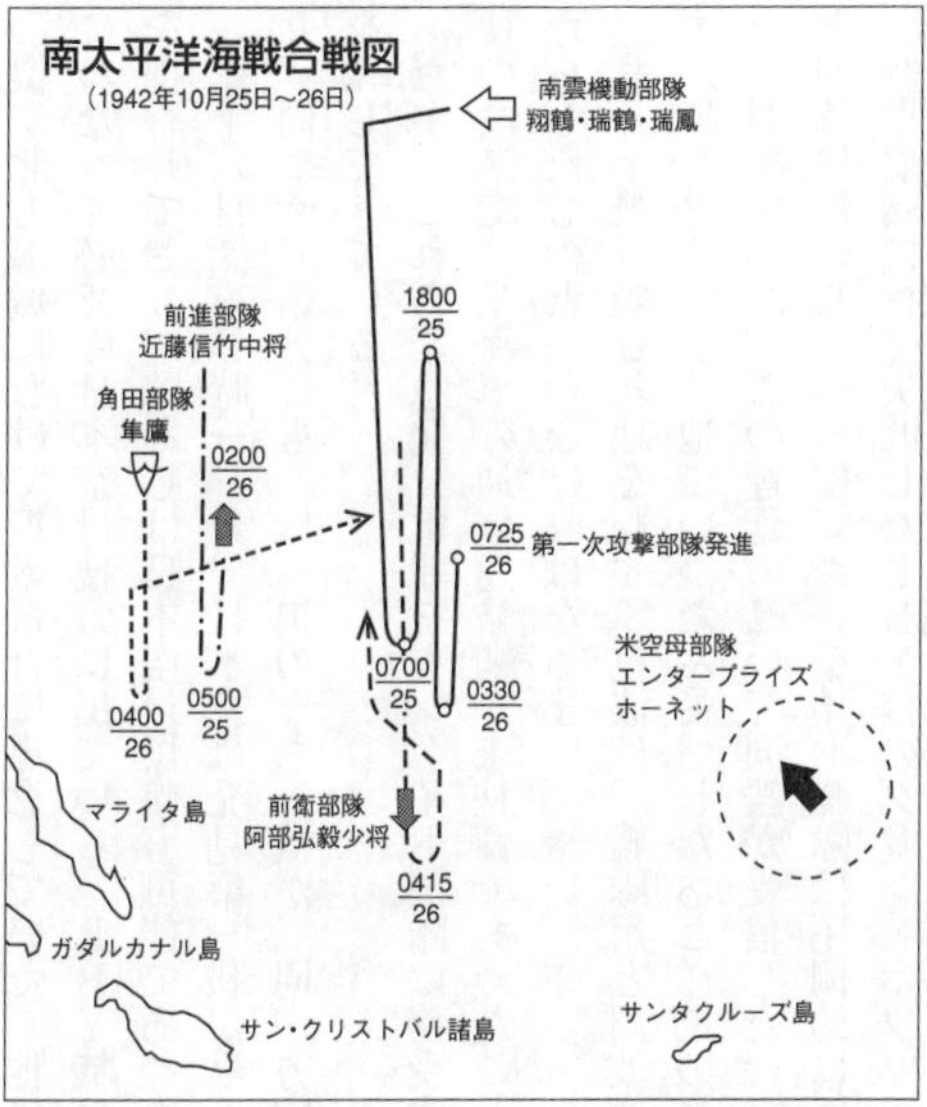

　不運なことに、このときエスピリツサント基地を発進したPBY『カタリナ』偵察隊はキンケイド艦隊の北西三〇〇カイリ（五五六キロ）に「日本艦隊発見」を報じていたのである。もし、この通報が提督のもとにとどいていれば、艦隊は猛進し、ウィッドヘルム隊を夜明け前、あるいは黎明直後に発艦させていたはずだ。

　これらPBY飛行艇隊は基地航空隊司令オーブレイ・W・フィッチ少将の指揮下にあり、同日早朝から一

○機が北方海域にむけて捜索飛行に専念していた。他に、B17六機も五〇〇カイリの広範囲にわたって必死の日本空母捜索に出ている。ＰＢＹ機は魚雷あるいは五〇〇ポンド爆弾四発を携行しており、隙あらば日本空母爆撃も可能であった。

二十六日深夜〇時一一分、日本空母発見第一報が早くもフィッチ少将あてに打電されており、同二時五〇分にも二機ペアのうち一機が、同一方向に「日本空母一、その他六隻発見」を報じてきている。

だが、これら緊急発見電報をキンケイド部隊は傍受することができなかった。一九四二年秋の段階で、米海軍の通信連絡網が未整備であったことも、南雲機動部隊にとって幸運をもたらしたものといわなければなるまい。

ＰＢＹ飛行艇と基地をむすぶ電波は、艦隊用と周波数がことなっており、これら発見電はエスピリツサント基地でいったん受信したあと洋上のエンタープライズに転電する、といった手間を要した。この遅延のせいで同艦が受信したのは午前五時一五分のことで、もし発見と同時に傍受していれば、キンケイド艦隊は圧倒的に優位な勝利の先手を打てたはずである。

空母瑞鶴に投弾失敗したＰＢＹ機のグレン・ホフマン大尉機の行為も、日本艦隊に反転北上させる決意を生み出した点で、無用の挑発といわねばなるまい。

おそらくは月明下の海上で功名心に駆られてのものと思われるが、日本にとってはもし命中していれば、五〇〇ポンド爆弾の威力は九九艦爆機の攻撃と同等の破壊力があり、翌日の航空決戦に瑞鶴飛行甲板は物の役に立っていなかったはずである。その意味でいえば、キンケイド少将はこの夜、勝利のカードを二枚も失ったということになる。

米第六十一任務部隊の両空母は、北西方の日本空母部隊めざしてジグザグ航進をつづけながら、速力二〇ノットでひたすら進撃をつづけた。一方の南雲機動部隊は反転北上し、米空母部隊と距離をひらいて逃げる形となった。


一方の旗艦翔鶴の第三艦隊司令部では、こんな秘め事が進行していた。

同日夜、連合艦隊司令部宇垣参謀長名で、「明朝ハ艦隊決戦生起ノ算大ナリ」として各隊の飛行索敵、敵艦隊の兵力動静の確認、触接の持続につとめよ、との激励電報がとどいた。要するに機動部隊の南下進撃を前提として、しっかりやれとのはげましの檄文《げきぶん》である。

発電は、夜一〇時四〇分。電信班で暗号解読して、翔鶴艦橋にとどけられたのは真夜中をすぎるころ。中島情報参謀が苦悶の表情で、「この電報を長官に見せるべきでしょうか」と作戦室に持ちこんできたのは、すでに反転北上が決まった三〇分後のことである。

南雲中将にこの参謀長電を見せれば、また決意をひるがえして「南下せよ」と懇願するにちがいなく、中島少佐も処理に困っていたらしい。

作戦室には、草鹿参謀長、高田、長井、末国の三参謀がいた。末国回想によれば、機動部隊のいっせい北上で約一〇〇カイリ前方に横幅広く、単艦で分散展開する前衛部隊に通報するのが、どれほどの困難をともなうものであったことか。無線封止の旗艦からの指示は多大の時間と苦心を要し、ここで長官の動揺でまた反転南下となれば艦隊の収拾がつかなくなる、という恐れがあった。

草鹿少将が一計を案じて、「電報は君のポケットに入れておけ」と耳打ちした。高田首席参謀もニヤリと笑って、「明朝、長官が起きてこられれば見せればよい」と末国参謀に助言した。南雲中将は、すでに長官休憩室で横になっていたからだ。

翌日朝、艦橋に上がってきた南雲中将に電文を見せ、「長官、昨夜おそくこんな電報がきました」と末国戦務参謀が説明した。だが、もはや後の祭りで、いまさら南下命令を出すことはできなかった……というお粗末な一幕である。

——まるで茶番劇ではないか。

もはや機動部隊の主役は南雲長官ではなかった。攻撃隊を指揮するのは高田首席参謀を中心として、長井作戦参謀、内藤航空参謀、中島情報参謀、末国戦務参謀たち日本海軍の頭脳と叡智《えいち》を結集した戦闘集団であった。

騙《だま》されたハルゼー提督

1

十月二十六日の夜が明けた。

日出《にっしゅつ》予定時刻は午前五時四五分、その一時間前にすでに索敵機二〇機が派出されている。二段索敵の慎重さで、一航戦から艦攻一三機、前衛部隊から水偵七機。瑞鶴飛行甲板上からは、ベテランの金沢卓一飛曹長、牛嶋静人、大竹登美衛、松山弥高各一飛曹のサンゴ海海戦を戦った旧五航戦偵察員ばかり四人の機長が選ばれている。

金沢飛曹長はいつものように航空甲板に母艦の位置を書き入れ、携行する三つの時計——航空時計、秒針の大きいストップ・ウォッチ、腕時計——を確認し、九七艦攻座席中央の偵察員席に乗りこんだ。

「前席準備よし」

操縦員の堀内謙三二飛曹の声が伝声管から流れてきた。即座に最後尾の電信席から金井清之助三飛曹が「後席準備よし」と声を重ねてくる。

「了解。では、行くぞ」と金沢飛曹長が二人に呼びかけた。

午前四時四五分、まだ夜の明けきらぬ空に一機、また一機と索敵機が飛び立って行く。翔鶴から四機、瑞鳳から五機。北東方向五〇度から二三〇度にかけての扇形海面がそれぞれの分担だ。金沢機は針路九七度、進出距離二七〇カイリ（五〇〇キロ）。

水偵部隊九五水偵七機は、一三〇度から二三〇度にかけてミッドウェー海戦の失敗をくり返さないよう、内藤航空参謀が前夜あらためて計画した二段索敵プランにしたがって、二段目の索敵飛行に出発する。

瑞鶴格納庫内では、戦闘機整備分隊士松本忠兵曹長が「いそげ!」と声をからして零戦二一型整備を督励していた。ふつう栄一二型エンジンは三〇〇時間で分解検査しなければならないが、開戦後はそんな丁寧な作業もできないまま戦場で継続使用されている。

零戦はエンジントラブルの数少ない優秀な戦闘機だが、南方洋上では油漏れし、降着装置が故障するなど若輩《ジャク》整備員泣かせの事故が数多く発生した。

この夜明けにも、隊長白根斐夫大尉機の整備を手早くおえた先任班長川上秀一一整曹は、部下整備員から上空直衛機の「発動機に異状があり、甲板上に上げられません!」と悲鳴に近い訴えをきいた。

担当機が整備不良であれば戦闘機整備班全体の恥であり、上空直衛機が発艦できないとなれば、担当整備員たちは懲罰モノである。

「よし、おれが責任もつ。とにかく甲板に上げておけ」と命じて、川上一整曹は一足先に隊長機と一緒にリフトで飛行甲板にのぼって行った。

〝整備の神様〟先任班長の力強い一言を耳にして、困惑しきっていた整備員たちの表情は一転して喜びの色に変わり、いそいそと川上一整曹のつぎにリフトの降りてくるのを待った。

第一次攻撃隊は翔鶴艦攻二〇機、瑞鶴艦爆二一機、制空隊零戦二一機、合計六二機で、第

二次攻撃隊は翔鶴艦爆一九機、瑞鶴艦攻一六機、制空隊零戦九機となり、合計四四機が格納庫待機となっている。

原田整備長は前夜半の米軍機による爆弾投下の衝撃もさめやらぬまま、格納庫内に入りびたりになっていた。

「味方位置は敵に知られている。いつ、敵にやられるかわからんぞ。一刻も猶予はならん、早く魚雷を降ろせ！」

旗艦からの命令により、深夜から準備完了していた九七艦攻全機から航空魚雷を取りはずし、母艦防禦のため艦底の魚雷格納庫へとふたたび収納するのである。ミッドウェー海戦時のような雷装、爆装のままで格納庫待機となれば、一発の被弾で全艦火につつまれてしまう。その同じ敗残の失敗を、くり返してはならないのだ。

九一式改三型航空魚雷は重量八五二キロ、全長五四二・四センチ、直径四五センチ。これを艦攻一八機から一本ずつ取りはずし、運搬車にのせて整備員、弾庫員が五、六人がかりでエレベーター下の弾庫まで運びこむ。

格納庫内は密室状態なので、むし暑く、全員が汗みずくの作業となった。

「九七艦攻は格納庫いっぱいに翼を折りたたんでつめこんであるため、いそぎの魚雷の取りはずし作業は困難をきわめた」と艦攻隊整備員山本治夫二整曹の回想にある。

「総員配置につけ！」

夜明けとともに、艦内スピーカーが起床したばかりの乗員たちに、あわただしく戦闘配置につくよう命じている。

「対空戦闘用意！」

第二分隊機銃群に配属された大村孝三二水は、九六式二五ミリ機銃三連装銃座が自分の持ち場であった。初速九〇〇メートル／秒、一分間に二二〇発の発射能力がある。対空射撃訓練も充分でなく、まだ実戦経験のない若《ジャク》輩にとって、この日がどのような修羅場となるのか、まったく想像がつかない。

攻撃即時待機の命令が下り、すでに飛行甲板上は九九式艦上爆撃機二一機が整備をおえ、各機二五〇キロ対艦船用徹甲弾を装備して待機中である。

搭乗員待機室には、飛行隊長高橋定大尉と偵察員国分豊美飛曹長のペア、その他二〇組四〇人の搭乗員がそれぞれ思いおもいの場所で、トランプをしたり将棋に興じたりで出撃命令が出るのを待っている。制空隊零戦は瑞鶴から八機編成で、隊長白根大尉、第二小隊長小山内末吉飛曹長、第三小隊長横田艶市一飛曹以下八名が待機状態のくつろいだ表情でいた。

小山内飛曹長は旧一航戦赤城乗組で、白根大尉とともに中国戦線、真珠湾攻撃の戦火をくぐりぬけてきたベテラン搭乗員である。

白根大尉は岡田啓介内閣の書記官長白根竹介の四男で、府立四中（現・戸山高校）出身。二十六歳。ミッドウェー海戦時には母艦赤城が沈んで行くのを、小山内飛曹長とそれぞれに洋上で見つめた悲惨な体験がある。

隊長として声高に戦果をほこる威勢のよさはないが、冷静沈着に任務をこなす信望の篤い指揮官だ。

「空戦に熱中せず、艦爆隊をしっかり護れ」

というのが、この日の白根隊長の短い訓示である。

高橋定大尉は前日、搭乗員待機室に出撃する艦爆隊員全員を集め、最後の「鶴翼の戦法」についての打ち合わせをした。攻撃要領の細部については、何度も説明ずみだ。

「敵輪型陣の手前二〇カイリないし一五カイリに接近したら、高度八、〇〇〇メートルで横一線にならんで攻撃態勢をつくれ」

その隊形が〝鶴が翼をひろげたような形〟となり、その戦法とは敵前一〇カイリ(一八・五キロ)から急速接近して敵空母上空に達し、いっせいに急降下爆撃に突入する肉薄攻撃である。急降下の順序はバラバラでよし、空中衝突の危険は各自で回避せよというのが、その戦法の異色さであった。

第二中隊長津田俊夫大尉、同小隊長烏田陽三中尉の新参コンビには、とくに空戦要領について、「敵戦闘機に食いつかれたら、大角度の横すべりで敵の弾丸をかわせ」と念を押した。

そして、こうつづける。

「後部偵察席の機銃も、敵機を墜とすのではなく、曳跟弾を多く使って威嚇するだけでよし。とにかく目的は一つ、敵空母を撃沈すること以外は考えるな」

第三中隊長石丸豊大尉には、六機の列機がいる。小隊長村井繁飛行特務少尉、同岡本清人飛曹長を中心として、すでに剛毅な隊長をかこむ「石丸一家」ともいうべき結束をほこっていた。隊長機の偵察席には、前任の江間保大尉と真珠湾攻撃いらいのコンビを組んでいた東藤一飛曹長が搭乗しており、番頭格の重鎮役をつとめていて、彼らにたいしては高橋大尉もあらためて注文をつけることは何もなかった。

高橋中隊二番機には、いつもの鈴木敏夫一飛曹—藤岡寅夫二飛曹のコンビがつき、小隊長佐藤茂行飛曹長の偵察員には、比島いらいの部下安田幸二郎一飛曹が参加している。そして出撃前、「隊長と一緒なら、死ぬのは本望です」と語った彼は、その言葉通りに、この日悲壮な最期をとげることになる。

飛行甲板上では、攻撃隊の前部に上空直衛の零戦九機が発艦準備をととのえていた。第一直は吉村博中尉、第二直は荒木茂中尉、第三直は伊藤純二郎一飛曹以下、それぞれ三機編成で攻撃隊と同時発艦する予定だ。

上空直衛機の最終整備は、川上先任班長がのり出したことで何とか解決した。零戦の発動機は栄一二型空冷複列星形一四気筒で、航空廠勤務歴のあるベテランの眼でみればシリンダー内部の前部と後部のプラグ調整さえ処理すれば、手練《てだ》れの技で容易に片づくものである。

これで、海戦当日第一のトラブルは解決した。担当整備員が感謝の言葉をかけるのを背後にして、川上二整曹は気ぜわしく「試運転終わり、結果良好」と整備分隊士に報告した。

金沢飛曹長は、機上で夜明けをむかえた。機内が明るくなると、まばゆい陽光が海上を赤く染めて行くのが見えた。雲量二、視界が良く、遠くに断雲が見え隠れしているが、まずまずは恰好の攻撃日和である。

アメーバ赤痢の後遺症で熱があり、身体がだるい。艦内で軍医に「肝臓が腫れ上がっているから、休養するように」と命じられたが、それをこばんでの索敵任務である。

准士官の八重樫飛曹長や金田数正特務少尉の飲んべエ仲間は、今回も雷撃突入組であり、生死を賭けた彼らの攻撃を成功させるために何としても米空母部隊を発見せねばなるまい、と思いつめていた。

「しっかり見張れ！」と前後席にたびたび声をかけたのも、そんな自分の気持を奮《ふる》い立たせる叱咤の気持であった。

扇形索敵海面の南側は翔鶴索敵機四機の担当で、北東方向から一、二、三、四線と分担が分かれていた。二番線の機長は岩井健太郎大尉、搭乗員は翔鶴生えぬきの石川鋭一飛曹、そしてペアの電信員小山正男二飛曹。

発艦して一時間一五分後、石川一飛曹は左翼側前方に小さな機影が二つ、反航態勢で飛んでくるのを発見した。

「分隊長！　敵艦上機二機、左に見えます」

遠目でも、複座のＳＢＤ『ドーントレス』哨戒兼爆撃機であることがわかった。これで、米空母部隊がめざす方向に存在していることはまちがいない。米軍索敵機も自分たちと同様に、必死で日本空母索敵にむかっているのにちがいない。

岩井大尉に命じられて、小山二飛曹がさっそく母艦に発見電報を送った。三分後、同じように第三線を索敵飛行中の中島義喜一飛曹機からも「敵艦爆機一機発見」の報告が打電され、期せずして日米たがいの索敵機同士が、二方向で空中のすれちがいを起こしたことになる。

「石川君、そろそろ敵空母が見えるころだよ」

と伝声管から岩井大尉の声がした。思わず出た福島なまりの声は、同大尉の気持が高ぶっている証拠にちがいない。

「了解！」

と勢いよく声を返して、石川一飛曹はじっと水平線に眼をこらした。

午前六時一二分、別途第四線を索敵飛行中の浮田忠明飛曹長機は太陽方向の水平線上に、「敵大部隊」を発見した。だが、とっさに機長はサンゴ海海戦で味方索敵機が大型タンカーを米空母と見誤ったにがい教訓を思い出したにちがいない。

陽光の照り返しがまぶしくて、すぐには米空母の艦型をとらえることができない。いったん北方に姿をくらまして大きく迂回した後、はじめて米機動部隊の全体像を確実にとらえることができた。発見してより三八分後、同四〇分、ようやく母艦へ第一電を送信した。電信員戸沢博二飛曹が、夢中で送信キイをたたく。

「敵大部隊見ユ　地点南緯八度二二分東経一六六度四二分、空母一外一五、敵空母ハ『サラトガ』二機長浮田飛曹長の冷静慎重な判断は、良しとしなければならない。だが、第一の発見ポイントから大きく迂回したための時間のロス二八分が、南雲機動部隊先手勝利の優位をいちじるしく奪うことになった。

すなわち、未明より待機中の第一次、第二次攻撃隊を準備不足のまま大あわてで発艦させる、余裕のない事態を生じさせたのである。

2

戦争は、錯誤と失敗の連続——と指摘される。

米キンケイド少将は日本空母発見電報を通信連絡網の不備で受信を逃し、一方の南雲艦隊も同様の失敗があった。浮田飛曹長電と同じに、いち早く米空母発見電報を打った瑞鶴金沢機の第一電も、不達におわってしまったのだ。

金沢飛曹長機がキンケイド艦隊を発見したのは浮田機とほぼ同じ、午前六時一〇分のことである。海面すれすれにレーダーをさけて洋上索敵中の彼は、水平線上に黒いマストの艦隊を発見した。ただちに九〇度左旋回して、目標の確認にむかう。

「敵大部隊大巡二、駆逐艦三、空母又ハ戦艦一ヲ発見」

時計を確認し、高度を五〇〇メートルに上げて母艦電信班が受信しやすいようにし、小山二飛曹に打電を命じたのが同一五分。だが、せっかくの苦心も水泡に帰した。旗艦翔鶴での索敵機情報混乱のため管制不良を生じ、受信不能となったのだ。

奇妙なことに、米空母発見を相ついで報じた瑞鶴索敵機四機とも発見電が瑞鶴でも受信せず、同艦戦闘行動調書には、「直チニ発見報告セルモ母艦ニ通達セズ、午後触接ヲ確保ス」とたった二行あるのみである。

同日付、金沢飛曹長の日記。

「午前四時一〇分(注、日本時間)、東天紅に染まった水平線上に空母一隻を含む十数隻の敵艦隊を発見し、直ちに無線で報告。敵より約三〇浬の地点で触接を開始する。敵発見後、数分で敵グラマンに追躡されたが、うまく回避し味方攻撃機の攻撃終了まで確認し、午前九時半帰艦す」

はるか南東海域を進撃中の米キンケイド少将は、ホフマン大尉機のPBY電到達前に、たまりかねたように空母エンタープライズから第十偵察隊一六機のSBD哨戒兼爆撃機をはなった。

午前五時、五〇〇ポンド各機一発を腹下に抱えて、彼らは北西海面三三五度より〇度にかけて日本空母捜索にむかう。

米空母部隊上空は南太平洋特有の積乱雲が立ち、雲に半ばおおわれていて日本機が身を隠して突入してくるのに最適の条件であった。風は八ノットの微風で、洋上にわずかながら白波が立つ。

「この雲は不吉な前兆であった」と米側戦史は記している。米空母の対空砲員にとって「この雲こそ邪魔物」であり、逆に日本側にとっては「急降下爆撃機好みの日和であった」――と。

第十偵察隊SBD機は二機ずつ、ペアを組んだ。ヴィバン・W・ウェルチ大尉とブルース・A・マックグロウ大尉の二機が、途中で反航する九七艦攻一機とすれちがった。これが翔鶴隊の岩井機か中島機のいずれかで、たがいに相手を確認しただけで他の〝大きな獲物〟のためにやりすごした。

米側二機が南雲艦隊前衛と触接したのは午前六時一七分、日本戦艦一、重巡二、駆逐艦七隻が北進中なのを発見した。彼らがエンタープライズに通報したのは同三〇分のことで、めざす日本空母を発見できずに反転したが、別の一隊ジェームス・R・リー少佐とウィリアム・F・ジョンソン大尉のSBDペアが、キンケイド部隊より北西二〇〇カイリの地点で日本空母を発見した。

午前六時五〇分、緊急信が打電される。

「敵空母発見一、針路三三〇度、速力一五ノット」

日米機動部隊はほぼ同時刻に、索敵機同士が相手空母を発見した。南太平洋上で二度目の空母決戦の火ぶたが切られたのだ。

3

南雲機動部隊は旗艦翔鶴を中心に八、〇〇〇メートル後方に二番艦瑞鶴、翔鶴の左舷側同距離に瑞鳳が航行しており、その五、〇〇〇メートル前方に重巡熊野、および駆逐艦群七隻が配されている。そのはるか先方五〇〜六〇カイリに前衛部隊の重巡群、戦艦比叡、霧島が進撃していた。

十月二十六日朝の日米航空兵力比は、以下の通り。

日本側兵力

	艦戦	艦爆	艦攻
翔鶴	22	21	24
瑞鶴	21	24	20
瑞鳳	19	0	6
隼鷹	20	18	7
合計	82	63	57

総計202

米側兵力

エンタープライズ

	34	34	10
ホーネット	38	31	16
合計	72	65	26

総計163

日本側は近藤中将の前進部隊に、二航戦空母隼鷹を機動部隊の一〇〇～二〇〇カイリ西方に配備しており、合計空母四隻。米軍は二隻で、航空兵力はいちじるしく米側に劣勢である。

だが、ヌメア基地のハルゼー中将は最初のＰＢＹ機発見電を手中にすると、激情家の彼はキンケイドに以下のような過激な一文を、即座に打電した。

「攻撃せよ、――くり返す、攻撃せよ」

相手がミッドウェーで破った日本の南雲提督と草鹿参謀長のコンビであり、性懲《こ》りもなく日本艦隊は同じ戦法で北西方から進撃してくると判断した。前海戦と同じように、夜明けとともに奴らを叩きのめしてやる、とハルゼーは意気ごんでいた。彼は南雲機動部隊が反転北上して、巧みに姿をくらましていたことに、まったく気づかなかったのだ。

「上空直衛機、発進準備完了！」

瑞鶴飛行甲板では、緊迫した一日がはじまろうとしていた。整備分隊士が白旗で合図し、発着艦指揮所の待機員がすぐさま松本飛行長につたえた。

「艦長！　直衛機を発艦させます」

と艦橋上の天蓋《てんがい》にのぼった野元大佐に報告して、松本少佐は大声で命じた。

「発艦はじめ！」

雲の切れ間に、豆粒ほどの米軍索敵機らしい機影が見え隠れしている。午前六時五〇分、すでに戦闘の幕が開き、「敵機発見！」「対空戦闘用意！」のラッパが鳴りひびき、飛行甲板両側の機銃座の動きがあわただしくなる。

吉村博小隊、荒木茂小隊の上空直衛零戦各三機が飛び立ち、一直線に出現した米軍機の方角をめざす。

野元艦長は夜明けとともに、いつもの羅針艦橋でなく最上層の防空指揮所にのぼり、全艦隊を見渡す位置で戦闘指揮をとるつもりである。

トラック泊地より出撃して一五日目、ようやく決戦の秋《とき》をむかえて体力、気力は充実している。装甲鈑にかこまれた指揮台の背後に控えた小川砲術長が、「艦長！　敵機はどんどん墜としますが、爆弾回避のほうを先にして下さい」と冗談口を叩くのも快かった。

操艦の腕前については絶対の自信がある。指揮台前方の見張員長や四周に眼をくばる見張員、旗艦からの発信を見逃すまいと緊張する信号員たち、足もとの砲術長伝令など、乗員たちが艦長の自分に全幅の信頼をおいて待機している様子がありありとわかった。

——柳本よ、見ていてくれ！

ミッドウェー海戦時、紅蓮の炎のなかで艦とともに沈んだ同期生柳本柳作艦長の姿が脳裡に浮かんだ。かならず貴様の仇を討ってやる！　その決意とともに、目黒区平町《たいら》のとなり住居同士で「貴様」と「俺」の近所づきあいをした、つい半年前の出来事が想い起こされた。そのためにも、何としても卑怯の振る舞いはできんぞ、と勇猛心をかき立てる。

旗艦翔鶴からは、小林保平中尉の第一直零戦三機、大森茂高一飛曹の第二直三機が緊急発艦して米軍艦爆機の行方を追っていた。相手は、空母エンタープライズ第十偵察隊のリー少佐とジョンソン少尉のSBD哨戒兼爆撃機二機である。

そのときのことだった。南雲機動部隊警戒隊の艦艇群から、いっせいに煙幕が張られた。重巡熊野はじめ四水戦、十六水戦の駆逐艦八隻から黒煙がもくもくと海上を流れた。

「何か変だぞ、あれは！」

とっさに艦橋天蓋で声をあげたのは、野元艦長付の少尉である。煙幕とは水上決戦の場合、味方の姿を隠すために重油を不完全燃焼させて煤煙幕《ばいえんまく》を張ることをいう。

航空決戦では、かえって遠方から味方の存在を敵側に発見されやすいようにわざわざ知らせることではないのか。信号員にたしかめると、「旗艦から『煙幕展張セヨ』の信号が出ております」との返事である。野元大佐も首をひねった。これも新戦策の一つで、何かほかに意味があるのか？

前方の旗艦翔鶴では、一騒動が起こっていた。同じように、即座に不審の気持を抱いたのは塚本航海長である。とっさに疑問をぶつけようとしたが、高田、長井両参謀も階下の作戦室にこもり切りである。

艦橋には、南雲長官と草鹿参謀長がいた。

「参謀長、煙幕展張の命令が出ておりますが、あれはどういう意味ですか」

「いや、知らん。そんな命令を出したおぼえがないぞ」

草鹿少将も、あわてて四周に眼をくばった。「だれが命令を出したのか、わからんなら、すぐ中止して下さい!」と塚本中佐がねじこむと、「よし、わかった。すぐやめさせる」と参謀長がおうじた。

「煙幕展張ハ中止セヨ」

発光信号がふたたび各艦に通知され、この騒動は幕を閉じた。

原因は、航海参謀の参謀長命令のききちがえというお粗末なミスであった。

「トラック泊地に帰ってから、巡洋艦、駆逐艦の艦長連中に何で司令部はあんな命令を出したんだと、さんざん吊し上げられた」というのが航海長塚本朋一郎中佐のグチだが、海戦当朝の旗艦艦橋が決して冷静ではなかったという一つの証左でもあろう。

翔鶴艦長有馬正文大佐も砲術長代行富川憲三少佐とともに、艦橋上の防空指揮所に陣取っていた。

「眦を決して、闘志満々の様子だった」

と艦橋配置のだれもが認めるように、有馬大佐は白い第二種軍装を着て、大空を一人にらみつけるようにして立っていた。彼が崇敬する南北朝時代の忠臣楠正成《くすのきまさしげ》の故事にあやかって、死装束のつもりであったろうか。

その圧倒的な気迫に、艦の防火、防水対策にあたる運用長福地周夫中佐は気圧される思いでいた。艦長就任いらい、有馬大佐はサンゴ海海戦で損傷した艦体の修理、改造計画の艦政本部案に納得せず、対空用二五ミリ機銃群の増設を軍務局に認めさせ、被弾時のあらゆる災厄にそなえて徹底的な防火設備を工夫、実行した。

「考えられるかぎりの艦防禦対策を実現した、その着想と発意の鋭さに敬意を表してやまない」

とは、福地中佐の畏敬の弁である。出撃直前のこの防火、防水対策が、二度目の翔鶴被弾時の危機を救うことになったのだ。

——さて、日本側の混乱はさらにつづく。

人間とはとっさの場合、なかなか平常心でいられぬものらしい。作戦計画の大要が決定した以上、じっさいの上空直衛機、攻撃隊の発進は艦長、飛行長の仕事であった。航海参謀のあわてぶりと同様に、旗艦飛行長根来茂樹中佐も混乱の渦に巻きこまれて動転してしまった。索敵機発進後、二時間五分経つまで「敵空母発見」の報告電が来なかったことで、艦内の空気が緊張の極に達していたことが引き金になったのかも知れない。攻撃隊二七機が甲板待機のまま、じりじりと時がすぎる。そのさなかに米軍艦上機二機の出現である。

「すぐ上空直衛に発進しろ！」

あせった根来飛行長は、攻撃隊直掩として甲板待機中の零戦七機のうち四機を緊急発進させた。安部安次郎飛行特務少尉以下四機が、いそいで緊急発艦する。直掩隊零戦の指揮官は宮嶋尚義大尉だが、このとき搭乗員待機室にいて部下たちの分派を知らずにいる。

甲板待機中の攻撃隊から零戦を半数、上空直衛機として緊急発艦させるのは第二次ソロモン海戦時にも起こったことで、そのために艦攻、艦爆隊の護衛が手薄になった。これが味方攻撃隊被害を増大させる一因になったと指摘されたのだが、海戦後は母艦防衛のためにはやむをえない措置だったとして、研究課題のまま放置された。

村田重治少佐の雷撃隊二〇機はそのためにわずか四機の零戦の護衛で米空母ホーネットに突入して行くのだが、はたして米グラマン戦闘機が待ちうける防禦網を無事突破することができるだろうか。搭乗員待機室にいる村田少佐も、そのことに何も気づいていない。

村田重治少佐は、いつものように軽い冗談口で座をにぎわせていた。「雷撃の神様」などと祭り上げられていたが、真珠湾攻撃のような在泊艦艇を演習時のように魚雷投下しただけで、まだ海上航空戦の修羅場を経験していない。こんどこそ正念場だという烈々たる闘志が、その表情にみなぎっていた。

旧赤城乗組の偵察員徳留明一飛曹は村田隊第二中隊の一機として出撃するが、部下に慕われた隊長のふだんと変わりがない表情を見て、「自分もあのように心落ち着けて出撃にのぞまねばならぬ」と心にいいきかせていた。

ミッドウェー海戦では空母赤城で魚雷を装備中に、爆撃を食らったにがい思い出がある。こんどこそ雷撃戦で仇を討つというのが彼の誓いだが、前夜最後の点検で愛機の偵察席に腰を沈めたとき、「ここがおれの死場所か」と甲飛一期生を志願した自分の短い人生をふとふり返って、感慨にふけったことだった。

島原中学出身の九州人村田隊長とちがって、第二中隊長鷲見五郎大尉は東京府立一中（現・日比谷高校）の都会っ子。先祖は紀州尾張藩で功績を残し、鷲見文庫として業績を記念されている。ちなみに、鷲見五郎とは「すみ・いつお」と読み、次男坊である。

海軍兵学校時代はスポーツ万能で、とくに器械体操や水泳、高飛びこみが得意だった。競技ではいつも教員から「鷲見生徒、模範！」と指名されていて、昭和十二年には射撃競技に優勝して、優勝旗を先頭に古鷹山から下山してきた勇姿を同期生番井章が記憶している。宇佐空、霞ヶ浦航空隊教官をへて、昭和十七年七月、翔鶴分隊長となった。

第二次ソロモン海戦直前、索敵機操縦員として哨戒中の鷲見大尉は、こんな印象的なエピソードを残している。

機動部隊決戦のいわば囮《おとり》役として特設水上機母艦国川丸と駆逐艦春雨は、南雲艦隊の西方五〇～一〇〇カイリを遊弋《ゆうよく》していた。無線封止の単独航海であり、米空母機に発見されれば一瞬のうちにたちまち沈められる危険な賭け、ともいうべき航海である。だが、もし米機動部隊をこの水上機母艦をエサに誘出することができれば、これと対決、撃滅できるという目《も》論見《くろみ》もあった。

そんな孤独な航海中に一機の母艦索敵機が近づいてきて、通信筒を一発みごとに艦に落として行った。

通信文は、「味方機動部隊の位置、貴艦の二九〇度一五〇浬、ご健闘を祈る　スミ」とあった。国川丸の分隊長武田茂樹大尉は兵学校時代の鷲見の級友であり、同艦乗組と知っていて、味方機動部隊が確実に救援に駆けつける位置にある、という正確な情報、距離をわざわざ教えてくれたのである。

「あの艦攻を見送った時もそうだったが、今でも鷲見といえば、あのソロモン北方海域での一こまを懐かしく思い出す。……あの紺ぺきの洋上で、会うこともなくはからずも受けたクラスメートの友情は、ひしひしと私の脳裡に、今も焼き付くように残っている」

とは、武田が戦後の級会誌に寄せた追悼の一文である。

第二部　空母対空母

第三章　南太平洋海戦

「瑞鳳被弾！」

1

戦闘ラッパが鳴り、「雷撃隊即時待機」の令がくだった。

第一次攻撃隊の村田雷撃隊員たちが艦橋下の飛行甲板に駆け上がり、試運転中の九七艦攻操縦席、偵察席、電信席それぞれ飛行用具の最終点検にあたる。「予定攻撃隊整列！」の指揮所からのスピーカーの声で、搭乗員たちが集合しはじめた。

直掩戦闘機隊の宮嶋尚義大尉は、このときはじめて列機がわずか三機でしかないことに気づいた。「零戦四機で、二〇機の雷撃隊を護り切れるのか」とっさに浮かんだのは、胸をしめつけられるような不安感である。

る。若冠二十五歳。大分航空隊、霞ヶ浦と教官生活が長く、空母翔鶴での今次海戦が初陣である。その気負いとは別に、背負わされた責任の重さで押しつぶされそうになる。だが、出撃直前になって不平感を訴えても仕方あるまい。

「一機で、二機分のはたらきをすればよい」と、何度も自分にいいきかせた。小隊長半沢行雄飛曹長以下三名の列機に、「諸君たちのいっそうの闘志を期待する」とはじめての隊長訓示をしたが、それは自分自身への叱咤、激励でもあった。

根来飛行長が片手に紙片をつかんで、艦橋から駆け下りてきた。

「攻撃隊の隊長はどこへ行ったか！」

と村田少佐の行方を懸命に捜している。攻撃隊員の姿は全員そろっているが、総隊長村田少佐の姿が見えないのだ。飛行長が気ぜわしく首を左右にのばして視線を走らせていると、やや首をかしげて肩をいからせ、おっとりと歩みを進めてくる村田重治の姿が見えた。

中国戦線でのかつての部下、萩原末二一飛曹は第一中隊の一員として甲板整列の中間にいたが、「やっぱり村田隊長らしいな」と整列にいつもおくれてくる相も変わらぬ悠然とした態度に、思わず吹き出したことだった。

飛行長は大あわてであった。艦橋下の黒板に、「敵空母一隻サンタクルーズ島北方六〇浬、進路三〇度、速力二〇節、味方現在位置」と書き、黒板上を叩きながら、「敵空母はここ、味方空母はここ、各隊はただちに搭乗発艦、詳細は電報で知らす」とどなり声でいった。

航法図板に位置を記入している偵察員を残して、村田、宮嶋両隊長以下、攻撃隊員たちが乗機に散らばって行く。

大海戦出撃を前にして長官や艦長訓示はなく、いかめしい儀式はいっさい中止されて、いざ決戦と意気ごんでいた搭乗員たちをがっかりさせたが、このとき艦橋内では訓示どころではない、とんでもない事態が起こっていたのだ。


第三艦隊司令部作戦室では、高田利種首席参謀を中心に長井純隆作戦参謀が機動部隊の作戦計画・方略、内藤雄航空参謀が攻撃隊の進撃針路・距離を決定、末国正雄戦務参謀が記録の整理・命令起案の準備、中島親孝情報参謀が初の対空レーダーのチェックなど、緊密なチームワークで動き出していた。

騒動の発端は、高田大佐が第一次攻撃隊発進命令の直前に、「この進撃針路は皇国二千六百年の運命を決するぞ、いいな！」と念を押したことにあった。ミッドウェー海戦時の失敗をくり返さないように、首席参謀として攻撃実施は迅速に、しかも細心の注意をおこたらないつもりである。

ところが、索敵機の刻々と変わる位置を色鉛筆で海図上に記していた内藤航空参謀が、「おや変だぞ、位置がちがう」と昂《たかぶ》ったどもり声で異変をつげた。

索敵機一線の報告した米空母の艦位が、本来彼らがたどっている索敵線上とは合致しないのだ。すなわち、索敵機からの報告を海図に記入してみると、本隊の「一一五度二一〇カイリ」であり、索敵機一線がたどっている一四〇度線上からは大きく南にはずれているのである。

「あやまった報告のまま、攻撃隊を発進させることはできません！」と、内藤中佐が海図台から立ち上がり、作戦参謀に訴えた。

「よし、わかった。すぐ電信室に確認しろ」

と長井中佐が答え、首席参謀に「攻撃隊をただちに発艦させて下さい。進撃針路、距離は後から連絡しますから」と進言した。

高田大佐が了解し、取りあえず攻撃隊を出発させ、根来飛行長が「詳細は電報で知らせる」と令したのは、その直後のことである。

中島情報参謀がすばやく動いた。電信室に索敵機一線を呼び出させたところ、同機の偵察員吉野治男一飛曹と索敵機四線の浮田忠明飛曹長の二機同時が返答した。何のことはない。浮田機が呼び出し符号をまちがえて、索敵機一線のそれを誤使用していたのだ。

この初歩的なミスで、確認のために旗艦翔鶴の電波が混乱し、管制不良の状態が生じて、その後の索敵機や攻撃隊との交信に悪影響をもたらすことになる。

一方、後方の瑞鶴飛行甲板上では、以上のような旗艦の混乱は八、〇〇〇メートルはなれた海上では混乱の詳細がつたわってこない。

「攻撃隊発進せよ」の命令がくると、すぐに天蓋から野元艦長が降りてきて、第一次攻撃隊の艦爆隊二一機四二名、艦戦隊八機八名、計五〇名の搭乗員が整列した前で、短い出撃の訓示をした。

空は晴れ、ところどころに断雲が見られる。視界が良く、遠く水平線を見渡すことができる。日差しは強いが、微風があった。

「快晴の航空戦日和である。艦長として諸子の奮戦力闘に期待する。日ごろの訓練の成果を発揮して、思う存分、力を発揮して戦果をあげてもらいたい」

簡潔な訓示のあと、飛行隊長高橋定と戦闘機分隊長白根斐夫両大尉が艦爆隊員、制空隊員それぞれに「しっかりやれ」と激励の最後の言葉をかけた。午前七時二五分、旗艦翔鶴から第一次攻撃隊二四機が発艦した。

防空指揮所からの通報をうけて、瑞鶴からも白根大尉の零戦八機、高橋大尉の九九艦爆二一機が順々に飛び立って行く。第一中隊長高橋定、第二中隊長津田俊夫、第三中隊長石丸豊各大尉がそれぞれ指揮をとる。

三番艦瑞鳳からも、日高盛康大尉以下零戦九機が飛び立つ。同四〇分、全機六二機が集合して進撃を開始した。

2

瑞鶴艦橋下、飛行甲板上の両側ポケットに整備員たちが散らばって作業帽や手を振って見送っている。艦爆隊整備分隊士西村泰中尉は、高橋大尉以下の九九艦爆全機が「完全整備で、力を充分に発揮してくれるかどうか」を人一倍心にかけ、心配していた。

戦闘機先任班長川上二整曹は、自分が手がかけた零戦二一型の隊長機に乗りこみ、「万事良好」と白根大尉が片手をあげて合格の合図をしてくれた出撃時の笑顔が忘れられないでいる。「どんな戦果で帰ってきてくれるのか」と、それを楽しみに甲板上で待機する。

多くの整備員たちの群れにまじって、発着兵器整備班の清水三代彦一整は上空直衛機の亀井富男一飛曹が前夜、こっそり語っていた言葉が気がかりであった。この甲飛一期生の友は、「このごろ、戦闘機に乗るのがこわくなったんです」と訴えていたからだ。

亀井一飛曹は清水一整の同郷和歌山県那智勝浦町の出身で、乗艦して彼がそのことを知り、急速に親しくなり「亀さん」「清水さん」と呼びあう仲になった。

清水三代彦は昭和十二年の徴兵組、亀井は同十三年の甲飛予科練志願である。甲飛出身者は中学四年一学期修了と学歴も高く、階級も一等飛行兵曹と下士官で、清水の一等整備兵と階級差が大きい。年齢は二十二歳と自分の二歳年下なのだが、それでも同郷のよしみで「戦友というより、友人同士という間柄になった」と清水一整は語る。

「明朝は上空直衛に出るんですけど……」と、亀井一飛曹は暗い表情でいった。「どうも、飛行機に乗るのがだんだんこわくなった……」

「亀さん、そんな気持じゃダメだよ。弱気で敵にかかって行ったら、負けるよ。危険やな、そんな考えは」

清水一整は意気消沈した亀井の表情におどろき、友をはげますようにいった。

「もし、そんな気持になったら、あんたは死ぬよ。敵と遭遇してこわい、と思うたらさっさと逃げればええんじゃないか」

他人にきかれないように、声をひそめて勇気づけた。「うん、そうやね」とうなずいた亀井一飛曹は納得した様子だったが、生まじめな彼の性格からみて、そんなに簡単に元気回復できるものとも思われない。

その亀井富男一飛曹は、いま荒木茂中尉の二番機として上空直衛の任務についている。

清水一整は気がかりのまま、すぐさま第二次攻撃隊の発艦準備にリフト脇の持ち場に駆けもどった。格納庫内から即時発艦用意の零戦四機、九七艦攻一七機がつぎつぎと飛行甲板に運び上げられているのだ。

雷撃隊指揮官は今宿滋一郎大尉。九七艦攻はいったん取り外した航空魚雷をふたたび魚雷庫より一本ずつ、全機一七本分をエレベーターで運び上げ、最初から装備し直さなければならない。兵器員、整備員、搭乗員総がかりで、この手間のかかる発艦準備に取りかかる。

そんなさなかの出来事であった。

攻撃隊全機が南東方向に姿を消してから一五分後、断雲の切れ間から突如米軍SBD艦上爆撃機二機が空母瑞鳳をめがけて急降下するのが目にはいった。

「あ、瑞鳳に急降下!」

見張員の絶叫に野元艦長が左舷前方を注視すると、三番艦瑞鳳の飛行甲板から白い爆煙が噴き出すのが見えた。米軍索敵機に、完全に不意をつかれた攻撃であった。

ＳＢＤ哨戒兼爆撃機二機は、未明に空母エンタープライズを飛び立ち、別の索敵線上にあった第十偵察隊ストックトン・Ｂ・ストロング大尉とチャールズ・Ｂ・アルヴィン予備少尉のＳＢＤ『ドーントレス』二機であった。彼らはリー少佐機からの発見電を傍受して、同報告の位置まで進出してきたのである。

瑞鳳艦上では日高隊を発進させた直後のことであったので、上空警戒に隙が生じた。ＳＢＤ機の投下した一弾は後部飛行甲板に一五メートルの破口を生じ、爆弾の炸裂により付近の高角砲、機銃座が破壊された。

「本艦の着艦不能！」

飛行長箕輪三九馬少佐の悲痛な声に、艦長大林末雄大佐は天をあおいだ。日高盛康大尉の零戦九機が発進した直後であったので、味方機の反転と誤認したのだ。ただし、準備中の第二次攻撃隊零戦一四、艦攻五機の発艦は可能だ。

ともかくも、大海戦の初日に一航戦の上空直衛担当艦はその機能の半分を喪ってしまったのだ。

第二番線を索敵飛行中の岩井健太郎大尉は、四番線機と母艦との交信を傍受して米空母部隊の発見位置を知り、南に変針して該当海域にむかった。途中から、約一〇〇カイリ飛行距離をのばす。

「あっ、敵艦隊が見えます！」

操縦席の石川鋭一飛曹がとつぜん声をあげた。水平線上にポツリポツリと黒点が見える。中でも檣楼《マスト》がひときわ高いのは、米戦艦か。被発見をさけるために、機は五〇〇メートル低空まで舞い下りた。

「よし、母艦あて発信！　敵空母部隊見ゆ、その兵力は……」

後席の小山正男二飛曹が、いそがしく無電のキイを叩く。母艦の電波管制不良で、なかなか受信の返事がこない。何度かの通信で、ようやく旗艦翔鶴から「了解」の返信がきた。

第三艦隊司令部で、すでに前衛部隊水偵機よりの発見報告も入手しており、たとえば重巡利根二号機は午前八時四五分発で「敵大部隊見ユ　地点南緯七度五七分東経一六五度三七分」と報じ、二航戦隼鷹機からも「敵約一〇隻ヨリナル二ケ部隊共ニ中心ハ大型空母」（午前九時一五分発信）と、ほぼ正確な米空母情報を発信してきていた。

「本艦よりの距離一二五度二一〇カイリ、と訂正する。大至急、攻撃隊に知らせてやれ」

内藤航空参謀が伝声管で艦橋に通報した。さっそく翔鶴通信長より村田隊長機および誘導機に打電される。第一次攻撃隊には第二次ソロモン海戦時の失敗をくり返さないために攻撃隊誘導機として偵察佐久間坎三中尉、操縦古木賢美一飛曹コンビの九七艦攻が先導している。

これら両機が、母艦の指示により根来飛行長が発艦前針路一二〇度と指示していたのを、一二五度と訂正した。村田隊長機の指示で攻撃隊全機は針路を五度左にずらす。だが、艦攻、艦爆隊の偵察員は母艦との交信を傍受してこの変針をそれぞれ確認しているが、偵察員を持たない単座の戦闘機ではこの重要な針路修正電報がつたわらなかった。

わずか五度の差だが、これが距離を広げれば、帰途にどんどんあらぬ方角へと飛行して行くことになる。攻撃終了後、空戦でバラバラになった戦闘機は単機で母艦にもどることになり、針路修正ができなかったことで、直掩隊の零戦に思いがけない悲劇が待っているのである。

最初にそのことに気づいたのは、翔鶴零戦隊の宮嶋尚義大尉であった。

第一次攻撃隊の全機は六三機。高度三、〇〇〇メートルを村田少佐の九七艦攻二〇機が往き、その上方に高橋定大尉の九九艦爆二一機、これら両部隊を護衛する形で白根斐夫大尉の零戦八機、宮嶋尚義大尉の四機、日高盛康大尉の九機が左右にバリカン運動をしながら護衛の任につく。

これは、重い魚雷を抱いた艦攻隊はどうしても速力がおそく、戦闘機は速力が早くのめり気味なので、床屋のバリカンのように右に左に動いて速度を調節することをいうのである。

宮嶋大尉は、バリカン運動の途中で大編隊が左に方向を変えたので気になり、村田少佐機の上空に近より針路チェックをしてみた。すると、針路の目盛りは一二五度を指しているではないか。

「たしか飛行長は一二〇度といったが……」

と疑念に思いながら、帰路はこの五度差を頭に入れておかねばならないなと心で思った。

この事実は部下たちにまっ先に知らせるべきだったのである。しかしながら進撃途中の一瞬の出来事で、初陣の彼は自分が指揮官機の重い責任を負っていることを忘れてしまった……。

宮嶋隊第二小隊長半沢行雄飛曹長は昭和九年、乙飛予科練入隊組のベテランで、サンゴ海海戦時には被弾して黒煙の噴き上がる翔鶴飛行甲板に、繋止索もないままに無事着艦してみせたというはなれ技の持ち主である。

こんな有能な部下に、このときなぜ一言注意しておかなかったのか。後になって宮嶋大尉は帰艦後半沢機の行方不明を知り、生涯の悔いを残すことになるのである。

3

空母エンタープライズとホーネットとは同型艦で、ともに基準排水量一九、八〇〇トン。兵装は一二・七センチ高角砲八基、速力三三ノット。

エンタープライズといえば〝猛牛〟ハルゼーの母艦の代名詞として有名であったが、いまや同艦に君臨する支配者はキンケイド少将であり、艦長もオズボーン・B・ハーディング大佐に代わっている。一九三八年に就役して四年目。東京本土空襲、ミッドウェー、第二次ソロモン海戦と太平洋全域を駆けめぐった歴戦の空母であった。

同ホーネットは、日米開戦一年前に就役。主に大西洋方面に配属されていたが、ニミッツ提督の指示により一九四二年三月四日、パナマ運河を通って太平洋に出た。以後の空母機動作戦は、エンタープライズと同じ。艦長チャールス・P・マンソン大佐は司令官ムレイ少将とともに艦橋に陣取って、日本機の攻撃にそなえている。

だが、攻撃隊の発進は南雲艦隊側が一歩先んじたようである。マンソン艦長の命令で、第一陣のホーネット隊が進発したのは午前七時三〇分。指揮官は第八偵察隊長ウイリアム・J・ウッドヘルム少佐で、SBD急降下爆撃機一五機、エドウィン・B・パーカー大尉のTBF『アベンジャー』雷撃機六機、ヘンリー・G・サンチェス少佐のグラマンF4F『ワイルドキャット』八機、計二九機が日本空母攻撃に飛び立った。

空母エンタープライズ発艦の第二陣は、ホーネット隊より二〇分おくれて午前七時五〇分になった。指揮官はTBF機搭乗の第十航空隊長リチャード・K・ゲイン少佐である。SBD三機、ジョン・A・コレット少佐のTBF雷撃機八機、ジェームス・H・フラットレー少佐のF4F戦闘機八機、計一九機。第三陣は、同八時一五分のホーネット隊で、第八航空隊長ウォルター・F・ロディ中佐指揮下のSBD九機、TBF九機、F4F戦闘機七機、計二五機。総計七三機の兵力である。

三つの攻撃グループが、日本空母にむけて進撃を開始している。米海軍では、日本機のように各集団が待ちあわせて統一指揮官の下で一大攻撃部隊を形成するといったような集中攻撃はとられておらず、また雷撃機と急降下爆撃機が同時に攻撃する「雷爆撃機同時攻撃」の戦法も確立されていなかった。空母を集団使用するのではなく、各空母が一機動部隊として独立していたから、攻撃隊もそれぞれの母艦単位となった。このため、三つの米軍攻撃機グループは独立して、数マイルにわたる伸びた形となった。

午前八時三〇分、空母ホーネットより六〇マイル（一一一キロ）はなれた地点で、米第一グループのウッドヘルム隊二九機と日本機の大編隊とがすれちがう事態が起こった。高度三、〇〇〇メートル。たがいの敵を視界内にとらえて、村田少佐も米軍側も相手機をやりすごし、自分たちの目標をめざして直進する。上空の白根大尉の零戦隊、サンチェス少佐のグラマン戦闘機群も指揮官機の命令を忠実に守って、そのまま直進する。

一〇分後、ホーネット隊より一〇マイルおくれて、第二グループのエンタープライズ隊一九機が進撃してきて、村田隊と第二のすれちがい飛行をした。コレット少佐指揮のＴＢＦ雷撃機群は第一陣よりも小兵力で、高度も二、〇〇〇メートルと低く、全八機が二機ずつの縦列となり、後方にゲイン少佐のＳＢＤ急降下爆撃機三機、右翼側にややはなれてフラットレー少佐のグラマン戦闘機八機が飛行していた。

村田隊の上空でバリカン運動をつづけていた瑞鳳隊零戦分隊長の日高盛康大尉は、これらの米軍雷撃機が味方空母に攻撃を加えればどのような事態を招くのか、いっそ低空に舞いおりて鈍足の雷撃機を急襲すれば簡単に叩き墜とすことができ、すぐまた編隊に復帰できると、とっさに両方の判断を下したにちがいない。

「攻撃セヨ！」

左右の翼を振るバンクの合図が、列機への攻撃命令である。この五月一日付で海軍大尉に進級したのは、兵学校同期生の宮嶋尚義も同様で、この元気な若武者たちはやみくもに目先の目標にとらわれがちになる。そして総指揮官村田少佐の許可なく、日高隊九機の零戦は独断で米軍機第二グループに突入した。

日高零戦隊の途中反転

1

日高盛康大尉は、既述のように日露戦争時の第二艦隊長官で男爵、日高壮之丞の孫である。学習院中等科から海軍兵学校六十六期生に進み、飛行学生となって戦闘機を専修。卒業後は空母飛龍、鳳翔、瑞鳳乗組と、母艦経験も豊富だ。

瑞鳳隊九機は村田隊の五〇〇メートル上空にあり、一、五〇〇メートルの高度の優位差を利用して一気にコレット隊に襲いかかる。日高大尉の第一小隊三機に引きつづき、第二小隊長内海秀一中尉、第三小隊長河原政秋飛曹長以下各三機ずつが隊長機にならって腹下の増槽をすて、両翼二〇ミリ機銃の全砲門をひらいた。

グラマンTBF『アベンジャー』雷撃機はサンゴ海海戦で惨敗したTBD『デヴァステイター』の後継機として、ミッドウェー海戦時より登場した新型機である。二、六〇〇馬力の強力エンジン、大型の魚雷倉に九〇〇キロの爆弾または魚雷一本を内蔵、翼内に一二・七ミリ機銃二梃、後部に同一梃。乗員三名。

燃料タンクに防弾、防火装置をほどこし、搭乗員は厚い装甲鈑に護られて同機は、その後太平洋戦争後半の全戦域で活躍、日本艦隊を苦しめる存在となった。だが、ソロモン海域に投入されて間もない段階であったから、第十雷撃隊のメンバーはこの新型機に慣熟していない。

攻撃は不意討ちでおこなわれたから、先頭のコレット少佐機は機銃手が応戦するいともなく、日高大尉の二〇ミリ機銃の銃撃にさらされた。右翼を吹き飛ばされ、『アベンジャー』機のずんぐりとした胴体がキリモミになって墜ちて行く。ペアとして右翼側の位置にいたロバート・E・オスカー少尉機の操縦員が、恐怖にかられてふりむいた表情が僚機に目撃されている。

内海小隊三機は、マクドナルド・トンプソン大尉とジョン・M・リード少尉のペアをねらった。

零戦の破壊力はすさまじいものであった。

内海秀一中尉、川崎正男一飛曹、松本善平三飛曹の銃弾がつるべ射ちに両機を襲い、リード機の機首から後尾にかけて二〇ミリ機銃弾が炸裂すると火煙が噴き出し、機銃手が同機からパラシュート降下した。リード少尉は機上戦死したものか、機体とともに脱出できずに墜ちて行く。

最後尾を飛行していたのは、マービン・D・ノートン大尉とリチャード・K・バッテン中尉の両機であった。これらを相手にしたのはベテランぞろいの河原小隊で、河原政秋飛曹長、二番機近藤政市一飛曹らの攻撃によって二機ともたちまち燃料タンクから火を噴き出し、猛火につつまれながら海上に不時着水した。

搭乗員は、駆逐艦にかろうじて救出されている。

右翼側五〇〇メートル高度差で、上空からコレット隊を護衛していたフラットレー少佐のグラマンF4F『ワイルドキャット』戦闘機八機は、日高隊の攻撃に一瞬のおくれをとった。二番機ラッセル・L・レイスラー中尉、三番機ローランド・R・ウィッテ少尉が零戦隊をめざして、空中戦に突入する。そして、両軍戦闘機が入り乱れる熾烈《しれつ》な戦闘となった。

まずアルバート・E・メアド少尉機のグラマンが操縦席を破壊され、機銃を沈黙させられて、海上に墜ちて行った。僚機のジョン・A・レプラ中尉機は互角に戦ったが、同じく風防を射ちぬかれ、操縦席からパラシュート降下することもなく海上に転落する。

ミッドウェー海戦時より米海軍のサッチ少佐が提唱した「サッチ戦法」が採用され、日高隊を相手に、この新戦法で零戦の猛攻をふせいだペアがある。ウイリアム・B・レディング少尉とラレイ・E・ローズ少尉である。

彼らは一方が零戦に追われると、途中から割りこんで攻撃をさまたげ、助けられた一方はまわりこんで零戦の後上方につく——この交互の〝サッチ編み《ウィーブ》〟戦法で、日本機と対等に戦う術を会得できたのだ。

両機は、サッチ少佐仕込みの新戦法で急場をしのいだが、結局のところローズ機は撃墜され、レディング機は機体をズタズタに破壊されながらも、何とか海上に不時着水した。日本側にも被害が出た。フラットレー少佐は内海小隊の三番機、松本三飛曹との交戦で同機を至近距離に追いつめ、銃撃で海上に墜落させた、と主張している。また攻撃終了後、日高大尉が集合を命じると、彼の小隊三番機高木鎮太三飛曹の零戦が姿を見せなかった。TBF『アベンジャー』の機銃手が日本機一機撃墜をあげていることから、高木機は被弾自爆したのかも知れない。

結局、エンタープライズ隊はグラマンTBF四機喪失、F4F戦闘機三機喪失、一機大破の被害を出し、戦果を零戦六機撃墜としている。逆に日本側は、「敵戦闘機六、艦爆八機と遭遇、全機を撃墜」と報告しているが、じっさいは以上のべた通りである。

日高大尉が集合を命じたとき、集まったのは七機であった。二〇ミリ、七・七ミリ機銃弾をほとんど射ちつくしていたので、瑞鳳隊全機は反転することにした。

2

日高大尉は空戦の混乱で、自分の機位がわからなくなってしまったらしい。零戦には帰艦の手段として、クルシー式無線帰投方位測定機とコンパスによる海上航法の二つの手段があるが、指揮官としての経験の浅い大尉は、このまま自分が編隊を指揮すれば全機未帰還となる事態をおそれたらしい。

内海中尉と河原飛曹長の小隊長二機を集め、それぞれの小隊で自由に母艦にもどれ、と中隊解列を手真似でつたえた。河原小隊二番機の近藤一飛曹の証言によると、同機のク式帰投装置も電波は通じるが、針が左右に振れて信用できないシロモノであったという。

日高大尉と米元治郎一飛曹、内海中尉と川崎正男一飛曹、河原小隊三機——三つのグループが、それぞれ帰艦の途をさぐった。河原政秋飛曹長は日華事変いらいの古強者らしく、母艦推定位置にたどりつくと、そこを基点として四角に捜索飛行を広げて行く「箱形捜査法」で帰投中の九七艦攻と遭遇。一緒に帰投する、という幸運をつかんだ。

飛行甲板を破壊された瑞鳳への着艦をあきらめ、近くの瑞鶴へ。三〇分後に、日高大尉と列機も帰投してきた。内海中尉と川崎一飛曹の二機は帰還せず、何の消息もないまま行方不明となった。針路を見失い、母艦をもとめてさ迷っていたものと思われる。

飛行甲板で待ちつづけた日高大尉は零戦の滞空時間がすぎ、ついに彼らが戦死と判明すると、がっくりと肩を落とし、

「おれの責任だ」

といい、涙を流していた。

内海秀一中尉は仙台一中出身。この六月三十日に飛行学生を卒業し、瑞鳳乗組となったばかりの新参中尉であった。

兵学校では日高盛康の二期下、日高が最上級の一号生徒時代は三号生徒として、同じ江田島で起居をともにした仲である。そんな初々しい若者をはじめての出撃行でむなしく果てさせたとあっては、指揮官として断腸の思いであったろう。

日高大尉の独断専行は、南雲機動部隊への攻撃を一部ふせいだという点で海戦後はとくに問題化されなかったようである。トラック島での南太平洋海戦研究会でも取り上げられず、村田総隊長も戦死しているので、不問に付された。

だが、艦攻隊、艦爆隊の生存者からは、直掩隊零戦二一機が一二機に減少したせいで味方攻撃隊の被害が甚大になった、と非難する声があがった。事の次第は以下検証して行くが、そのまま直掩任務をつづけても、彼らを充分に護り切れたかどうかについては疑問が残る。

それほど、米側の護衛戦闘機群の抵抗と米第六十一任務部隊輪型陣による対空砲火が猛烈をきわめたのだ。

戦後、日高大尉はこの海戦時の行動について何も語らず、いっさいのインタビューにおうじていない。その事実は、彼のとった行動がやはり自分自身にとって誇るに足るものでなかったということを、雄弁に物語っているのではあるまいか。

総隊長村田重治少佐は、瑞鳳隊の反転を操縦席の風防のなかからどのような思いで見ていたのか。

豪胆な性格の少佐はおそらく「仕方がない奴だな」と苦笑いしていたのだろうが、雷撃隊二〇機を護衛する零戦は直上にある宮嶋隊の四機にすぎない。ミッドウェー海戦時、丸裸の米軍雷撃機が空母赤城の眼前で味方零戦にバタバタと叩き墜とされる光景を目撃しているだけに、自隊も何としても魚雷投下前に米空母部隊に取りつきたい、と悲壮な覚悟を固めていたと思われる。

もとより、生きて還るつもりはなかった。

雷撃隊第一中隊にいる萩原末二一飛曹は直掩機の減少に気をとられていないが、後方の鷲見第二中隊では三角形編隊の後方右翼側にいる岩上六郎飛曹長機の偵察員、徳留明一飛曹は風防から一機の零戦の姿も見えず、のびあがってやっと宮嶋隊をとらえたにすぎない。

「これじゃ、まるで丸裸だ」

と、心細さで舌打ちしたい気持であった。旧赤城乗組員としてミッドウェー海戦の復讐心に燃えていた彼は、高ぶる気持と雷撃戦突入の不安とで朝の食事も満足にのどを通らなかったほどである。

徳留一飛曹の証言。

「戦闘機隊には、なぜ一緒についてきてくれないのかという不満はありました。雷撃にはいってからも、一機の零戦の姿を見ていない。海軍では母艦第一、攻撃隊は往って死んでこいという発想なのだと、あきらめていましたね」

1

「あ、隊長機がやられた!」

午前八時五五分、先頭を往く村田少佐は左手前方、断雲の切れ目に一群の米空母部隊を発見した。空母一隻を中心に重巡二、軽巡二、駆逐艦六隻の輪型陣である。これこそ米第十七機動部隊の空母ホーネット隊であった。

不運にも、彼らの東側一〇マイルの位置で航行するエンタープライズ隊は雲に隠されて発見されていない。

「水木兵曹、攻撃隊全機に発信せよ。突撃準備だ！」

電信員は旧赤城乗組で、真珠湾攻撃のさい「トラ、トラ、トラ（われ奇襲に成功せり）」を打電した水木徳信一飛曹である。彼はすぐさま電鍵キイを叩く。

「トツレ、トツレ……（突撃準備隊形作レ）」

雷撃隊は全機緩降下で高度を下げて行き、高橋定大尉の艦爆隊はぐんぐん高度を上げて行く。空母ホーネットへの急降下態勢をととのえるのだ。


総隊長村田重治少佐は九七艦攻の操縦席で、油断なく四周に目をくばっていた。母艦上空を発艦して一時間三八分。南東方向の層雲の切れ間に一群の米空母部隊を発見し、その直後に「トツレ……（突撃準備隊形作れ）」を発信させたばかりだ。

これによって翔鶴雷撃隊は高度二、〇〇〇メートルまで緩降下し、瑞鶴艦爆隊は五、〇〇〇メートルまで高度を上げる。戦闘機隊はその直上五〇〇メートル上空で米戦闘機群の出現にそなえる。村田少佐はぐんぐん機を降下させながら、米グラマン戦闘機群がいつ姿をあらわすのかと、上空に素早く目を走らせた。

「しっかり見張ってくれ！」

彼は偵察員斎藤政二飛曹長に声をかけた。真珠湾攻撃の成功で「雷撃の至宝」と旧一航戦内部で称《たた》えられながらも、じつは洋上の母艦部隊への魚雷攻撃は初体験なのである。

ハワイの在泊戦艦部隊への攻撃は、「動かない相手の雷撃なんてチョロイもんさ」と〝据え物斬りの戦法〟を自嘲気味に語ったことがあるが、雷撃隊長としてこんどこそ正攻法で敵空母を沈めてやる、という強烈な自負心に駆られていた。

ミッドウェー敗北の仇を討つ。空母赤城とともに海底に沈んだ多くの乗員のために、何としてもこの攻撃は成功させねばならないのだ。

瑞鶴艦爆隊二一機をひきいる高橋定大尉は、「この戦いには何としても勝たねばならない」と出撃直前に隊員たちに語った言葉を反芻《はんすう》していた。彼は二度の失敗を経て、ようやく自分の説く「鶴翼《かくよく》の戦法」を実戦で役立てる機会をえたのである。

高橋大尉は、味方機の犠牲を最小限にして攻撃効果を最大限に発揮するにはこれ以外にない、と心に決めていた。だが、訓練期間も飛びとびで、協同訓練の余裕もなく、果たして実戦で部下機の連携飛行がうまく運ぶのかどうかに、一抹の不安があった。

しかしながら、不満をのべればきりがない。とにかく部下に最良の占位運動をさせ、最高の条件で急降下爆撃を成功させてやることが第一だ。そのためには、米軍戦闘機の妨害に何としてでも耐えねばならない。

遠くに、米機動部隊の輪型陣が見えていた。彼らの針路は南、敵速二四ノット。風は北東方向から吹いており、風力三メートル。最適の急降下爆撃には、米空母の風上側からまわりこむのがよい。

近づいて行くと積乱雲が立ちのぼり、この雷雲は意外に広がりをみせていた。急速接敵すれば、米軍戦闘機は雲間の日本機を見逃すかも知れない。まだ敵影は見当たらず、このまま無事にすぎてくれ、と祈るような気持であった。

村田少佐の命令と同時に、高橋大尉も偵察員国分豊美飛曹長に発信を命じた。

「トツレ、トツレ……」

隊長機の命令によって、第二中隊津田俊夫大尉の九九艦爆七機が高橋隊七機の左側に横一列となり、第三中隊石丸豊大尉以下七機もその左側にさらに帯状となって連なる。高橋隊長機を右先頭に、一本の棒状となって米空母の上空を取りかこむのだ。

この「鶴翼の陣形」から急降下の占位位置三、五〇〇メートルまで、緩降下しながら突入隊形をととのえて行くのだが、ここからの五分間が艦爆隊にとって、もっとも危うい瞬間であった。

ふつうの急降下爆撃では単機で順々に突入する直前まで、小隊三機一団となって防衛できるが、鶴翼の戦法では重い二五〇キロ爆弾を吊下したまま単機で反撃するか、機体を大きくすべらせて射弾をさけるしか途はないのである。

「もし敵戦闘機が襲いかかってきても、味方戦闘機は三分間がんばってくれればよい。あと三分間あれば、われわれは各機急降下して、それぞれの目標に突入することができる」

高橋大尉は心のなかで、頭上の白根戦闘機隊にさけびかける。こんどこそ、「急降下爆撃で〝芋刺し〟にしてやる」と意気ごんできたのだ。

だが、その祈りもむなしかった。

「隊長、空戦開始！」

後部座席で、国分飛曹長が絶叫した。見上げると、白根斐夫大尉の瑞鶴零戦隊が散開して
グラマン戦闘機と交戦している光景が目にはいった。

米軍戦闘機は約三〇機（と思われた）。積乱雲を背景に、零戦とグラマンが入り乱れて格闘戦にはいっている。味方機の射ち出す白い曳跟弾が目に映じた。

時間のすぎるのがまどろっこしく感じる。突撃開始下令まであと一分間、味方戦闘機隊に何としても食い止めてもらわねばならない。

（零戦よ、がんばってくれ）

と、悲痛な思いが胸にうずく。

九九艦爆が彼らに対抗できるのは、後部座席の〝豆鉄砲〟の七・七ミリ旋回機銃一梃のみである。

「隊長、敵戦闘機が接近します！」

偵察席から、気ぜわしい声がきこえた。いよいよ米グラマン戦闘機が食いついてきたのだ。

「艦爆隊、突撃開始！」

午前九時、ついに艦爆隊突入の瞬間がやってきたのだ。高橋隊長の命令によって、国分飛曹長が艦爆隊全機に略号符を打電する。

「トトト……（全軍突撃セヨ）」

高度三、五〇〇メートル。各機それぞれがいっせいに目標に急降下するのだ。高橋大尉も機首を下げ、エンジンを全開にして接敵行動に移った。

2

米キンケイド少将はハルゼー提督の「攻撃せよ」との命令をうけて北西方への追撃を止めなかったが、日本空母への攻撃隊を全機発進させてしまえば、つぎは自隊の母艦防御に専念する立場に追いこまれた。

彼の指揮下に第十六機動部隊の空母エンタープライズ、戦艦サウスダコタ、重巡一、防空巡洋艦一、駆逐艦八隻、および第十七機動部隊の空母ホーネット、重巡二、防空巡二、駆逐艦六隻の二群の機動部隊があり、キンケイドは上空直衛機の発進と手厚い防禦砲火によって、日本機の攻撃は撃退できると確信を抱いていた。何しろ第二次ソロモン海戦での輪型陣の対空砲火網は、おどろくべき日本機への撃退効果を発揮しているのだ。

そのうえ、エンタープライズの上空には二二機のグラマンＦ４Ｆ戦闘機群が配備されており、ホーネットでは八機が上空警戒中で、七機が発艦途次にあった。総計三七機。第二次ソロモン海戦時の上空直衛機五三機にくらべれば数少ないが、直衛指揮官によって適切に配備されれば対応に充分なはずである。

だが、最初の迎撃態勢で米側は致命的なミスを犯した。米海軍戦史は、その理由をつぎのように指摘している。

「エンタープライズの直衛指揮官は新しく任務についたばかりで、職務に慣れていなかった。これらの戦闘機群は一方で高空にあったり、一方が外周の一〇マイル遠方にあったりで、キンケイドは望ましくない防空戦闘を強《し》いられた」

少しまわりくどい表現だが、二群もの空母部隊がレーダー装備と豊富な防御戦闘機群を持ちながら、日本機の攻撃を阻止できなかった事実を明らかにしているのだ。これはまぎれもなく人為的ミスで、米海軍軍人の個人的名誉に関する問題だけに筆が鈍ったのであろう。

事の真相は、こうである。

米空母部隊では、旗艦の戦闘機管制官《コントローラー》が一人で上空直衛機の統一指揮をする。きわめて能率的な、合理的な発想で、各艦各隊がバラバラに目標を追いかけるムダをはぶき、配備を効率化することができる。だが、もし彼にもたらされた情報があやまっていて彼が誤断し、ちがった配備を上空直衛機に指示したら、どうなるのか？

その取り返しのつかない失敗を、空母エンタープライズの指揮官が犯してしまったのだ。この場合の戦闘機管制官（ＦＤＯ）は、ジャック・グリフィン少佐。南太平洋方面部隊のハルゼーのスタッフで、つい最近になって西海岸のサンディエゴからハワイに転属してきた人物である。

海軍での戦術教育をうけ、英国海軍でもレーダー将校として学ぶ機会をえたグリフィンの経歴は立派なものだが、彼の知識は大戦初期の常識的なもので、一九四二年のガダルカナル戦では時代おくれになっていたと、同戦史の指摘にある。

つまり、グリフィン少佐は優秀な情報将校として抜擢されたものの、未経験の複雑な空母戦闘では彼の教科書的戦術はまったく役に立たなかった、ということになる。

第一の失敗は、同少佐が迎撃のための高度を一〇、〇〇〇フィート（三、〇四八メートル）と指定したことである。それ以上の高度をあげると燃料消費が増し、酸素吸入装置も必要となる。それを節約するつもりであったのだが、日本の雷撃隊はそれより一、〇〇〇メートル低く、艦爆隊は二、〇〇〇メートル上空から進入してきたのだ。米軍戦闘機群は、高度差の優位を利用できなかったのである。

グリフィン少佐は空母のレーダー情報により、いつでもどんな方向にも上空直衛機を差しむけることができると考えていたが、南太平洋の戦場では彼が英国軍地上部隊で体験したほどのレーダー網が完備していなかった。艦艇部隊のＣＸＡＭレーダーは遠距離物体を正確にとらえることができず、映像が乱れて敵か味方かの識別が不可能の状態にあった。

そのため、エンタープライズのレーダー係士官は最初に機影をキャッチしながら確信がもてず、情報をもったままグリフィン少佐への報告をためらっていた。

午前八時三〇分、最初の報告がハーディソン艦長にとどいたが、それは瑞鳳隊零戦と戦ったサンチェス少佐からのもので、「敵急降下爆撃隊に警戒せよ」という警報であった。このときでさえも、両空母のレーダーは何の機影もとらえていない。

だが、実戦派のキンケイド少将はすぐさま反応し、「全飛行機を即時発艦せよ、敵機が来るぞ」と両艦に放送した。そして同四一分、重巡ノーザンプトンのレーダーがはじめて日本機の位置を正確にキャッチし、「敵機二九五度方向、距離七〇マイル、急速接近中」と報じてきた。

この情報は、しかし戦闘機管制官の強い意志を変えることはできなかった。グリフィン少佐は思いこみで、「敵機は本艦の左舷側より来襲す、高々度を注意せよ。南方を見張れ」と上空直衛機に命じていたからである。彼の指示により、エンタープライズの南側上空を遠く捜索に出た一隊があった。他隊全機も南側上空に下がった。

この戦場指揮にたまりかねて口をはさんだのが、空母ホーネットの司令官ムレイ少将である。午前八時四三分、艦内放送で「敵は二七五度方向からやってくる。確実に西側だ」と強調し、エンタープライズにも中継を頼んだ。ここでもキンケイド少将の反応は素早く、両空母部隊は即座に西方にむけて防備せよと命じている。

同五五分、グリフィン少佐はようやく自艦のレーダー係から「敵大部隊接近中、二五五度方向、距離四五マイル」の正確な情報を手にすることができた。彼はホーネットの上空直衛機四隊一五機に同方向に邀撃を命じたが、かろうじて間に合ったのはエドワード・W・ヘッセル大尉のグラマンF４F『ワイルドキャット』戦闘機隊四機とロバート・L・リンド大尉以下四機の二隊八機にすぎなかった。

キンケイド部隊は最初の段階で、すでに勝利のカードを手放していたのである。

3

宮嶋尚義大尉は上空で瑞鶴隊零戦が空戦に突入するのを見上げながら、あくまでも自分は村田少佐の雷撃隊にかぶさって直掩任務を果たそうと考えていた。

九七艦攻は重い魚雷を抱えて機速一四〇ノットで進撃して行くが、高度二、〇〇〇メートルから急降下すると最高二七〇ノットもの速力が出る。わずか四機の零戦ながら、村田隊一機一機の上空に可能なかぎり寄りそって行こう。ただし、後方の鷲見隊九機に直掩機はなく、上空はがら空きだ。——ここでも、瑞鳳隊零戦の反転空白は、第二中隊搭乗員たちの不安を倍加させている。

高橋定大尉は瑞鶴隊零戦とグラマン戦闘機群との混戦のなか、そのうちの米軍機二機ペアがぬけ出して後上方から急接近してくるのに気づいた。

「敵戦闘機、かかってきます!」

国分飛曹長の声にふりむくまでもなく、第一撃が高橋小隊二番機に射ちこまれた。

操縦員鈴木敏夫一飛曹がたくみに機をすべらせる。二番機の高度が下がり、このまま後方に取り残されてしまえば敵戦闘機の恰好の餌食となる。高橋大尉は緩降下の速度をゆるめて、鈴木機が追いつくのを待つ。高橋小隊にとって、もっとも危険な瞬間である。

艦爆隊右先頭の第一小隊三機をねらったのは、ホーネット第七十二戦闘機隊のヘッセル大尉と彼の二番機、トーマス・J・ギャラハー中尉のペアであった。彼らはグリフィン少佐の指示訂正によって北西方向に機首を転じ、一〇、〇〇〇フィートでは高度不足として一気に上昇をつづけてきたのである。

ヘッセル大尉は、最先頭の日本軍指揮官機を撃墜すれば――垂直尾翼に三本の隊長標識が印されていた――後続の列機は大混乱になるにちがいないと考え、執拗に高橋機に第一撃、第二撃と重ねて攻撃を加えた。

第二撃の機銃弾は、隊長機の左翼に命中した。偵察員がグラマン戦闘機の射線に対応して「右！」とどなり、それにおうじて高橋大尉は機体を右にすべらせる。相手はそれを見越して一二・七ミリ機銃六梃のつるべ射ちをする。その数発が九九艦爆機の左翼に破孔を生じさせたのだ。

米グラマン戦闘機の機銃は全弾が徹甲弾なので、燃料タンクが破壊されないかぎり機体が発火爆発することはない。

（射撃はうまくない奴だが、気味が悪い）

と高橋大尉は一瞬、そんな思いが頭を走った。

第三撃目――。艦爆隊はいま、輪型陣の外側五～六、〇〇〇メートルの距離にまで接近している。急降下まであと一分の距離だ。何とかして、この虎口を脱しなければならない。同大尉が操縦桿をせわしなく右、左と動かしているさなかに、こんどは急角度で後上方からまわりこんできたグラマンが一連射をあびせかけてきた。

一弾が右肩をかすめて血が吹き出し、もう一弾が座席中央のコンパスを射ちくだいた。計器類がこなごなに飛び散り、破片が高橋大尉の左膝頭を貫通した。計器からもれ出した異臭で、機内は息苦しくなる。隊長機が編隊からおくれはじめた。

二番機の鈴木敏夫一飛曹は、操縦桿を両脚ではさみこみながら、ようやく飛行をつづけていた。彼は後部座席の藤岡寅夫二飛曹が「あっ、敵戦闘機が追尾にはいった!」とさけぶ声をきいている。その声が最後で、はげしい機銃弾の炸裂音とともに鈴木一飛曹の右肩に叩きつけられるような激痛が走った。操縦桿を持つ手がだらしなく下がり、手袋に血がたまってあふれ出した。あわてて両脚で操縦桿をささえる。

「藤岡兵曹、どうしたんか!」

必死の思いで後ろをふり返ると、藤岡二飛曹の左眼から横に頭部に銃弾が貫通したらしく、血まみれの顔が背後にあった。さらに七・七ミリ旋回銃の弾倉が爆発したせいで口が裂け、凄惨な顔つきであった。そして、前のめりにピクリとも動かない。

生死をたしかめるすべもなく、鈴木一飛曹は薄れて行く意識のなかで必死に飛行をつづける。操縦桿を左手に持ち替え、二五〇キロ爆弾を腹下に抱えたままヨタヨタと不規則な飛び方をする。もはや、米空母の姿はどこにも見当たらなかった。追尾してくるグラマン戦闘機の姿はなく、これで何とか助かったとようやく爆弾を切りはなして、母艦への帰投を決意した。

だが、前方の遮風板は〝なぜかマグロのトロみたいに〟血でドロドロになり、もうろうとした意識のなかで何とか手で拭き取ろうとするが、いっこうにぬぐい切れない。「こんな風に人間は死んで行くのか」というのが、この瞬間の鈴木敏夫一飛曹の思いであった。

彼を攻撃したのはギャラハー中尉機で、後落して行く九九艦爆を見て撃墜確実と信じこみ、また新たな敵を求めて反転して行く。

ヘッセル大尉の、日本軍隊長機への執拗な攻撃がつづく。第四撃目、こんどは速力を落としてじっくり射撃する方法を選んだ。彼は九九艦爆の後部機銃手がさかんに反撃するのもかまわず、右に左に機体をすべらせる相手に合わせて一二・七ミリ機銃を一斉射した。

高橋大尉が左に機体をすべらせた瞬間、こんどは右翼の付け根に銃弾が炸裂した。燃料タンクが射ちぬかれて、ガソリンが白く尾を曳く。つづく第二斉射で昇降舵索が切断され、とつぜん操縦桿が軽くなった。ふとわれに返ると、最初の一撃で右肩から流れ出した血がひどくなり、左の膝頭の血も止まらないままであった。激痛が全身を走る。

燃料タンクに火がつけば機体はたちまち爆発する。座席に白煙と黒煙が流れこむなかで、機体を右に四五度かたむける。高橋大尉はわずかに自由な左手で飛行服を引きさぎり、左の膝頭を押さえて出血を止め、右肩の流れ出す血をマフラーで始末する。その間にも機はどんどん高度を下げて行く。

見上げると、残る十数機の瑞鶴艦爆隊が急降下して米空母上空に突進して行くのが眼に映った。無念の思いがこみあげる。

「津田大尉、石丸大尉、そして隊員たち、しっかり頼んだぞ！」

声なきさけびをあげると、涙があふれた。

ヘッセル大尉の第二小隊、クロード・R・フィリップJr《ジュニア》大尉とジョン・R・フランクリン中尉のグラマン戦闘機二機は、津田俊夫大尉の第二中隊七機に攻撃を集中した。

だが、横一列となって突進する九九艦爆では、偵察員である後部機銃手たちがいっせいに反撃し、せまりくるグラマンに射弾をあびせかけた。たとえ七・七ミリ機銃の〝豆鉄砲〟でも、小隊三機ずつが束になって抵抗すれば、近接射撃ができない。気持がひるんで遠距離から機銃弾をはなつことになり、津田隊は撃墜をまぬかれた。

ただし、第二小隊烏田陽三中尉の二番機、操縦加藤求三飛曹機が射弾をあび後落して行った、と米側記録にある。そのあとフランクリン中尉機は、もっとも左端の石丸豊中隊七機に目標を変えた。

以上の出来事は、ごく一瞬に起こったとあらためて指摘しておかなければならない。高橋隊の上空では白根隊の零戦八機が直掩任務についており、ホーネットの上空直衛にもう一隊、ロバート・W・リンド大尉のグラマン戦闘機群四機を追っていたところなのである。

白根斐夫大尉は空戦の合い間に、高橋隊に襲いかかるグラマン戦闘機を視線にとらえた。二番機星谷嘉助二飛曹、三番機倉田信高一飛とともに急旋回して石丸隊にくり返し銃撃をあびせる米軍機ペアの背後にせまる。

フィリップJr大尉はいきなり背後から零戦の二〇ミリ機銃弾をあび、機体後方の酸素ボンベに大きな炸裂音がするのを体感した。これが噂のゼロファイターなのか。

座席内に刺激臭が立ちこめ、いつ爆発するのかとパラシュート降下の用意をした。

フランクリン中尉のグラマン戦闘機はたちまち撃墜された。白煙がおさまったフィリップ大尉が零戦に追われている同機を救援しようと接近して行ったが、機体を破壊されたのか一直線に海上に墜ちて行った。パラシュート脱出はしないままでおわった。フィリップ大尉もほうほうのテイで、何とか母艦にたどりついた。

村田雷撃隊長の最期

1

結論からいえば、キンケイド少将の二つの空母グループ——エンタープライズとホーネットのうち、前者は雲が張り出してきてスコールに隠れたため、日本機四一機の雷爆撃行は後者のホーネット一艦のみに向けられることになった。

これを最初に邀《むか》え撃ったのはハッセル大尉のホーネット上空直衛機四機だが、この空中戦にリンド大尉以下のグラマンF4F戦闘機四機が加わり、瑞鶴零戦隊七機とはげしい戦闘をまじえることになった。

高度三、五〇〇メートルにようやく上昇してきたリンド小隊は零戦隊の下方、瑞鶴艦爆隊の左翼側に位置する石丸豊大尉直率の第三中隊七機を攻撃目標にした。「鶴翼の戦法」をとる日本機は、急降下直前まで横一列となって進撃するため、石丸隊はもっとも左側に位置する隊列となるのである。

その最左端の〝カモ番機〟ともいうべき機が、操縦宮原長市一飛曹の九九艦爆であった。だが、宮原機の危機は上空から駆けつけてきた白根隊第二小隊、小山内末吉飛曹長、甲斐巧二飛曹、二杉利次一飛の零戦三機によって危うく救われた。

小山内飛曹長は埼玉県出身。昭和六年、高等小学校卒業後、乙飛予科練に進み、第十三空、空母赤城、瑞鶴と転戦したベテランパイロットである。赤城では真珠湾攻撃に参加し、ヒッカム飛行場銃撃では全弾を射ちつくして帰投してきたという闘志の持ち主。

この日の空中戦闘でも、たちまち猛スピードでリンド隊の二番機ジョージ・L・ウレン少尉機を追いつめ、「零戦の技術に強烈な印象をうけた」と同少尉を感嘆させている。ウレン機は急反転して追尾したが、小山内機に巧妙にかわされ、自分が失速しそうになった。また後尾スレスレに零戦が急追してきたため、いそいで急降下して難をのがれた。

石丸隊にはリンド隊の第二小隊ケネス・C・キーホーファー中尉とポール・ランドリー中尉のペアも攻撃に加わっている。

だが、彼らは白根隊の第三小隊、横田艶市一飛曹と長浜芳和一飛曹の零戦二機によって妨害された。キーホーファー機は「零戦一機を海上に墜落させた」と主張しているが、その事実はない(両機とも瑞鶴に帰投)。代わって、ランドリー中尉のグラマン戦闘機が撃墜された。

この混戦によって石丸隊は隊列が乱れ、横一列になって急降下突入する態勢がくずれたまま降下点にむかった。

一方、ホーネットの飛行甲板から緊急発艦して上空にむかったルイス・K・ブリス大尉ほか七機の上空直衛機群は、急上昇の途中で一機の日本機が主力の艦爆隊グループに追いつこうと飛行中なのを発見した。後落していた津田隊の一機、加藤求三飛曹の九九艦爆機である。

高度三〇〇〇メートル。他愛もなく撃墜できるであろうと思われた日本機は爆弾を腹下に抱いたままたくみに機をすべらし、射弾をかわし、ブリス隊のペア二つ、四機を引きずる形で空母ホーネット上空までたどりついた。そのまま追尾機をふり切って急降下爆撃に突入する。

ブリス大尉は、他に高空に日本機が蝟集《いしゅう》しているはずなので途中で追撃を断念し、急上昇に転じた。その意味では、加藤機のみごとな操縦技術は取りあえず米軍機を自分に引きつけ、上空の津田隊の被害を最小限に食い止めたということができる。

加藤求三飛曹、偵察員土屋嘉彦二飛曹コンビの九九艦爆は未帰還となった。彼らの果敢な急降下爆撃の成果は、わかっていない。

結局、高橋定大尉の瑞鶴艦爆隊第一中隊は攻撃開始前に隊長機と二番機が後落し、一機が撃墜された。津田俊夫大尉の第二中隊は一機が被弾しながらも攻撃参加し、全機が投弾に成功した。隊列が乱れた石丸豊大尉の第三中隊については全機が未帰還となっているため、詳細は不明である。

この直前の攻防戦で、米側記録にはグラマン戦闘機三機喪失、日本機の艦爆一〇機、零戦六機各撃墜とあるが、後者の数字は誇大にすぎよう。米戦史家ジョン・B・ランドストルムは、「四機の日本爆撃機と一機の戦闘機を撃墜した」と結論づけている。

エンタープライズの戦闘機管制官グリフィン少佐は、上空直衛機の配備が完全にミスであったことを思い知らされた。日本機の攻撃集団はグラマン戦闘機群の防御網に阻止されることなく刻々と接近しつづけてきていて、あきらかに事前の直衛機配備の失策を物語っていた。

彼は混乱した頭のなかで、ホーネット艦橋の上空直衛機指揮官アル・フレミング大尉に問いかける。

「アル、レーダーに映っている敵機の数がわかるか？」

「いや、何も映っていない。奴らは四散したようだ」

それで一安堵したのもつかの間、レーダー係から「ホーネットの南方上空に多数の日本機が集中している!」との緊急報告がはいった。

母艦戦闘初体験のグリフィン少佐は、ここでもミスを犯す。村田少佐の雷撃隊二〇機は、二手に分かれ、村田隊は南側から、鷲見隊は北側からはさみ撃ちで雷撃態勢にはいるのに気づかず、エンタープライズ隊の上空直衛機七機をホーネットの南西方向一〇マイルにむかわせ、残機をそのまま自艦の防備にあてた。

北側の空はがら空きになったのである。

2

村田重治少佐はグラマン戦闘機群が上空の味方艦爆隊との空戦に吸収されているのを見上げながら、雷撃隊の僥倖《ぎようこう》を感じていた。

指揮下の第一中隊一一機は断雲をまわりこんで南側から西へ。鷲見大尉の第二中隊九機は直進して北側から二手に分かれて、米空母ホーネットへの定石通りの挟撃に移る。

米空母は北西方向に艦首をむけており、直進すれば両側から同時に魚雷攻撃ができる。

村田少佐は高度二、〇〇〇メートルから雷撃態勢にはいるために、第二小隊長鈴木武雄中尉、第三小隊長柴田正信飛曹長、第四小隊長中井留一飛曹長以下各機をひきいて急降下する。

柴田機の操縦員萩原末二一飛曹は、突入寸前にこれが最期だと思い、「お母さんさようなら、私は亡き父のもとへ行きます」と郷里で待つ母親の顔を思い浮かべた。昭和九年、海軍入り。中国戦線から空母雲鷹乗組となり、宇佐航空隊での訓練のあとトラック泊地で空母翔鶴へ。そしていま、眼前にひろがるのは夢にまで見た敵空母の輪型陣だ。

だが、出撃前の味方空母警戒艦艇群とくらべると、彼らはみごとなまでに整然とした陣形を組み、空母を取りかこんでがっちりと円形に防禦網を完成している。強固な輪型陣の対空砲火を突破するのは容易なことではない、と一瞬、背筋にひやりとするものを感じた。

村田隊と分かれて左手にまわった鷲見五郎大尉は、翼を左右にバンクして各機ごとの突入を命じた。第二小隊長長曽我部明中尉、第三小隊長岩上六郎飛行特務少尉が、それぞれ列機をひきいて海面近くまで急降下する。

鷲見第一小隊の三番機、機長中村勇哲二飛曹の電信員松田憲雄三飛曹は、グラマン戦闘機の姿が見えないので七・七ミリ機銃の発射把柄《レバー》をにぎりしめながら、輪型陣を見つめていた。米空母の警戒艦から主砲、副砲、高角砲の全艦つるべ撃ちで、目がくらむほどの発砲炎が見える。

輪型陣は左に回避運動をはじめているらしく、ウェーキが一段と白く立つ。

空母への距離五、〇〇〇メートル。高度は急激に下がって一五〜二〇メートルか。砲弾音にまじって対空機銃の音がはげしく耳を搏《う》ち出したころ、二番機の秋山弘三飛曹の九七艦攻が突然火を噴いた。エンジンに被弾したらしく、真っ赤な炎につつまれたかと思うといきなり魚雷を抱いたまま海面に激突した。

「あっ、やられた。後方の艦攻が自爆したらしい！」

「そうか、よし。見張りを頼む」

操縦席の川島信三飛曹がどなった。松田三飛曹が味方機の悲惨な最期に気を取られているゆとりはなかった。気がつけば、自分の機が最先頭を突っ走っていた。鷲見大尉機は後方三～四〇〇メートルにおくれて突進している。第二中隊は、残り八機となった。

岩上第三小隊の偵察員徳留明一飛曹は、最後尾で突入する三機の先頭の位置にいた。距離は二、〇〇〇メートルにまで近づいた。はじめて体験する、すさまじい対空砲の弾幕であった。

「目をあけていられないほどの機銃弾の嵐でした。敵空母を雷撃するには前方六〇度ぐらいの射角で魚雷を射つのが最適ですが、そんな狙いをするどころではない。ただ、ぶち当たってやれ、と思うだけ――」

というのが、本当の気持であった。

徳留一飛曹は風防のなかから、左右の二番機佐野剛也一飛曹、三番機鈴木勝二飛曹両機に間隔を開かせ、あとは「ついてこい！」と手で合図し、自分は目標に集中することにした。いや、はげしい弾幕につつまれて、他機にかまっている余裕などなかったのだ。

海面が機銃弾のはじける反動で、白く泡立っている。ザッザーッと波打つように見えるのは、弾幕のせいなのか。高度一〇メートル、低空を必死で飛ぶ。距離一、二〇〇メートル。

輪型陣を跳びこえてさらに高度を落とし、低空五メートルで接近して魚雷を発射する。あと、もう一息だ。

村田少佐の直上を護衛していた直掩戦闘機隊の宮嶋尚義大尉は、輪型陣を突破する直前にグラマン戦闘機群五機との空戦に突入していた。高度五〇〇メートル。相手機もほとんど同高度で、とっさに出会いがしらの戦闘にはいった。

これが津田隊の九九艦爆加藤機を追っていたブリス隊の四機であった。さらに津田隊を追撃していたキーファー中尉のグラマン一機も、この対戦に加わっている。

宮嶋大尉は初陣ながら一気にグラマン戦闘機の背後にまわりこみ、一撃、二撃と後上方から二〇ミリ、七・七ミリ両機銃を射ちこむことに成功している。これも「霞ヶ浦と大分基地における訓練のたまもの」と思わず天に感謝したが、グラマン機は黒煙を噴き出したまま急降下して、雲間にのがれてしまった。

宮嶋隊の空戦域からはなれた、はるか上空で九九爆撃隊が突入するのが望見された。直下の海面を村田少佐の雷撃隊が海面すれすれに、米空母めざして魚雷攻撃の射点にまわりこんで行くのが見える。いよいよ、味方の雷爆撃同時攻撃がはじまったのだ。

空母ホーネット艦長チャールス・P・マンソン大佐は、上空直衛機配備の失敗に気を取られている暇はなかった。日本機の集団が刻々と上空から近づいてきているのだ。

排水量一九、八〇〇トン、乗員二、二〇〇名の生命を護るのは、一二・七センチ高角砲八基と増設された二〇ミリ対空機銃群のみである。応急長ヘンリー・G・モラン中佐の指示で引火しやすい飛行甲板上の航空機は片づけられ、防水壁は閉ざされ、ガソリン装置は非活性炭酸ガスを充填された。

何よりも頼りは、同艦を取り巻く輪型陣の強力な対空砲火網である。

空母ホーネットを中心にして、先頭に防空巡洋艦ジュノー、右舷側正横に重巡ペンサコラ、左舷側に防空巡洋艦サンディエゴ、後方に重巡ノーザンプトンを配し、その間に六隻の駆逐艦を散らせてぐるりと輪型に母艦を取りかこむ。これら水上艦艇群がいっせいに対空砲火の口火を切れば、日本軍の攻撃隊はまずこの圧倒的な弾幕を突破してこなければならないのだ。

一転して空は晴れ、ところどころに断雲が低くたれこめていた。時折、スコールが通りすぎ、波はおだやかで、ふだんの航海では快適な朝であったが、攻撃する日本側にとっては「絶好の攻撃日和」――と米側記録はのべている。

午前八時五五分、空母ホーネットは二八ノットの速力で進撃しており、同艦レーダーは「敵機多数あり。二六〇度方向、距離三五マイル」と報じた。つづいて同五九分、こんどは艦橋見張員が「敵艦爆七機、一七、〇〇〇フィート、距離二五マイル」と、はっきり肉眼でとらえた日本機の報告をつづけてきた。

「対空戦闘！」

マンソン艦長が緊迫した表情で、号令を発した。午前九時一〇分、一二・七センチ高角砲の火ぶたがいっせいに切られ、上空の日本機の群れに対空砲火が集中する。急降下爆撃がはじまろうとしているのだ。

津田俊夫大尉は隊長機の姿を見失い、グラマン戦闘機群の襲撃から身をかわしながら、瑞鶴艦爆隊を指揮して降下地点までたどりついた。第二中隊をまとめて小隊長鳥田陽三中尉以下、しっかりと編隊をくずさず、緊密な連携をまもってようやく突入する態勢にこぎつけたのだ。

第一中隊は高橋隊長機が後落したので、小隊長米田信雄中尉が残機五機をまとめて、ややおくれて占位地点にまでたどりついた。第三中隊の石丸豊隊は隊列が乱れたまま、各小隊長がそれぞれ突入を開始した。苦心の「鶴翼の陣形」は、最後の瞬間になって一列一挙に突入するのではなく、各隊ごとに微妙な時間差で攻撃開始することになった。

マンソン大佐は日本機の攻撃をさけるために、「取舵一杯！」を命じた。同時に左舷前方より村田少佐の雷撃隊が突入してくるのに気づいて、舵をそのままとした。全長二四六・九メートル、最大幅三三・二メートルの巨大な艦体が左に大きく回頭をつづける。一八〇度旋回し、それまで艦首をむけていた村田少佐の雷撃隊に真逆の艦尾側を見せることになった。

米第十七機動部隊の輪型陣がいっせいに左旋回をして、白くウェーキを泡立たせていたころ、津田俊夫大尉以下の第一小隊三機が飛行甲板めがけて二五〇キロ爆弾を投下していた。

両翼下に、六〇キロ爆弾二発を余分に携行している。二番機富樫勝介二飛曹、三番機山中正三二飛曹が津田機の後を追う。

第一弾はホーネットの右舷艦首側すれすれにかすめて爆発した。第二弾は艦橋の反対側、飛行甲板の中央を貫通し、〇・二秒遅発の二五〇キロ徹甲弾が甲板下三層まで突き破って前部兵員室を破壊、多数の死傷者を出した。

第三弾は艦船攻撃用の徹甲爆弾でなく施設破壊用の陸用爆弾で、右舷側より二〇フィートの飛行甲板上で炸裂し、整備員を吹き飛ばし、甲板ぎわポケットの機銃員たちをなぎ倒した。戦死者三〇名を数える。

つづく第二小隊烏田陽三中尉以下三機は、二機が至近弾となり、一機がまた飛行甲板の真ん中に命中させた。命中個所は第二弾のやや前方だが、下部の第四層部分まで貫通して爆発、艦体に大きなダメージをあたえた。

瑞鶴艦爆隊は津田隊の第一撃で、七機のうち三機が確実に命中弾をあげたことになる。二度にわたる無為におわった攻撃行の無念をいま晴らしつつあるのだ。だが、烏田、山中両機が対空砲火の犠牲となり、加藤求三飛曹機も自爆した。

3

——瑞鶴艦爆隊の猛攻はさらにつづく。

村田少佐は目前の空母ホーネットが左回頭をつづけるので、前方左舷艦首側から攻撃するつもりがそのまま一緒にまわりこみ、艦尾からこんどは右舷側を追いかける形となった。二番機松島正飛曹長、三番機川村善作一飛曹両機もぴったりと後をついてくる。

川村一飛曹は甲飛二期出身で、空母赤城では村田少佐の二番機としてともに真珠湾攻撃に参加した、気心の知れた古い仲間だ。最初は射角が前方艦首三〇度と絶好の位置にありながら、こんどは艦尾後上方へとずり落とされた。しかしながら老練な彼らは、引きはなされずに指揮官機にぴたりとついてくる。

第二小隊の鈴木武雄中尉、第三小隊の柴田正信飛曹長以下、各小隊三機が村田小隊のさらに外側をまわりこんでくる。彼らの背後には艦爆隊との追撃戦から転出してきたリンド隊のジョージ・L・ウレン少尉のグラマン戦闘機が追いすがってきた。

柴田小隊の三番機、三宅達彦二飛曹の九七艦攻がもっとも外側最後尾の位置にいたので、まっ先にグラマン戦闘機の目標となった。九七艦攻は全速で逃げているが、魚雷を抱いているため思うように逃れられない。

「撃て、撃て！　逃げろ！」

小隊先頭機の萩原一飛曹はふり返りながら三宅機の操縦員加納清二三飛曹をはげますが、被弾したものか機はどんどんおくれ出した。

「早くよけろ！」

との応援の声もむなしく、三番機は後方に取り残された。もはや、彼ら三人がグラマン戦闘機の餌食となるのは時間の問題であった。

柴田小隊は二機となった。輪型陣が近づき、駆逐艦上からさかんに機銃弾を射ってくる米水兵の姿が見える。これが米駆逐艦ラッセルで、艦尾上空の高度四〇メートルを通過した。

三宅機を撃墜したグラマン戦闘機によって萩原一飛曹の九七艦攻も、補助タンク、メインタンクの中間に大穴を空けられた。何とか虎口を脱出したが、こんどは嵐のような輪型陣の防禦砲火が機体を取り巻いた。

「スコールが横に降っているような火の玉の雨で、水平線上が真っ赤に見える。どんどん高度を下げ二十米になったら、弾道の下に水平線が見えた。これがいわゆる弾の下という奴か――」

というのが、萩原一飛曹の感想である。

雷撃隊の先頭を往く村田重治少佐以下三機は、ホーネットの艦尾から右舷側方にむけて魚雷を発射するため、ちょうど輪型陣の後方の位置にある重巡ノーザンプトンと駆逐艦アンダーソンの中間をくぐりぬけねばならなくなった。両艦からいっせいに猛烈な対空砲火が集中して、先頭の指揮官機にあびせかけられる。

ノーザンプトンは一九三二年就役、九、〇五〇トンの艦歴十年の古い巡洋艦である。航空戦の時代にそなえて魚雷発射管を撤去し、一二・七センチの高角砲八基と倍増させ、無数の二〇ミリ対空機銃を装備した。駆逐艦アンダーソンも同様で、両艦の対空砲火がねらったのは、まっ先に突入してきた指揮官機であった。

村田少佐は輪型陣を突破し、空母の直前一、〇〇〇ヤード（九一四メートル）で魚雷を投下した。偵察席にいる斎藤政二飛曹長の「発射用意！」の声で村田少佐は呼吸を合わせ、

「撃《テ》ッ！」

と力をこめて魚雷の投下索を引いた。

九一式改三型八〇〇キロ航空魚雷は全長五四二・七センチ、重量八五二キロ、炸薬二五〇キロの性能を有し、四二ノットの速力で目標に突進する。

村田機に引きつづき、松島機、川村機も艦尾方向から角度が足りないながらも会心の一撃をはなったようである。

午前九時一四分、津田隊の投弾直後に空母ホーネット右舷側に立てつづけの魚雷命中があった。同艦「CV-8戦闘報告」によれば――。

「三〇秒後、二機の雷撃機が右舷側に二発の魚雷を命中爆発させた。魚雷は浅海面を突き進み、フレーム（肋材）一一二番の前部機関室に命中し、二〇秒後、第二の魚雷がフレーム一六〇番付近で爆発した」

村田少佐は〝雷撃の神様〟という伝説にふさわしい巧みな攻撃と冷静沈着な判断で、隊長としての責任を果たした。

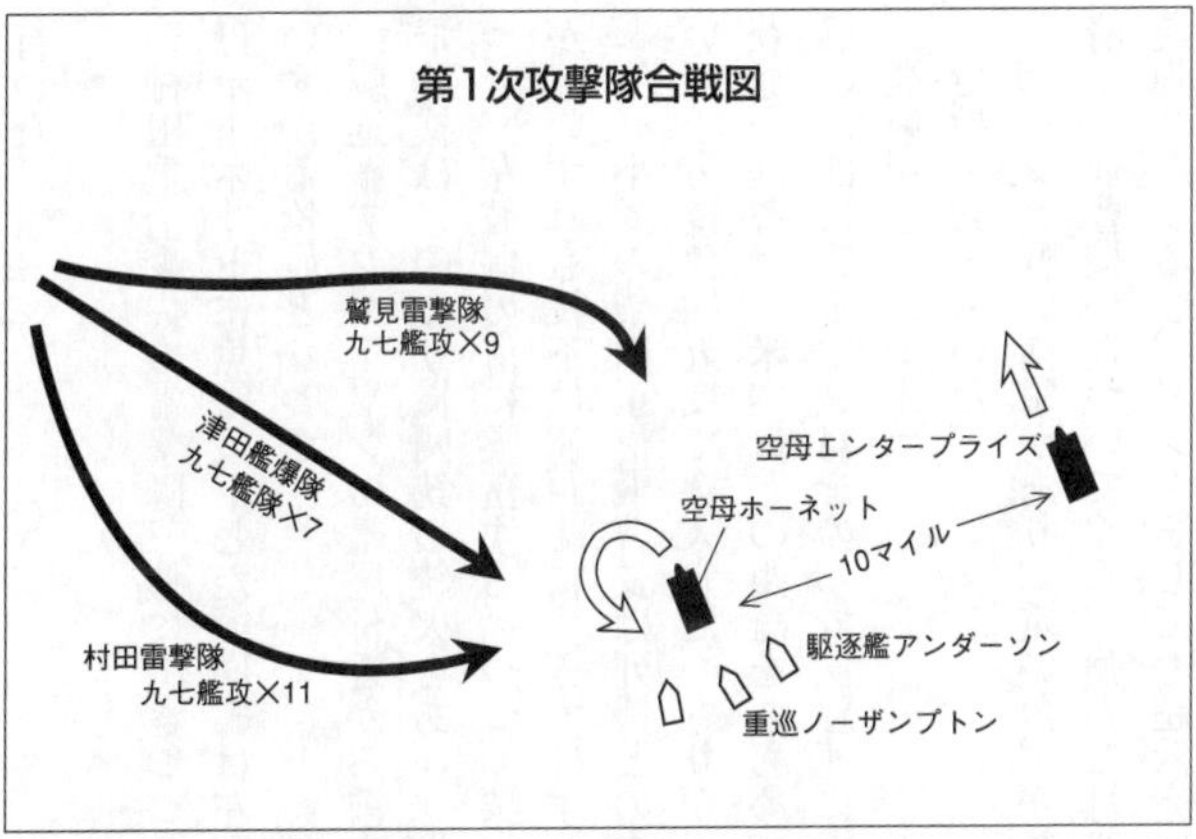

村田少佐の魚雷は右舷中央の二〇ミリ対空機銃座の下に命中し、二番機の後部機関室での命中爆発とともに、空母ホーネットに重大な損傷をあたえる結果となった。

前方の機関室と二つの区画に浸水し、動力と通信機能を奪ってしまった。上空直衛機との交信もできない。艦は一〇・五度、右にかたむいた。

村田少佐が魚雷を投下して機体を右に旋回して、ホーネットの艦尾側からはなれようとした直後、対空砲弾の直撃を食い火に包まれた。同機は炎上しながら海上に転落する。真珠湾攻撃いらい約一年、雷撃戦の第一人者としてつねに機動部隊に君臨してきた名物隊長は、ついにその華麗な生涯を閉じたのだ。享年三十三。

つづく松島飛曹長機は後部から火を噴き出し、長い焔の尾を曳きずりながら右舷側に転がり墜ちる。そして、三番機がかろうじて対空砲火の弾幕をぬけ、ホーネットの艦首をかすめて飛び去って行った。

村田重治少佐の雷撃隊三機に引きつづき、一分おくれて鈴木武雄中尉の第二小隊三機が空母ホーネットに魚雷投下した。同艦は左回頭をつづけているため、彼らも右舷側後方から追いすがる恰好となった。

駆逐艦アンダーソンの艦尾付近から前方のホーネットにむけて雷撃した列機の岡崎行男一飛曹機は二〇ミリ機関銃の銃火をあび、火だるまとなって重巡ノーザンプトンの前方を横切って、左舷側の海に墜落する。つづく栗田厚吉二飛曹機も右舷正横の位置から魚雷投下したが、いずれも投下は遠距離にすぎてはずれた。

第三小隊の柴田正信飛曹長は列機との二機で、米空母の前方から攻撃を開始しようとしていた。方位角四五度で突入したつもりが、五〇度、六〇度と引きまわされて行く。操縦席の萩原一飛曹は、米空母との距離をちぢめて急接近する。一、〇〇〇メートルから八〇〇、六〇〇、四〇〇……。息をのんで、急速に大きくなる米空母の艦腹を見つめた。

「発射用意、撃《テ》ッ！」

で投下索を引いた。

ガクンと軽い衝撃があり、重い魚雷が離れた。前方から、さきに魚雷投下に成功した児玉清三三飛曹機が近づいてくる。強力な対空砲火から逃れるには、急上昇して機腹をさらせば銃弾をあびるし、バンクをしても超低空ゆえに片方の翼が海面に接触して転落するため、こ

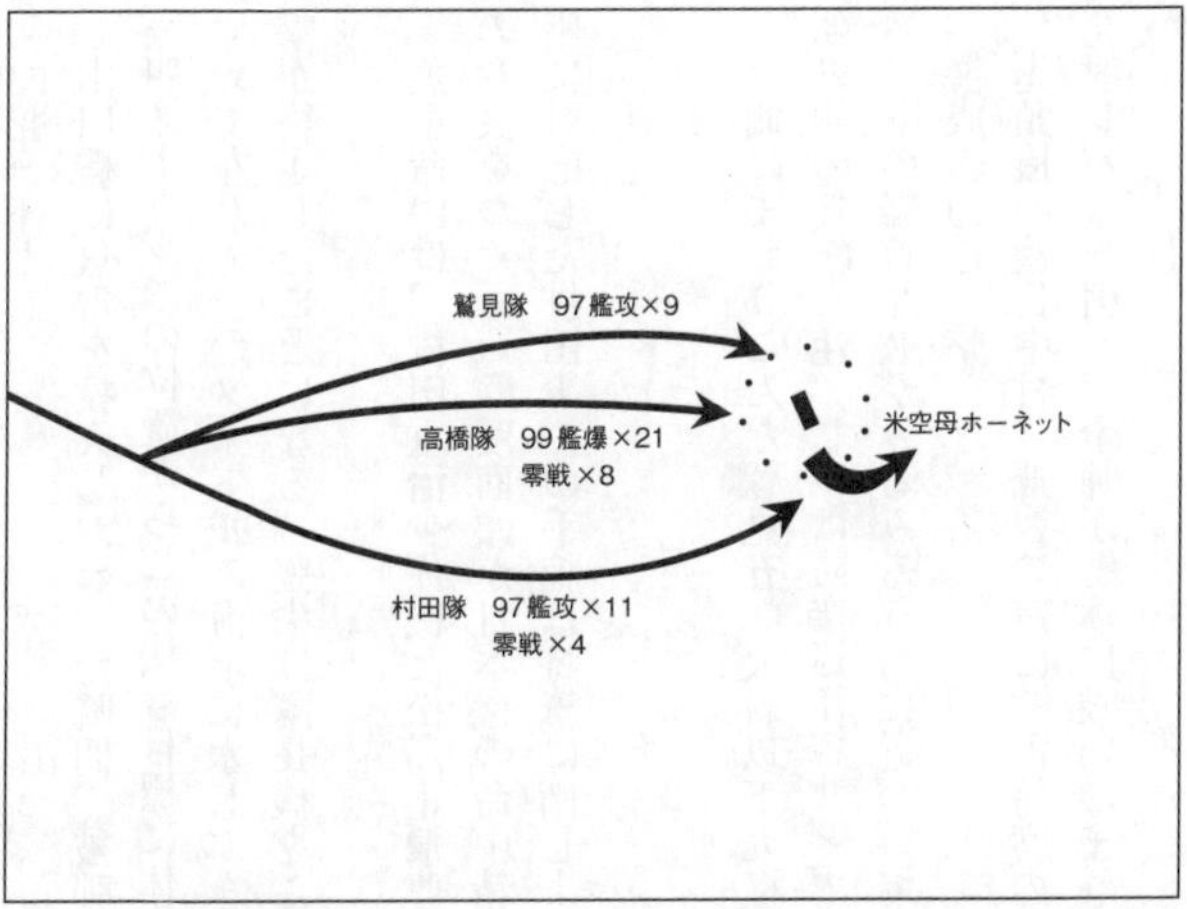

のままじっと水平飛行をつづけるしかないようだ。

（ここは我慢のしどころ……）

と思った瞬間、児玉機が被弾したものか機体がぐらりと大きくかたむいた。焔を噴き出し、操縦員山岸昌司一飛曹が必死で米空母への体当たりを試みて左に機首をむけようとしたが、飛行をつづけることができず、重巡ペンサコラ前方の海面に激突する。

第四小隊長中井留一飛曹長以下二機も、村田隊長機を喪《うしな》った時点で適切な射角を取ることができず、とっさに目標を輪型陣外側の戦艦（注、じつは重巡ペンサコラ）に変更した。

一番機は左舷側から、二番機山口順一飛曹機は東側にまわりこんで右舷側から、それぞれ魚雷を投下した。同艦のフランク・L・ロウ大佐はこれを見て、すぐさま右に舵を取った。

「面舵一杯！」

山口機は魚雷を投入しおわった瞬間、被弾し火を噴き出した。距離一、〇〇〇ヤード（九一四メートル）の位置からこの機も目標に体当たりしようと左に機首を転じたが、艦首をかすめて左舷先三〇メートルの海上に水しぶきをあげて転落した。これで村田隊全一一機の雷撃が終了したことになる。喪失は隊長機をふくめ、六機。

魚雷命中は、村田重治少佐機と松島正飛曹長の二本。米空母ホーネット艦長マンソン大佐の意表をつく一八〇度回頭が日本機の命中精度を低めたものだが、そんな極度な事態にも即座に対応した村田少佐の手腕は特筆に価しよう。彼は最後まで総隊長の面目を保ったのだ。

北側にまわりこんだ鷲見五郎大尉以下九機は、先頭を突進する中村二飛曹機とともに輪型陣外側の戦艦（注、じつは防空巡洋艦サンディエゴ）直前を突っ切った。回頭する空母ホーネットの艦首左舷がみるみるうちに近づいてくる。機銃弾の嵐だ。

「警戒艦通過、撃ッ！」

先頭機の機長中村二飛曹の声に、電信席の松田憲雄三飛曹が思い切り七・七ミリ旋回銃の発射レバーを引く。全弾が艦体に吸いこまれて小気味よいが、どれほどの効果があったものか。

「目標前方の空母、敵速二〇ノット、方位角一〇〇度、宜候《ようそろ》！」

「空母、よーそろ！」

偵察席からの声に、操縦員川島佶三飛曹が即座に答える。距離六〇〇メートル、機長の声が飛んだ。

「撃ッ！」

鷲見小隊に引きつづき、第二小隊長曽我部明中尉機以下三機、第三小隊長岩上六郎飛行特務少尉のひきいる三機が、ホーネットの左舷側より魚雷投下する。村田隊と二手に分かれて両側から同時攻撃するつもりが、第二中隊が後落してややおくれて雷撃態勢にはいったため、片側からだけの攻撃になった。

米空母は村田隊の雷撃をうけながらまだ高速航行中だったので、一方からの雷撃はさけやすかった。左舷側への急回頭をつづけて、これら魚雷攻撃をかわす。

岩上機の偵察員徳留明一飛曹は、米空母の進行方向にむけて横合いから突入して行った。後方からの方位角六〇度、輪型陣を飛びこえて海面より五メートルの超低空で魚雷をはなった。

「周囲から目も開けていられないほどの対空砲火の雨でした。ねらいも何もせず、体当たりに近い気持で魚雷をぶっ放す、それだけで精一杯でした。避退してしばらくあと、電信員が『当たった、当たった』と喜んでいましたが……」

徳留一飛曹は魚雷命中の歓喜よりも、さらなる危機に身がまえていた。避退してちょうど列機が機を引き上げ集合する地点に、グラマン戦闘機二機が待ち伏せしていたのである。

これが空母エンタープライズ隊のドナルド・ゴードン少尉とジェラルド・V・ディビス少尉の上空直衛機であった。南西上空五、〇〇〇メートルの位置にあり、彼らは低空でホーネットに接近する日本機グループを発見し、急降下して先頭の指揮官機を追った。鷲見大尉が魚雷を投下して機首を上げたとき、ディビス少尉機が追いついて後方から一連射をはなった。鷲見機は火を噴き出して左にかたむき、海中に墜落する。

米側は一機撃墜としているが、列機の松田三飛曹によるとグラマンの機影は見えず、機体右翼が対空砲火の追い撃ちをあびて発火したもの——としている。ただし、別に徳留証言もあり、他に岩上小隊二番機の佐野剛也一飛曹機がグラマン戦闘機に追撃されて未帰還となった事実があるから、松田兵曹の位置からは死角になっていたのかも知れない。

結局、第二中隊九機のうち鷲見大尉をふくめ、四機が未帰還となった。命中魚雷なし。

4

鷲見隊の雷撃と時を重ねるようにして、瑞鶴艦爆隊残機の猛攻撃がはじまっていた。高橋隊の第二小隊米田信雄中尉の二機と第三小隊佐藤茂行飛曹長以下二機、石丸豊大尉の第三中隊四機、合計八機である。石丸隊はグラマン戦闘機群の追撃により、三機が攻撃前に喪われている。

九時一四分、米田機が急降下し、ホーネットの右舷側に水柱を立て、佐藤機の一弾も右舷後甲板に至近弾を投下し、対空砲座の機銃員たちをなぎ倒した。とくに佐藤隊の二番機、西森俊雄二飛曹の最期は壮烈なものであった。

西森機は急降下の途中で被弾し機体は焔につつまれて、二五〇キロ爆弾を投下せず、そのまま体当たりしようと決意したのであろう。火を噴きながら左舷後上方から艦橋に向けて突進して大きく浮き上がり、海中への突入をさけて左に艦首をまわりこみ、右舷側に体当たりした。

西森機の爆弾は信号甲板を破壊し、舷側で爆発して焔と煙が飛行甲板に広がった。最悪なのは、彼が両翼に装備していた六〇キロ小爆弾二発であった。これらは機体からはずれて防水区画に飛びこみ、多数の死傷者を生み出し、二時間あまりも火災が消えなかった。

佐藤小隊の操縦員大川豊信一飛と偵察員前野広二飛曹のコンビは、第二次ソロモン海戦の唯一の生き残りだが、投弾後エンタープライズ隊のグラマン戦闘機に追われた。二度の大海戦に出撃した機長前野二飛曹に二度もの幸運が訪れることはなかった。機上戦死——。大川一飛は傷ついた機体の操縦桿を握りしめて、孤独な帰艦の途につく。

石丸豊大尉の第三中隊四機は、最後まで不運につきまとわれていた。攻撃開始直前にも、空母エンタープライズの上空直衛隊が呼び返され、ホーネット上空三、五〇〇メートルの直上にいた石丸隊に追いついてきたのである。ここで一機が撃墜され、石丸大尉と列機二機が途中撃墜をまぬがれ急降下爆撃に成功した。

相手はアルバート・D・ポロック大尉以下、グラマン戦闘機四機である。彼らの攻撃をさけながらの照準であったから命中精度はあがらず、三弾とも目標をはずれた。ポロック小隊によって二機の九九艦爆が火を噴いて墜落し、石丸機も銃弾をあび機体をボロボロに破壊されながらもかろうじて逃れた。米側戦史には、「指揮官機は煙の尾を曳きずりながら、去って行った」とある。

石丸豊大尉の第三中隊七機は、指揮官機をのぞいて全機を喪ったのである。

直掩隊の零戦は何をしていたのだろうか？

――以上の経過を見てみると、いくら精強を誇る零式戦闘機でも、わずか九機では艦爆隊二一機の個々の突撃をすべて護り切るのはむずかしい。米軍側の上空直衛機が二機ずつのペアになってあちこちで散発的に攻撃を加える場合、全空域を九機でカバーすることは至難のわざである。航空戦を制するのは質ではなく航空機の量に変わってきたのだ。

雷撃隊直掩の宮嶋尚義大尉は、米海軍グラマン戦闘機との初対戦で手応えを感じていた。相手を蹴散らし、部下機とともに「雷撃前三機、雷撃後二機撃墜」と誇らしげに報じている。空戦三〇分。列機にバンクして集合を命じたが、半沢行雄飛曹長の零戦だけは見当たらなかった。宮嶋大尉は機銃弾を射ちつくしていたので帰投を決意したが、帰還後にこの戦闘の結末を列機の戦果をあわせて、撃墜三機と報告している。

米側記録ではじっさいは一機損失で、逆にブリス大尉は日本側が行方不明としている半沢機を撃墜一機の対象としている。強敵零戦を屠《ほふ》ったグラマン戦闘機小隊長として、ブリス大尉は誇らしげに報告しているが、彼自身は母艦に帰投後、機を点検してみると、コックピットの背後から射ちこまれた機銃弾が座席後ろの救命具で食い止められ、貫通していれば自分も半沢機と同じ運命になったと思わず頭をたれて自分の幸運を感謝した、という後日談がある。

しかしながら、既述のように空戦前の往路で進撃針路を半沢機は一二〇度とまちがえて記憶していたため、帰途に正対の三〇〇度と五度ちがえて飛行し、行方不明となった可能性も否定しきれない。結局、この戦闘で中国戦線いらいの古参兵曹長機は未帰還となり、指揮官宮嶋大尉は「戦闘ではやられていないのに、ついに母艦に帰りつくことはできなかった」と、針路の誤ちを事前に列機に訂正しておかなかった自分の不注意をわびている。

第一次攻撃隊の雷爆撃は、午前九時九分から一三分にかけて終了した。高橋艦爆隊、村田雷撃隊のそれぞれ残機が米空母部隊の輪型陣を脱出して帰途につく。九九艦爆、九七艦攻すべてが傷つき、負傷した搭乗員も少なくない。帰途につく彼らは隊長高橋定大尉が傷つき、村田、鷲見両大尉の行方を知らぬまま、三々五々母艦への途をたどる。

満身創痍……。

高橋定大尉は墜落して行く機中から、眼の端で輪型陣の外側を往く米駆逐艦の艦影をとらえた。高度三、五〇〇メートルから機位を下げ、どんどん海面が近づいてくる。吹きこんでくるガソリンの焰を吸いこんだため、のどが焼け、呼吸が止まりそうなほどに息苦しい。

機体は左に傾斜しながら落下して行くので、とっさに左手で操縦桿を右に倒し、自由のきく右足で左の方向舵を力一杯踏みこんだ。高度一〇〇メートルを切ったところで何とか横すべりが止まり、機体は水平飛行にもどった。左足は血があふれ出て飛行靴にたまったようになり、力がはいらない。

もはや攻撃続行は不可能であった。はるか前方で米空母をめざして突入して行く味方機の姿が見えた。対空砲火と機銃群の弾幕が空を黒くおおい、一瞬のうちに機影がその黒い幕の彼方にぬりこまれるように姿を消した。米空母の艦上からいくつかの閃光がきらめき、赤い火柱が立った。

(攻撃は成功したらしい)

だが、わが身が攻撃に参加できぬ口惜しさと無念の空白の感情だけが先に立った。右翼タンクからの燃料流出は止まり、焰が消え白煙も薄れて行く……。

エンジンをしぼり、正常飛行にもどす。ここで爆弾の投下レバーをにぎり、機腹の二五〇キロ爆弾を投棄した。はるばると腹下に抱えてきたものの、今や何の役にも立たない無用の長物であった。

機体は異様な振動音をひびかせながら、かろうじて飛行をつづけている。燃料は左翼タンクに残量二分の一。何とか一時間は飛行可能だろうが、この分量では母艦までたどりつくことはできない。コンパス、速力計、高度計、燃料計、油圧計など座席内の計器はとんどは破壊されて、正常に作動するのは回転計のみ。昇降舵はまったくきかず、方向舵と補助翼が何とか操作できたので、時間をかければ機首をむけることが可能だろう。だが、いったいどこへ向かえばよいのだろうか？

絶望的な悲哀の感情が胸にこみあげてきた。背後の偵察席で、国分飛曹長が何かを大声でさけんでいた。伝声管が焼けつぶれて声がよくきこえない。ふり返ると、真っ黒に焼けただれた顔に眼ばかりギラギラと光らせて必死に何かを口走っていた。おそらくはガソリンの焔と煙に顔を焼かれながら、「隊長、がんばれ！」と懸命に訴えているのであろう。高橋大尉は死んでたまるかというように、大きくうなずいてみせた。

三〇分ほど飛行したあと、天啓のように一つのアイデアが生まれた。もし味方が大勝利なら、残敵掃討のために日本軍の潜水艦が出動してくるにちがいない。そうすれば不時着水して、万が一にも救助されるかも知れない。そんな一縷《いちる》の希望を托して、高橋大尉は国分飛曹長を勇気づけるような声をかけた。

「おい、戦場にもどるぞ！」

その高橋大尉の二番機、鈴木敏夫一飛曹も、右肩甲骨をグラマン戦闘機の機銃弾で射ぬかれながら、必死で母艦への孤独な飛行をつづけていた。偵察員藤岡二飛曹は絶命して、後部座席に前のめりになったまま。声をかけても、返答はなかった。そして、自分も右肩を一二・七ミリ機銃弾が貫通し、血があふれ出すまま止血のすべもない。左手の操縦桿のみで機位を保ち、出撃前の針路と真逆の方向に飛びつづける。血まみれの前方遮風板は、相変わらずぬぐってもぬぐっても血が拭き取れない。出血多量のせいか、目がかすんできた。身体がだるくなり瞼も重く、つい眠気が襲ってくる。機体がユラリ、ユラリと揺らいで飛行しているのがわかる。

人生二十五年、このまま血を流して洋上で死んで行くのかと思われた。混濁する意識のなかで、不意に浮かび上がったのは母親の顔である。そして母親て**る**はハッキリこういったのだ。

「敏夫、おまえは助かるよ」

意識して思い出そうとしたわけではない。母親はとつぜん彼の眼前に姿をあらわし、声に出して明らかにこう口走ったのだ。「おまえは助かるよ」と。

「ふしぎなことがあるもんですね」と、鈴木敏夫一飛曹は回想する。それは、まさしく奇跡的な出来事といえた。生還後の現在でも、彼はそのときの母親の声を思い起こすことができる。

「私の右肩はくだかれて重傷でした。症状は右肩甲骨貫通銃創で、手術した軍医が少し外れていたら命はなかった、といわれたほど。若いから手当てもせず、血も流れたまま。何度か気を失いかけたが、意識がもうろうとするなかで母親のはげましがあったものだから勇気百倍、急に元気が出て気力を取りもどしました」

鈴木一飛曹は母親てるの一言を頼りに、南太平洋の茫漠たる海上をただ一機、ひたすら母艦をめざして北上する。

2

村田雷撃隊の萩原一飛曹は魚雷投下後、輪型陣を突破したあとの米グラマン戦闘機群の待ち伏せを警戒して、

「機長、右へ九〇度ほどヒネクリましょうか」と声をかけた。

偵察席の柴田飛曹長の返事も待たずに、彼は右に操縦桿を倒す。機体は急旋回して右九〇度に変針した。しばらく直進したところで、彼は仰天するような光景を目撃した。いま攻撃をおえてきたばかりの空母群とまったく同様の輪型陣が、そっくりそのまま北進しているではないか。

「こいつはいけない。避退します！」

思わず左に舵を取り、反対方向に飛び去ることにした。

彼らが気づかなかった無傷の米空母第二グループ、エンタープライズ隊が存在したのである。一隻の空母を中心に重巡、駆逐艦群がおよそ一〇隻、整然とした輪型陣を組んでいる。接近すれば、上空直衛機群によってたちまち襲撃されるだろう。それを警戒して萩原一飛曹は戦場上空をはなれ、帰途についた。

同じ米空母第二グループを発見した別の一機があった。鷲見隊の中村勇哲二飛曹機である。彼らも新しい輪型陣を発見し、母艦への緊急信を発しようとしていた。機長の中村二飛曹がせきこんだ口調でいった。

「松田、見張りはおれがやるから、すぐ母艦と連絡をとってくれ」

「了解」

電信席の松田三飛曹がレシーバーを耳に、あわただしく電信機の電源を入れる。受信機が作動をはじめ、攻撃をおえた艦攻、艦爆機のモールス信号が立てつづけにはいってくる。それぞれの機が母艦を呼んでいるのだ。旗艦翔鶴からの呼び出し符号はきこえず、瑞鶴が統制をとろうとしているのだが、自艦の攻撃機を優先しているのか、なかなか割りこむことができない。

「機長、いくら呼んでも応答なしです」

「わかった。よく空間状況に注意して、何か情報をつかんでくれ」

機長中村二飛曹は、新たに発見した米空母第二グループとの触接をつづけるつもりらしい。操縦席の川島三飛曹に命じて、さらに機を接近させようとした。危険きわまりない行動だが、雷撃任務をおえてもまだ新しい任務につこうとしているらしい。恐るべき闘魂であった。

松田三飛曹も眼前に鷲見大尉の悲壮な最期を目撃しているだけに、機長の果敢な行動がよく理解できた。だが、その情熱もまもなく無用になった。彼は電信席から、新しい情報を機長につたえた。

「機長、傍受したところ第二航戦の攻撃隊がこちらにむかっているようです」

第四章　瑞鶴艦攻隊全機発進

別れの敬礼

1

南太平洋海戦は日米両軍がほぼ同時に相手を発見し、日本側が機先を制して六度もの圧倒的な攻撃をかけつづけたところに特徴がある。まず第一撃で南雲機動部隊は米空母ホーネットに魚雷二発を命中させ、直撃弾三発以上で艦体を八度傾斜させた。

旗艦翔鶴の作戦室で、高田首席参謀と長井作戦参謀のコンビは矢つぎ早やにつぎの一手をくり出そうとしている。そのためには、第二次攻撃隊をただちに発艦させる必要があった。

翔鶴から九九艦爆一九機、瑞鶴から九七艦攻一七機、合計三六機の可動攻撃機全力出撃が予定されている。

「雷撃機を、何としても出さねばなりません」

長井作戦参謀の強力な主張である。

前回の第二次ソロモン海戦では、艦爆隊を主力として出撃させて決定打を逸したし、また連続触接機を出さなかったために夜にはいって再攻撃の機会をのがしてしまった。その失策を挽回するために、今回は二段索敵を実施し、みごとに米空母部隊を発見することができたのだ。

「艦爆隊の爆装完了までは約三〇分かかりますが、雷撃機の魚雷装備にはまだまだ時間がかかりそうです」

航空参謀内藤少佐が、苦渋の表情を浮かべていった。この朝、米軍機の急襲をおそれて完全装備の雷爆撃隊から爆弾、魚雷を降ろさせ、艦底の弾庫、魚雷庫にしまわせた上で、全機を格納庫に収容させる命令を発していたからだ。第一次攻撃隊が発艦したのは午前七時二五分。この時点から、あらためて一機ずつ爆弾、魚雷を九九艦爆、九七艦攻に装備し直す厄介な作業をくり返さねばならない。

「できるだけいそぐよう瑞鶴にいってやってくれ」

と、高田大佐が念をおした。

作戦室の直上にある艦橋指揮所では、南雲中将と草鹿参謀長の二人が苛々《いらいら》と「攻撃隊の出発はまだか」と矢の催促である。ミッドウェー海戦で雷爆装完了した攻撃機が急襲され、味方空母壊滅の原因となっただけに、とにかく攻撃機を一刻も早く母艦から発艦させねばならぬ、と強迫観念に駆られたかのようだ。

（ミッドウェー惨敗の失策を二度とくり返すまい）

というのが、高田首席参謀のかたい決意である。南雲、草鹿の両将官は決して海戦敗北の主因を口にしないが、それだけに無念の思いがあり、口惜しい気持が表情にみなぎっているのがよくわかる。

草鹿参謀長はいつもの泰然とした様子をかなぐりすてて、艦橋内でせかせかと落ち着きがない。「第二次攻撃隊の発艦をいそげ！」と、何度も口に出して首席参謀の決意をあおった。

「情報参謀、電探の調子はどうか。敵機をしっかりとらえることができるだろうな」

「ご安心下さい。電探員の訓練もおえ、みな張り切って任務についております。一〇〇キロ圏内なら、確実に敵機をとらえるでしょう」

中島情報参謀が自信ありげに、即座に返答した。出撃前に旗艦翔鶴艦橋上に取りつけられた二一号型電波探信儀《レーダー》は、担当が同艦通信長赤尾俊二少佐だが、司令部の中島少佐自身が直接指揮に乗り出していたから、力の入れようも半端ではない。

「で、いまはどうなんだ」

「まだ敵影はあらわれておりません。だが、味方が未明に発見されていますから、まちがいなく二時間後には敵の攻撃をうけるでしょう」

「よし、午前九時前後だな。それでは、敵の攻撃をうける前に、まず第二次攻撃隊は発進させねばならんな」

高田大佐が長井作戦参謀の同意をもとめるように、力強くいった。司令部参謀たちの意見は一致し、首席参謀を中心に作戦、航空、情報、戦務の四参謀がそれぞれの課せられた任務を確実にこなしている。

航空参謀内藤中佐の決断も早かった。翔鶴索敵機の敵空母発見と同時に、ミッドウェー海戦時と同様に、翔鶴に搭載した最新鋭の二式艦上偵察機（注、のちの艦爆「彗星」）を触接に発進させている。最高速力五五二キロ／時、当時の日本海軍機最速の艦偵がドイツのダイムラーベンツ社製水冷一二気筒発動機をひびかせて、飛行甲板を突っ走って行く。

見守る整備員たちは「頼むぞ！」の声をかけるのも忘れて、轟音とともに飛び立つ最新鋭艦偵をぼう然と見送るばかりであった。

後方三、〇〇〇メートルの位置を往く空母瑞鶴では、旗艦翔鶴からの度重なる発光信号に悩まされていた。

「旗艦より信号！　攻撃隊発艦準備いそげ！」

見張員長の甲高い声が艦橋上の防空指揮所内にひびきわたる。夜明けとともに羅針艦橋を出て天蓋《てんがい》にのぼってきた野元艦長は、「なぜ、そんなに旗艦が発艦をいそぐのか」と不満の気持を抱いていた。とにかく、雷撃隊の出撃準備には時間がかかるからである。

旗艦翔鶴の艦爆隊は、二五〇キロ対艦船用通常爆弾（徹甲弾）の装備で比較的スムーズに装着作業を進めることができるが、魚雷装備には全長五四二・七センチ、直径四五センチ、重量八五二キロの重い九一式航空魚雷改三型を使用するので、兵器員、整備員たちの作業には倍以上の時間がかかった。

兵器員五〇名のうち、魚雷班は下士官二名、兵六名の合計八名のみ（他は爆弾、機銃担当五ヶ班）。作業の手順としては、彼らが倉庫より投下器を運び出して各機に配り、操縦員のほか搭乗員それぞれが投下器を愛機九七艦攻の機腹に取りつけて、ここから第一段階がはじまる。別に艦底の魚雷庫より一本ずつ魚雷員が搬出してきた航空魚雷を各機の操縦員がうけとり、運搬車を自分で運転して、魚雷を機腹の真下に運びこむ。

「せまい格納庫内で、魚雷運搬車をピタリと機体下にまっすぐ入れるのは至難のわざ。若い搭乗員なら汗だくになって切り返し、二、三回やり直すこともザラですよ」

と、サンゴ海海戦に雷撃参加した石川鋭一飛曹はその困難な作業を語る。

そして、最終段階では魚雷を装着したあと、操縦員が機中に乗りこんで投下試験をおこない、ドスンと無事落下させたところで雷装完了となる。一機ずつ、二個中隊一八機の全機を攻撃待機状態にさせるためには、少なくとも一時間三〇分の時間経過を見ておかねばならない。

整備長原田少佐が懸命になって雷装作業をいそぎ、第一中隊長今宿滋一郎、第二中隊長梼《ゆず》原《はら》正幸両大尉が率先して飛行甲板に引き出された九七艦攻の機体の雷装作業に取りついている。彼ら指揮官たちが必死の作業にはげんでいるだけに野元艦長は、「司令部の参謀たちも、少し落ちつけ」と注文をつけたい気がする。

またしても、旗艦から督促命令がきた。

「雷装準備完了次第、第二次攻撃隊発艦ノ予定」

南雲長官も相当にじれているらしい、と野元大佐は思った。二番艦特有の気楽さで、艦隊旗艦のような整備作業に切迫感が欠けていたのかも知れないと気持を引きしめて、いそぎテレトークで号令を下す。

「整備長、雷装準備をいそげ！」

良く晴れた天候であった。風は東南東から吹いており、速力二四ノット。米空母との距離はぐんぐんちぢまっており、「決戦日和」という言葉が野元大佐の脳裡に浮かんだ。視界はるか、この天空の下で、まもなく日米航空決戦の火ぶたが切られようとしているのだ。

第二次攻撃隊用の九七艦攻は一機が触接用とされ、一六機が広大な飛行甲板上に引き揚げられて雷装準備をいそいでいる。全艦あげての懸命な作業のおかげで、時間が二〇分短縮されて、午前九時すぎには発艦できそうである。

梼原正幸大尉の指揮する第二中隊では、第二小隊長金田数正特務少尉、第三小隊長八重樫春造飛曹長の旧五航戦組がそれぞれ小隊三機をひきいて、梼原小隊に随伴することになっている。金田―八重樫の〝のんべェコンビ〟はハワイ作戦参加以前からだが、嶋崎重和飛行隊長が転任すると、これに新たに椿原大尉が代わって飲み仲間に加わった。

八重樫飛曹長は、札幌一中から海兵団入りという変りダネ。椿原大尉は高知海南中学から兵学校入りしたが、中学校出身者同士という経歴もあって、二人はとくに上官と部下という階級の垣根が取り払われる親しい関係となった。

「なあ、八重樫サンよ。よかったら、おれの義妹をもらってくれんか。美人だぞ」

酔った席で、椿原大尉が何度となく八重樫を口説いたことがある。八重樫は二十八歳で独身、准士官となり「レス通い」(注、海軍用語で小料理屋、料亭の意)で艦隊搭乗員の羽振りの良さをきどっていたから、もとより結婚する気は毛頭ない。年下の椿原はまじめな表情で、兄は陸軍士官学校出身の陸軍中佐で、妻ゆり子の妹は義兄としても誇らしい娘だ、どうか見合いでもしてくれんか、と正式に申し込まれたことがある。

「きさまには迷惑はかけん、と椿原さんにいわれたけど、そんなことといわれたってもともと所帯を持つ気がないんだから……」

と八重樫飛曹長は苦笑する。雷撃機搭乗員としてもう一度再出撃すれば、こんどは生還できないと覚悟していたからだ。金田特務少尉も同様で、家族がありながら二度と生きて内地へ帰れないと決意したような刹那《せつな》的な遊びかたをしていた。八重樫も、もし自分が妻を娶《めと》った場合、戦死したあとの家族の悲劇に心を痛めたのである。

トラック泊地を出撃して、いつのまにかこの縁談話は沙汰止みとなったが、代わって梼原大尉が熱心に意見をもとめたのは、雷撃隊指揮官としての心得である。

「梼原大尉は分隊長として偉ぶるわけでもなく、ざっくばらんに雷撃戦での注意事項を、部下の私なんかにたずねてきました。こんな心の広い、明けっぴろげな上官はめずらしいんですよ」

八重樫もきかれるまま、五月八日のサンゴ海海戦での雷撃体験をつぶさに語ってきかせた。梼原大尉は、第二次ソロモン海戦では米空母部隊と会敵せず洋上を捜索しただけでおわり、今回が指揮官としての初陣であった。

「重い魚雷を抱いて敵戦闘機にぶつかったら、急降下して突っ走れ」

というのが、八重樫戦法の極意である。後部座席の七・七ミリ旋回機銃一梃の〝豆鉄砲〟では、グラマン戦闘機に歯が立たない。九七艦攻では巡航速力で八〇ノット（一四八キロ／時）が通常だが、魚雷を抱いて突っこめば最高速で二四〇ノットは出る。

「機体がバラバラになるか、と思うほど突進するんですよ。そうすれば、何とか活路がひらける。そのあと好射点で、魚雷をぶっ放せばいいんですよ」

簡単なことですよと言葉をついだが、梼原大尉は笑いもせず、真剣にうなずいていた。八重樫自身も、鈍足の雷撃機突撃の活路はそれ以外にないと考えていたが、二度目の雷撃行で同じように突入態勢がとれるかどうかは自信が持てないでいる。

おそろしいのは、米空母輪型陣の対空砲火であった。高角砲、対空機銃のすさまじい弾幕が機体全体を取りかこみ、海上に波立つようにザザァーと白い飛沫が散る。そして、目もくらむような閃光と耳を聾《ろう》する爆裂音……。

「雷撃戦を一回、二回と経験していくうちに、どんどん自分が卑怯な気持になるもんです。経験を積めば恐くなくなる、なんてのはウソです。ボクシングのチャンピオンがいずれ自分は敗れると覚悟する、それと同じ気持ですよ。

ベテランは、本当は強くないです。強気でいるのは初陣のときだけ。その代わり、二度目には利口にはなりますがね」

八重樫飛曹長の率直な述懐である。

2

ベテラン搭乗員ほど戦場が恐くなるという点では、翔鶴艦爆隊の古田清人一飛曹も同じであった。昨夜も眠れぬまま、居住区の寝台で何度も寝返りを打った。

八重樫飛曹長は昭和八年の操練二十期生だが、古田一飛曹は同十一年の三十二期。海軍歴で三年後輩だが、真珠湾攻撃、ラバウル攻略、ポートダーウィン空襲、インド洋機動作戦と、旧一航戦赤城乗組として戦歴も同等に古い。

ミッドウェー海戦後、翔鶴に転任して最初に参加したのは第二次ソロモン海戦だが、沈没した空母赤城の仇を討つと勢いこんで出撃したあげくに遭遇したのが、米空母エンタープライズの激烈な対空砲火であった。

着艦時、左の車輪が吹っ飛びほうほうのテイで帰艦したものの、出撃機一八機のうち一〇機が未帰還となり、居住区にもどったときのさびしさは忘れられない。

「一つのテーブルに、帰ってきた搭乗員は一組だけというケースがありました。用意された食事も手つかずのままズラリとならんで、朝一緒に食卓をかこんだ連中の姿が消えて、じつにもの哀しい情景でした」

古田一飛曹は、もう一度あの米空母輪型陣の火箭《かせん》のなかに飛びこむのかと、くり返し寝床のなかで考える。果たして無事に母艦に帰ってこれるだろうかと何度も同じ不安を反芻《はんすう》するが、結論は出てこない。

午前八時、すでに翔鶴艦上では艦爆隊一九機の爆装準備が完成している。指揮官は関衛少佐。

関少佐が指揮小隊となり、第一中隊長は古田一飛曹の偵察員兼分隊長有馬敬一大尉、第二中隊長山田昌平大尉、第三中隊長は吉本一男大尉の三個中隊編成である。

艦内士官室では、古武士のような風格の隊長関少佐は瞑目してじっと腕組みしているが、居住区では「はじめての母艦戦だぞ」と妙にはしゃぐ新参者やトランプで談笑しながら時間つぶしをする者、黙々と出撃前の身仕舞いをする者など多様である。

戦闘機隊長新郷英城大尉は飛行甲板上で零戦の先頭機上にあり、発進命令を待っていた。列機は二番機の旧赤城乗組、谷口正夫一飛曹ほか四機。飛行長から「甲板待機でいろ」と命じられて、上空直衛任務だと頭から思いこんでいた。

上空直衛は第一直が小林保平中尉、第二直大森茂高一飛曹、第三直安部安次郎特務少尉がそれぞれ小隊三機をひきいて、合計九機が交替任務についている。瑞鶴も、同数機が警戒にあたっている。

——じりじりと背すじを追い立てるような、焦燥の時間がすぎた。作戦室で、最初に口火を切ったのは内藤航空参謀である。

「第二次攻撃隊の発進命令を出しましょうか？」

待機状態をたまりかねたように、出撃を催促する口調であった。

「このまま艦爆隊を甲板上にさらしていれば、ミッドウェーの二の舞いになりますよ」

「そうだな。これ以上は待てんな」

と長井参謀がおうじた。

二人はミッドウェー海戦で攻撃隊を即時発進させるかどうかと、源田航空参謀が決断しかねた同じ悩みを体感しているのだった。この場合、源田参謀は逡巡したあげく、雷爆撃機の同時発進を企てたのだが、そのために戦機を逸して、米軍機の空襲をうけ空母壊滅、惨敗した。その同じ失敗を二度もくり返すことはあるまい。

「止むをえん。艦爆だけでも先に出しましょう！」

「よし」

二人のやりとりを耳にしていた高田首席参謀が即座に決断した。ただちに艦橋に駆け上がり、草鹿参謀長、南雲長官の了解をえた。二人は黙然と立ちつくすのみである。

だが、南雲中将が出撃の決断を下すとき、これで何とか成功にこぎつけられそうだと一瞬安堵の笑みを浮かべた。

「攻撃即時待機！」

艦内スピーカーが、あわただしく搭乗員たちの呼集をつげている。搭乗員待機室にドヤドヤと集まった彼らの耳に、引きつづき命令の声がとどいた。

「搭乗員、艦橋下に整列！」

甲板待機中の新郷大尉は、飛行甲板上がにわかに整備員たちの動きであわただしくなって行くのに気づいた。まっ先に関少佐が姿をあらわし、「やあ、やあ」と手をあげて艦橋下の先頭機の位置にいた彼に敬礼した。出撃のあいさつのつもりであったろうが、二人にとってはこれが永遠の別れとなった。

飛行長根来中佐は瑞鶴隊の雷装準備完成までにまだ時間がかかる、と油断していたらしい。司令部の即決にあわを食って、いそいで米空母の位置、針路などの最新情報をメモに書きなぐって、整備員から新郷大尉に手渡すよう命じた。

そして、機上の隊長に大声でさけびかけた。

「新郷大尉、きみは攻撃隊の直掩で行ってくれ！」

海戦後、トラック基地での戦訓研究会で新郷大尉は、つぎのような指揮官批判を口にしている。――乾坤一擲《けんこんいってき》ともいうべき大海戦にあたって、攻撃隊指示の内容もその詳細も不明のまま、ただ「行け、行け！」と追いたてられるだけでは、われわれ戦闘機隊は充分に任務を果たすことができない。艦の幹部は、もっと適切に命令を出してもらいたい……。

新郷大尉は爆音のなかで飛行長の指示がききとれないまま、「直掩隊として出発」のメモを頼りに取りあえず発艦することにした。敵艦隊の位置、内容その他、詳細は不明である。しかも直掩隊零戦の機数はわずか五機にすぎない。これだけで、艦爆隊全機を護り切ることはとてもできない。

だが、剛気な彼はきっぱりと決断する。かならず関少佐の艦爆隊を直接護衛してやるぞ、と。

3

午前八時一〇分、第二次攻撃隊の第一陣があわただしく翔鶴艦上を発艦した。九九艦爆一九機、零戦五機、合計二四機の小兵力である。取りあえず母艦を空の状態にしたまま、米軍攻撃隊の空襲と対抗しようという肚づもりである。

南雲長官、有馬艦長の麗々しい訓示などはいっさいなかった。全機が上空を一周して集合態勢をととのえるのももどかしそうに、一気に南に下って行く。見送りをおえた司令部幕僚たちが作戦室にもどり、第一次攻撃隊からの戦果報告を待っていた同四〇分、中島情報参謀が靴音も高く走りこんできた。

「敵機発見！　艦橋電探が一三五度方向、距離一四五キロに機影をとらえました！」

中島少佐が小踊りして喜ぶのも、むりはなかった。日本海軍はじめて実戦舞台で、レーダーの実用化に成功したのである。


ミッドウェー海戦時、はじめて戦艦日向に取りつけられた二一号型電探は、高度三、〇〇〇メートルの目標にたいして距離五五キロで反射電波をとらえたが、五ヵ月後には一〇〇キロ以上の遠距離で、目標をブラウン管にキャッチすることができたのだ。

「瑞鶴あてに、雷撃隊の発進命令を出しましょう」

と内藤航空参謀が立ち上がった。長井参謀がうなずくと、いそいで電信用紙に命令文を起案した。「直チニ攻撃隊ヲ発進スベシ」

艦橋直上に電探大型アンテナを装備していない瑞鶴では、こうしためまぐるしい旗艦司令部の動きを理解できないでいる。中島参謀が電探の威力に感謝して、「これほどありがたいことはない」と思わず漏らしたような緊迫した情報の駆け引きが、二番艦の位置では見られない。「司令部は何をあわてている」と、相変わらず不審に思うばかりである。

野元艦長は不得要領ながら、それでも忠実に命令にしたがった。

「飛行長、雷装準備完了しだい攻撃隊を発艦させよ」

天蓋からテレトークで、松本飛行長に命じた。「あと五分で、発艦できます」と、即座に返答が返ってきた。いよいよ瑞鶴雷撃隊の出動である。

このとき瑞鶴艦長野元大佐には、戦後も永く思い出に残っている出来事がある。旗艦翔鶴からの命令をうけ、第二次攻撃隊の第二陣雷撃隊を発艦させる直前のことだ。

艦攻隊員一七機五一名が整列をおえ、艦長訓示の「諸子の健闘を祈る」との短い激励のあと、先任分隊長今宿滋一郎大尉が「かかれ！」と部下機全員の搭乗を命じた。そのあとふり返り、右手をあげて艦長に敬礼した。

野元大佐は答礼し、出撃機を見送るために天蓋に駆け上がろうとした。ところが、今宿大尉はじっと艦長の眼を見つめたまま手を下げようとしない。一秒、二秒、三秒……。（早くせんか！）と心急《せ》くままに、艦長は舌打ちするような気持になっていた。

出撃のあいさつなど、どうでもよかった。早く発進して魚雷をうまく投下し、早く帰ってこいよ、と命令を下したつもりであった。だからこそ、長い敬礼に焦《じ》れたのである。

今宿大尉には妻があり、艦攻隊指揮官としては前任の嶋崎少佐のような豪快な肌合いではなく、生まじめな優等生といった印象である。整備長原田中佐の眼からみても、「物静かな、大人しい分隊長」という目立たない存在であり、「雷撃隊指揮官として、よくぞこんな人がいるもんだな」と古参格の金沢飛曹長を感嘆させた〝軍人らしくない分隊長〟であった。今宿大尉にとっては、米空母へのはじめての魚雷戦である。第二中隊長椿原大尉の兵学校二期先輩だが、先輩風を吹かすほどの実績がない。

サンゴ海海戦で、部下たちが体験したような凄絶な対空砲火を突破して、果たして魚雷投下に成功するだろうか？　指揮下の第二小隊長伊東徹中尉は三期下の後輩、第三小隊長鈴木仲蔵特務少尉はベテラン艦攻隊員である。彼らをどのように指揮して、突撃開始点まで連れて行けば良いのか。

浦和中学出身の今宿大尉は、二十八歳。おそらくは生還を期しえない出撃で、「艦長、お世話になりました」と万感の思いをこめて敬礼に力をこめていたものと思われる。野元艦長は、そのことに気づかなかった。

海戦後、今宿大尉が未帰還となってはじめて長い敬礼の意味に思いあたり、「ああ、あのときしっかりと別れのあいさつを受けとめてやればよかった」と、艦長としての思いやりのなさを終生恥じるのである。

——出撃のときがきた。

「機械発動！」

松本飛行長の命令一下、九七艦攻全機のエンジンが発動する。最先頭の位置には重見勝馬飛曹長の零戦が位置し、二番機大石芳男二飛曹以下三機が直掩機としての発艦準備にはいる。午前八時四五分、指揮所からの声があがった。

「発艦はじめ！」

前方を往く旗艦翔鶴からは、瑞鶴の飛行甲板を飛び立って行く雷撃機群の機影が望まれた。電探による米軍機来襲の探知より、わずか五分後である。

「これで全機発進しましたな」

作戦参謀長井中佐がようやく肩の荷を下ろしたような口調で、高田首席参謀に語りかけた。

「あとは味方攻撃隊の戦果を待つばかりです」

「とにかく、味方の格納庫はがら空きです。爆弾一発ぐらい食らっても、平気でしょう」

と、末国戦務参謀が口をそえた。

旗艦には有馬艦長の尽力で、二五ミリ対空機銃が二基増設されている。末国中佐は前身が砲術参謀であり、翔鶴に装備された一二・七センチ連装高角砲八基一六門の新式射撃装置開発者として知られている。

昭和九年、戦艦扶桑の射撃指揮官であった末国少佐（当時）は、日本光学と協力して新式の九四式高射装置を採用。命中精度をいちじるしく高める成果を発揮した。昭和十二年、制式採用された。同様に新式の機銃発射装置も設置され、対空射撃に威力を発揮することが期待されている。

ただし、二五ミリ三連装機銃は八基二四門が両舷に配置されているだけで、「これだけで多数の米軍機に対抗するには不十分」と、末国参謀も自信なさげな対空砲火陣である。

「よし、艦橋に行ってくる」

高田首席参謀が作戦室を出て直上の羅針艦橋に駆け上がると、草鹿参謀長が「これでミッドウェーの仇を取れるぞ」と、満足したようにうなずいた。南雲長官も、ようやく心の動揺がおさまったらしい。

——これで、打てるだけの手は打った。

と高田大佐はひそかに満足した気分になった。第一次、第二次と攻撃隊を矢つぎ早やに発艦させ、新造の第三艦隊司令部としては圧倒的な優勢のうちに戦闘を開始しつつある。あとの防空戦闘は、翔鶴対空銃砲座員たちの奮闘に期待するのみだ。

艦橋には有馬艦長が天蓋にのぼっていて姿が見えず、羅針儀の中央に航海長が仁王立ちに立っているばかりである。テレトークからは有馬大佐の緊張した調子で、「総員戦闘配置につけ!」と甲高い声が降ってくる。電探がとらえた米軍攻撃隊が刻々と近づきつつあるのだ。

「敵機来襲!」

1

「敵の大群、近づく! 南東方向、九〇キロ」

中島情報参謀が電探室からの報告を、南雲長官に取りつぐ。二一号電探が作戦で使用されるのははじめてで、ブラウン管上の目盛りを反射電波で読みとる初期的なレーダーだが、順調に作動しているようだ。

日本海軍にも、ようやく待望の電波新兵器が登場したのだ。いままでは暗闇のなかを手探りの状態で、米軍機がどの方向から、しかも多数機か少数機かはわからないまま、じりじりとして待っているばかりであったが、今回はみごとに敵影と距離をとらえているのだ。

「敵機八五キロ！」

また、新しい報告がとどいた。と同時に、通信室から第一次攻撃隊の関衛少佐が米空母に取りついた発見報告が母艦あてにつたえられた。八時五七分、

「敵空母見ユ」

さらに、関少佐の飛電が受信され、艦内スピーカーから全乗員に伝達された。

「味方攻撃隊突入せり！」

艦橋内だけでなく発着艦指揮所、飛行甲板の整備員たちから、艦をゆるがせるような大歓声がわき上がった。

南雲機動部隊の西、一〇〇カイリ付近を行動中の前進部隊指揮官近藤信竹中将は、未明から「北上シツツ陸上作戦ノ進展ヲ待ツ」と之字《のじ》運動を開始していた。麾下の重巡妙高、高雄からは索敵機として水偵が派出されている。

翔鶴機からの「敵空母見ユ」の発見電を受信した近藤中将の動きは、素早かった。ただちに重巡部隊の愛宕、那智、摩耶を中心に、戦艦部隊（戦艦金剛、榛名）、二航戦の空母隼鷹を敵方にむけて進撃させ、索敵機を発進させていた妙高、高雄には「収容次第、本隊を追及せよ」との命令を発した。

そして、前進部隊からの報告電は、以下のように果敢なものである。

「――針路七〇度、速力二四節《ノット》『ヌデニ』北方ノ敵大部隊ヲ攻撃ス」

早朝から、トラック泊地の戦艦大和作戦室で戦況を見守っていた連合艦隊司令部の宇垣参謀長は、「会敵の状況は満足すべきものあり」と得心顔である。事前に言った通り、機動部隊が南下すれば米機動部隊が予想通りに出現したのである。

積極行動派の三和作戦参謀も、「予期した敵が、予期せし方面に現れたり」と、連合艦隊司令部が何度も南雲艦隊の尻を叩いて叱咤した成果がついに実ったもの――と嬉しげである。ソロモン海を上下して、何度むだなバリカン運動をくり返したのか。その機動部隊の動きを、臆病とののしったこともあった。

この朝、南雲艦隊の対応は思いもよらず迅速で、攻撃隊発進も果敢な処置である。三和大佐は満足して、日記にこう書きつけている。

「これならば大勝確実と安堵す」

連合艦隊司令部を得心させたのは、正規空母翔鶴、瑞鶴の二空母だけでなく、別働隊として特設空母隼鷹が参加していることであった。指揮官は、闘志あふれた角田覚治少将。新潟県出身、五十二歳。

二航戦部隊は旗艦を空母飛鷹としていたが、既述の通り機関故障で戦線を離脱。角田司令官と幕僚ともども将旗を隼鷹に移していた。隼鷹は日本郵船橿原丸を建造途次に改造した特設空母で、排水量二四、一四〇トン、速力二五・五ノット。

発見された時点で、米空母部隊との距離は三三〇カイリ(六一一キロ)。攻撃隊を発進させるには遠すぎる。角田少将の即断により、航海長鈴木荘少佐が裂帛《れっぱく》の気合いをこめて機関室に命じる。

「最大戦速!」

随伴駆逐艦は早潮と親潮の二隻で、いずれも速力三五ノットの高速を誇るが、彼らが巡航速力で航進途次に隼鷹が米空母めざして東南方向に猛進したのでたちまち後落し、空母が先頭に立って進撃する形となった。

角田司令部の航空参謀奥宮正武少佐は同じ艦橋に立って、この動きを見渡しながら、

「じつに壮観だった」と回想している。

ところで、奥宮少佐の評によれば、海軍の「勇将」に二種類あるという。

すなわち、戦場における軍人の勇気と平時におけるそれである。たしかに日本海軍では、陸海軍の抗争や政局の混乱のなかで身を挺して抵抗した勇気ある軍人たち——井上成美や堀悌吉、米内光政など——がいたが、一方の生死を賭した戦場に視点を移した場合、真に勇敢であったといえる将星は意外と数少ない。

いままで筆者は、太平洋戦争の各局面でいくつかの海上交戦、航空戦闘を取りあげてきたが、指揮官がもう一歩のところで追撃を怠り、あるいは撤退して一身の安全をはかる将帥の例が多かった。前線部隊の兵たちがその結果、むざむざと南海の洋上で海没し、陸上戦闘で無意味な戦死をとげた。あと一歩、せめて多少の犠牲をはらっても作戦目的を完遂させる柔軟な対応力と強靭な精神力さえあれば、局面を打開し、兵士たちが戦地におき去りにされ、孤立して全滅する悲劇をさけることができた。

もし、指揮官にみずからの生命を賭して危険を冒《おか》す勇猛心があれば、南海の前線で屍をさらす兵たちの魂もいくらかはなぐさめられたはずである。

そんな数少ない戦場の指揮官——

「勇将」

を角田覚治少将と、奥宮少佐は評価する。

角田少将は三条中学出身である。同郷の先輩山本五十六連合艦隊長官を敬愛していて、海軍航空を育てあげた山本航空本部長時代の手腕を高く評価していた。出身は砲術畑だが、中国戦線拡大にともなって現地航空部隊の指揮官不足が顕著となり、彼も昭和十五年十一月、第三航空戦隊司令官、ついで第四航戦司令官と航空畑を歩むことになる。

三航戦司令官時代(空母龍驤、鳳翔)に、のちに真珠湾攻撃の総隊長となった淵田美津雄中佐が航空参謀として仕えている。淵田中佐の手ほどきによって航空作戦の要諦を知り、みずからも航空戦術を研究して航空部隊指揮官の第一人者となったところは、二航戦司令官として研鑽にはげんだ水雷畑出身の山口多聞少将とよく似ている。

海軍兵学校三十九期の同期生に、このとき前衛部隊をひきいた阿部弘毅、第八戦隊司令官原忠一両少将がいる。阿部少将は砲術畑、原少将は水雷科出身だが航空畑に転身し、サンゴ海海戦の指揮官となって戦った。

兵学校生徒時代、角田覚治を語るこんなエピソードがある。彼は北国出身者らしく負けずぎらいで、頑張り屋という定評があった。

囲碁が好きで、同期生の大阪出身、田村英が彼の良きライバルであった。田村のほうが少し上級で、局面が負けそうになると、角田はすぐ「待った」をかける。あまりしばしば「待った」をするので、逆に田村が敗勢濃厚になって「待った」のお返しをすると、「いや、待たん」と角田は拒否する。

なぜか、と問いつめる相手に角田の返答はふるっている。

「いくさになった場合、相手は待ってくれんぞ」

さすがに田村も二の句がつげなかったそうだが、いかにも負けずぎらいな角田覚治の性格の面目躍如たるものがある。

だが一面で、こんな人情味も見せる人柄であった。

ミッドウェー海戦時のアリューシャン作戦で、攻撃隊を収容するために島影が見えるまで同島に隼鷹を接近させたり、被弾した一機が受信機に被弾して帰ってこられない。「見殺しにはできん。おい、何とか助けよう」と司令官がいい出して空母二隻、重巡二隻、駆逐艦八隻に敵前で探照灯をつけ、捜索させた。身を挺して味方を救助する果断な処置だが、「弱気の司令官なら、とてもできるもんじゃない」と、このとき首席参謀であった小田切政徳大佐は証言する。

結局、攻撃機は収容されず未帰還となったが、艦隊内の士気は大いに高まったそうである。真の「勇将」とは闘志ばかりでなく、部下と生死をともにする上下一つの連帯感がなければならない。角田少将はそれを戦場で実践した数少ない将官の一人であった。

2

さて、隼鷹の搭載機数は、零戦二一、九九艦爆一八、九七艦攻九機、合計四八機である。二航戦部隊は空母一隻となって少数だが、奥宮少佐の作戦計画では、まず攻撃圏内にまで接近し、第一次の艦爆隊によって米空母の飛行甲板を破壊して搭載機を発着不能にさせ、しかるのちに雷撃隊を発進させて止《とど》めをさす二段構えの戦法をとることにした。

雷爆撃機あわせての同時攻撃は理想だが、あまりにも機数が少なすぎた。正攻法の戦術なら一航戦部隊がやってくれるだろう。これで、第一次攻撃隊の総指揮官は戦闘機隊長志賀淑雄大尉、艦爆分隊長は山口正夫大尉。第二次の雷撃隊指揮官は入来院良秋大尉と決まった。

前進部隊の近藤第二艦隊、二航戦の空母隼鷹が米空母部隊との距離を接近させて行く。

志賀大尉の第一次攻撃隊の発進予定時刻は、午前九時一〇分前後。第一次、第二次と全機を発艦させれば空母部隊は空襲をさけて逆に避退するのが常道だが、角田少将はさらに間合いをつめようとする。肉薄攻撃こそ、彼の身上であった。


こうした前進部隊の快進撃に反して、機動部隊の前衛では妙な動きが生じていた。角田少将の同期生、阿部弘毅少将がまたしても艦隊の南下進撃をしぶっているのである。

機動部隊前衛は、第十一戦隊の戦艦比叡、霧島を先頭に第七戦隊の重巡鈴谷、第八戦隊の重巡利根、筑摩、さらに第十戦隊の軽巡長良が一列横隊となり、随伴駆逐艦七隻が警戒にあたるという陣形を組むが、機動部隊の前方五〇～六〇カイリ（九三キロ～一一一キロ）に配置され、米軍航空機の空襲をいち早く発見し、警戒通報するのが前衛部隊の任務である。

しかしながら午前六時四五分、阿部少将は二機の米軍艦爆機を発見した直後、北上中の針度を〇度から北西方向三〇〇度へ一斉回頭させ、米空母発見後も南東方向に向首することなく、北西方向への同一針路を維持させるばかりである。前進部隊の近藤中将とは、真逆の判断である。

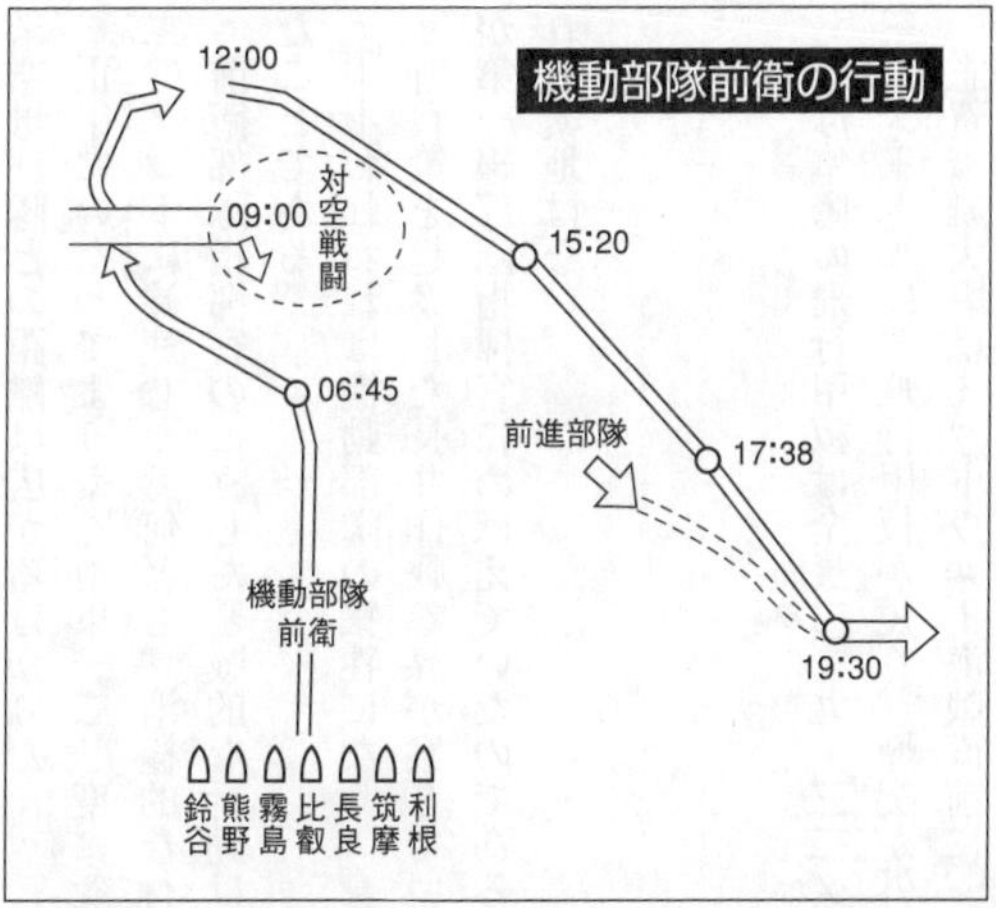

第八戦隊の重巡利根の艦橋に立つ先任参謀土井美二中佐は、前衛司令官の行動を不可解なものとみた。午前五時、米空母との距離は一七〇カイリ。即座に東進して距離をちぢめれば、「もっと面白い海上戦闘が展開されていたにちがいない」はずであった。

土井回想によれば——。

「この行動は極めて重大で、本海戦において我が軍が勝利を得ながら充分な戦果を挙げ得なかった原因をなしている」

すなわち、阿部前衛部隊は午前八時五分、南雲中将の「敵方ニ進撃セヨ」との命令により、はじめて東方へ九〇度変針したのだが、ここで対空戦闘に時間を費し、さらに一時間三〇分もの北進をつづけている。これでは、米空母部隊との距離は広がるばかりだ。

正午にいたってようやく南東一二〇度に変針したものの、速力を北上中の三〇ノットから二〇ノットに減速した。何とも、消極的な行動ではあるまいか。

前衛部隊指揮官のこうした避戦的な行動は、第三艦隊新戦策の作成当時から懸念されていたことである。

——われわれは機動部隊の犠牲になり、身代わりになるのではないか。

新戦策を起案した長井作戦参謀が案じていた通り、そうした自己犠牲をいやがる厭戦気分が第一線部隊指揮官にめばえていたのである。こんな作戦行動では、とても「勇将」の生まれる素地はない。

3

空母隼鷹の飛行甲板は全長二一九・三二メートル、幅二六・七メートル。翔鶴型よりは約三八メートルほど飛行甲板が短く、煙突が外舷側に傾斜している艦姿に特徴がある。

志賀淑雄大尉はミッドウェー海戦直前に、空母加賀より転任してきた。第二中隊長重松康弘大尉は元二航戦飛龍乗組。彼ら二人がそれぞれ六機ずつ、艦爆隊の直掩戦闘機を指揮して攻撃にむかう。

艦爆隊指揮官山口正夫大尉は群馬県太田中学出身。第二中隊長三浦尚彦大尉は兵学校三期

下の偵察学生である。第一中隊九機、第二中隊八機の部下それぞれは旧一、二航戦のミッドウェー生き残り搭乗員が大半であった。

同九時一四分、隼鷹艦長岡田為次大佐の「攻撃隊は全力をつくせ、健闘を祈る」との激励の訓示をうけて、搭乗員たちはそれぞれの愛機へ駆け上がって行く。山口隊長の最後の号令は以下のように簡潔なものであった。

「攻撃目標の第一は空母、第二戦艦。以下順次、大きな目標より攻撃する」

零戦一二、九九艦爆一七機、合計二九機の隼鷹攻撃隊第一陣が母艦を発進した。天候は半晴で、ときどきスコールが走った。風向は北西、風力四、気温二八度、視界三五キロとまずまずの天候である。

三浦中隊のしんがり役、中畑正彦飛曹長の二番機の位置にある小瀬本国雄二飛曹は、操縦席の風防からひたすら水平線上の米空母の艦影を求めていた。偵察席の佐藤雅尚二飛曹とは、ミッドウェー海戦直前に空母蒼龍から隼鷹に転じてきて以来のペアである。

蒼龍を退艦するとき、たかだか一下士官の異動を見送るために柳本柳作艦長がわざわざ舷門まで見送りに出てくれたものだ。厳格な艦長として知られた人物であったが、別れにあたっては温容な素顔の表情にもどり、「小瀬本兵曹、ハワイ作戦いらいの奮闘、まことにご苦労であった」と、乗艦時代の労をねぎらってくれたものだ。

海戦後、柳本艦長が紅蓮の炎のなかで一人艦橋にとどまり、部下たち全員に総員退去を命じて蒼龍と運命をともにした最期の姿をつたえられ、口惜しさのあまり思わず肩をふるわせて号泣した。

——よし、ミッドウェーの仇を討ってやるぞ。

との誓いは、佐藤二飛曹との共通のものである。飛行時間にして三〇分もたたないうちに、とつぜんはるか前方に艦隊の姿が見えてきた。米空母部隊のような輪型陣ではなく、味方の大型空母を中心に駆逐艦群の点在する白いウェーキが見える。

どうやら、一航戦の翔鶴、瑞鶴いずれか一艦らしいが、空母は大きく円を描いて逃げまどっているように見える。その周辺に、いくつもの水柱が立った。米軍急降下爆撃機の攻撃をうけているらしい。

「おい、味方がやられてるぞ！」

と、思わず小瀬本三飛曹がどなった。

ねらわれた空母翔鶴

1

旗艦翔鶴の南雲司令部が関衛少佐の「ト連送」を受信し、中島情報参謀が「やりましたな！」と思わず笑みをもらしてからわずか七分後、艦橋上電探の大型アンテナが南東方向四〇キロに、米軍攻撃隊の機影を確実にとらえた。

「敵大編隊、近づいてくる！」

見張員の大声に、中島少佐が表情を一変させて〝猿の腰かけ〟に腰を下ろす南雲長官の背中にむかってさけんだ。

「敵影は約四〇キロ、まもなく視界にはいります！」

南雲中将の背後に草鹿参謀長、高田首席参謀、東徹男航海参謀など、司令部幕僚たちが長官を取りかこむような形で立っている。全員がいっせいに、水平線の彼方に視線を転じた。

黒い粒のような米軍攻撃機の一群が、遠く右後方に見えていた。機数にして一五、六機か。他に直衛のグラマン戦闘機グループも見えている。いよいよ米空母群からの第一波が襲来したのだ。

「最大戦速、いそげ！」

有馬艦長の鋭い声が、防空指揮所から直下の羅針艦橋に飛んだ。塚本航海長が操舵室に命令をつたえる。「よーそろー」の返答とともに艦のタービンはうなりをあげ、ぐんぐんと最高速力三五ノットに艦速を上げる。

第二種軍装の白い軍服に身をかためた有馬大佐は、用意したバケツの海水をあび、空襲時の火災にそなえる。そして、「冷煙ポンプの配備はよいか」、「消火ホース用意！」と矢つぎ早やの指示を下した。艦長の声も必死だ。

応急指揮官である運用長福地周夫中佐、航海長塚本朋一郎中佐の幹部二人が、唯一サンゴ海海戦の翔鶴被弾の経験者である。そのさい僚艦瑞鶴は遠くスコールの幕にのがれ、翔鶴一艦で米軍攻撃機の空爆を引きうけた。戦死者一〇七名。こんどこそ、被弾炎上の災厄をくり返してはならぬ、と福地中佐は心に誓う。

(あと数秒で、艦の運命が決まる)

刻々と近づいてくる米軍攻撃隊の機影を視線にとらえながら、福地運用長は航空戦の苛酷さ、非情さを思った。彼らが頭上に殺到して投弾に成功するかどうかで、自艦の運命が分かれる。生か、死か。米軍攻撃機の爆弾が命中しなければ、いま飛行甲板で消火ホースを持って走りまわる乗員たち全員の生命が助かるのだ。

だが、不吉な兆《きざし》が見えていた。こんどもまた二番艦瑞鶴は東に二〇キロ前後遠ざかっていて、それも第二次攻撃隊発艦のため風上にむかって走りつづけていたために、ふたたび隊列に復帰するまでには時間がかかりそうである。米軍機は右舷後方二〇、〇〇〇メートル。そのまま直進してくれば、またしても翔鶴一艦が攻撃にさらされることになる。

運用長の予感は正しかったようだ。艦橋見張所からの絶叫がきこえた。

「敵機、本艦に向かってくる!」

飛行甲板上には、防火用海水がどんどん流されている。有馬艦長の指示で、発艦時に煙突からの熱気で陽炎《かげろう》が生じないように煙突を冷やす冷煙ポンプが消火用に改造されてあり、これら放水ポンプが被弾時には役立つはずである。

もう一つ。福地運用長の提案で、艦の前部と後部に大型トラックのエンジン部分を搭載し、舷側外にパイプを特設して消火、排水ができるよう備えてある。いずれも、強力な防火装置であった。

航空甲参謀内藤雄中佐は作戦室にこもりきりだが、乙参謀小牧一郎少佐は航海長の背後で、さかんに戦況の推移と情報を南雲長官へ橋渡し役としてつたえている。午前九時二五分、小牧少佐が喜びの声をあげた。

「あっ、味方戦闘機かかっています！」

当時、上空警戒にあたっていたのは翔鶴隊零戦五機、瑞鶴隊一〇機、計一五機であった。このうち、まっさきに攻撃にむかったのは翔鶴隊大森茂高一飛曹の小隊三機、および伊東富太郎一飛の計四機である。高度四、〇〇〇メートル付近で、米グラマン戦闘機群と零戦隊入り乱れての空中戦闘がはじまった。

「熊野に弾着あり！」

司令部付信号員橋本廣一曹が視線を転じると、機動部隊直衛の重巡熊野の前方から水柱が立ちのぼるのが見えた。米軍機の一弾が投下され、どうやら命中弾はなかったらしい。

「敵機、火を噴く！」

「一機撃墜！」

上空での空中戦闘を注視していた見張員が、かん高い声で戦果を報告する。ついで、「味方機被弾！」の悲鳴も上がり、一喜一憂の乱戦状態がつづいているようだ。

「敵艦爆、急降下！」

橋本一曹がふりあおぐと、米急降下爆撃機が右舷上空から二手に分かれて突入するのが見えた。米軍機ははさみ撃ちで、突入を開始したのだ。

空母ヨークタウン、エンタープライズ両艦から飛び立った三つの攻撃グループのうち、最初に日本空母攻撃の位置についたのはホーネット隊の第八偵察隊長ウイリアム・J・ウッドヘルム少佐である。

SBD『ドーントレス』急降下爆撃機一五機、エドウィン・S・パーカー大尉のTBF『アベンジャー』雷撃機六機、ヘンリー・G・サンチェス少佐のグラマンF4F『ワイルドキャット』戦闘機八機、計二九機が第一グループであった。

ウッドヘルム隊一五機は二手に分かれ、第一中隊は直率のSBD七機、第二中隊は八機で、指揮官はジェームス・E・ヴォース大尉。彼らは進撃途中で村田少佐の日本軍雷撃隊とすれちがい、北進して索敵攻撃行をつづけるうち重巡熊野と警戒駆逐艦浜風、照月に出会った。ここで一機が早まって爆弾投下したのは、既述の通り。

一分後、上空直衛の零戦隊との空中戦がはじまり、サンチェス少佐のグラマン戦闘機群がこれに立ちむかったため、ウッドヘルム隊は戦闘機の護衛のないまま丸裸で、日本空母攻撃にむかわねばならなくなった。

米公式記録は、「ウッドヘルム少佐の爆撃隊はワイルドキャット二機の犠牲のもとに、零戦の攻撃からのがれることができた」としているが、これは事実ではない。翔鶴の大森小隊、瑞鶴の荒木茂中尉、伊藤純二郎一飛曹の各小隊六機が防空戦闘に加わり、三機のグラマン戦闘機が撃墜された（二機喪失、一機不時着水＝ホーネット戦闘記録）。

指揮官ウッドヘルム少佐機自身が無事ではなかった。最初にグラマン戦闘機との交戦から脱け出した大森茂高一飛曹は、ミッドウェー海戦時の旧赤城乗組のベテラン搭乗員らしく急降下爆撃機の指揮官機を突入寸前に撃墜して、米軍機を混乱させようと企てた。

後上方からせまった大森機の零戦は、逆にSBD急降下爆撃機七機の後部機銃手から一機あて七・七ミリ機銃二梃のいっせい射撃をあびることになった。米戦史家エリック・ハンメルは、「一〇〇ヤード（九一・四メートル）の至近距離にせまった零戦はエンジンに発火し、爆発した」と記述している。

これが、翔鶴艦上からは「大森一飛曹の体当たり」として名高いエピソードとなった。急降下爆撃機を猛追して紅蓮の炎を曳きずりながら墜ちて行く大森機の最期を、他の墜落機と重ねて望見した場合、華麗なる決死行ともてはやした心理は理解できないことはない。海戦後、大森一飛曹は二階級特進し、全軍布告の名誉パイロットとなった。

無事に進撃行をつづけるウッドヘルム少佐に立ちふさがったのは、瑞鶴隊の荒木茂中尉である。島根県松江中学出身、兵学校時代は万能スポーツマンとして名をはせた荒木中尉は、操縦技術でもみごとな腕前をみせた。とつぜん姿をあらわした零戦はハイスピードで接近すると、巧みに切り返して両翼の二〇ミリ機銃弾をあびせてきた。

「その飛行姿は美しいものだった」

と部下のクレイトン・E・フィッシャー中尉は舌を巻いた。だが、感嘆している余裕はなかった。荒木中尉の零戦はウッドヘルム機の左翼、尾部、胴体のすべてを破壊し、同機は黒煙を噴き出しながら海上に墜ちて行く。二番機のラルフ・B・ホービン中尉が第一中隊指揮官を代行することになった。

第二中隊のヴォース隊も、零戦の妨害からまぬがれることができなかった。三番機のフィリップ・F・グラント中尉機が零戦の機銃弾によってズタズタに破壊され、いつのまにか空中から姿を消した。左翼の位置にいたクレイトン・E・フィッシャー中尉も無事ではなかった。彼のSBD機に会敵したのは大森小隊の二番機、小平好直一飛曹である。

小平一飛曹は雲間から姿をあらわしたSBD急降下爆撃機を、前上方から攻撃した。高度二、〇〇〇～三、〇〇〇メートルは断雲が多く、視界が悪い。まず手はじめに両翼の二〇ミリ機銃弾をはなつと、たちまち黒煙をはいた。「あっけないくらいに、煙の尾を曳きながら雲の中に墜ちて行った」と、小平一飛曹も拍子ぬけする気分だ。

残るは一一機となった。第一中隊のホービン隊、第二中隊のヴォース隊が二手に分かれて急降下爆撃の態勢にはいった。

2

翔鶴艦橋の天蓋にいた艦長有馬正文大佐は、右舷上方から米軍急降下爆撃機が突入するのを見て、とっさに、

「取舵一杯！」

の号令を下した。艦を左舷方向に大きく向首して、米軍機の投弾を回避しようとしたのだ。

有馬大佐は砲術科出身の「鉄砲屋」で、操艦は得意ではない。取舵で左に向首すれば右舷上方から降下してくる急降下爆撃機と同航態勢となり、飛行甲板上は立てつづけに爆弾をあびることになる。逆方向に転舵するのが、爆弾回避の常道だ。

大張り切りの有馬艦長は、早まって左右逆の判断を下したのだ。塚本航海長はそれに気づき、即座に正反対の命令を下した。

「右舵一杯、いそげ！」

完全な命令違反である。ふつうなら意見具申をして艦長の操艦が誤りであることを説明するのだが、そんな悠長な時間の余裕はなかった。問答無用、艦首を右方向に転じさせたのだ。

海戦後、トラック島の戦訓研究会で航海長の右舵転舵が翔鶴被弾の原因だとする批判の声

が上がったが、有馬艦長は「私の操艦の誤り」として、塚本中佐にかえって感謝の言葉をのべている。

艦橋の下、操舵室にいた佐藤博舵手は、取舵一杯の号令で艦首が左にまわり出した直後、航海長の面舵一杯の訂正命令が下ったので、いそいで舵のハンドルを逆転させた。操舵室の舷窓は閉め切ってあるので、外の戦況は不明のまま夢中でハンドルを固くにぎりしめる。「撃ち方はじめ！」のラッパが鳴り、〝百雷が一気に落ちたような〟高角砲と機銃陣地の銃砲弾を射ち出す轟音がとどろく。同時に、空気を切りさくような急降下爆撃機の降下音がきこえた。数秒後、ドカンと右舷後方から爆発音がして、身体ごと壁にぶつけられた。

塚本航海長は、最初の投下爆弾が左舷側の海にはずれて二弾、三弾と水柱が立つのを見ていた。一、〇〇〇ポンド爆弾のすさまじい水柱であった。「うまくかわせたな」と安堵した瞬間、つぎの爆弾が連続して投下されてこないのをふしぎに思った。米軍機の第二グループは急降下ではなく、緩降下に近い態勢で降下角度を微妙に修正しつつあるのだ。

それが、SBD第二中隊の第二グループであった。ヴォース大尉以下五機が第一中隊残機の投弾失敗を見て、緩降下爆撃のゆるい降下態勢で突入してきたのだ。

命中爆弾は合計四発。右舷に一発、飛行甲板の後部左舷に三発。立てつづけに命中し、飛行甲板をつらぬいて格納庫内で爆発した。

艦橋下に待機していた運用長福地周夫中佐は、最後の一機が右舷側ぎりぎりまで降下して艦橋横の海に投弾して逃れて行くのを見送っている。

「敵機の搭乗員の顔まで見えた。石でもあればぶつけてやりたかった」と見張員が訴えるのを後になって耳にした。爆弾の破片が右舷側の機銃指揮官鳥羽二八大尉の胸部を裂き、同大尉は血に染まって倒れた。

立ちのぼる爆煙と後部の高角砲、機銃陣地が破壊され、一二・七センチ高角砲、二五ミリ機銃群が右にむいたり左にむいたりして止まっているのが見える。その下に砲員、機銃員が折り重なって倒れている。

「サンゴ海海戦のときよりヒドいな」

そんな感慨が、一瞬福地中佐の頭の中を走った。

作戦室には長井参謀と末国戦務参謀、艦隊主計長、軍医長の四人がいた。米軍機の一、〇〇〇ポンド爆弾は艦橋後部のマストを破壊し、送信用の無線アンテナを切断したため、通信不良を起こさせている。その破壊されたマストの破片が側壁をつらぬいて末国中佐の額を鋭く切った。顔面から血が流れる。

艦橋の南雲長官以下、幕僚たちは無事だった。塚本航海長は衝撃音が投弾による海上爆発のせいで、艦体は回避に成功したと思ったが、一連の爆発音がおさまったあと艦橋窓から顔を出して後部飛行甲板の惨状を見て、はじめて被害の甚大さに気づいた。

二〇、〇〇〇メートル東側に位置している空母瑞鶴からは、旗艦翔鶴に殺到する米軍急降下爆撃機の群れがよく見渡せた。視界は良く、はるかに米軍機の攻撃をさけて右に左に転舵する母艦の姿が見えた。

「翔鶴上空に敵機!」

見張員の声に、野元艦長が胸の双眼鏡を取り上げたのが午前九時二七分。三分後に、見張長の絶叫がきこえた。

「翔鶴被弾!」

林立する水柱をぬうようにして勇壮な姿を見せていた翔鶴が艦の前部に最初の一弾をあびたかと思うと、黄褐色の炎をあげ、眼もくらむかと思うほどの閃光と同時に黒い爆煙を噴き出した。つづいて第二弾、第三弾……。

野元大佐が母艦の被弾を目撃するのは、はじめての体験である。サンゴ海海戦時の翔鶴惨状は話にきかされているものの、想像してみるほかはない。だが、目前に爆煙につつまれて海上を逃走する旗艦の姿は、ミッドウェー海戦時の母艦喪失再来を思わせて意気消沈させる光景であった。

いつもは威勢のよい砲術長小川五郎太少佐も、防空指揮所で言葉を失って立ちつくしている。背後から見ると、両肩から力がぬけていた。見張長、見張員、信号員のだれもが口をつぐみ、ぼう然と被弾に爆煙を曳きずる翔鶴の艦姿をながめている。右舷下の高角砲、機銃群陣地も妙に静かだ。

(これでは、いかん!)

野元大佐は旗艦被弾におびえて、乗員たちが萎縮しているのに気づいた。

これは瑞鶴艦長として乗艦していらい注視していることだが、艦内乗員、いや艦隊一般に敗北病ともいうべき恐怖心理がまんえんしている事実があった。戦いに勝てば有頂天になり、敗北すれば意気消沈するという極端な感情の起伏がこの国の国民性だが、眼前の翔鶴被弾により乗員たちが任務を忘れて茫然自失状態にあるのは、黙過できない事態であった。

野元艦長自身も、旗艦翔鶴が爆煙を曳きずりながら海上を遁走するのを目撃して、気持にひるむところがあった。

「これが戦場心理というものでしょう。こんな弱気の状態でいると、自分の艦すら護りきることができない。ミッドウェーで沈んだ蒼龍艦長の級友柳本のことを思い出して、彼のためにもここで艦内全員が力を合わせて戦いぬくことが大事だと思い至りました」

野元大佐の述懐通りに、防空指揮所から艦長が大音声でどなりつけた。

「しっかりせんか！　こんなことで意気阻喪《そそう》してどうするか。翔鶴のほうは、もう気にせんでよろしい。総員それぞれ、配置について任務に専念せい！」

艦長のはげしい闘志と権幕に、はじかれたように小川砲術長が伝声管に号令を下す。「対空戦闘用意、こんどは本艦がねらわれるぞ！」

ついで小川少佐は江戸っ子気質を取りもどして、叱咤する。「おいみんな、モタモタするんじゃねェ！」

艦爆隊整備分隊長の西村中尉は、出撃した高橋定隊長からいっこうに戦果報告がとどかないのを不審に思っていた。「敵空母部隊に突入せり」との艦内放送があったきり、第二報がすぐには発表されないのである。

発着器配置でリフト点検要員として艦橋下にいた清水一整は、「翔鶴がやられた。これからは、本艦一艦で全攻撃隊を収容する」との掌整備長の声に、またあのサンゴ海海戦時の収容大混乱が生じるのかと、戦慄する思いでいた。

それにしても、出撃時に不安を訴えた上空直掩隊の亀井一飛曹の行方が気にかかる。荒木中尉の二番機として発艦しているが、小隊長の荒木機が燃料、弾薬補給のため緊急着艦してきても、二番機の亀井機は姿を見せなかった。「亀サン、無事でいてくれればエエがのう」と、同郷の友人の生死が気になってしかたがない。

——第一次防空戦闘で上空にあった瑞鶴隊零戦一〇機のうち、未帰還機は亀井一飛曹の上空直衛機一機とパーカー隊のTBF六機の阻止にむかった高山孝三飛曹機の計二機である。

荒木中尉がウッドヘルム隊の急降下爆撃をはばもうと猛攻撃をかけたとき、二番機の亀井富男一飛曹も同じように左後上方から追尾にはいった。第二中隊七機相手に機銃弾をあびせかけて急接近したとき、零戦の片翼から発火し、黒煙をはげしく曳きずった。ロイ・P・ギイ大尉の目撃談があり、「呪わしい光景だった」としている。日本機のZERO《ゼロ》は二度と回復することなく海上に燃え墜ちて行った。

さて、空母ホーネットの攻撃第一グループのうち、エドウィン・パーカー大尉のTBF雷撃機六機は途中でSBD艦爆隊と離れればなれとなり、また通信不良でウッドヘルム少佐の指示をきくことができなかった。六機の『アベンジャー』雷撃機は単独で日本空母捜索飛行に移った。この点でも、米軍攻撃機グループはバラバラで、連携プレーに欠陥があるようである。

上空直衛の吉村小隊、荒木小隊につづく伊藤純二郎一飛曹、高山孝三飛曹の第三グループが、洋上をさ迷うパーカー隊を発見し、二機のペアで突進した。戦闘記録には、「敵一機ヲ撃墜ス、一機戦果不明」とあるが、じっさいにはパーカー大尉機ふくめ三機が撃墜されている（二機不時着水）。

瑞鶴艦橋からは、これらの来襲する米軍機がはるかに手前で、「ヒラヒラと海上に墜ちて行く」光景がながめられた。またしても、〝幸運の空母〟瑞鶴は一発の命中弾もあびることがなかったのである。

翔鶴被弾より八分後、何も気づかずに格納庫から飛行甲板に上がってきた原田整備長は戦闘機整備の先任班長川上二整曹から、「瑞鳳の上空直衛機二機を本艦に収容、整備中」との報告をうけていた。そのとき、艦内スピーカーから第一次攻撃隊の戦果がはじめて報じられてきたのだ。

「敵サラトガ型空母に魚雷命中。火災発生、つづいて右に大傾斜す」

川上二整曹は思わず「バンザイ！」と歓声をあげた。そして涙があふれるまま、原田少佐に喜びの声をつたえかけた。

「整備長、やりましたよ！」

3

「早く火を消せ、誘爆をふせげ！」

被弾した翔鶴飛行甲板の後部からは爆発音が相つぎ、運用長福地周夫中佐の声も乗員たちの耳にとどかない。飛行甲板には一七本の消火ホースが曳き出され、すさまじい勢いで海水がほとばしり出ている。両側の高角砲、機銃座からは準備してあった銃砲弾の誘爆音も止まないままだ。

「掌整備長戦死！」

の声がきこえた。つい先刻、第一次攻撃隊の発艦指揮で白旗をふっていた及川啓吉特務少尉が直撃弾をあびて、部下整備員たちとともに折り重なって斃《たお》れていた。戦死者、合計八一名。後部格納庫、左舷側ポケットに待機中の整備員たちはほぼ壊滅状態にある。

後部応急治療所にいた渡辺直寛軍医中尉は、爆弾の弾着音につづき、全身をゆさぶられるような大音響がして艦体が右に左に大きく揺れ動くのを体感した。「これはサンゴ海海戦時より、もっと深刻だぞ。ひょっとしたらおダブツかな」と一瞬、胸をしめつけられるような恐怖感が走った。

艦内治療所は三ヵ所にあった。艦中央の治療室と前部、後部応急治療所がそれで、前者は士官室、後者は准士官室を代用している。後部治療所には渡辺軍医中尉を中心に軍医が四名、ほかに医務科の下士官兵、運搬要員の軍属たちがいる。

軍属とは艦内乗員用の理髪師、コック、郵便局員たちのことで、民間人である彼らは内地出撃にあたって乗り組んできた新入りもいて、顔色を失って「軍医官、大丈夫ですか」とすがりついてくる。

「大丈夫だよ、本艦は沈まん！」

と大声ではげましたものの、自分が強がりをいっていることにまちがいなかった。たしかにサンゴ海海戦時を上まわる重軽傷者が運びこまれてきていて、胸部弾片創の水兵が貧血状態で「大丈夫です」としっかりした口調で答え、ふとふり返ると、坐った姿勢のまま絶命していたりする。

手や足を吹き飛ばされた者、腹部が弾片でえぐり取られた者、火傷した軽傷者、うめき声が充満するなかで、上部格納庫から爆発、発生した煙が部屋に侵入してきた。「ガスマスクをつけろ！」と軍医たちに命じて、渡辺軍医中尉も防毒マスクをかぶりながら夢中で治療をつづける。

情況視察で顔をのぞかせた原田軍医長が医務科全員のガスマスク姿を見ておどろき、「こんな状態では満足に治療ができんだろう。さっそく戦時治療室に移動せよ」と命じた。艦の中央部を通り、傷者をかついで治療室にむかったところ、通路に多少の浸水はあったものののほとんどの区画に被害はなく、塗料をはぎ取った隔壁はいつものように荒々しくそそり立っている。

「何だ、本艦は大丈夫じゃないか」

と渡辺軍医中尉は安堵しながらも、もしかして沈没かとうろたえた自分の動揺を恥ずかしく思った。

全弾回避に成功したと思いこんでいた塚本航海長は、後部飛行甲板が被弾し、中部リフトの後方甲板が上部格納庫までめりこんでいるのを見て衝撃を受けたが、最悪の事態をさけられたとも考えていた。艦長の指示通り「取舵一杯」を取っていたら、全弾命中して艦体崩壊の事態を招いていたはず……。

破壊された左舷第八群機銃座から二五ミリ機銃弾が誘爆して、豆をいるような破裂音がつづけさまに起こっていた。見下ろすと、後部飛行甲板では、応急指揮官の福地運用長が懸命になって、応急科員、手あきの乗員たちを総動員して消火作業にあたっているのが見えた。

戦闘機整備班の秋山勘一二整曹は古参の先任班長として鳴らした名物男だったが、空襲前に左舷側ポケットに飛びこもうとして一瞬艦尾方向へと走り、繋止してあった九七艦攻の翼下にもぐりこんだ。直感で投下先を判別したもので、ポケットに逃げこんだ整備員たちは全員即死した。

左舷側は写真室、計器室が破壊され、ぽっかり穴をあけた飛行甲板では格納庫から噴き上げる焔と黒煙で消火作業も思うにまかせない。居ても立ってもいられない気持で、秋山二整曹も福地運用長の下に駆けより、応急科員の手伝いに加わった。

後部火災がすべて鎮火したのは、小一時間後である。有馬艦長が周到に準備した冷煙ポンプ、自動車エンジン活用の消火ポンプ、三日前に福地運用長が実施していた全乗員による応急訓練作業の成果などが、すべて実をむすんだのである。

福地中佐の証言。

「ミッドウェー海戦では燃料、爆弾満載の攻撃機が飛行甲板にあるところを空爆された。その教訓をふまえ、格納庫を空っぽにし、庫内は防火用炭酸ガスボンベ、飛行甲板には一七本もの消火ホースを用意して万全の対策をとった。爆弾四発を食らっても機関室は無事、機関部員の戦死もわずか二名という犠牲ですみましたよ」

すっかり鎮火を見とどけたうえで、福地運用長は取りあえず消火作業の状況報告のため艦橋にのぼった。有馬艦長は天蓋から降りてきて艦長椅子に坐り、反対側に南雲長官以下幕僚たちが顔をそろえていた。

「艦長、後部右舷、左舷とも火災鎮火。人員被害は目下調査中です」

「よし、ご苦労」

有馬大佐はきびしい表情をゆるめ、眼でご苦労と合図するように少し微笑んだ。艦長は幾日も不眠不休の任務がつづき、頬がこけ眼光が一層鋭くなっていた。一転して、そんな空気を破ったのが機関長本吉栄一機関中佐である。

黒い軍服の男が艦橋内に駆けこんできたかと思うと、福地中佐の姿をさがしもとめ、それとわかると「運用長、よかった！」と正面から抱きつき、肩をふるわせて泣き出した。南雲長官、草鹿参謀長たち海軍の先輩が見守るなかでの出来事である。

それが、本吉機関中佐であった。ミッドウェー海戦時、空母加賀の機関科員は被弾のため機関室を脱出できず、生存が確認されながらも救出を断念して全員戦死をとげた例がある。五月二十日付で翔鶴転任となった本吉機関長は出撃前、このような事態を予想して家族と水盃をかわしてきた人物である。

「われわれ機関科全員は、最後の一兵になっても機関室を離れたりせんよ」と宣言し、応急指揮官の福地中佐に「その代わり、貴様は存分にはたらいてくれ」とはげましてくれたが、やはり彼も人の子である。艦底に閉じこめられ、外の戦闘状況が不明のまま誘爆のつづくなかで、一時は全員戦死を覚悟していたにちがいない。

「絶望の淵に立っていた機関長の耳に「火災鎮火、敵機退散」の報がつたえられたものだから、欣喜雀躍して艦橋に飛びこんできたものだろう。福地中佐も機関長の喜びの表情を見て、胸が熱くなった。

重巡筑摩の勇猛

1

南雲長官は米軍機による第二撃を案じている。そして、じっさいに口に出して警戒心をあらわしたのは草鹿参謀長であった。

「敵襲はどうか」と内藤航空参謀に問いかけ、「とりあえず第一波は撤退したようです」との返事を得ると、やっと安心したように大きく吐息をついた。二人の将官は、ミッドウェー惨敗の恐怖の記憶から逃れられないでいるのである。

被害は中部リフト付近への直撃弾により発着甲板後半、格納庫中部、後部高角砲台および機銃砲台全部破壊となり、飛行機の発着不能、最高速力三一ノット航行差しつかえなし——というものであった。

ただし、マスト損傷のため送信不能、受信も一時中断という機動部隊旗艦としての機能は失われた。

「このまま艦隊針路を北西にとり、敵の第二撃をさけるために三〇〇カイリ圏外に出ます。偵察報告によれば、敵は西に進撃中の模様であり、敵の攻撃圏外に出るのが良策。まもなく第二次攻撃隊が攻撃を開始する時刻ですから、その戦果を待ちたいと思います」

これが、長井作戦参謀の提案であった。高田首席参謀も、北西への避退行動をつづけることが最善だと思われた。南雲、草鹿の両首脳の視線の内には明らかに翔鶴被弾に動揺し、二度と母艦を喪いたくないとの必死の願いがこめられていたからだ。

だが、この段階で米空母部隊は二群か三群か、はっきり全容がつかめていたわけではない。司令部の敵信傍受は、米軍攻撃機の呼び出し符号を「ブルー」「レッド」「リーパー」の三種をとらえており、当初三群と判断していたが、午前九時一五分発信の重巡利根水偵からの索敵報告により、

「敵約一〇隻ヨリナル二ヶ部隊、共ニ中心ハ大型空母」

との正確な情報がもたらされ、米空母グループは二群と判断されるにいたった。その後、第二次攻撃隊、二航戦部隊の相つぐ航空攻撃により戦果は二重三重となり、相手空母は三群、四群と錯覚されるように拡大するのである。

——混乱は、米軍攻撃隊にも生じていた。

日本空母攻撃にむかった第二グループは空母エンタープライズの第十航空隊長リチャード・K・ゲイン少佐指揮のSBD急降下爆撃機三機、ジョン・F・コレット少佐のTBF雷撃機八機、ジェームス・H・フラットレー少佐のF4F戦闘機八機、計一九機であったが、途中で瑞鳳隊日高盛康大尉以下の零戦九機により、攻撃機はSBD三機、TBF四機に減少し、しかも二派に分断された。

残ったフラットレー少佐のF4F戦闘機四機に護衛された雷撃隊指揮官マクドナルド・ト

ンプソン大尉は、高度三、五〇〇メートルを進撃中に、左後方に第二次空母ホーネットの攻撃隊グループを視認している。双方とも、ウッドヘルム少佐の日本空母発見情報を受信ミスした攻撃機グループだ。

トンプソン隊は、午前九時一五分から二〇分にかけて阿部弘毅少将の前衛部隊を眼下に発見して、このまま「北西方向に行けば、日本空母本隊を発見できる」と二七〇度方向に転針した。フラットレー少佐隊も続行し、別動のゲイン少佐の爆撃隊も同じように北西方の南雲艦隊捜索にむかった。

だが、厚い雲が視界をはばみ、またＦ４Ｆ戦闘機の燃料がつきてきたので、トンプソン大尉の雷撃機四機はふたたび元の海域にもどり、前衛部隊の戦艦二、巡洋艦四、駆逐艦七隻の日本艦隊を目標にすることにした。

阿部少将の前衛部隊は機動部隊命令により午前八時二五分、ようやく針路九〇度の東進をはじめたばかりである。隊列は東側から重巡筑摩、利根、戦艦比叡、霧島、軽巡長良、重巡鈴谷の順で横一列にならび、たがいの間隔は一二、〇〇〇メートルである。

トンプソン大尉ひきいるＴＢＦ『アベンジャー』雷撃機四機は高速でいちばん外側の重巡鈴谷をめざして航空魚雷を投下した。米側戦史は「二機だけが魚雷投下に成功し、いずれも鈴谷の急回頭によって外された」とある。投下把柄《レバー》の故障で、機腹の魚雷倉が開かなかったようだ。また、ほとんど同時期にゲイン少佐のＳＢＤ急降下爆撃機三機が重巡利根上空に飛来したが、同艦の右舷側の海上に空しく投弾したのみである。

ミッドウェー海戦で攻撃成果をあげた空母エンタープライズ爆撃隊も、早朝の索敵機にSBD一六機を投入したおかげで肝心の本攻撃に機数不足を生じ、日本側に効果的な打撃をあたえることができなかったのである。九時三八分、エンタープライズ隊は防空戦闘に消耗機を出すことなく、全機母艦にむけ反転した。

攻撃グループの第三陣は、空母ホーネットの第八航空隊長ウォルター・F・ロディ中佐のSBD九機、TBF九機、F4F戦闘機七機、計二五機である。

瑞鶴索敵機の米空母発見情報がことごとく母艦で受信できなかったように、南東方面海域は空中状態が悪く通信不良となり、ホーネットの第二次攻撃グループでは、ロディ隊九機の偵察員全員がウッドヘルム情報をきき逃した。

彼らは前衛部隊の東側に位置する第八戦隊の重巡筑摩を発見し、さらに本隊の空母部隊をもとめて捜索飛行をつづけた。天候は半晴で、断雲が捜索飛行をさまたげている。SBD急降下爆撃機九機をひきいるジョン・L・リンチ大尉は指揮官機に「もしこれ以上目標が見つからないなら、あの巡洋艦をやっつけよう」と提案した。

ロディ少佐は迷っていた。しびれを切らしたようにリンチ大尉は隊長機の返答を待たないまま、眼下の日本巡洋艦（注、筑摩）めざして突入を開始した。

2

筑摩艦長古村啓蔵大佐は長野県出身である。重巡筑摩艦長として真珠湾攻撃、インド洋機動作戦、ミッドウェー海戦に参加。積極果敢な指揮官として知られ、昭和二十年春の戦艦大和水上特攻では二水戦司令官として参加し、大和沈没後もなお沖縄進出を強硬に主張した逸話がある。

古村大佐は前衛部隊が機動部隊の前方八〇～一〇〇カイリに進出する戦法によって、艦が母艦部隊の身代わりになる危険を覚悟していた。それによって味方の作戦が有利になるのは本望——と覚悟をさだめていたのである。

その意味では、長井作戦参謀起案の第三戦策が効果を発揮したといえるだろう。また、司令部参謀たちの合意によって機動部隊が南下せず反転北上をつづけた慎重策も、米軍機の空母攻撃を第一波だけに食い止める原因となった。その代わり、第八戦隊の筑摩および横列を組む利根両艦は、ホーネット隊第二陣の猛攻にさらされたのである。

重巡筑摩への攻撃は、九時二五分に開始された。ちょうど空母翔鶴がウッドヘルム隊の急降下爆撃の目標とされていた同時刻で、その南側五〇カイリの洋上でも同様の海空戦闘が開始されていたのだ。

筑摩は昭和十四年五月完成。機動部隊随伴の高速巡洋艦で、排水量一一、二一三トン、速力三五ノット。二〇・三センチ連装主砲四基をつみ、一二・七センチ連装高角砲四基、二五ミリ連装機銃六基の兵装がある。

筑摩艦橋のコンパス右側に立ち、古村艦長は戦闘指揮をとっている。航海長沖原秀也中佐、掌航海長、航海士が側にひかえ、右舷発射指揮所に水雷長山口栄治大尉、後方の応急指揮所に副長広瀬貞年中佐の姿が見えている。主砲方位盤の前には砲術長北山勝男少佐がいる。

「最大戦速!」

前方上空に米軍機の一群があらわれたとき、すぐさま古村大佐は最高速力三五ノットへの増速を命じる。艦長の懐には成田山、伊勢神宮、八幡宮など故郷のお守りがつめこまれている。「これだけあれば、一つぐらいは効くだろう」という豪気な発想である。

機数は約二〇機(と思われた)。彼らは二手に分かれて、まず右上方から指揮官機が突入してきた。その直前に、航海長沖原中佐が大号令を発した。

「面舵一杯!」

すぐさま艦長の声が飛ぶ。

「撃ち方はじめ」

リンチ大尉は第一小隊三機、第二小隊三機の『ドーントレス』急降下爆撃機六機を指揮して緩降下爆撃に移った。一気に急降下するのではなく、徐々に降下しながら目標が回頭するのに合わせて爆撃照準を修正して行く、巧みな戦法である。日本側の対空砲火が貧弱で、米軍機の被害が少ないのを見越しての大胆な攻撃法である。

海戦後、日本側もこの爆撃法に感心して大東亜戦争『戦訓』に、「緩降下超低高度爆撃法は研究利用の価値あり」としている。

「……二〇度内外の緩降下を以て艦の高速回頭に伴ひ克《よ》く其の首尾線方向に追随しつつ二〇〇米付近迄降下し投弾せり、命中率極めて良好にして直撃弾四〇％、其の他大部分も至近弾なり（以下略＝原文カタカナ）」

米軍機の果敢な戦法をたたえる一方で、『戦訓』執筆者は、「我方防禦砲火を軽視したることに起因す」と口惜しげだが、古村艦長回想にも、「敵も勇敢だ。わが方の砲火をものともせず、ほとんど檣《マスト》すれすれまで突っこんで爆弾を投下する」と、相手の技倆を賞讃している。五〇〇ポンド（二二七キロ）爆弾がつづけざまに命中した。

艦橋に直撃弾一発、主砲指揮所に一発、さらに舷側に食らった至近弾で、全室に浸水した。これはリンチ隊とほぼ同時期に、左舷側上空から緩降下爆撃を加えたエドガー・E・ステヴィン大尉の第三小隊三機の攻撃成果にもよっている。

艦橋直撃弾により、古村艦長の周辺にいた航海長以下、コンパス周辺の幹部は無事だったが、副長、砲術長、水雷長、艦橋内の見張員、信号員は全滅である。古村大佐も爆風で倒され、頭部に負傷した。戦死者は一〇〇名を超えたが、まだ米軍機の攻撃が止む気配はない。（もはや、魚雷戦はあるまい）

とっさの判断で、古村艦長は発射管室の魚雷一六本を海中投棄する決意をした。重巡筑摩には三連装四基の六一センチ水上魚雷発射管がある。いずれの九三式酸素魚雷も発射準備完了で、もし被弾命中すれば大爆発、艦体沈没の憂き目に遭《あ》う。

すぐさま「魚雷投棄」の命令を出し、すべての魚雷を海中に投下して三分後、また新たな攻撃機が右舷上方から接近してきた。米TBF『アベンジャー』雷撃機六機である。第一小隊長ワード・F・パウェル大尉、第二小隊長フランク・E・クリファーソン中尉がそれぞれ三機を指揮して水平爆撃に移る。魚雷投下でなく、五〇〇ポンド爆弾の投下も可能な機種である。

一弾は右舷発射管室に命中し、もう一弾は防御甲板をつらぬいて機械室を破壊した。艦長の判断で魚雷投棄を早期に実施していたため艦体沈没の危機をさけられたが、さらに後甲板への命中弾で搭載水上機が燃え出した。戦死者一九二名、重軽傷者九五名。

空母ホーネットの第二次攻撃グループは目標の日本空母を発見できず、目前にあった日本艦隊に全力を集中した形となった。重巡筑摩が彼らの〝腹いせ〟の犠牲になったようだが、旗艦利根にもTBF隊が攻撃を加えている（命中弾なし）。

上空直衛の零戦二機と対空砲火により、ロディ少佐の雷撃隊は四機が撃墜され、リンチ隊は全機母艦にもどった。

筑摩は缶室損傷のため二四ノットまで減速したが、航行可能の状態であった。

結果的には新戦策のねらい通りに、前衛部隊が米軍攻撃機の大半を吸収し、モリソン戦史が指摘するように「翔鶴爆撃のあと雷撃隊が突入すれば、日本空母に止メを刺すことができたかも知れなかった」のである。

筑摩艦長古村啓蔵大佐は米側戦史家の評をうけて、「味方の作戦を有利に導き得たと思えば、戦没の英霊ももって瞑すべし」と回想している。

第五章　第二次攻撃隊殺到す

指揮官先頭！

1

南雲機動部隊の空母翔鶴、第八戦隊重巡筑摩への米軍攻撃機グループ三隊が去った午前一〇時の段階で、日米両軍の戦いの帰趨《きすう》はまだ明らかではなかった。

米空母ホーネットは機関停止し、洋上に横たわっていたが、空母エンタープライズは無傷であり、第二次攻撃隊発進に充分な航空機兵力を有していた。日本側は空母瑞鳳、翔鶴両艦とも飛行甲板を破壊され発着不能となっており、健在なのは瑞鶴、隼鷹二隻である。米側はミッドウェー海戦時のように、発艦直前の日本空母を横あいから急襲すれば一瞬のうちに勝負を制する、という大逆転に期待をかけていた。

ハルゼー提督は、海戦直前まで南雲艦隊がミッドウェーでの同じ誤ちをくり返すものだと高をくくっていたが、予想は大きくはずれた。日本空母部隊はかつて彼らが体験したことがないような徹底的な航空攻撃をくり返し、果敢な連続攻撃を加えてきたのである。

第十七機動部隊司令官ムレイ少将、空母ホーネット艦長マンソン大佐にとって、事態は絶望的なもので、空母ホーネットは爆弾五発、命中魚雷二本によって機関室を破壊され、飛行甲板上を艦首から艦尾にいたるまで火焔がおおった。とくに村田少佐隊の雷撃成果によりボイラー機関が機能停止し、通信機能も失われてしまった。艦は、右舷側に八度かたむいている。

応急指揮官ヘンリー・E・モハン中佐のもと、炭酸ガス消火ポンプ、携帯防火器、新式の「泡」消火装置などが総動員され、ついで手空き乗員に「バケツ消火隊を編成しろ！」との命令が下った。

被弾してから四〇分後、荒れ狂っていた猛火がようやく鎮火したものの、動力源となる機械室は復旧の見込みが立たなかった。工作長エドワード・P・フリーハン中佐は缶室部員を動員して三つのボイラー蒸気を復活させ、破壊されていないパイプを使って後部機械室に送ることができる、とマンソン艦長に報告した。命じられた乗員たちは艦の復活を信じて、灯火の消えた真っ暗な艦底通路を手さぐりで歩いた。

ホーネットを取りまく輪型陣からも、各艦が協力して消火活動に出動していた。右舷側に横づけした駆逐艦モリスからは三本の消火ホースが曳き出され、二本が飛行甲板上を横切って左舷側の消火作業に、一本は信号艦橋の鎮火にあてられた。

左舷側にも駆逐艦ラッセルが横づけされ、艦尾側に同マスティンがきて、ともに左舷甲板の火焔に海水をあびせかけた。

各艦の放水作業によりほぼ消火作業は成功したが、日本機の再攻撃をひかえて巨艦を海上に停止したまま放置するわけには行かず、重巡ノーザンプトンにホーネットの曳航が命じられた。

そんな矢先に、不吉な兆があらわれたのだ。午前九時三〇分、ノーザンプトンのCXAMのレーダーは来襲する日本機の群れをとらえ、同艦の巡洋艦戦隊司令官ハワード・H・グッド少将は、旗艦エンタープライズのキンケイド少将にただちに報告する。

「敵は北北西三一五度より接近中、距離七六カイリ（一四一キロ）」

第二次攻撃隊長関衛少佐は、米空母をめざして、ひたすら進撃をつづけていた。隊形は既述のように、関少佐の指揮小隊三機を先頭に、第一中隊長有馬敬一大尉以下七機、第二中隊長山田昌平大尉以下五機、第三中隊長吉本一男大尉以下四機、合計一九機である。直掩隊零戦は、新郷英城大尉以下五機。

関少佐は攻撃開始前に、米軍戦闘機網の妨害に遭わないことをひたすら願っていた。「突撃すれば、かならず撃沈してみせる」というのが、彼の自負である。「葉隠《はがくれ》」の武士道を信奉するこの隊長は、瑞鶴隊の高橋定大尉が必死に研究した「鶴翼の陣」戦法よりも、ひたすら隊長を先頭とする単縦陣の正攻法で挑む決意でいた。たとえ対空砲火で被弾炎上しても、体当たり突撃で相手を斃《たお》すという捨て身の戦法である。

第一中隊長有馬大尉機の操縦員古田清人一飛曹はこの朝、「ミッドウェーの仇を取ってやるぞ」と意気ごんでいた。旧一航戦赤城乗組、同海戦で赤城から総員退去命令が出される直前に、上甲板前部で青木泰二郎艦長から「不幸にして、このような事態になった。諸子は二十数年間、日本海軍が育てあげた貴重な人材だ。身体をとくに大切にして、次期作戦に備えよ」と声涙ともに下る訣別の訓示をうけた思い出がある。

第二次ソロモン海戦時の米輪型陣の猛烈な対空砲火をくぐると思えば身のすくむ怖さがあるが、青木艦長のために米海軍に一矢を報いたいという熱い願いがあった。——日米開戦よりまもなく一年、ガダルカナル攻防戦をへて機動部隊搭乗員には真珠湾攻撃時のような昂揚した気分は薄れていた。

艦攻隊、艦爆隊の出撃要員たちには一海戦ごとに増強される熾烈《しれつ》な米海軍の対空砲火の猛射撃に、生還を期しえない覚悟を強いられていた。若い二十歳代の前半期に、早くも戦場での死と向かいあうのである。第一中隊の列機、菅野正生二飛曹の場合がその好例であろう。

内地を出撃する直前の五月末、菅野二飛曹は九州から名古屋へ飛行機受領のために途中の岡山で下車し、和気《わけ》郡の実家に立ち寄った。翌早朝には出発というのであわただしく土産話をし、両親と弟が早起きして駅まで見送った。

弟を先に駅に行かせ、両親と三人で近くの氏神様詣でをした。そのとき菅野二飛曹は、「こんど会うときは靖国で」と意を決したように両親につげた。山陽本線和気駅まで父と弟が見送りに行き、そこで手を振って別れたのが最後となった。

「兄は、弟の私に別れをいいたくなかったのでしょう。家に帰ると、母親が蒼い顔をして教えてくれました。和気駅で見送るとき、珍らしく列車から身を乗り出して姿が見えなくなるまで手を振っていました。故郷にわざわざ立ち寄ったのも、両親への別れのためだったのでしょう」

と、弟昭敏は回想する。

第二中隊長山田昌平大尉は身長一九〇センチ、兵学校在学時代からノッポのショッペイと呼ばれ、棒倒し、相撲、短艇競技で力自慢の有名人であった。スポーツマンで飛行学生時代も技倆優秀の成績をおさめたが、同期生の冨士信夫によると、山田学生は二人で会うと帰りに「それじゃ、永久にさようなら」と妙なあいさつをする。なぜか、と問いかけるとショッペイはこんな返事をした。

「おれたち飛行学生はいつ、どこで殉職するかわからない。今日の別れが、永久の別れになるかも知れないと、いつも覚悟してるんだ」

大仰《おおぎょう》なようだが、彼の表情は真剣であった、と冨士は回想する。山田大尉は真珠湾攻撃からミッドウェー海戦にかけて旧赤城艦爆隊の良きリーダーであったから、南太平洋海戦当時でも同じように無私の心境であったと思われる。

さて、一方のわずか零戦五機で翔鶴艦爆隊一九機を直掩する新郷大尉は、「これだけの機数で九九艦爆隊全機を護り切れるわけはない」との矛盾を抱えながら飛行していた。そのうえ艦爆隊、艦攻隊搭乗員からは、「戦闘機の連中はわれわれの直掩任務を放り出して、空戦ばかりやりたがる」と、非難の声がきこえてくる。そんな場合、丸裸となった攻撃機は防御性能も低く、たちまち火だるまとなって撃墜されて行く。

剛毅な性格だが合理主義者の新郷大尉は、「これではいかん」と考える。部下の零戦隊には空戦させず、艦爆隊の上におおいかぶさって直掩任務を果たす——零戦五機が任務を全《まっと》うするにはそれ以外にない、と心に決めた。

高度三、五〇〇メートル、新郷隊は関少佐隊の後上方五〇〇メートルの位置にあって、四周に警戒の視線をはなった。

「隊長、敵空母部隊は二群あり、一群はサラトガ型、もう一群は南にあり、との通報がありました！」

関少佐の偵察員中定次郎飛行特務少尉が伝声管で、興奮した口調でつたえてきた。第二次攻撃隊の発艦が急だったので、偵察員は母艦からの最新情報を必死になってつかもうとしているのだ。

第一次攻撃隊からの傍受電報によれば、「全軍突撃セヨ」の令が下り、米空母部隊は相当の被害が生じているはずである。とすれば、目標は無傷の第二空母とすべきであろう。

「敵機動部隊発見」

の緊急信が関少佐機から打電されたのは、午前九時五〇分のことである。米空母「サラトガ」型（と思われた＝じつはホーネット）は航行不能となり、黒煙につつまれて巡洋艦らしき艦艇が曳航に取りかかっているようである。南下すればもう一群の空母群が健在なはずであり、関少佐は無傷の米空母を索《もと》めて、そのまま直進することにした。

だが、新空母グループは見当たらず、さらに周辺海域を捜索することにした。天候は半晴で、雲量二、視界四〇キロという好条件が関隊に僥倖《ぎょうこう》をもたらしたようである。ほどなく空母ホーネットの東側九〇度方向、距離二〇カイリ（三七キロ）に新たなる空母部隊――エンタープライズを中心とした第十六機動部隊――を発見した。

のちに旗艦翔鶴からの送信は駆逐艦嵐を経由して打電されたもので、「もう一隻の空母は南にあり」としたのを「北東及び東方に各一隻あり」と訂正してあり、関少佐の適切な判断が成果を生んだのである。

グッド少将から旗艦エンタープライズのキンケイド少将あての情報は、刻々と近づきつつある日本機の徴候を正確につたえてきた。

「敵機《ボギー》はわが方より二九〇度方向、距離三五マイル」（午前九時三七分）

ついで輪型陣の外周にある戦艦サウス・ダコタの最新式ＳＣ－１レーダーも「多数の敵機」をとらえ、九時五三分には、エンタープライズ自身のレーダーが接近しつつある日本機の一群をキャッチした。関少佐が敵空母発見と報じた三分後のことである。

キンケイド少将は北ないし北西方向から日本機が来襲するとみて、針路を南東方向二三五度に転じた。すなわち輪型陣は、エンタープライズを中心として前方右舷側に防空軽巡サンジュアン、左舷側に重巡ポートランド、後方には新鋭戦艦サウス・ダコタを配し、周囲一、五〇〇ヤード（一、三七二メートル）に八隻の駆逐艦が等間隔で取りまいている。

飛行甲板上にはＳＢＤ『ドーントレス』急降下爆撃機一〇機の出撃準備が進行中であり、そのうちの九機が燃料搭載をおえ五〇〇ポンド爆弾の装備を完了していた。ここに一発でも命中弾をあびれば、飛行甲板上は火の海と化すのはまちがいなかった。

戦闘機管制官ジャック・グリフィン少佐はそうした気持のあせりもあったのか、この局面でもまた失敗を犯した。エンタープライズの上空直衛機は第十戦闘機隊「REAPER《リーパー》（注、刈取り機の意）」一五隊、計二二機より成っており、グリフィン少佐は各隊に偵察行動をあれこれ混乱して指示したあげく、一〇時一一分、全機に北ないし北東方向、おそらく低空にいるにちがいない日本側先行隊を発見せよ、と命じた。

米軍のＣＸＡＭレーダーは、侵入機の高度を判定することができない。新任の管制官は、日本機が雷撃機か急降下爆撃機かの判断がつかなかったのであろう。いや、その高度差を判定し、指示する経験をも重ねていなかったのである。そのあげく、上空直衛のグラマン戦闘機群は北東方向の低空を旋回しながら、襲来する日本機の群れを空しく待ちうけていたのだ。

2

関少佐は米軍戦闘機群の妨害をうけることなく、太陽を背にして高度四、〇〇〇メートルの攻撃開始地点にまでたどりついた。第二次ソロモン海戦時とはちがって、全機幸運にも最適の角度で米空母エンタープライズの急降下爆撃に突入できるのである。

午前一〇時一〇分、偵察席の中飛行特務少尉に命じて突撃命令を発信する。

「トトト……(全軍突撃せよ)」

直掩隊の新郷英城大尉は眼下に米戦闘機群が四機、飛行中なのに気づいたが遠距離にすぎたので、そのまま放置することにした。いちおう戦闘隊形を組んでいるが散開を許さず、あくまでも艦爆隊の後上方に張りついて行く覚悟である。

直掩隊の第二小隊二番機、佐々木原正夫二飛曹は黒煙を噴いて停止している空母の左手に、「戦艦一隻が沈んでいる」のを目撃した。これを戦艦サウス・ダコタとしているがその事実はなく、米側戦史によれば同じ時期、こんな奇妙な出来事があったと記録されている。

日本機の攻撃がはじまる直前の九時五九分、エンタープライズの第一次攻撃隊TBF二機とF4F戦闘機一機が機体を破壊されながらも、何とか無事に母艦にたどりついてきた。

リチャード・K・バッテン中尉のTBF雷撃機は魚雷を投下せず、機体炎上を食い止めて九死に一生を得たのである。もちろん着艦不能で、駆逐艦ポーターの近くに不時着水した。

ところが救助活動のさなか、ポーターの見張り員が突如大声でさけんだ。

「左舷前方に魚雷接近！」

上空直衛のグラマン戦闘機二機もそれと気づき、急降下銃撃して魚雷の爆破、沈没をねらう。米モリソン戦史は「おそらく日本側の伊二十一潜の魚雷斉射と思われる」としているが、この海戦で潜水艦隊が派遣された記録はない。

事実は、バッテン中尉のＴＢＦ機が不時着水の衝撃で魚雷倉が開き、航空魚雷が自走をはじめたものである。

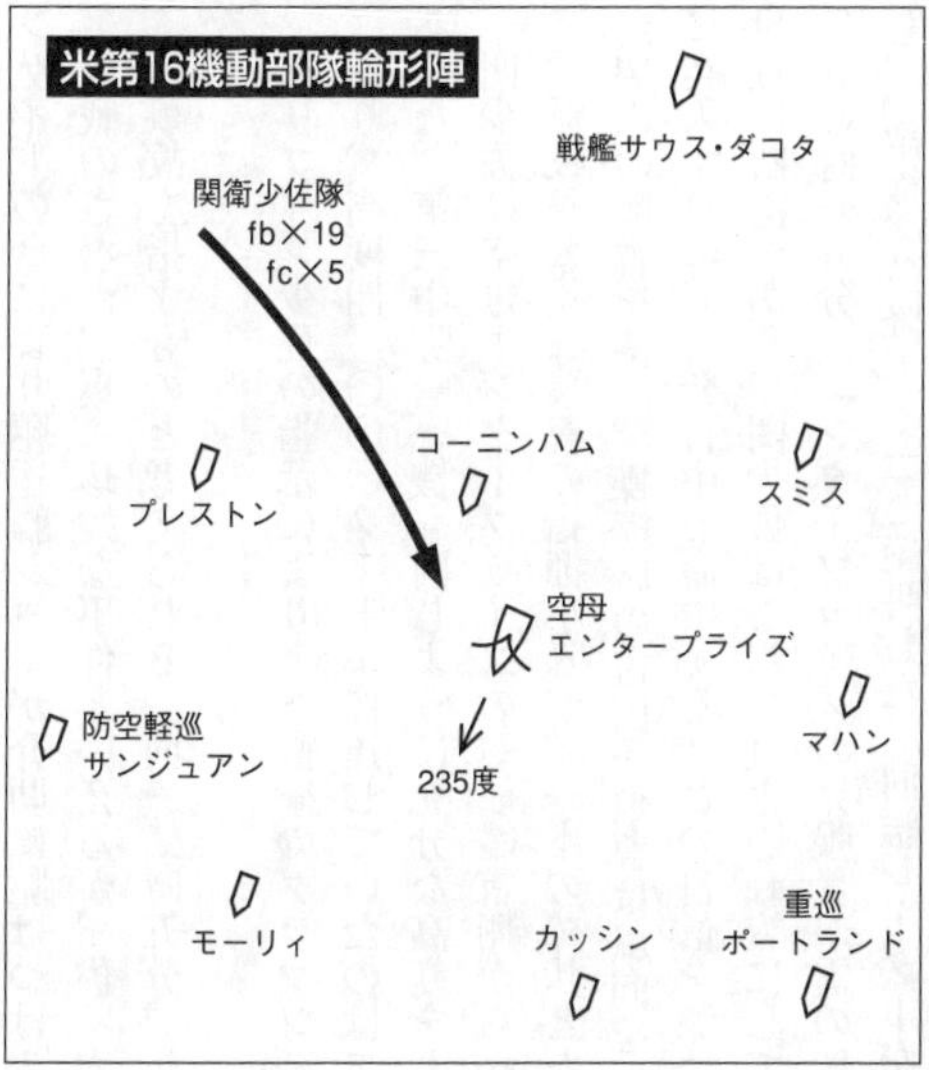

ポーターの砲撃手はあまりに突然のことに呆然自失しているあいだ、魚雷はポーターの左舷艦腹の中央部分、第一と第二火薬庫の中間に命中爆発した。
艦はたちまち舷側に大傾斜し、キ

ンケイドの命により駆逐艦ショーが介助に駆けつける。

混戦のさなか、真に珍妙な事件といえるが、佐々木原二飛曹の目撃談はこの駆逐艦ポーターの事故を指すものと考えられる。同一二時五分、駆逐艦ポーターに処分命令が出されている。

グリフィン少佐の指示により上空直衛のグラマン戦闘機第二中隊一一機は北東方向の低空にあり、高度四、〇〇〇メートルに達していたのはアルバート・D・ポロック大尉機のみであった。第三中隊一一機も同じように充分な高度をとっていなかった。

関少佐は空母エンタープライズの右舷艦首側から接敵をはじめた。二番機上島功一飛曹、三番機板谷敏晃二飛曹の指揮小隊が、一本の棒状となって後につづく。後続の第一中隊七機が突入の順番を待つ。操縦席の古田一飛曹は風向をたしかめ、「真横の位置から追い風を背に突入すれば、百発百中で命中する」との自信を深めていた。ちょうど二、〇〇〇メートル付近に断雲があり、関少佐はこれを良き隠れ簑《みの》にして突入するつもりらしい。

一〇時一五分、エンタープライズの見張員が雲の切れ間から突入する急降下爆撃機を発見し、「敵機、急降下!」と絶叫した。同艦レーダーが緊急報告をあげてきたのと同時刻である。

「取舵一杯!」

艦長ハーディソン大佐は左舷への急回頭で投弾をさけようとした。輪型陣の前方を往く駆逐艦モーリィがまっ先に対空砲火の口火を切った。戦艦サウス・ダコタが砲撃を中止し、対空砲火に切りかえ、右舷側の防空軽巡サンジュアンもその集中砲火の列に加わった。

新型戦艦サウス・ダコタは五月にニューヨークで建造されたばかりで、排水量三五、〇〇〇トン、四〇・六サンチ三連装砲三基、速力二七ノットと高速力を誇っている。その特徴は、航空戦時代の新造艦とあって対空兵装に重点がおかれている点だ。

二〇ミリ機銃三五基は戦艦比叡の二五ミリ連装機銃一〇基にくらべて圧倒的だが、強力なのは一分間四五〇発という発射量に加えて、新たに開発されたマーク14型照準器を装備したことである。スイスのエリコン社製の高性能機銃は実戦にも採用されているが、一九四二年秋の南太平洋で日本機の新たな脅威となった。

さらに同艦は出撃にあたって、ハワイ海軍工廠で最新の四〇ミリ四連装大型機関砲を装備してきた。一分間一五〇発、艦上に六基が配置され、命中すればすさまじい破壊力を発揮する強力対空砲である。もとはスウェーデン製だが、米クライスラー社が大量生産化したもので、これも最新式射撃装置をそなえ、命中精度を高めた。

この四〇ミリ機関砲はその脅威的な破壊力から、空母エンタープライズにもさっそく装備されている。関少佐は単縦陣となってまっ先に突入するとき、対空砲火の威力が二ヵ月前の第二次ソロモン海戦時よりさらに強力となっていたことに気づかなかった。

日本機の急降下を見上げながら、グリフィン少佐は必死になって上空直衛機に呼びかけていた。

「リーパー各隊へ。敵の急降下爆撃機をさがせ！　奴らは右舷上空にいるぞ」

エンタープライズ艦上からの戦闘指揮にしたがってウイリアム・R・ケイン少佐の第四小隊四機、トーマス・E・エドワード大尉の第五小隊四機が急上昇したが、日本機の急降下爆撃を食い止めることができなかった。むしろ突入制止に劇的効果をあげたのは、輪型陣による猛烈な対空砲火の集中射撃であったろう。

一機ずつ、順番で急降下爆撃にはいるあまりに真正直な戦法であったゆえに、対空砲火も容易に目標を一機にしぼることができた。日本側の指揮官機は急降下の途中に被弾発火し、それでも機首を反転させエンタープライズをめざしたが、猛火のなかで機体はバラバラになった。外れた二五〇キロ爆弾は左に回頭する艦首側から遠く右舷側に落ちた。

上島機も投弾に失敗し、板谷機も対空砲火の集中のなかで爆発し、水しぶきをあげて海上に転落した。

第一中隊の順番となった。偵察席の有馬大尉の指示により、古田一飛曹は爆弾投下高度を四〇〇メートルぎりぎりに設定する。指揮小隊三機の突入状況は、もはや眼にはいらない。風向だけが気になった。

「急降下！　高度三、五〇〇……、三、〇〇〇……二、〇〇〇……」

後部伝声管の声を耳にしながら、照準器に広がって行くエンタープライズの飛行甲板を見つめる。右舷艦橋が目印だが、それにしても想像を絶する対空砲火の火箭《かせん》である。目がくらみそうだ。照準器から目標がはみ出しそうになる。

「用意！　撃《テ》ッ」

の声で爆弾の投下索を引き、海上すれすれを避退に移る。「あたった、あたったぞ」と狂喜する有馬大尉の声がきこえた。

関、今宿両隊「全軍突撃セヨ！」

1

有馬敬一大尉の艦爆隊第一中隊が突入したのは、関少佐の指揮小隊の二分後である。第一小隊の有馬隊に引きつづき、第二小隊斎藤舜二中尉以下二機、田中吉治飛曹長以下二機がそれにつづいた。

米空母ホーネットの右舷側上空から突入したために、まず輪型陣一、五〇〇ヤード（一、三七二メートル）外側にいる防空軽巡サンジュアンの対空砲火をあび、攻撃後は左舷側外方の位置にある重巡ポートランドの猛射撃にさらされねばならなかった。

これに加えて新鋭戦艦サウス・ダコタ、空母エンタープライズの二〇ミリ、四〇ミリ機銃のおびただしい集中射撃――。操縦席の古田清人一飛曹は、「生きて還ることはあるまいと思いつめたほどの、目がくらむ猛射撃」を体験した。機体に数十発の破口を生じながらも操縦索は無傷でかろうじて操作でき、エンジンも回転を失わずに、九九艦爆機は飛びつづける。奇蹟的な幸運といってよいだろう。この第一撃で指揮小隊の二機が未帰還となり、有馬中隊も三機が対空砲火の犠牲になった。田中小隊二番機の菅野正生二飛曹も、対空砲火により偵察員山内博三飛曹とともに自爆、未帰還となった。正攻法の単縦陣による急降下がこれだけの被害機を生んだわけだが、それでも古田一飛曹の果敢な攻撃弾はエンタープライズの飛行甲板前部をつらぬいたのである。

日本機の第一弾によって、前甲板と付近の舷側が爆破され、飛行甲板上のSBD急降下爆撃機一機が吹き飛ばされた。米側戦史は同機の機銃手サム・D・プレスリー兵曹が後部席に陣取り、勇敢にも日本機めがけて射撃中に戦死したと、その決死的行動をたたえている。有馬機の二五〇キロ徹甲弾は〇・二秒の遅動がかけてあるため、艦内五〇フィートの位置で爆発した。

山田昌平大尉の第二中隊が急降下にはいるまでに、上空直衛機のケイン少佐隊四機は高度四、〇〇〇メートル上空に達していた。山田隊の突入直前、モーリス・N・ウィッケンドール少尉と列機のエドワード・L・フェイトナー少尉のグラマン戦闘機二機が先頭の指揮官機に襲いかかった。

両機が交互に左翼側から銃撃を加えたので、偵察席の前川賢次飛曹長も七・七ミリ機銃一梃では対抗する術がない。主翼が吹き飛ばされ、機体は炎上しながら墜落して行く。急降下爆撃突入時に宮内治雄中尉、根本義雄三飛曹の九九艦爆二機が対空砲火の犠牲となった。

それでも、山田隊の一機が投弾に成功したようである。午前一〇時一八分、彼らの投下した一弾は前部エレベーターの後半部分に命中し、遅動爆弾は二つに分裂して片方は格納庫内で爆発し、もう一方は第三甲板に貫通して爆発、多数の乗員が戦死し、各所で火災を発生させた。

搭載機にも被害が出た。格納庫内に収容されていたSBD艦爆機三機が炎上し、近くに燃料搭載ずみの整備完了機五機分があったので誘爆をふせぐため、庫外に運び出された。

第三中隊長の吉本一男大尉は、関少佐機が急降下途中で機体がバラバラに飛散するのを目撃して、帰艦後「隊長は悲壮な最期をとげられました」と沈痛な表情で報告した。彼の報告により、飛行隊長関衛少佐の戦死状況が明らかになったのである。吉本隊も、二機が対空砲火により撃墜されている。

関少佐隊の最後に突入したのは、操縦員谷奥平一飛と偵察員弘兼五一一飛のコンビである。彼らが被弾して海上に転落する一〇時二〇分までに、第三弾が右舷後部艦体付近に命中爆発。多数の乗員をなぎ倒し、艦底の主タービン軸受に損傷をあたえた。

攻撃は午前一〇時一五分から二〇分までの五分間でおわった。日本側の未帰還機は一〇機、無事帰投したのは九機だが、ほとんどの九九艦爆機におびただしい破口があり、不時着水機も二機生じた。

空母エンタープライズは応急指揮官モラン中佐の活躍指揮により消火、破口修復、機械復旧や防水など、乗員総出で回復作業につとめ、被害を最小限に食い止めることができた。

「敵機は退散した模様!」

レーダー係士官からの報告に、グリフィン少佐はようやく肩の荷が下りた気がした。

直掩隊の新郷英城大尉は関少佐隊の急降下とともに、零戦五機での上空警戒をそのまま続行していた。猛烈な対空砲火をあびながらも一機ずつ、真っ逆さまに突入して行く艦爆隊の姿は果敢であり、悲壮であった。

「とにかく直掩任務に徹して、彼らの上空からはなれまいと心に決めた。部下にも命じて五機編隊のまま、戦場に突入しました」

新郷証言によると、「敵機と空戦することなく戦場を離脱した」という。じっさい上空直衛のグラマン戦闘機群は、グリフィン戦闘機管制官の誤まった指示により日本機を捜し求めて急上昇している最中であったから、たがいに異方向をめざして飛んでいたことになる。

米側にとっても、輪型陣の中空を突っ切ってくる零戦隊の飛行は、ふしぎな情景であった。

米戦史家ジョン・B・ランドストロムは目撃談を引用しながら、零戦隊は「みずから囮《おとり》になろうと飛行し、戦艦サウス・ダコタの舷側をゆっくり飛行していた」と紹介している。

新郷大尉は集合予定地点で関少佐の指揮官機が飛来してくるのを待ったが、九九艦爆隊のいずれの機も見あたらなかった。急降下の途中、あるいは投弾直後に対空砲火で海上に墜とされる味方機の機影をはるかにとらえて、もしや……と不吉な予感にかられたが、反転当時には対空砲火であれほどの被害が出るとは想像していなかった。

帰途、佐々木原二飛曹はPBY飛行艇を発見したが撃墜にいたらず、単独で洋上を帰投する羽目に陥っている。

この戦闘によって新鋭戦艦サウス・ダコタと防空軽巡洋艦サンジュアンは、対空火器の装備強化により母艦の防禦戦闘に決定的に役立つことを証明した。エンタープライズの戦果報告では日本機二三機来襲、うち七機を撃墜とし、戦艦サウス・ダコタは二六機撃墜としていていかにも両報告は誇大にすぎるのだが、しかしながら防弾、防火装備のない日本機には恐るべき防空砲火網の出現といえるだろう。

一波、二波、三波と日本機の航空攻撃がつづき、艦爆隊の攻撃が去って一〇分後、午前一〇時三〇分に、ホーネットから上空直衛機の応援要請がきた。

「本艦炎上、停止中。戦闘機の増援を頼む」

空母エンタープライズの戦闘機管制官グリフィン少佐は、窮地に立たされている。同艦直衛のグラマン戦闘機群は二五機が上空にあり、うち一一機が日本機の再来襲にそなえて高空に配備されている。第二次の日本艦爆隊の突入は防止できなかったが、こんどこそ万全の備えで対抗できる自信があった。

この構えを二分して、ホーネット上空へ派出することはできない。グリフィン少佐が迷いからぬけ出せないうちに、同三五分、

「敵機発見！　北西方向三三〇度接近中」

の報告がきた。エンタープライズのCXAMレーダーが機影をとらえたのだ。

彼はアルバート・D・ポロック大尉の第二小隊三機、ウィリアム・R・ケイン少佐の第四小隊四機に命じて邀撃態勢をとらせ、他小隊も北西方向を警戒するよう通知した。日本機は高空からくるか低空を這って侵入してくるか、どちらかはまだ判定できなかったからだ。

今宿滋一郎大尉の瑞鶴雷撃隊は高度四、〇〇〇メートルを進撃していた。その途中で、電信員中島光昇二飛曹が「分隊長、サラトガ型大火災の電報がきました」と第一次攻撃隊の戦果を報告してきた。艦爆隊の高橋大尉が戦線離脱したとも知らず、自分たちも艦爆隊に負けず劣らず戦果をあげたいと心に誓う。

「第二次ソロモン海戦では敵空母を攻撃できず、その後も期待通りの戦果をあげられずに待機状態がつづいたから、生まじめな分隊長だけに責任感を重く感じていたはずでした」

とは、この朝索敵飛行に出ていた金沢飛曹長の回想談である。はじめての母艦雷撃戦だけに、部下一六機、搭乗員四八名の運命をあずかる指揮官としての重圧に、胸押しつぶされる思いであったろう。

瑞鶴上空を進撃して一時間三五分後、操縦席の湯浅只雄飛曹長が「敵の第一空母発見」をつげた。炎上中の「サラトガ」型で、停止中の米空母一隻、巡洋艦一隻を中心に、「巡洋艦、駆逐艦六隻其ノ周囲ヲ高速航行中」の様子であった。午前一〇時三五分、偵察席の今宿大尉は「よし、敵空母の発見報告を打電せよ」と、中島二飛曹に発信を命じた。

さらに北西方向に進めば、もう一隻の空母部隊が発見できるはずである。二分後、予期した通り、米第十六機動部隊の輪型陣を発見した。ただちに、今宿機から報告電第二報が打電される。

「敵第二集団（『エンタープライズ』型空母、『サウス・ダコタ』型戦艦外巡洋艦二、駆逐艦八）ヲ発見」

米空母は関少佐による艦爆隊の攻撃にもかかわらず、輪型陣に乱れはなかった。艦爆隊による先制攻撃はまず飛行甲板を破壊して上空直衛の発着艦を不可能にさせ、しかるのちに雷撃機の魚雷発射で止メを刺すという目論見であったが、どうやらその思惑は外れたようだ。

雷撃機のみの単独攻撃で行くほかはあるまい、と今宿大尉は決意した。

「トツレ、トツレ……（突撃準備隊形作レ）」

指揮官機がバンクし、第一中隊はエンタープライズの右舷艦首側から、梼原正幸大尉の第二中隊は艦尾方向から左舷側にまわりこんで、定石通りの左右同時攻撃の戦法に移った。

米グリフィン少佐はたびたび戦闘機配置に失敗しながらも、今宿隊の雷撃には正しく上空直衛機の邀撃態勢作りに成功した。

「北西方向三三〇度、距離一五マイル、敵雷撃機を捜索せよ」

その指示にしたがって、ポロック隊三機とケイン隊四機のグラマン戦闘機群が急行した。

2

「REAPER《リーパー》」第七小隊のスタンリー・W・ヴェチャサ大尉以下五機は、独断で北西方向に捜索に出ていた。グリフィン少佐の指示よりも早く、日本機の侵入方向を嗅ぎあてていたのである。

北西一〇マイルの地点で、彼は今宿隊を発見した。同小隊のウィリアム・H・レダー少尉の功績で、いち早く列機に報告する。

「敵機発見！　九時方向に急行せよ」

日本機とエンタープライズの間に雨雲がひろがっており、今宿隊八機はその下方をくぐり、椿原隊八機は分かれて東側からまわりこむ隊形をとっていた（他の一機は、触接任務機）。ヴェチャサ隊は椿原隊第二中隊を視認したのである。

椿原大尉機のバンクにしたがって第二小隊長の金田数正特務少尉以下三機は右翼側に隊形

を等間隔にひらき、第三小隊長八重樫春造飛曹長以下三機は左翼側にひろがって突入態勢となった。高度四、〇〇〇メートルから魚雷発射地点まで、ぐんぐん高度を下げて行く。

「よし、各機とも急降下をつづけろ!」

八重樫飛曹長は二番機年田憲一郎一飛曹、三番機鈴木直一郎飛曹長をふり返りながら、拳を振るって叱咤する。重い八〇〇キロ航空魚雷を抱いた九七艦攻は、急降下すれば機速は二

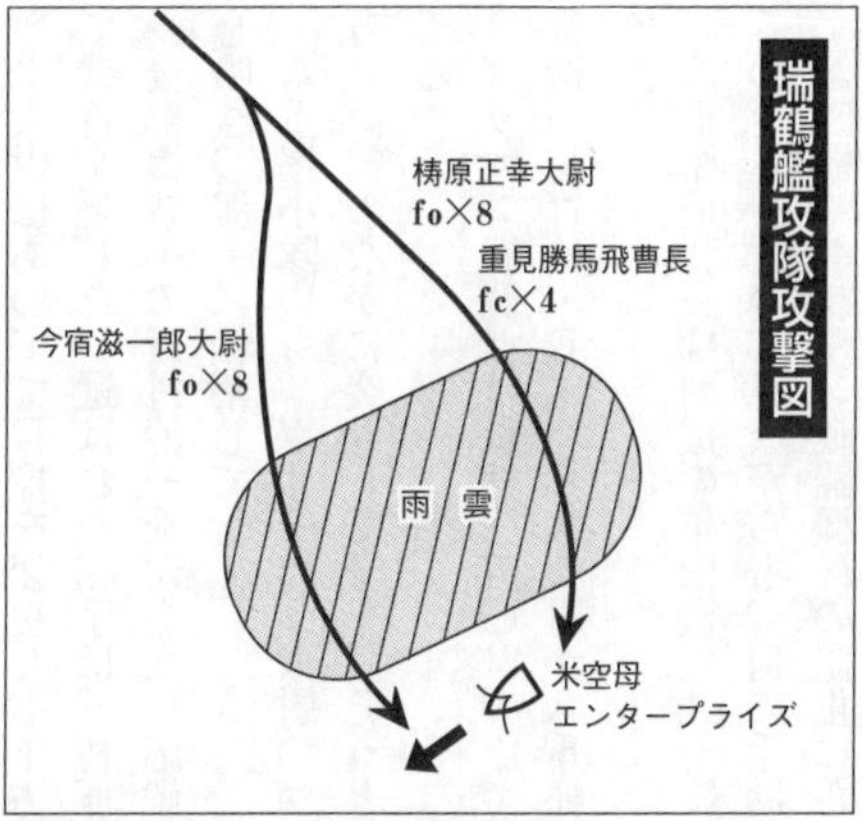

瑞鶴艦攻隊攻撃図

四〇ノット(四四四キロ/時)は優に出せる。制限速力は一九九ノットだが、「空中分解して死ぬほうが、撃墜されるよりはマシ」との彼自身の気負いがある。「どんどん突っ走れ!」と、愛機のエンジンを全開して突撃を開始する。

背後からグラマン第七小隊のヴェチャサ隊四機が追尾にはいってきた。直掩隊の零戦四機は重見勝馬飛曹長を指揮官とし、今宿隊が分離したさいに椨原隊の上空を直衛する形となっていた。彼らの後上方から急襲したのは、第二小隊長のポロック大尉のグラマン戦闘機である。

「攻撃を中止せよ、相手は零戦《ゼロ》だ!」

必死に部下機が呼びかけるのを耳にして、ポロ

ック大尉はあわてて目標を変更し、下方を突進して行く暗緑色の機体——九七艦攻をめざして機首を返した。選ばれた相手は、梼原小隊の三番機木口資雄一飛曹機であった。

後部機銃手の野村治一飛が必死に応戦するが、一二・七ミリ機銃六梃の猛射をあびて黒煙を噴き、海上に転落して行く。

八重樫小隊にも、ヴェチャサ大尉のグラマン戦闘機がせまってきた。八重樫機は全速で前方の雨雲のなかに突入して身を隠そうと試みる。列機の二機も後下方に懸命になってついてくる。

グラマン戦闘機は機速三五〇ノットで降下しても、空中分解しない頑丈な機体である。二番機のレロイ・E・ハリス大尉が八重樫機に後続する年田憲一郎一飛曹機に執拗な銃撃を加えた。

八重樫飛曹長は列機の年田機の九七艦攻が火を噴き、火焔につつまれて急激に後落して行くのをふり返って見ながらも、何の手助けもできなかった。重見勝馬飛曹長の零戦隊は、わずか四機でグラマン戦闘機群の阻止にむかい空中戦闘をつづけているが、横隊となって突進する艦攻隊八機すべてを護り切ることは不可能であった。

「トトト……(全軍突撃セヨ)」が指揮官機から発信されてから、梼原第二中隊は残る七機で米空母に突入することになった。

今宿第一中隊は、零戦の護衛がないままにグラマン戦闘機群の攻撃をさけて雨雲の下をくぐり、エンタープライズの右舷艦首側に接近した。輪型陣の外側は、防空軽巡サンジュアン、その後方に駆逐艦プレストン、同コーニンガムが盾となって取りまいている。

第一小隊三機は今宿大尉が直率し、第二小隊三機は伊東徹中尉、第三小隊二機は鈴木仲蔵特務少尉が指揮官となってつづいた。高度を海面一〇メートルにまで下げ、対空砲火の猛射撃網をくぐって輪型陣を突破し、魚雷投下に絶好の射点を確保しなければならない。

同じころ、弾薬と燃料欠乏のためエンタープライズに着艦を要求し、日本機急襲のため「着艦待て」の指示をうけて周回飛行をつづけているグラマン戦闘機があった。ジョージ・ウレン少尉機とジェームス・H・ドーデン少尉機である。

今宿大尉が輪型陣を突破しようと急接近したとき、彼らの前方を飛び越す形となった。とっさに真横をすりぬけて行く九七艦攻の突進に気づき、ウレン少尉が反応し、即座に追撃に移った。

一二・七ミリ機銃弾の残量はわずかである。駆逐艦モーリーの左舷側を飛び越えた今宿機は、同艦の二〇ミリ機関銃の集中砲火をもあびることになった。同時に空母エンタープライズの舷側からも、日本の指揮官機めざして五インチ高角砲弾が発射される。どの弾丸が命中弾となったかはわからない。ウレン少尉の目前で、「指揮官機の左翼が吹っ飛び、機体はくるりと回転して海面に叩きつけられた」のだ。

これが、今宿滋一郎大尉の最期であった。はるばる重い八〇〇キロ航空魚雷を抱いて飛び立ってきて、目的を果たせぬまま空しく南太平洋の海上に果てる。瑞鶴艦上での艦長への訣別の長い敬礼が、やはり現実となったのだ。

指揮官機を欠いた残る七機はひるむことなく、米空母への悲壮な突入をつづける。ここで、米軍側にひとつの悲劇が生まれた。

今宿隊が雷撃を開始したとき、駆逐艦モーリー艦長ゲルガー・L・シムス少佐は不時着水したグラマン戦闘機の救出にあたっていたが、急報により作業を中止。対空射撃の砲列に参加した。その後、日本機の来襲がつづき、洋上をただよっていたゴードン・F・バーンズ少尉はおき去りにされ、行方不明となった。この戦訓により、シムス少佐の提言で米太平洋艦隊の全艦艇に救命用ボートが常備されることに決定したという。


駆逐艦モーリーの艦上からは先頭の日本機三機のうち指揮官機が海中に転落すると、残る二番機がそのまま魚雷を投下し、三番機が射点を探して米空母の前方にまわりこむのがみえた。前者は河田忠義一飛曹機であり、後者は川畑小吉一飛曹機である。

空母エンタープライズは雷撃機の襲来に気づいて、針路を南東方向一三五度に変更した。河田一飛曹はそれに最良射点をえることができず、投下した魚雷は後方にはずれた。

雷撃により命中魚雷を出すためには米空母の速力（三三ノット）を判定し、目標が左右いずれに回頭しても命中するように三〜五度の発射角度を加減しなければならない。川畑一飛曹はその微調整を、魚雷発射直前に冷静に判断していたらしい。

川畑機の操縦員稲垣一道二飛曹は米空母の艦首側にまわりこみ、右舷前方から魚雷を投下した。艦長ハーディソン大佐は舵を右に切り、魚雷を一〇〇ヤード外にはずした。同機は雷撃後、米空母の上甲板と平行して飛び去ろうとしたが、対空砲火の一・一インチ砲の水平射撃をあびて機体は爆発した。

米側戦史には、こんな悲惨な挿話がさりげなく書きこまれている。——墜落した九七艦攻からはまだ二人の飛行士が海上に生きていて翼の上に二人はい上がってきた。それに気づいて艦上から機銃掃射が加えられると、飛沫が洋上に散り彼らの姿も海上から消えた……。

今宿隊に引きつづき、第二グループが右舷側から殺到してきた。第二小隊の伊東中尉、二番機水島正芳一飛曹、三番機佐藤正福一飛曹のトリオである。

彼らは第一小隊突入の直後にエンタープライズ右舷艦首側に魚雷投下した。三本の九一式改三型航空魚雷が飛沫を上げて海上に放たれ、海中を四一ノットの速力で突進する。

これを見て、艦橋にいた航海長リチャード・W・ラブル中佐は、「艦長！　舵を右に切って下さい」と大声でさけんだ。ハーディソン艦長は、その警告通り、右舵を命じた。

「面舵一杯！」

一〇時四六分、高速走行中のエンタープライズは大波を切って、右に急回頭する。三本の魚雷は舷側を後方へと流れて行く。ラブル航海長は操艦の名手として知られ、危ういところで母艦の危機を救ったのである。

その一方で、伊東隊三機にも酷薄な運命が待ちうけていた。日本の雷撃機は海面すれすれを肉薄し、距離一、〇〇〇メートル、極端には七〜八〇〇メートルで魚雷投下するために、投下後は機首をひるがえして反転上昇することができない。投下時の姿勢のまま一気に輪型陣の低空を突破するのである。

その分、猛射撃の弾幕につつまれて被弾、発火する可能性が高い。伊東隊三機も魚雷投下して避退した先が戦艦サウス・ダコタの艦首前面であり、同艦の猛烈な対空砲火を全機があびることになった。三機とも自爆、未帰還となる。

第一中隊最後尾の二機は、目標を米空母でなく戦艦サウス・ダコタを選んだ。鈴木仲蔵特務少尉と湯川辰雄一飛曹の二機である。雨雲の下からぬけ出した先に、ちょうどサウス・ダコタの巨大な檣楼がそびえて見え、新鋭戦艦が〝恰好の獲物〟と映ったにちがいない。

先頭の鈴木機は魚雷投下直前に被弾し、機体から発火して火焔を曳きずりながらも操縦席の石原久一飛曹はねばり強く、サウス・ダコタの右舷艦首側に接近しようとする。

だが、力つきて艦尾側に後落し、放たれた魚雷は海中に投下されずに爆弾のように装甲甲板の上で爆発した。

爆発した魚雷は右舷デッキから右舷へと転がり、海上に落下した。鈴木機は同艦の二〇〇ヤード後方で四散し、海中に消えた。

残る日本機——湯川機は魚雷投下後、鈴木特務少尉機の爆発を見て「魚雷命中！」と錯覚したようだ。同四八分、サウス・ダコタの舷側を外れて流れて行く魚雷が確認されたが、湯川一飛曹は「米戦艦撃沈」と信じて疑わない。

空母エンタープライズは右舷側だけでなく、左舷側から椿原第二中隊の魚雷攻撃にさらされていた。

3

空母エンタープライズの右舷側から投下された伊東徹中尉隊の魚雷三本は、艦長ハーディソン大佐の右舵転舵により巧みにかわされたが、海中を突進した魚雷は左舷前方を往く重巡ポートランドの艦腹に激突した。爆発すれば三本の魚雷命中で沈没まちがいなしの危機であったが、意外にも魚雷は鈍い衝突音をひびかせて海中に没した。

日本側の魚雷員が調整に失敗したものか、三本とも不発であった。海戦後、この事実を知らされてハルゼー提督は大いに喜び、こんな皮肉たっぷりなジョークを飛ばしている。

「何と素晴らしい欠陥商品だろう！」

午前一〇時四六分、椿原正幸大尉を指揮官とする瑞鶴第二中隊七機が空母エンタープライズの左舷側から魚雷攻撃を開始した。

途中の厚い雨雲が、右舷側にまわった今宿隊よりも椿原隊を有利にしたようである。上空直衛のヴェチャサ隊に追撃されながらも椿原隊は輪型陣の対空砲火から姿を隠すことになり、米艦隊の二〇ミリ、四〇ミリ機関砲の猛射撃からしばし身を護ることができた。

椿原大尉は高度一〇〇メートルの低空を突進しながら列機が緊密な編隊を解き、たがいにゆるやかな間隔を保ちながら魚雷の発射態勢にはいるのを確認した。二番機冠谷悟一飛曹、三番機水口資雄一飛曹、第二小隊長金田数正特務少尉、第三小隊長八重樫春造飛曹長の姿を素早く見る。八重樫小隊の一機がやられ、姿を消しているようだ。

もう一機、椿原小隊の後方にいる三番機がおくれ出した。操縦員武井清美一飛が必死になって編隊に追いつこうとするが、機体から火焔が噴き出し、魚雷を抱いたまま指揮官機の視界から遠ざかって行く。

駆逐艦スミスの艦長ハンター・ウッドJr《ジュニア》少佐は、輪型陣をぬけて米空母へ突進するはずの日本機が火焔を曳きずりながら右舷後方から突入してくるのに気づいて、大あわてで舵を左に切ろうとした。同四七分、その転舵命令よりも一瞬早く、日本機は全長一〇四・一メートルの艦首右舷甲板上に激突する。二五インチ第一砲塔シールドの直上である。

これが、機長水口一飛曹たち三名の最期であった。機体は衝突炎上し、はずれた魚雷は第一砲塔の下に転がりこんで爆発、艦橋および艦首構造物は猛火につつまれた。

米戦史家W・カリグの『バトル・レポート』は、「これが一九四二年型の『カミカゼ』だった」と記している。

操舵長リドウカ大尉は艦を巧みにあやつり、燃えさかる艦首を戦艦サウス・ダコタの大きなウエーキのなかに突っこませて、艦の危機を救った。艦尾波のしぶきで、消火の手助けをしようとしたのである。このとっさの機転のおかげで、駆逐艦スミスは沈没の災厄をまぬがれることができた。戦死者二八名、戦傷者二三名。

椿原大尉は左舷側から魚雷を投下し、冠谷機がそれにつづいた。金田小隊三機、八重樫小隊二機がそれぞれ雷撃態勢にはいっているが、米側が確認した雷跡は四本である。これらはハーディソン艦長の転舵によって、すべてかわされた。右舷側から突入した今宿隊が一歩早く投下したため、左右同時狭撃のタイミングがずれてしまい、米側に魚雷回避の余裕をあたえてしまったのである。

やはり海戦のたびに強化されて行く対空砲火網と、とくに南太平洋海戦時から登場したマーク一四型照準器を装備した二〇ミリ機銃群の精確な射撃、同五一型射撃指揮装置のある四〇ミリ大型機関砲群の破壊力が、日本軍攻撃隊の脅威となった。直接的に銃砲弾が機体に命中しなくても、猛烈な集中砲火網で雷爆撃機の照準を途中で困難にすることができるのである。

第二次攻撃隊の雷撃機は実数一六機だが、投下された魚雷は右舷から五本、左舷から四本、合計九本で、そのすべてが回避された。

八重樫飛曹長は二度目の雷撃行で、さらなる恐怖をおぼえた。

「目のくらむような猛烈な対空砲火でしたね。火の束がどさっ、どさっと機体をつつみこむように飛んできて、ドカン、ドカンと砲弾の破裂音が耳を搏《う》つ。魚雷照準なんてそんなゆとりはなく、無我夢中で投下索を引いて後は逃げだすだけでした」

椿原大尉も無事帰還したが、第二中隊八機のうち三機が未帰還となった。

被害機には、こんな雷撃機もあった。左舷側から接近した第二グループ三機のうち一機（金田小隊三番機、山内一夫一飛曹機）は、猛烈な対空砲火をあびて魚雷の発射位置を見失い、魚雷を抱いたまま空母エンタープライズの艦尾側から同艦を飛び越してしまった。

飛行甲板では艦尾側にあったSBD艦爆六機を、安全のために艦首側に移動させたばかりであった。その隙をぬって信号係士官ジェームス・G・ダニエル、ロビン・M・リンゼイ両大尉が三〇ミリ機関砲を操ってこの日本機を射撃した。

この集中射撃が、同機の操縦員に命中したらしい。日本機は急上昇し、魚雷を投下しながら焔につつまれて、前方にある重巡ポートランドの舷側に転落した。

金田小隊のうち三番機山内一夫一飛曹機が未帰還となっているから、この日本機が山内機であることはまちがいない。米空母の左舷側から突入してきた椿原隊の残機は、対空砲火のなかを無事脱出した。

結局のところ、第二次攻撃隊艦爆隊一九機のうち一〇機喪失、艦攻隊一七機のうち九機喪失という結果となる。米側記録ではスタンレー・W・ヴェチャサ大尉を日本雷撃機五機撃墜とたたえ、エンタープライズを救った英雄としているが、実態は既述の通り、日本機の犠牲は対空砲火を主因とするものである。

重見勝馬飛曹長の零戦隊四機は戦果報告で「敵グラマン戦闘機十余機ト交戦、七機撃墜

（内一機不確実）」としているが、米側に被害報告はない。やはり航空戦の主力は戦闘機の質ではなく、量的多寡が要因となっているのだ。

こうした実態とはかけ離れて、帰艦後報告された戦果は過大なものであった。

翔鶴隊　敵空母一隻爆撃六弾命中（瑞鶴艦攻隊ト成果ト相俟テ之ヲ撃沈）　駆逐艦一隻大破炎上

瑞鶴隊　航空母艦一撃沈（エンタープライズ型）、戦艦一（サウス・ダコタ型）撃沈、巡洋艦一（艦型不詳）撃沈　駆逐艦一大破

どうして、このような錯誤が起こったのであろうか？　以上見てきたように、日米両軍とも攻撃参加の搭乗員たちが自己の功績を過大なものと信じたい欲求、願望が心理的に存在するようである。また、多くの爆撃、雷撃効果が頻発するために他人と自分の成果を混同し、錯覚する可能性を否定できない。

情報面では、旗艦翔鶴にわざわざ搭載した最新鋭の二式艦上偵察機が何ら有効な偵察報告を打電してこなかったことに、一因があるようである。中島情報参謀によれば、「搭乗員にあたえた敵位置を誤り、かつ発進後無線連絡できなかったために、ついに目的を達成できなかった」としているが、前者の原因は飛行長が正確な位置を提示しなかったことで起こったミスであり、後者は出発前に無線電信機の点検を怠った偵察員に問題がある。

しかも、正規の搭乗員は乗機せず、代わりの若いペアが出撃して行った。日米決戦が想定

される日の索敵行であれば、ベテラン搭乗員がとうぜんその責任ある任務を負うべきであったにもかかわらず——。

　結局、せっかくの二式艦偵の新デビューの結末はむだな索敵飛行をつづけたあげく、陸上基地に不時着し、のち母艦に帰投したとのことである。

　南雲艦隊司令部では、肝心の米空母部隊が二群か三群か、さっぱり情勢がつかめぬ悩みにつきまとわれた。米空母の全容がつかめなければ、攻撃隊の編成にも影響をうけるからである。

　一方、在トラックの連合艦隊司令部はこれを三群と判断し、さっそく南雲機動部隊あてに打電してきた。宇垣参謀長発信電。

「〇七二〇頃ノ敵情ニ於テ（注、現地時間九時二〇分）『サラトガ』型（大火災）ヲ中心トスル五〇浬圏内ニ敵空母二隻アリト認ム」

「こんな電報が来ましたが、やっぱり敵空母は三群らしいですな」

と、中島少佐が納得したように作戦参謀に報告した。艦隊司令部敵信班では、米軍飛行機隊の呼び出し符号を傍受し、「BLUE《ブルー》」「RED《レッド》」「REAPER《リーパー》」の三空母と推定していたからである。

　米側記録によると、これらのコールサインはそれぞれホーネット、サラトガ、エンタープライズの搭載機群を指し、このときサラトガは作戦に参加していない。したがって二群と解すべきなのだが、じっさいに当該海面を索敵した偵察機からつぎつぎと三群と想定される電報がとどいた。

二式艦偵報告は使えなかったが、他にも二航戦索敵機からの発信電があり、炎上中の「サラトガ」型（注、ホーネット）と「エンタープライズ」型二群の外側にもう一隻、単独の米空母が高速航行中であり、これを別働隊と判断したのだ。

「いや、利根二号機の報告では『三ヶ部隊』とはっきり断定していますよ」と、内藤航空参謀がクビをかしげた。「今のところ、攻撃隊の目標は二群でしかないのですが……」

「まあよい、ここで油断するのは禁物だ。いまは積極的に敵空母を叩いておかねばならん」

長井作戦参謀は議論を引きとったが、その後の二航戦艦爆隊の報告電により、「敵空母二隻アリ　更ニ敵ノ大部隊見ユ、空母一、巡洋艦一、駆逐艦六、三〇節」との新情報で三群説は確定された（同一一時三〇分発信）。

新たな空母部隊の存在が発見されたとの情報で、さらなる米軍機の空襲にそなえなければならなくなった。被弾した翔鶴は戦場から遠ざかるように三一ノットの速力で北上をつづけ、後方の空母瑞鳳も何とかおくれまいと続航する。

頼みとするのは、無傷の二航戦空母隼鷹部隊である。闘魂をもって鳴る角田少将なら、果敢に米空母部隊への猛攻を加えてくれるにちがいない。事実、南雲司令部幕僚たちの期待通りに、角田部隊から相ついで積極作戦の電文が飛来した。

午前一〇時、すでに第一次攻撃隊の第一陣（艦爆一七・零戦一二）を発進させた角田少将は前進部隊指揮官近藤信竹中将に敵方にむかうよう意見具申し、これが了承されると、ただちに「一二〇度変針」を命じた。米空母部隊との距離をちぢめるためである。

「航空参謀、第二次攻撃隊の用意！」

奥宮正武少佐が発着艦指揮所にいた崎長嘉郎飛行長に問いあわせると、「艦攻六機、零戦六機出撃可能」との返事が返ってきた。

「よし、準備完了しだい発進せよ」

即座の判断である。航空戦とは瞬時を争う戦いであり、その点で角田采配にはためらいがなく、文字通りの指揮官先頭精神である。

上級司令部の近藤中将にしても、海軍部内では南雲中将よりも上席であり、全艦隊の指揮権は近藤長官の手中にある。だが、航空戦では機動部隊指揮官南雲中将に一歩ゆずって、第二航空戦隊の空母部隊を麾下に編入させた。

「二航戦及黒潮、早潮ヲ機動部隊指揮官ノ指揮下ニ入ル」（午前一〇時一八分発信）

上級指揮官が下級指揮官に歩調をあわせて共同作戦を遂行することは、「言うはやさしいが行なうのはむずかしい」と第八戦隊土井美二参謀が評している。その点で近藤長官の決断はまことに勇気あるものといえるであろう。

角田少将はこの編入命令により、勇躍して南雲長官あてに通報する。

「ワレ針路三一五度、速力二四節　貴隊へ向フ」

日本機の波状攻撃

1

南にある空母ホーネット艦上では、頭上はるかに日本軍の攻撃隊が飛び来り、去って行くのをメイソン艦長が見上げていた。日本機が西方二〇カイリの空母エンタープライズに向かっているのが、同艦にしばしの休息をもたらしている。

事態は最悪であった。日本軍の雷爆撃、とくに村田重治少佐隊がはなった魚雷二本の命中により、艦体は甚大な被害をうけていた。空母ホーネット「CV－8戦闘報告」によれば、

「a　全室二区画、前部機械室破壊浸水
b　全推進力喪失
c　全動力および通信断絶
d　右舷に一〇・五度傾き、のち七―八度に復原
e　全消火設備損傷」

とあり、また艦爆隊の同時攻撃により一弾は第四甲板まで貫通爆発し、もう一弾は飛行甲板を破壊した。これらの猛攻撃で、同艦は航行停止となった。

といって、日本軍の第二次攻撃隊が飛来したとき、ホーネットが無事であったというわけではない。関少佐の翔鶴艦爆隊一機が何を思ってか、とつぜん攻撃を加えてきたのである。あるいは、独断であったかも知れない。

一〇時四分、不意に一機の九九艦爆が雲間から急降下をはじめた。「敵機直上！」の絶叫に重巡ノーザンプトンの艦長ウイラード・キッツ大佐が二分の一インチの曳航索を切り離して母艦から離れ、周囲を高速走行する艦艇群がいっせいに対空砲火をあびせかけた。その集中砲火網のすさまじさに照準を狂わせられたのかも知れない。投下された一弾ははずれて、舷側に水柱を立てた。

日本機はそのまま海上を低く這って逃れたが、これでノーザンプトンの曳航作業が大幅におくれることになった。

キンケイド少将は相つぐ日本機の攻撃で第三次攻撃隊の発進ができず、不利な立場に追いこまれている。砲術参謀出身の艦隊派でミッドウェー海戦後はじめて第十六機動部隊の指揮をとっているが、航空作戦は白紙状態のスタートである。もともと戦略、戦術に長《た》けている将官でもなく、機略に富む性格でもない。ハワイのニミッツ大将は彼の指揮官としての実直性、手堅さを評価して司令官に抜擢したのだが、変転する航空作戦の局面では対応は後手にまわった。

——ここに、角田少将の積極戦法が先手の優位を生み出したのである。

空母隼鷹の第一次攻撃隊が戦場上空に達したのは、午前一〇時三五分のことである。飛行隊長志賀淑雄大尉は眼下に「停止中の敵空母（注、ホーネット）」を発見し、これをいずれは味方水上艦艇群が片づけてくれるだろうと確信し、もう一群の新たな米空母群を捜索することにした。

志賀大尉の零戦隊一二機の直下に、山口正夫大尉の指揮する艦爆隊一七機がいる。操縦席の山口大尉は「了解」の合図をし、第二中隊長三浦尚彦大尉とともに四周の海面を捜索にかかることにした。

山口大尉は空母翔鶴の艦爆隊分隊長として、真珠湾攻撃に参加したベテラン搭乗員である。群馬県太田中学校出身。三浦尚彦は山口県萩中学校出身で、山口の三期下の兵学校六十六期生。瑞鶴の椿原正幸大尉たちが同期生である。

山口大尉はサンゴ海海戦後、隼鷹艦爆隊分隊長に転じ、ミッドウェー海戦後に乗り組んできた一、二航戦の艦爆隊敗残者たちをよくまとめて育てあげた。

山口大尉は付近海上を捜索したが新しい目標を発見できず、南一七〇度に針路を転じてさらに捜索範囲を広げた。

「仕方がない。さきほど発見した敵空母に止メを刺しに行こうか」

偵察席の石井正郎飛曹長に声をかけ、全機に反転命令を指示しようとしたとき、石井飛曹長が大声で呼びかけた。

「分隊長、母艦から第一目標の三〇〇度方向、三〇カイリに第二目標の新空母あり、との通報がありました。このまま行けば、まもなく見えるはずです」

山口大尉が全機をひきいて直進すると、前方に大型空母を中心に戦艦一、巡洋艦二、駆逐艦六隻からなる米第十六機動部隊を発見した。午前一一時二〇分、指揮官機から突撃命令が下される。

「トトト……(全軍突撃セヨ)」

空母エンタープライズ艦上のキンケイド少将は、完全に不意をつかれた。空母隼鷹隊の来襲はちょうど同艦直上をおおっていた雨雲によって隠され、厚い雲のあいだからとつぜん日本機が急降下してきたのだ。

日本機の攻撃開始前にいくつかの偶然がつみ重なったことが、その一因でもあった。翔鶴艦爆隊の第二次攻撃により信号檣上のCXAMレーダーが動かなくなり、信号係士官が懸命に故障修理にはげんだが、一〇時五八分に回復するまで一時期、回転不能となっていた。

一方、その代役をつとめるはずの戦艦サウス・ダコタのSCレーダーは同一一時一分、「両方に疑わしき兆候」をキャッチしたものの、エンタープライズには通報しなかった。おまけに同艦は、その九分後、エンタープライズに帰艦してきたSBD急降下爆撃隊六機を日本機とまちがえて誤射する始末である。

艦上の戦闘機管制官グリフィン少佐はようやく落ち着きを取りもどし、燃料と弾薬の欠乏しつつあった上空直衛グラマン戦闘機群の呼集をはじめていた。

「全戦闘機はそれぞれの母艦《ベース》にもどれ」との彼の指示で一〇時五八分、同艦のF4F戦闘機一八機がエンタープライズの周辺に集まっていた。

ほかに日本空母攻撃から帰還してきた搭載機群があり、第一次、第二次攻撃隊あわせてSBD急降下爆撃機一〇、TBF雷撃機一六、F4F戦闘機一〇機が着艦許可をもとめて空中待機状態にあった。この混乱のさなかに、日本機が急降下してきたのだ。

最初の警告は、重巡ポートランドから発せられた。「西二五マイルに敵機多数発見！」この通報に、キンケイドはこう回答する。「敵機にあらず、味方機なり」戦艦サウス・ダコタはこの未確認機をキャッチできなかった。

一一時一五分、エンタープライズは二五マイル圏内にようやく敵影をとらえた。グリフィン少佐は上空直衛機にふたたび呼びかける。

「敵襲のおそれあり。全機攻撃にそなえよ」

山口正夫大尉は最初に視認した雨雲のヴェールの下に、目標の米空母が突入して身を隠そうとしている瞬間、先頭を切って急降下をはじめた。二番機中島国盛一飛曹、三番機小野源一飛曹が九九艦爆の操縦桿を倒す。高度五、〇〇〇メートル、機が急降下するにしたがって厚い雲が流れてきた。視界はゼロである。

第二小隊長加藤舜孝中尉以下三機も翼をひるがえして急降下にはいった。

急降下爆撃の要領は、最初に風を真後ろにうけて二〇度近くに降下し、風に流されず目標が移動するのに合わせて方向を調整し、五〇度〜六〇度で急降下すれば命中率が高くなる。

第三小隊長田島一男飛曹長以下三機、合計九機の第一中隊が順次急降下を開始した。

米側戦史は、山口隊の戦闘状況についてつぎのような指摘をしている。

「……敵にとっては雲が良い隠れ蓑《みの》になっていたのだが、空母を直接とらえることができずに緩降下しなければならなくなり、対空砲火のよい目標になった」

緩降下とは、四五度ていどの浅い降下姿勢のことを指す。加藤小隊二番機の山川新作三飛曹は、「ひょっこり雲の下に出たが、照準器の中に大きくせまっているのは駆逐艦だった」とし、急降下爆撃をやり直している。

山口大尉は目標をずらして、後方の戦艦サウス・ダコタに変更した。一弾は同艦の艦首側から投下され、第一砲塔右舷後部に命中爆発した。爆弾の破片により艦長ガッチ大佐が負傷し、操舵が混乱して巨大な艦体が暴走をはじめる。エンタープライズの艦尾に危うく追突しかける一幕があった。

二〇ミリ機銃群と四〇ミリ対空機関砲の猛烈な防禦砲火が、投弾をおえて海上を避退して行く山口第一中隊各機に襲いかかった。山口大尉、加藤中尉以下五機が未帰還となり、四機がかろうじて母艦に帰投することができた。

第二中隊長三浦尚彦大尉以下八機も、同様の運命をたどった。

2

空母隼鷹の戦闘機隊長志賀淑雄大尉は九九艦爆隊一七機の直上にあって、指揮官機山口正夫大尉以下全機が一本の棒状となって雲中に突撃して行くさまをじっと見つめていた。直前までは視界がひらけていて、輪形陣の中央にある米空母の艦籍番号「6」が艦橋にくっきりと描かれているのを目撃している。相手は、まぎれもなく、宿敵＝「CV－6」エンタープライズだ。

志賀大尉は昭和十三年、南昌空襲に参加していらいのベテランだが、米機動部隊との対決ははじめての体験である。日米開戦時、真珠湾攻撃では空母加賀の戦闘機分隊長としてヒッカム飛行場銃撃に参加し、上空から急降下して行くと基地にいた米兵が仁王立ちになってピストルで応戦した。「さすがヤンキー魂だな」と感嘆したのが、米国海軍との最初の出会いである。

いらい空母加賀とともに南方各地を転戦し、一月末のポートダーウィン攻撃では持ち前の親分肌から、後任の二階堂易大尉の「隊長ばかり出撃して行く」と恨みごとをきかされて指揮官機を代わってやった。風邪気味でもあったので空き部屋の参謀室にゴロリと寝こんでいると、偶然艦長岡田次作大佐に見つかり、「なぜ出撃せんのか」とえらく勘気をこうむってしまった。

ミッドウェー海戦直前に、空母隼鷹臨時乗組へ。体よく干されたのである。その裏の事情を知らされたのは、開戦前彼を加賀分隊長へ引きぬいてくれた源田実航空参謀が渋い顔をして、「貴様、艦長と何かあったな」とこの人事に不満を漏らしたからである。人間の運命とはふしぎなもので、そのまま加賀に在艦していれば、海戦時の艦橋被弾で岡田艦長ともども爆死していたことはまちがいない。

もしそうであれば、その後の志賀大尉の空技廠テスト・パイロット、三四三空「紫電改」松山基地での活躍、本土防空戦闘などは存在しえなかったのである。

ミッドウェー作戦出撃前、同島守備の六空戦闘機隊着任予定の分隊長宮野善治郎大尉とこんな印象的な会話を交している。宮野大尉は台南空零戦分隊長として、比島、ラバウル戦線を戦った猛者である。何の前ぶれもなく、宮野大尉はこんな話を持ち出した。

「志賀大尉、この戦争は勝つと思われますか」

単刀直入にきかれたので志賀大尉は、「いや、勝たねばならん」とまともに答えることはさけ、少しまわりくどい言いかたをした。

「おそらくある条件下で、終末がくるのではないか」

「私は、負けると思います」

と彼は、はっきり言った。

宮野大尉はそのことをだれかに強く訴えたかったようである。兵学校では三期上だが、いわば戦場では兄貴分の志賀大尉に思いのたけをぶちまけたかったのだろう。

「いかん、いかん。そんなことを口にしちゃいかん」

志賀大尉はあわてて、彼の口を制した。国内外を問わず、戦意昂揚気分の真っ最中である。そのような率直な感想は海軍軍人にあるまじき言動として、処断される可能性があった。

宮野大尉は大正六年、大阪府生まれ。二十五歳。飛行学生時代、操縦技術にすぐれた人格者で、しかも勇猛果断な分隊長だけに、志賀大尉も高く評価していた。

「貴様の腕前じゃ、相手が束になってかかってきても墜とせるだろう」と水をむけると、

「いや、勝ち目はありません」と彼は、にべもない返事をした。宮野の苦衷とは、以下のようなものであった。

——墜としても墜としても、敵機はまた新たな増援兵力を加えてくる。米軍戦闘機の数は、まるで限りがないようだ。それに対応する味方機は大変で、補充もなく、搭乗員たちは疲れはて、いずれ消耗していくにちがいない……。

「貴様、そこまで考えているのか。エライなあ」

と思わず同意の声をはなったが、この折の宮野大尉の遺言とも思える言葉は、戦後も永く志賀大尉の脳裡に刻みこまれた。

志賀大尉の回想——。

「われわれ艦隊戦闘機隊は、それまで楽な戦争をしてきました。しかし、宮野たち基地航空

部隊は連日出撃して行って、米軍機の物量と戦っている。味方機に被害が出ても補充がきかない、国力の貧弱さ。その最前線の苦労が、彼の『日本は負ける』の言葉となってあらわれたのでしょう。

勇気ある男でした。宮野が突きつけた現実は、われわれにとっても後に重い意味をもつことになりました」

昭和十七年十月二十六日、南太平洋上で志賀大尉が体験した米空母エンタープライズとの対決は、押し寄せてくる米軍の物量攻撃の最初の証でもあった。

3

空母隼鷹の艦爆隊が雲の下に消えると、志賀大尉は第二中隊長重松康弘大尉とともに彼らの上空をおおいかぶさるように降下して行った。

志賀大尉は第一小隊三機を直率し、第二小隊長北畑三郎飛曹長以下三機が隊長機とぴったり寄りそう。北畑飛曹長は昭和七年、呉海兵団入りした操練二十一期の古参搭乗員である。空母蒼龍乗組で真珠湾攻撃に参加。操縦技術は巧みで、五月に隼鷹に転じて志賀と空戦訓練にはげんだが、「いつも互角か、北畑が一枚上」と隊長を感心させた技倆の持ち主である。

第二中隊六機の零戦隊を指揮する重松康弘大尉は、ミッドウェー海戦後、空母飛龍から転任してきた分隊長である。兵学校では宮野善治郎の一期下。運動万能のスポーツマンで、小柄だが天性の戦闘機乗りと評される闘志の持ち主。ミッドウェー海戦では、ただ一隻残った飛龍から第一次小林道雄大尉以下の艦爆隊突撃のさい、直掩機の隊長となって出撃している。

この日の出撃行もエンジントラブルで中途引き返し、「発艦を取り止めてはどうか」と飛行長が忠告するのを振り切って代機に乗りかえ、敢然として志賀隊の後を追いかけた。誘導機もなく、単機で洋上を行動するのは、よほど豪胆な精神の持ち主である。

重松隊の第二小隊長小野善治飛曹長は昭和六年、乙種予科練二期生入り。軍歴では北畑三郎より上となり、老練だが、血気さかんな人物で、すぐ空中戦に入りたがる性癖がある。発艦前に「こんどの任務は艦爆機を守ること。編隊をぴったり組んで、決して離れるな」と何度もいいきかせたが、米機動部隊上空にくると我慢が出来なくなったらしい。案の定、重松隊の指揮下から離れて飛び出した。

志賀大尉は、空母エンタープライズ艦上から飛行機がつぎつぎと発艦していく様子を視線にとらえている。上空から降下して行きながら、彼らが急上昇して空中戦闘にいたるまでまだ時間がある、と見ていた。だが、眼前で隼鷹艦爆隊の展開する光景は悲惨そのものであった。

山口隊の九九艦爆九機が突入すると、急降下の途中で火を噴き、あるいは投弾後の避退する最中に対空砲火で火だるまとなる。一機、また一機……。猛烈な対空砲火が射ち上げる輪型陣の外周で、直掩隊零戦はそれを傍観するのみである。

第一中隊の急降下に引きつづき、三浦尚彦大尉のひきいる第二中隊八機が突入を開始する。これら全機ともスコール雲に隠れ、目標が各個バラバラになった。第二小隊長木村昌富飛曹長、第三小隊長中畑正彦飛曹長らは無事帰艦したが、三浦大尉機ほか四機が未帰還となった。

結局、空母隼鷹第一次攻撃隊の戦果は「空母一、戦艦一撃破（内空母命中三弾、至近弾一、戦艦命中一、至近弾二）というものだが、米軍戦史では「エンタープライズに至近弾一」とある。この攻撃により、前部エレベーターが使用不能となったのみである。

むしろ被害を生んだのは、輪型陣側の水上艦艇群であった。中畑小隊二番機の小瀬本国雄三飛曹によると、目標は米空母であったが急降下の途中で雲中に巻きこまれ、高度六五〇メートルで、「白い雲がパッと左右に飛び散り、同時に照準器一杯に敵戦艦が浮かび上がってきた」という。高度四五〇で投下索を引く。艦橋後部付近から、火煙が噴き上がってくるのを目撃した。

記録では、防空巡洋艦サンジュアンに徹甲弾一発が命中している。投下された二五〇キロ爆弾は、艦底まで貫通して爆発。舵を右に固定したまま操舵室が破壊され、同艦は輪型陣のなかを狂ったように走りまわった。

艦長ジェームス・E・マハー大佐は故障信号をかかげながら、「艦艇同士の激突を心配した」とその深刻な影響が報告されている。

重巡ポートランドは、操舵室が破壊された。高速走行する巡洋艦はそれだけで危険をともなうため、艦長は後部操舵所から応急的に艦の指揮をとった。両艦とも被害は最小限に食い止められ、短時間のうちに戦線復帰した。

戦闘機管制官グリフィン少佐の指示により上空直衛のグラマン戦闘機群は、急降下をおえて避退していく日本機の群れを待ち伏せたが、翔鶴、瑞鶴隊の第一次、第二次攻撃の阻止に全力を集中したためほとんどの機が燃料、弾薬の不足を訴えていた。

それでも彼ら戦闘機グループは、「敵艦爆八機撃墜、二機不確実」と報告しているが、その証言は重なり合ったり、どの機がどの日本機を攻撃したのかは判然としない。むしろ、九九艦爆隊の脅威となったのは、この海戦で一段と強化された対空砲射撃の弾幕であったろう。

志賀隊の直掩機群も急上昇してきたグラマン戦闘機グループと交戦したが、サンチェス中佐の攻撃隊直掩機、フラットレー少佐の第十戦闘機中隊とも弾薬がつきて、形通りの防空戦闘を展開するのみであった。

勢いこんで編隊から突出した重松隊の小野善治飛曹長は二番機長谷川表蔵二飛曹、三番機阪東誠三飛曹との小隊三機で空戦をいどんだが、グラマン戦闘機群はまるで相手にならない。

阪東三飛曹は旧一航戦の空母加賀乗組。真珠湾攻撃からミッドウェー海戦を戦った古参搭乗員である。その彼の腕前をもってしても、「米軍機はまともに戦ってくれない」のだ。グラマン二機がペアとなり、一機を追いかけると別の一機が中に割ってはいる。これを追尾すれば、前のグラマン一機が反転して中間に入りこむ。米海軍新手の〝サッチ戦法〟なのだが、阪東三飛曹はまだその手法に気づいていない。

「とにかく敵は逃げてばかりで、空戦にならないのです。空母は燃えていたし、隊長から『一機ずつ、艦爆隊を護れ』と命じられておりましたから深追いせず、途中で戦闘を打ち切って艦爆隊と一緒に帰投しました」

重松隊も空戦に突入し、綜合戦果として「グラマン戦闘機一一機撃墜（内不確実四）、TBF一機撃墜、カーチス爆撃機一撃墜」を報告しているが、この交戦でのグラマンF4F機の被害はない。

志賀大尉は直掩隊指揮官として、山口艦爆隊一七機のうち九機未帰還を出した悲惨な事実にふれて、こう回想する。

「艦隊戦闘機隊の悲哀を感じましたね。九九艦爆隊は勇敢に弾幕のなかを突入して行きますが、われわれはそれを見ているだけ。戦闘機で艦爆隊を守れといったって、完全にすべてを守り切れるものじゃない。目の前で彼らが戦死して行くのを救援することができない。帰途はいつも重い気分でした」

未帰還機のなかに、こんな悲劇が生まれた。山口隊の第三小隊武居一馬三飛曹機が被弾し、途中の海上に不時着したのである。

機長の偵察員木村治雄二飛曹が航法で零戦二機を誘導して帰投中、右翼タンク被弾のためガソリンがつき、発動機が停止してしまったのだ。その途中で合流したのが小瀬本三飛曹機で、彼の目撃談によると、武居三飛曹とは玉突き仲間《ビリヤード》で呉軍港在泊時には二人でよく広島市街へ遊びに出た、という。

（もう一緒に玉突きができないな）

と手先で合図をし、皆によろしくつたえてくれと武居三飛曹は何度も大きくうなずいた。これが最期と、別れのあいさつのつもりだったろう。機は海上に降下して行き、脚を海水にとられてトンボ返りして沈んで行った。

救命用ゴムボートを出す時間の余裕もなかったらしい。

零戦二機とともに小瀬本機の九九艦爆は、洋上に浮かぶ二人の周辺を飛びつづける。先のダッチハーバー攻撃のさい、不時着水した味方機を救出するまで、武居機と小瀬本機の二機で上空を旋回しながら駆逐艦の到着を待っていたことがある。皮肉なことに武居機は逆の立場で、救助を待つことになった。

果たして、味方駆逐艦が助けに来てくれるだろうか？

小瀬本機の偵察員は先輩の佐藤二飛曹で初陣のため動転したものか、「機位はわからない」という。「何度で帰れば良いですか」と集合予定地点で単機となっていたのできいたときの、偵察席からの答えである。「何のための偵察員か！」と思わずどなりつけたものの、自分の勘を頼りに北北西に針路をとって、やむなく帰投中の出来事なのである。

——時間は刻々とすぎて行く。南太平洋上に浮かぶ孤独な二人の搭乗員とその上空をぐるぐる飛行しつづける三機の日本機……。何一つ解決の途はなく、いたずらに燃料だけが消費されて行く。零戦の一機が近づいてきて口を大きく開けて、手でナイナイをした。燃料がなくなってきたの合図である。

小瀬本三飛曹は、苦渋の決断をせまられていた。このまま彼らを見捨てて帰投するか、それとも帰途の航法に自信がなかったので、このまま不時着水して彼らと一緒に泳ごうか。航法の達者な木村二飛曹なら、きっと正確な不時着地点を母艦に報告してくれているにちがいない。いずれ救助の駆逐艦が迎えに来てくれるだろう。

だが、上空の零戦二機の運命はどうなるのか。おそらく彼らは独自の航法で母艦までたどりつくことはできまい。貴重な戦力をむざむざ海中に投棄して良いのか。彼の心は迷いに迷い、ついに決断した。——帰投あるのみ。

「武居ゆるせ。すぐ駆逐艦が迎えにくるからな」

翼を振って大きくバンクを送り、洋上の二人も手を振ってそれに応えた。小瀬本三飛曹の眼から涙があふれた。

空母隼鷹の艦橋では、山口正夫大尉からの緊急信「全軍突撃セヨ」を傍受して歓呼の声がわき上がった。角田少将が会心の笑みをもらして、奥宮航空参謀に、

「艦も飛行機も、うまくなったなあ」

と満足げな表情を見せた。

——あれから、小一時間を経過している。

空母隼鷹は南雲機動部隊と合流すべく北上をつづけているため、第一次攻撃隊の翔鶴、瑞鶴隊の帰投線上近くを航行することになった。帰投中、まちがえて着艦コースに進入してくる攻撃機があった。

三機小隊の編隊もあり、個々バラバラに帰投してくる機があり、凄惨な航空戦の苛酷な現実をしのばせた。そのつど、信号で健在な瑞鶴の方向を指示する。いまや翔鶴も、瑞鳳と同様に着艦不能の状態である。

それでも一機、味方識別信号でさかんにバンクをしながら進入をはかる九九艦爆機がある。瑞鶴艦爆隊の指揮小隊二番機、鈴木敏夫一飛曹機であった。

発艦して五時間後、ちょうど午後零時三〇分にようやく味方母艦上空にたどりついたのだ。左肩を射ぬかれ、戦死した後部偵察員を乗せて出血しながらの、意識もうろうとした夢遊飛行である。それでも「敏夫、おまえは助かるよ」との幻の母の声を頼りに、飛行をつづけてきたのだ。

鈴木一飛曹は双眼鏡を目にあてた。瑞鶴とはちがう小さな飛行甲板——「隼鷹だ」。

奥宮航空参謀は一目で、瑞鶴機が緊急状態にあることを見ぬいた。すぐさま副長羽田次郎中佐に、「軍医長に知らせてありますか」とたずねた。「発着甲板で待機しています」との答えがすぐ返ってきた。

「風上に立て！」

岡田艦長が命令を下す。鈴木一飛曹は母艦から即座に反応があったので、艦尾から慎重に進入して行った。意識はハッキリしていた。機を引き起こし、エンジンを一息大きく噴かせたところで制動索に引っかかり、着艦した。顔見知りの整備員が駆けつけてくれたが、身体が動かない。ようやく生きて帰れたな、と感慨にひたる間もなくタンカに乗せられ、艦内医務室に運ばれて行く。偵察員藤岡寅夫二飛曹の遺体を収容し、機はそのまま前部甲板へ。

もう一機、こんどは九七艦攻が緊急着艦を要求していた。この機も操縦員が負傷しているらしく、かなりの重傷で着艦後、同じようにタンカで運ばれて行く。他に瑞鶴戦闘機分隊長白根斐夫大尉、列機の横田艶市一飛曹の零戦二機も、隼鷹に緊急着艦してきた。

小瀬本三飛曹機も、山口艦爆隊最後の生還機として午後二時、母艦にたどりついた。さっそく艦橋下に出迎えてくれた艦長、飛行長、航空参謀に攻撃の詳細を報告し、「飛行長、武居の捜索はどうなっていますか」と気がかりだったことをたずねた。

「駆逐艦が救助にむかったはずだ。見なかったか」

たしかに、南東方向に全速で南下する駆逐艦の艦姿を上空から視認したのである。それで一安心し、「ご苦労であった」との岡田艦長のねぎらいの言葉を背に、居住区にもどった。

だが、武居機の捜索は無為におわったようである。空母隼鷹の飛行機隊「戦闘行動調書」には、同機の項目に「戦死」と二字記されているのみである。

艦内格納庫では、入来院良秋大尉の指揮する九七艦攻七機が航空魚雷を装備して発艦待機中である。闘志満々の司令官角田少将はすでに炎上中との報告があった米空母への反復攻撃を命じており、奥宮航空参謀は直掩の零戦隊指揮官として着艦したばかりの瑞鶴隊白根斐夫大尉を起用することにした。日華事変いらいの交流があり、有能な指揮官として旧赤城乗組時代もその名が高い。

「白根君、ご苦労だが、君が行ってくれるか」

奥宮少佐が申しわけなさげに声をかけると、不快な表情も見せずにあっさりと承諾の返事をした。

「はあ、行きます」

角田司令官一歩もひるまず

1

日本機がこれほどまでに波状攻撃を重ねてくることは、過去に例がなかった。南雲機動部隊からすでに第一次、第二次、角田二航戦部隊からも第一次攻撃隊が殺到し、米キンケイド部隊は防戦一方である。

南雲艦隊には「ミッドウェーの仇を討つ」との熱い思いがあるが、これに彩りをそえたのはやはり「勇将」角田覚治少将の参加であろう。とにかく勇猛果敢——この司令官は積極的に作戦参加し、ひるむところがない。開戦後一年、日本海軍は見敵必殺を旗印にかかげながら、じっさいは指揮官が優柔不断で決断できず、あたら好機を逸してしまう戦闘——ミッドウェー海戦がその好例——が多い。

角田覚治少将が南雲中将より復讐心にはやり立っていたのは、山本連合艦隊司令長官の苦境を救えなかったという忸怩《じくじ》たる思いがあるからだった。ミッドウェー海戦で赤城、加賀、蒼龍の三空母被爆の第一報がはいったとき、目前のダッチハーバー攻撃に固執して南雲艦隊救援に駆けつけなかった。もしあのとき、ミッドウェー沖に疾駆し参戦していれば、四空母壊滅の悲劇から日本海軍の名誉を挽回できたかもしれない、との反省と自負心が生まれていたにちがいない。

山本五十六大将は郷里新潟の先輩であり、角田は三条中学、山本は長岡中学とごく近隣の関係であり、出身も砲術科から航空畑への転身と、将官への進路も似通っている。角田少将は山本長官を郷里の先輩という意味だけでなく、海軍の巨人として心酔していた。その山本長官がまたしてもガダルカナル戦で苦境に追いこまれている！

南太平洋海戦で、米空母部隊を相手に角田少将が貫徹したのは、まさしく山本五十六が主張する日本海軍の「見敵必殺」の精神であった。まず全速力で米空母に接近して間合いをつめ、攻撃隊の収容を有利にしてつぎの波状攻撃に移りやすくする。そのために彼は、二航戦司令官として隼鷹艦橋で矢つぎ早やの手を打った。

同少将は第二次攻撃隊の入来院艦攻隊を発進させると、すぐさま第三次攻撃隊の編成を企図した。とにかく残存兵力あげての全力攻撃である。

「航空参謀、何機使えるか見てきてくれたまえ」

午後一時になって第一次攻撃隊の零戦小隊三機が帰還してきて、同五〇分、制空隊長志賀淑雄大尉も単機で母艦に着艦してくるのがわかった。山口正夫大尉の艦爆隊が被爆機が多く、帰投はバラバラとなっており、果たして何機が第三次攻撃に使えるか。

航空参謀奥宮正武少佐が艦橋を飛び出して、ラッタルを駆け下りて行く。三層下の格納庫で、整備長川畑卓少佐をつかまえると、川畑少佐は渋い表情になった。

「さあ……。どうやら使えるのは艦爆四機、戦闘機九機ぐらいでしょうか」

飛行長崎長少佐は発着艦指揮所にあって、第一次攻撃隊帰還機の収容に大わらわとなっていた。飛行長に確認する作業を飛び越して、奥宮少佐は艦橋に引き返した。

「よし、可動機全機で攻撃しよう」

角田少将は即座に決断した。制空隊長には帰艦したばかりの志賀大尉に再登板してもらい、艦爆隊長には若い偵察将校の加藤舜孝中尉を当てることにした。加藤中尉も二度目の出撃となる。

奥宮参謀は再出撃とは若い中尉には重荷になるだろうなと胸苦しい思いで、加藤中尉の姿を捜し求めた。第二小隊長として帰投直後、彼は艦長岡田為次大佐の前で戦果報告をするさい列機一機を喪い、山口正夫、三浦尚彦両中隊長も未帰還となり、自分が最先任となってしまった重圧で、ほとんど口もきけなかった様子を奥宮少佐は目撃している。――それから、わずか三〇分もたっていない。

加藤中尉は搭乗員待機室で食事をとっていた。出撃機数――九九艦爆一七機のうち、自爆九機、搭乗員の戦死一九名。出発時には大勢の艦爆隊員がにぎやかに談笑していた席は空っぽで、そのなかで一つ、若い士官の寂しい後姿が見える。

「加藤中尉、もう一度願います」

奥宮参謀が声をかけると、とつぜんのことでおどろいたのか、「また行くんですか!」と振り返って立ち上がった。その声の調子には、明らかに強い不満の色があった。

通称トンちゃん。加藤舜孝中尉は愛知中学校出身。肉太りの、愛嬌ある士官次室《ガン・ルーム》の人気者である。この七月の人事異動で転任してきたばかりで、いきなり凄惨な米空母輪型陣突入で身も凍る思いを体験したにちがいない。そんな残酷な任務を二度も強いるとは何たる非道な命令か、と反発する気持が表情に浮かんでいた。

「戦争だよ。トンちゃん、敵が健在でいるかぎり止《とど》メを刺しに行かなくちゃ。おれも一緒に行くからさ」

先に、二度目の制空隊長を引き受けている志賀淑雄大尉が二人のやりとりを耳にして、説得に加わった。わずか艦爆隊四機で米空母の対空砲火に突入する心細さを、戦闘機隊長として十分に理解していたからだ。
「おれたちが援護するからさ。一緒に行こうや！」

兵学校時代、新入生徒だった加藤舜孝たちにとっては蛮勇で鳴らした伝説的な江田島の最上級生、一号生徒の雄が、志賀淑雄である。さすがに元一号生徒の「お達示」はきき目があったらしい。加藤中尉も直立不動になって、「わかりました。征きます」と元気よく答えた。かつての兵学校生徒らしい、さっぱりとした態度であった。これで第二次攻撃隊の発進は午後三時半と決まった。

志賀大尉がことさら加藤中尉をはげましたのは、味方零戦隊が第一次攻撃隊の九九艦爆隊を護り切れなかったことに自分の非力さを感じていたからである。なるほど急降下爆撃は米軍側が先輩で、日本側はその後塵を拝して進歩してきたものだが、それにしてもなぜあんなにポロポロと墜とされるのか。前夜、攻撃隊の搭乗員たちから「戦闘機隊は空戦ばかりをやりたがり、自分たちを守ってくれない」との苦情が出て、自分がなだめに回ったが、じっさいの戦闘場面では「九九艦爆一機に零戦一機が護衛につけ」と心がまえを説いておいても、さっさと飛び出してグラマン戦闘機を追いかける部下機があった。

第二次攻撃隊の入来院良秋大尉は、わずか七機の九七艦攻で重い八〇〇キロ航空魚雷を抱いて突進中である。制空隊長は、瑞鶴隊から帰還した白根斐夫大尉以下零戦八機。（彼らは無事、米空母上空までたどりつけるだろうか）と山口、三浦両大尉の食事が手つかずにそのまま机上に残されているのを見て、志賀大尉は入来院隊長の行方をあれこれ案じていた。そして加藤中尉の艦爆隊は何としても全機無事に帰してやる、と決意を新たにした。

2

奇しき因縁だが、空母瑞鶴はサンゴ海海戦時と同じように米軍機の被弾をまぬがれ、ただ一艦の健在な航空母艦として海戦の主役に残った。

艦長野元為輝大佐は遠くに被弾炎上する旗艦翔鶴を見て、また発着艦不能となった空母瑞鳳の随伴する艦影を遠望して、

――刀折れ、矢つきてもおれは戦うぞ。

との燃えたぎる闘志に奮い立っていた。ミッドウェーの沖で炎の死をとげた兵学校の旧友、柳本柳作蒼龍艦長におくれを取ってはならぬ、との覚悟をかため、彼とともに唱えた兵学校四十四期生の座右銘「始終死期」をあらためて思い起こした。それは、日本海軍の戦闘精神「斃而後已《たおれてのちやまず》」に通じる心がまえである。

その言葉がしめす通り、野元大佐はこの朝から艦橋の直上、防空指揮所に身をさらして小川砲術長とともに立ちっぱなしである。食事もとらず、のどの乾きをおぼえていたが、一杯の水を飲む余裕もなかった。旗艦翔鶴からは被弾直後、南雲長官名で将旗を一時駆逐艦照月に移して指揮を継承し、航空戦のあいまを見て瑞鶴に司令部を移乗予定との連絡があり、引きつづき、

「第三次攻撃隊ヲ編成シ、攻撃セヨ」

との命令が発光信号であわただしく下されていた。このため、瑞鶴艦上は大混乱をきわめている。

攻撃隊の編成は、飛行長松本真実中佐にまかされた。とはいっても、第二次攻撃隊の今宿滋一郎大尉の艦攻隊はまだ帰艦せず、第一次攻撃隊の艦爆隊長高橋定大尉は攻撃前に墜落した模様で、第三中隊長石丸豊大尉も未帰艦。出撃機数二一機のうち、一二機自爆——と唯一生還した第二中隊長津田俊夫大尉の報告にある。

「出撃可能機数は、何機ですか」

整備長原田栄治少佐はすでに事態を予期していたらしく、「索敵から帰った九七艦攻から、翔鶴、瑞鳳分をあわせて七機。艦爆は二機、戦闘機は四機出せますよ」と即座に答えた。

本来なら艦爆隊も機数をそろえて雷爆同時攻撃を企図したいところだが、九九艦爆機は攻撃単位に充たず、わずか二機を派出するだけにすぎない。しかも、艦攻隊主力で第三次攻撃

隊を編成するにしても九一式改三型航空魚雷は使いつくされて、残るは八〇〇キロ徹甲爆弾だけ。——米空母への水平爆撃を強行するほかはない。また艦攻隊員の編成はどうすべきか。松本飛行長は、たちまち難問に直面した。

瑞鶴艦攻隊は今宿、梼原正幸両分隊長が出撃中で、分隊士伊東徹中尉、金田数正飛行特務少尉など編成に相談できる相手が出払っていて、搭乗員の人選に一苦労である。

飛行甲板上は、帰ってきた攻撃隊の急速収容に大わらわの状態であった。激戦を物語っているように、第一次攻撃隊の九九艦爆機の被害がひどく、翼をもがれた機、大破した機、燃料を噴出させガソリンの白い尾を曳きずっている機もあった。

索敵機が三艦あわせて同時発進しており、上空直衛機の交代、制空隊零戦の帰艦などが瑞鶴一艦に集中して、これらのうち無傷、余力のあるものは空中退避させておき、緊急着艦が必要な損傷機から順次収容して行く。

「この機は捨てろ!」

と甲板上で瞬時に判断を下すのは原田整備長の役割である。発着艦指揮所を飛び出して、はじめは一機ずつ機上に駆け上がって点検のうえ海中投棄を決定していたが、被弾大破した機数が多く、外側から一見しただけで、すぐ廃棄処分を下すようになった。

原田栄治少佐の回想談。

「手塩にかけた愛機だから捨てないでくれ、と機付整備員が泣くんですよ。ハワイ作戦いらいのベテランだから同情するんですが、情にかまってはいられない。早く収容しなければ、燃料切れで海上に不時着水する被弾機が多数出ますからね」

着艦を要求する機数が多いために、いちいち格納庫内にリフトで収容している時間がない。無事の機体は前甲板に集めておいて制止索を立て、もし事故機が発生しても他の飛行機に被害がおよばない手配をした。それ以外は整備長の命令一下、艦橋横から海中投棄する。

なかに一機、「ワレ燃料ナシ」の合図をしながら緊急着艦で横から割りこんでくる九七艦攻がある。強引に左舷後甲板からまわりこんできて、艦橋横に静止した。（図太い奴だな）と松本中佐が見ていると、偵察席から顔見知りの瑞鳳艦攻隊田中一郎中尉の姿が見えた。

「松本飛行長でしたか。いやあ、朝一番から索敵に飛び立って五時間。帰ってきてから、洋上で二時間も待たされましたよ。燃料切れでもうおダブツという直前で、着艦しました」

悪びれない表情で、田中中尉は語りかけた。青年中尉らしく気負い立っているようで、全身に若い闘志が感じられた。松本飛行長の人選は決まった。

「おお、いいところに来てくれた。使える飛行機をかき集めて第三次攻撃隊だから、きさまが指揮官として征ってくれ」

「はい、承知しました」

もとより望むところといいかけて、田中中尉は松本飛行長のつぎの言葉に息をのんだ。

田中一郎中尉は新潟中学出身。昭和十一年、兵学校六十七期生となり、同十六年飛行学生を卒業。この南太平洋海戦での出撃が初陣である。一航戦艦攻隊には同期生四人がそれぞれ分隊長として着任しているが、指揮官として出撃となれば名誉ある任務であり、気負いこむのも無理はなかった。だが、松本飛行長の命令は衝撃的なものだった。

「すまんが、水平爆撃でやってくれ」

「は？　水平爆撃ですか」

洋上を動きまわる米空母を目標にして、いかに絶好の雷撃射点につくか。方位角、機速、米空母の艦速、回避運動すべてを計算に入れて訓練にはげんできたのである。陸上基地の静止目標とは相手がちがい、高速空母を洋上で高空からとらえるのは容易なことではない。

「いや、敵空母は相当の損害をあたえているはずだから、それに爆弾を落としてくれればいいんだ」

と、松本中佐はニヤリと笑っていった。飛行長の説明によると、すでに一航戦、二航戦あわせて三回、米空母を叩き、洋上で航行停止、炎上中だから、これに八〇〇キロ徹甲弾を落としてくればよい、というものであった。八〇〇キロ徹甲弾は真珠湾攻撃のさい、米戦艦群の厚い装甲板を貫通させた威力のある砲弾改造爆弾である。

だが、熾烈な対空砲火の下、三角編隊を組んだまま投下までの数十秒間の定針運動はどれほどの危険がともなうかは知れなかった。待ちうける運命は確実な被弾、炎上死である。すなわち、松本中佐は「死ね」と命じたも同様なのであった。

「わかりました」

田中中尉は、ためらわずにそう答えた。さる十月十七日のルンガ沖空戦で一航戦では顔馴染みの二期先輩、隼鷹隊の伊東忠男大尉と同期生久野節夫中尉が戦死している。（彼らの仇を討たねばならない）との復讐心も、心に宿っていた。

直掩の制空隊は、翔鶴隊の元気者〝ヤッペイ〟こと、小林保平中尉が零戦三機とともに随伴してくれることになった。同期生小林中尉は編成が決まるとすぐに待機室にやってきて、「敵の戦闘機はきさまには一本も指をふれさせないぞ」と肩を叩いてくれたのも、頼もしいかぎりだ。

3

防空指揮所に立つ野元艦長は、瑞鶴単独で一航戦航空部隊の指揮をとる責任の重さを痛感している。南雲司令部からはその後何ら新たな指示もなく、駆逐艦照月への移乗が完了したとの連絡もない。

頼りにする幕僚も持たず、飛行長、整備長は艦橋下にあって獅子奮迅《ふんじん》のはたらきである。孤立無援――。たった一人で航空戦を指揮する重荷に耐えかねて、胸が苦しくなるほどである。だが、一歩も退くことはならない。

（なんとしても柳本の仇を討ってやる！）

旧友への強い復讐心が、野元大佐の身体を熱く掻き立てた。

同じころ、サンタクルーズ島沖では角田少将がはなった第二次攻撃隊が米空母部隊上空に達していた。日本側の波状攻撃の第四波、入来院良秋大尉の雷撃隊七機である。

入来院隊が傷ついた米空母を洋上に発見したのは午後三時一〇分。空母は左舷側に少しかたむき、大型艦が前方にあって曳航作業中であった。指揮官機の位置からはその詳細がわからず、米空母は微速航行中で、周囲を輪型陣でがっちり固め、熾烈な対空砲火の防御網をひいているように見受けられた。

――これが、山口第一次艦爆隊が猛攻を加えた米空母にちがいない。

入来院大尉にとって、米空母の艦型はわからなかったが、幸い上空にはグラマン戦闘機の機影もなく天候も良好で、魚雷攻撃には絶好の射点につけそうな気配がしていた。第一小隊三機は入来院良秋大尉が直率し、第二小隊二機は大庭清美特務少尉、第三小隊二機は横山武雄飛曹長がそれぞれ指揮している。

同一五分、「全軍突撃セヨ」のト連送が発せられたのだが、その準備段階での「トツレ、トツレ……（突撃準備隊形作レ）」の散開命令がなかなか発せられなかった。各機ともこの指揮官機からの「トツレ」連送電で、第一小隊は突進し、第二小隊は右方へ、第三小隊は左下へ隊形を開き、それぞれ充分な間隔をとって突撃態勢に入るのだが、なぜか入来院大尉からの指示がおくれた。

「何をぐずぐずしてるんだ！」と第二小隊の偵察員中村豊弘二飛曹は舌打ちして、操縦席の中村繁夫二飛曹をどなりつけた。「早く魚雷をぶっ放して帰ろう！」

中村一飛曹は、隊長機入来院大尉に馴染みがない。空母加賀で真珠湾攻撃に参加し、戦艦オクラホマを雷撃。ミッドウェー海戦では友永雷撃隊の一員として空母ヨークタウンに止めの魚雷攻撃をした。そして、これが三度目の雷撃行となる。

長崎県島原中学校出身。居住区では下士官仲間の〝やんちゃ坊主〟として知られ、上官にも平気で楯突《たてつ》く剛気な性格の持ち主である。中村一飛曹は「雷撃行は一回でも戦死は確実だといわれているのに、三度も決死の雷撃行を命じるのは理不尽ではないか」という搭乗員起用への大いなる不満がある。（おれがそう簡単に殺されてたまるか！）との反抗心から、七月に隼鷹に配属されて艦攻隊の猛訓練がはじめられても、積極的に参加はしなかった。

もう一人、第一小隊三番機の偵察員丸山泰輔一飛曹も、空母飛龍乗組の真珠湾攻撃いらいの搭乗員である。ミッドウェー海戦にも中村一飛曹とともに雷撃参加して無事母艦に帰着し、隼鷹に転じてきた。性格は穏やかで、三度目の雷撃行でも不平をいわぬ静かな闘魂の持ち主である。

口に出して注文をつけないが、こうした歴戦の古参搭乗員を抱えて新参の艦攻隊分隊長入来院大尉も心労を重ねていたと思われる。大正五年生まれ。二十五歳の若い指揮官は米空母とのはじめての雷撃戦で、列機それぞれの配置に気を配る余裕を失っていたのだ。

開戦時には、空母翔鶴分隊長として真珠湾攻撃に参加。カネオへ、フォード両基地を攻撃したが、八〇〇キロ陸用爆弾を抱いての水平爆撃行だから、洋上すれすれを這って米空母の舷側にまで突進する雷撃行と緊迫の度合いがちがう。

入来院良秋大尉は旧姓を谷口といい、鹿児島の名家入来院家に乞われて養子となった。妻あつ子は女学校の才媛で、二人が結ばれてこの旧家を継いだのである。鹿児島県立出水中学校から兵学校六十五期生へ。

長身のややきつい顔つきで、あまり運動神経のするどい方ではなかったが、「ねばり強い努力型の性格」と同期生松島龍夫の評にある。艦攻隊偵察将校としては、適格な人物といえるだろう。

午後三時一五分、入来院大尉機の翼が大きく振られた。電信員渡辺秀男二飛曹が送信キーをあわただしく叩く。「トトト……」の全軍突撃命令である。


重巡ノーザンプトンに曳航され、ようやく三ノットの微速から速力を上げつつある空母ホーネットにとっては、最悪の状態で日本機の雷撃を迎えることになった。雷爆撃による損傷でボイラー三缶がかろうじて動く艦内で、唯一の望みは曳航索による帰航のみであったが、ノーザンプトン艦長ウィリアム・A・キッツ大佐は雷撃機の突入を見るや、

「曳航索を切れ！」

と命じてノーザンプトンを離艦させた。

空母ホーネットの艦長マンソン大佐は傷ついた乗員や戦闘に不要な者八七五名を駆逐艦ル

ッセル、フージュス両艦に移乗させており、艦内には戦闘要員だけを残していた。そして、防空巡洋艦ジュノーは対空砲火の指令を誤受信して輪型陣を離れてしまっていた。上空には防空戦闘機網なく、最新四〇ミリ機関砲の防御もなく、日本機にとっては容易な雷撃行と思われた。

「魚雷命中！」

悲鳴のような報告が見張員からマンソン艦長にとどいた。右舷へ日本機の魚雷が命中爆発し、前部機械室から大量の海水が流れこんだ。右舷への傾斜は一四度におよび、ホーネットは絶望的な状況に追い込まれた。

第四波の入来院隊の雷撃が空母ホーネットの死命を制したことだけは、まちがいがない。右舷への九一式改三型八〇〇キロ航空魚雷の爆発によって、同艦は航行不能となった。だが、隊長入来院良秋大尉は還らなかった。

突撃命令が下されて九七艦攻七機が左右に展開し、空母ホーネットを挟撃しようと全速で突進した直後、猛烈な対空砲火の火箭が指揮官機に集中した。米空母は傷つき左舷側にかたむいているとはいえ、五インチ対空砲、二八ミリ機銃、二〇ミリ機銃弾の嵐である。日本機の攻撃を見た瞬間、艦長マンソン大佐は魚雷命中をさけようと、

「取舵一杯！」

を命じて左に回頭し、微速の同艦を必死になって正対させようとした。直進した入来院隊

の第一小隊三機はそのまま左舷側から、大庭飛行特務少尉の第二小隊二機も同様で、横山飛曹長の第三小隊二機が右舷側から魚雷投下する隊形となった。

重巡ノーザンプトン、ペンサコラ、駆逐艦六隻から射ち出される防禦砲火網の弾丸はザアー、ザアーと海上に豪雨が叩きつけるような飛沫を上げる。大庭小隊二番機の偵察員中村豊弘一飛曹はあまりにはげしい弾雨のせいで、投下時の射角、艦速、機速も計算に入れぬまま魚雷を投下して「ほうほうのテイで海上を這って帰ってきた」のである。

隼鷹に帰艦したのは午後五時一〇分、中村機が一番乗りであった。ふつうは隊長に報告して居住区にもどるのだが、激戦のためか直接艦橋に上がって報告するように、と申し渡された。いそいで艦橋へ。

角田覚治司令官、岡田為次艦長、崎長飛行長ら主要幹部がずらりと並んで、戦果報告を期待して待っている。そんな緊迫した局面では、中村一飛曹の報告は何とも間がぬけたものであった。

「猛烈な対空砲火でしたので、夢中で魚雷を投下して帰ってきました」

真珠湾攻撃いらいの歴戦搭乗員という期待される存在だけに、意外な答えにおどろいたのだろう。岡田艦長が質問に割って入った。

「それでは、敵空母をちゃんとねらわなかったのか」

「はい。魚雷を捨てて帰ってきました」

当人としてはそれほど苛酷な戦場であったと言外に意味をこめたつもりだったが、「勇将」角田司令官の行動をふだんから見聞きしていた艦長にとっては、戦意のとぼしい横着な男と受け止めたにちがいない。艦長の表情が見るみるうちに赤くなり、

「この馬鹿者！」

と中村一飛曹の頰に拳が飛んだ。力をこめて殴られたので、居住区にもどっても頭がしびれた。

「何で殴られるのか、と不満でしたね。艦にいるお偉ら方には、あのものすごい対空砲火の怖さがわからんのだと、ふてくされて寝台に横たわってましたよ」とは、ご本人の弁。

ものの一〇分もたたないうちに、ふたたび艦橋に呼び出された。

「入来院大尉が帰って来ない。隊長の行方について、何か知っていないか」との御下問である。

出撃機七機のうち二機自爆。その一機に入来院大尉機がふくまれているのだが、だれも戦死の状況について知ってはいない。「突入直後に、敵弾により火を噴く」との目撃談があり、対空砲火の犠牲となった可能性がある。制空隊八機の零戦にも、不時着水三機、二機行方不明の結果が出た。洋上航法の困難さが理由らしく、元空母加賀乗組で真珠湾攻撃、ミッドウエー海戦に転戦したベテランの鈴木清延一飛曹が二番機中本清二飛とともに未帰還となって戦死認定された。

また雷撃行三度目の丸山泰輔一飛曹は、無事隼鷹に生還している。

入来院雷撃隊の魚雷投下は六本だが、右舷側に命中爆発したのは記録上一本である。米公刊戦史は、「海上にほとんど横たわっている空母は容易な目標で、一本の魚雷だけが命中したのは不思議なこと」と指摘している。搭乗員の練度が下降しているのか、それとも魚雷調整に失敗した整備員たちの技術低下によるものか。いずれにしても、褒《ほ》められた状態ではない。

翔鶴から出撃する九九艦爆。翔鶴隊はエンタープライズに爆弾3発命中の戦果をあげた

角田覚治少将

草鹿龍之介少将

南雲忠一中将

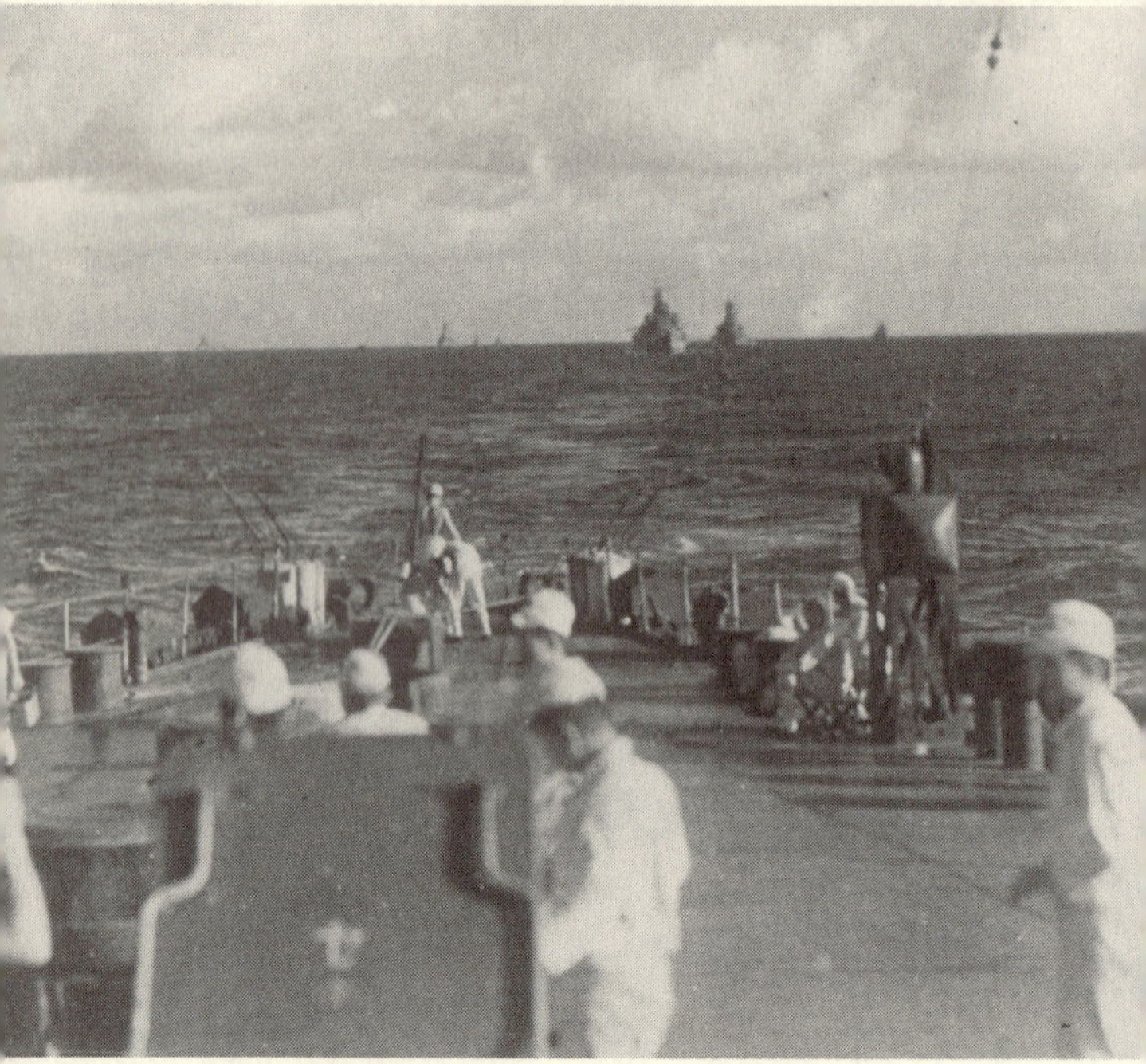
愛宕の後甲板から続行する第３艦隊の金剛と榛名をのぞむ

母艦から出撃する九九艦爆。瑞鶴艦爆隊はホーネットに爆弾４発を命中させた

翔鶴艦上にて敵機動部隊攻撃命令をうける搭乗員たち

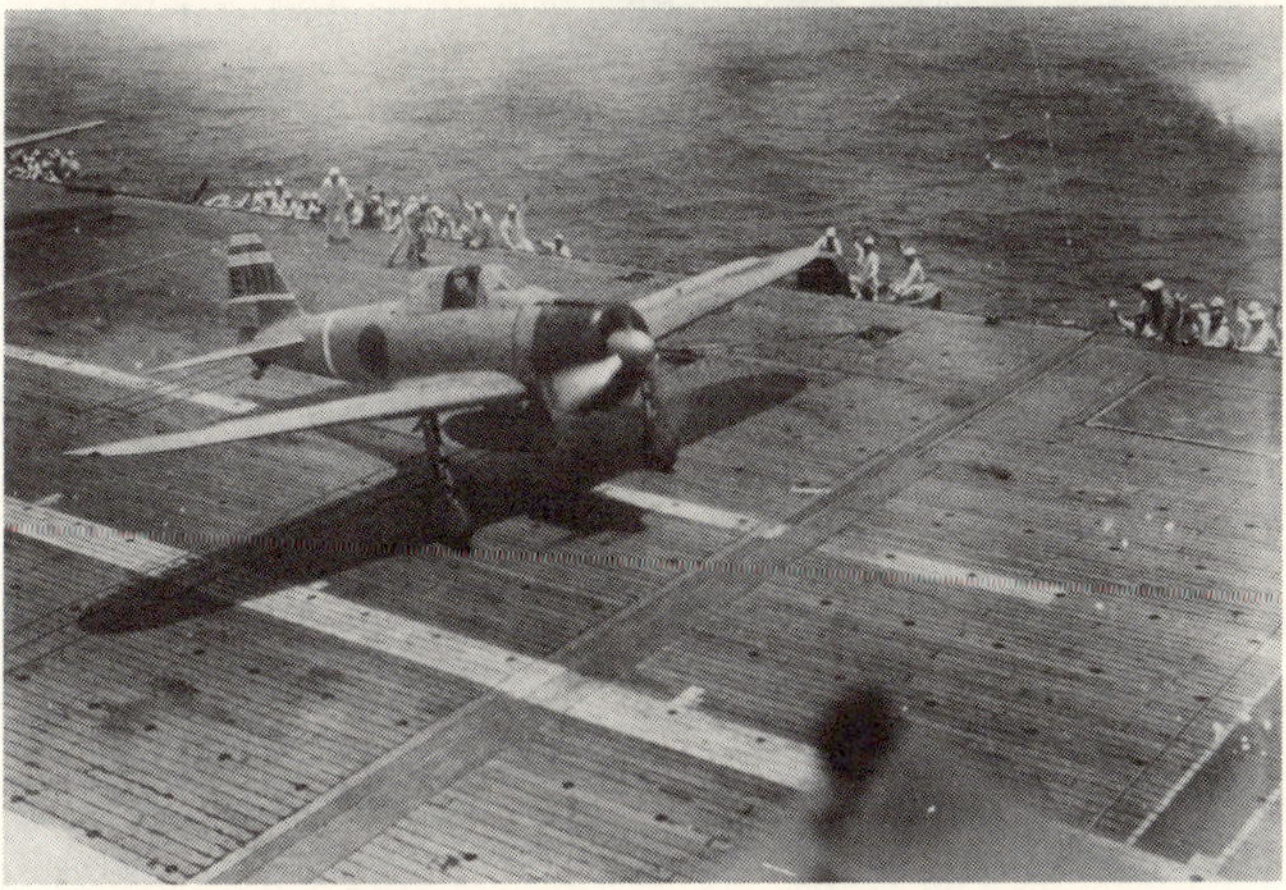

発艦する１航戦第１次攻撃隊。エンタープライズに多大な被害をあたえた

停船しているホーネットの周囲を直衛艦が旋回運動して邀撃態勢をととのえている

攻撃隊を発信準備中のエンタープライズの艦上

雷撃を終えて避退する九七艦攻と戦艦サウスダコタ

日本機の猛攻をうけるホーネット(右)

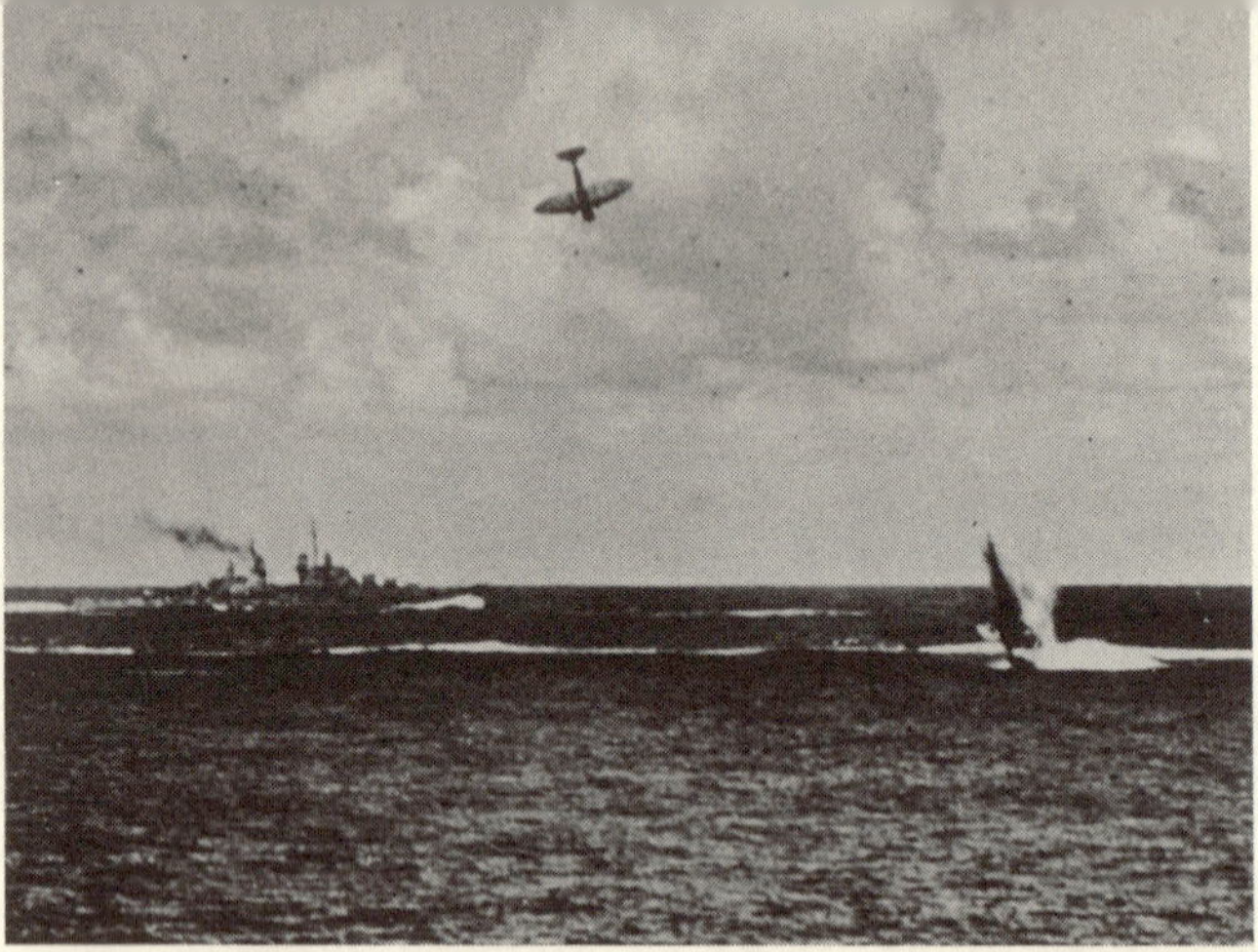

米艦輪型陣から猛烈な対空砲火をうける日本機

米空母ホーネット。日本軍の執拗な攻撃により撃沈された

エンタープライズ右舷に至近弾の水柱が立ち上る

隼鷹の飛行甲板。甲板右舷には特徴のある艦橋構造物が設置され、手前には20ミリ単装機銃が見える

隼鷹の飛行指揮所。角田覚治少将（左端）が着艦作業を見守っている

戦場から離脱する第３次攻撃隊。左に艦攻の垂直尾翼が見える

総員退艦中の
ホーネット

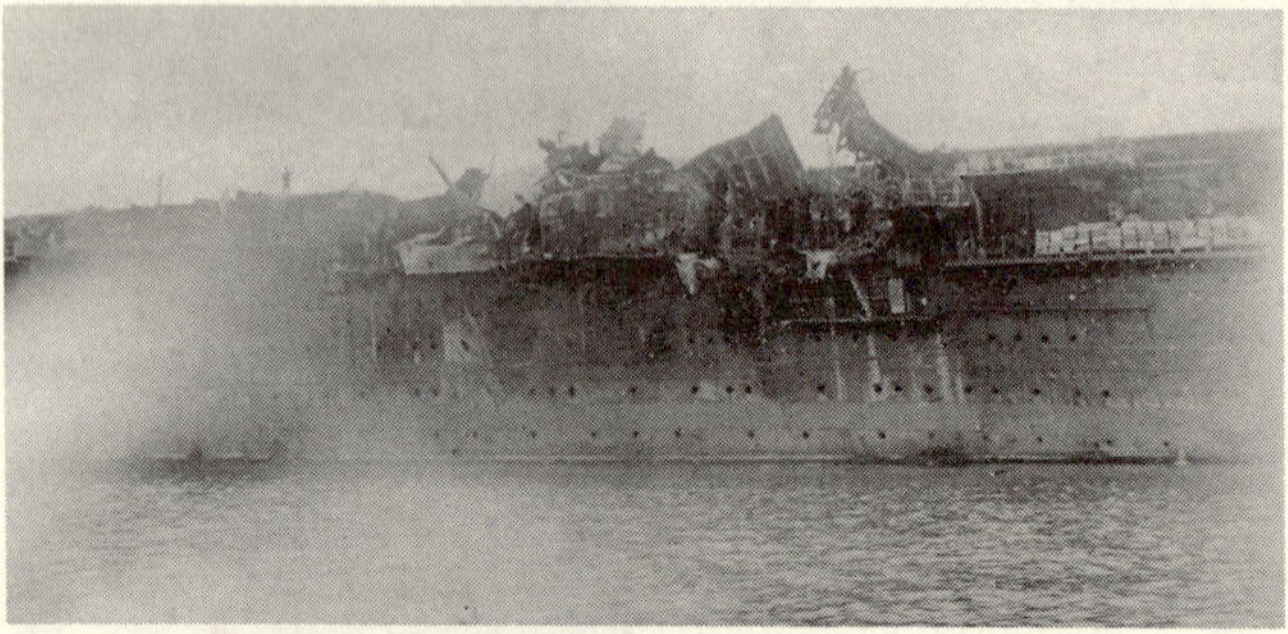

翔鶴の損傷部。５番高角砲付近に命中した爆弾による破壊状況

写真提供／著者・雑誌「丸」編集部

第三部　一方的な勝利

第六章　米空母ホーネットの最期

有馬艦長、涙の抗議

1

二航戦第二次攻撃隊が雷撃突入しているころ、空母瑞鶴、隼鷹それぞれに第三次攻撃隊が発進していた。機動部隊本隊から分離して南下する瑞鶴艦橋では、相変わらず艦長野元為輝大佐が単独で航空戦の指揮をとっていた。

——司令部は何をしているんだ！

その後、いっこうに作戦指揮を指示してこない南雲司令部の動向にやきもきしながら、野元大佐は遠く離れた旗艦翔鶴艦橋を見つめていた。異変を感じさせる徴候は何も見られなかったが、じつは艦橋内で一騒動が起こっていたのだ。翔鶴艦長有馬正文大佐の造反である。

前線部隊の一空母艦長が直属の司令長官に向かってあからさまな命令違反を口にするとは、開戦いらいはじめての出来事であった。日本海軍の戦史上、これほど明確な叛意を口にした指揮官は稀有といってよい。

旗艦翔鶴が被弾炎上し、通信不能となったのを理由に、南雲長官と草鹿参謀長のいわば〝ミッドウェー敗戦コンビ〟が早々と司令部の駆逐艦移乗を決め、しかもひたすら北西方に避退しつづける両首脳の消極的姿勢に、

「なぜ、司令部は逃げ腰なのか!」

と、有馬大佐は非難の声をはなったのである。


むろん抗議の相手は南雲中将でなく草鹿参謀長で、相手の階級は一級上の海軍少将だから言葉遣いは丁重に、直接的な痛罵の口調は控えている。

有馬艦長は熱弁をふるっていった。

「いまこそ、追撃の好機会です! 本艦は被弾して空母としての役目は果たせなくなりましたが、幸い機関も無事。このまま進撃して行って敵の爆弾を一つでも二つでも吸収できれば、味方が助かるではないか。敵中深く本艦が進めば、敵は本艦に攻撃を集中する。その間、他の艦は思い切り攻撃をかけられるではないでしょうか」

有馬大佐らしい、捨て身の体当たり戦法である。出撃前、運用長福地周夫中佐に「いった

ん出撃すれば、私は生還を期していない」と覚悟をつたえていたように、出撃当初からソロモン海での機動部隊対決を日米戦争の天王山と考えていた。だからこそ、身を清めてこの朝、機動部隊決戦の夜明けを迎えたのである。

その気迫にくらべて、南雲＝草鹿コンビの最高指揮官たちは戦意に欠け、采配もまだるっこしく、歯がゆいものに思えたのだろう。

翔鶴艦橋には南雲長官以下草鹿参謀長、高田首席参謀以下幕僚たちが顔をそろえていたが、有馬大佐の鬼気せまる迫力に圧倒されて皆声が出ない。航海長塚本朋一郎中佐も、つぎにはなった有馬艦長の一言に身体が凍りつくようになった。

「古来、このような場合に長官が退却して旗艦を変更し、成功したためしはありません。翔鶴をこのまま進ませて下さい！」

痛烈な作戦批判である。南雲中将の判断に真っ向から非難の声をあげたのである。

塚本航海長は長井作戦参謀らが中心となって合議し、通信機能なしの空母は戦線から外して捲土重来を期すとの判断を下し、自分もそれが合理的な判断だと納得している。だが、有馬艦長が口にした一言は、ミッドウェー敗戦時軽巡長良に旗艦変更して、そのまま夜戦に突入せずに断念。連合艦隊司令部の大不評を買った一事を思い出させた。

それを耳にした草鹿参謀長は逆上し、顔を真っ赤にしてどなり返した。

「だまれ、馬鹿者！」

よほど肚にすえかねたのだろう。それ以降、有馬大佐が何を訴えても耳を貸さなかった。

南雲長官が口を開き、「不本意だろうが、戦場を退いて修理に当たり、つぎの合戦にそなえよ」と取りなして、ようやくその場はおさまった。

南雲司令部は駆逐艦照月の行方がつかめず、夕刻になって同嵐に移乗するのだが、司令部内でも旗艦変更に異論があったようである。中島情報参謀の談話。

「通信はすぐ回復し、味方通信のほか敵信も傍受できるようになった。したがって、指揮上なんら支障はなく、駆逐艦に移乗すれば通信力の関係上かえって不利と考えていたほどである」

草鹿参謀長自身は、やはり「敵の第二撃で〝虎の子〟の大型空母を失いたくなかった」というのが本音で、ここでもミッドウェー敗北の悪影響を曳きずっているようである。この判断がのちに山本長官の「もう少し追撃ができなかったのか」という不満に結びつくのだが……。

瑞鶴艦橋では、野元為輝艦長が機動部隊本隊から離れて単艦で、随伴駆逐艦を引き連れて高速南下をつづけている。

米空母の勢力は何隻なのか。相変わらず「おおむね三集団」との報告をうけているが、正確な数はわからない。索敵機からの報告では「敵空母二隻停止セリ」とあり、「更に大部隊見ユ、空母一、巡洋艦一、駆逐艦六」と追加電で、米空母部隊は三群と推定しているのである。そのうちの二隻は大破させたのであり、残る一隻を第三次攻撃隊で片づけねばならない。

「攻撃隊即時待機！」

瑞鶴の艦内スピーカーが第三次攻撃隊の発進がせまりつつある状況を、せわしなくつたえている。艦攻六機、艦爆二機、艦戦四機の寄せ集め部隊で、九七艦攻の主力は空母瑞鳳からの索敵機を収容した無傷の部隊である。指揮官は田中一郎中尉。停止炎上中の米空母にむけて水平爆撃を敢行するために、二番機の嚮導機として瑞鶴生えぬきの姫石忠男一飛曹が選ばれた。

艦爆隊二機の小隊長は、これも瑞鶴生えぬきのベテラン堀建二一飛曹。真珠湾攻撃では瑞鶴の名物男〝エンマ大王〟こと、江間保大尉の列機としてホイラー飛行場攻撃に参加している。あまりに旧五航戦の江間一家を懐かしがるので、新参の飛行隊長高橋定大尉も彼らを敬遠して第二次ソロモン海戦、南太平洋海戦第一陣の攻撃隊メンバーから外し、対潜哨戒、前路警戒の地味な役割を当てがった。瑞鶴最後の攻撃隊編成となって自分の名が挙げられ、今こそ正念場だと、堀一飛曹は思った。

二番機は、甲飛三期出身の翔鶴中所修平一飛曹。同期生だけにたがいに念入りに打ち合わせすることなく「よし、やろう」と軽く手を振り合って、九九艦爆の操縦席に乗りこんだ。

「しっかりやってくれ！」と艦長訓示は短くはげしいものだったが、水平爆撃を命じた松本飛行長は無理な攻撃を強制したとの自責の念があるのか、「敵戦闘機の出現に充分注意しろ、緊密な編隊を組んでがっちり護れ」とくどいほど注意した。午後一時一五分、全機発艦。めざすは南東二五〇カイリ先の米空母第三群である。

瑞鶴隊の第三次攻撃は二時間以内の距離でおこなわれるので、薄暮以前に母艦への帰投可能だが、隼鷹隊の第三次隊は午後三時半発進だから帰投は夜間になる。偵察員を持たない制空隊長志賀淑雄大尉は、零戦に装備されているクルシー式無線方位測定機のみが頼りだ。

「帰りには〝クルシー〟電波を出すから、安心してくれ」と崎長飛行長が約束してくれたが、本当だろうか。母艦部隊は無線封止をつづけており、たかが攻撃隊数機のために、隼鷹岡田艦長は電波を出してくれるだろうか。答えは「否」である。〝大の虫を生かすために小を殺す〟これがいくさの哲理である。

ク式無線方位測定機は米国が開発し、昭和十四年ごろから輸出を渋るようになったため、一式空三号無線帰投方位測定機として国産化に成功したものだ。二番機村中一夫一飛曹は旧空母飛龍でミッドウェー海戦を戦い、第二小隊長小野善治飛曹長、第三小隊長北畑三郎飛曹長も真珠湾攻撃参加組である。夜間航法に自信はないものの、「みんな俺の機を中心にまとまってついてこい!」と、宣言するだけで精一杯であった。

午後三時三五分、志賀大尉は零戦六機で隼鷹艦爆隊加藤舜孝中尉以下の九九艦爆四機を護りながら、最後の急降下爆撃行の直掩に飛び立った。その直前に、瑞鶴田中中尉の艦攻、艦爆隊も同じ目標——大破炎上中の米空母を眼下にとらえていた。

2

「総員退去の用意をしろ！」

艦長マンソン大佐は空母ホーネットが魚雷再攻撃のせいで後部機械室から海水が急速に流れこんだので、艦を放棄する以外に途はないと考えていた。右舷への傾斜は、四度に達し、通路をガラガラと転げ落ちて行く物音がはげしくなった。そんな混乱のなか、艦橋上の見張員が「敵機、急降下爆撃機接近！」と金切り声をあげた。またしても高空から、日本機が来襲してきたのだ。

わずか二機といえども、瑞鶴艦爆隊最後の突撃である。堀建二一飛曹は旧五航戦〝江間一家〟のプライドを賭けて、一撃必中の急降下爆撃を期していた。同三時二五分、「突撃準備隊形作レ」で高度を四、五〇〇メートルに到達。田中中尉の水平爆撃隊は二、〇〇〇メートルに降下して炎上停止中の米空母直上に出る。巡洋艦、駆逐艦の群れが周辺を取りかこんで白い波を立て、熾烈な対空砲火を射ち上げてくる。

堀機、二番機の中所機は突入高度三、〇〇〇メートルまで緩降下し、翼をひるがえして一機ずつ突入態勢に移る。「敵戦闘機が見当たりません！」後部電信員根岸正明二飛曹がはずんだ声を立てる。米グラマン戦闘機の妨害はないようだ。

「急降下！」

堀一飛曹の絶叫とともに一気に突進し、四五〇〇メートルで急激に引き起こす。とたんにガン、ガンと機体に銃弾が炸裂する音。「やられた！」の悲痛なさけび声と同時に、根岸二飛曹の身体が前のめりになった。「大丈夫か！」と声をかけて振り返ると、胸部を血に染めて顔を苦しげにゆがめていた。胸部の貫通銃創であった。
海面スレスレを這うように避退するが、対空砲火はどこまでも追いかけてきて、機体にカンカンと音を立てた。洋上に不時着水するかも知れないとあわてて機体各部を眼で点検してみたが、異常はない。

「やれやれ、これで母艦に無事帰れるぞ」

嬉しさのあまり、つい後部座席に声をかけると、顔を血まみれにした根岸二飛曹が苦痛に顔をゆがめて顔色が真っ青に変じていた。一刻も早く着艦して病室で手当てを、と気がせいて海上に眼を転じると、海上に落ちた機影を追って何かが懸命に突っ走っている。

（あ、鱶《ふか》だ！）

思わず戦慄が走った。

そのはるか高空では、まことに奇妙な光景がはじまっていた。空母ホーネットの艦上では、マンソン艦長が「総員退去」を下令して艦橋から飛行甲板に降りてきたとき、みごとなV字編隊を組んだ日本機の一群が上空から進入してきた。

午後三時五五分、艦を退去しようとした乗員たちがふたたび対空砲座にもどり、機銃弾をいっせいに射ち上げた。この圧倒的な火力の差を見せつけられて、最先頭の田中中尉は「とにかくこわい」との恐怖感が先に立った。

「敵艦隊の撃ち上げる数百門の弾幕は、赤や青、色とりどりのアイスキャンデーのような曳痕弾を混じえて、上下、前後、左右にひっきりなしに炸裂する。ぐらぐらと機体がゆれる。機体に穴があいたのだろう。破口からキナくさい硝煙のにおいがぷーんと鼻をつく。こわい、とにかくこわい」

これが、九七艦攻による水平爆撃の実感であろう。

田中中尉機は、とにかく緊密な編隊を組んだまま、等高度で速力も一定に保ったまま直進するしかないのである。対空砲火をさけることはできず、「弾丸が当たってくれないように」とひたすら祈るばかりだ。

指揮官機が翼を振ると、二番機の姫石一飛曹機がするすると前に進み出た。爆撃嚮導機として一番機の位置につく。田中中尉機が二番機の位置に交代する。偵察席の田中中尉がじっと一番機の爆撃照準を合わせるのを待つ。

「撃《テ》ッ！」

のかけ声とともに、六機の九七艦攻の機腹から八〇〇キロ徹甲弾六発が投下された。黒い弾丸がぐんぐんと空母ホーネットの甲板上に吸いこまれて行く。「弾着、当たった、あたった！」と思わず機内から歓声が洩れた。

逆V字形に散布された徹甲弾は一弾が飛行甲板に炸裂し、他の五弾は空母ホーネットと重巡サンディエゴの中間海上に飛沫を立てた。こうして瑞鶴隊第三次攻撃隊必死の水平爆撃は効果をあげたが、すでに放棄を決めた米空母にとっては無用の一撃であったにちがいない。

刀折れ矢つきるとも

1

二航戦第三次攻撃隊の編成――。指揮官機加藤舜孝中尉（偵察）の操縦員は木村光男一飛曹。二番機はこの日、二度目の出撃を共にする山川新作三飛曹。第二小隊長は宮武義彰一飛曹と二番機小瀬本国雄三飛曹の九九艦爆合計四機である。

発艦して一時間一五分、晴れていた空が戦場近くなると雲が目立ちはじめた。

「敵空母が停止しています！」

指揮官機の操縦席から、木村一飛曹が上ずった声で報告した。「よし、あれは味方攻撃機にやられた空母だ。ほかを捜そう」と加藤中尉が即座におうじた。高度三、〇〇〇メートル。さらに二〇分、周辺の海上を捜索するが、何も見えない。

「しかたがない。あれをやろう！」

第一発見の停止中の空母ホーネットに攻撃を加えることにした。傷ついた米空母を中心に「戦艦二隻、巡洋艦二隻、駆逐艦若干」が周囲をぐるぐる回っている。上空はるかから見下ろすと、〝水すまし〟のようだ。突撃高度五、〇〇〇メートルに上昇する。

「トトト……（全軍突撃セヨ）」

のト連送が発信された。加藤中尉の一番機が逆落としに突入を開始する。轟然と対空砲火の火箭が射ち上げられる。二番機山川三飛曹の操縦席から見ると、ちょうど〝火の塊〟のなかに突っこんでいるようだ。二番機、三番機と急降下をつづけ、最後に小瀬本三飛曹の順番となった。


制空隊長志賀淑雄大尉は四機の九九艦爆が一機ずつ、投弾しては海上を避退して行くさまを見つめていた。「全弾命中！」と思わず声が出た。隼鷹戦闘詳報には「航空母艦ニ命中四発、大火災、右ニ大傾斜ス」とある。

――われ戦えり。


瑞鶴艦長野元為輝大佐は夕暮れを迎えて、ようやく長い海戦の一日が終焉《しゅうえん》に近づきつつあるのを感じていた。疲労が全身をおおっている。第三次攻撃隊の指揮官田中一郎中尉から、

「ワレ帰途ニツク」

の報告電報があったのは、午後三時五〇分のことである。戦場から母艦上空にもどってくるのは一時間半後、もうまもなく彼らの九七艦攻隊の機影が見えるころだろう。

――第四次の夜間雷撃隊はとても出せない。

というのが、黄昏《たそがれ》を迎えての野元艦長の肚づもりであった。旧一航戦時代の真珠湾攻撃直後のベテランパイロットたちなら、夜間照明隊を飛ばして果敢な夜間雷撃を敢行してくれるにちがいない。だが、村田重治少佐以下練達の艦攻隊員がほとんど未帰還のいま、彼らの技倆におよぶ残存搭乗員は残っていない。南雲司令部からの命令通り、明日黎明時の索敵攻撃にそなえておくのがいちばんだろう。

晴れた南海の洋上に、夕陽が落ちている。瑞鶴は二航戦空母隼鷹と合同すべく三〇ノットの速力で南下をつづけているため、轟々と耳元で風が鳴っている。

「取リ敢エズ二航戦司令官ハ瑞鶴ヲ指揮スベシ」

南雲長官から角田覚治少将の隼鷹隊指揮下にはいるよう命じられているので、米空母部隊との間合いを取るべく南下を止め、北上を開始しなければならない。

旗艦翔鶴、瑞鳳部隊は随伴駆逐艦初風、舞風を引き連れ、瑞鶴と分離後、トラック泊地にむけ一路帰途についている。旗艦被弾の折は（さぞ有馬さん、口惜しいだろうな）と闘志満々の艦長の失意に野元大佐は思いを馳せたが、その翔鶴の姿もいまや視界にない。

通信室からのテレトークで、さきほど小山通信長から索敵機の報告で、「敵ヲ見ズ、五〇カイリ圏内ニ敵影ナシ」の報告があったことをつたえてきている。第三次攻撃隊には大竹登美衛一飛曹の九七艦攻一機が索敵隊として同行しており、同機から索敵端末を折り返したことを報じてきている。どうやら、戦機は去ったらしい。

艦内の昂揚した気分は、最高潮に達している。第一次、第二次攻撃隊の戦果報告に引きつづき、第三次攻撃隊の田中水平爆撃隊が「ワレ『サラトガ』型空母ヲ爆撃ス」とまた新たな目標をとらえたことを報じてきたからである（午後三時四五分）。

この報告電が艦内スピーカーで紹介されると、「バンザイ」の歓呼の声が格納庫内の整備員たちからわき上がった。彼らは明朝の索敵攻撃にそなえて、四度目の雷爆装攻撃準備に汗をしたたらせていたからである。

疲労は極限に達していた。整備長原田栄治少佐の元には「出撃可能機数、零戦三三、九九艦爆一〇、九七艦攻一九機」と報告されており、これが瑞鶴隊最後の攻撃行になるだろう。

だが、整備員たちを督励した田中中尉電の戦果報告は空母ホーネットを見誤ったもので、サラトガは八月三十一日の味方潜水艦雷撃成功により損傷し、米本土西岸へ修理のため帰投していたことを彼は知らなかったのだ。

——旧友柳本柳作の仇を討ったぞ。

取りあえず米空母二隻撃沈は確実だ。まだ、勝利の快感はめばえていないが、乗員たちの士気も旺盛で、事前に心配していたミッドウェー海戦の恐慌予想心理のようなものが艦内から取り払われて、それぞれが自分の配置に専念できたように思われる。誇りうべき一日であったと、野元艦長は自認する。

「朝から乗員たちを叱咤激励し、自分も号令をかけるのが精一杯でした」

だが、いったん搭乗員待機室に目を転じれば、高橋定飛行隊長、石丸豊艦爆分隊長、今宿滋一郎、梼原正幸両艦攻分隊長の姿はなく、制空隊長白根斐夫大尉の零戦も未帰還のままである。

だれも手をつけない戦闘配食がズラリとならぶ待機室のがらんとした空間の一画に、旧五航戦組の古参パイロット金田数正特務少尉と八重樫春造飛曹長の二人が肩を落として坐りこんでいた。

——空母相手の雷撃行では生きて帰れない。

そんな苛酷な雷撃行を二度までも体験した八重樫飛曹長は、いま生きて帰っている自分の存在をふしぎに思っている。なぜ彼らと一緒に死ななかったのか。むしろそのことが、悔恨の情となってふつふつとわいてきた。

八重樫飛曹長は金田特務少尉とのやりとりを、あざやかに記憶している。彼は真剣な表情でこう語りかけたのだ。

「なあ、金田さんよ。おれたちも最後の御奉公とやらで艦長に願い出て、夜間雷撃をやらしてもらおうじゃないですか」

「そりゃあ、いいね。おれたち二機ペアなら夜間に飛んで行っても、確実に魚雷を命中させることができるぜ」

金田特務少尉も真顔で応えた。厳格な、馴染《なじ》みの薄い松本飛行長には一言のもとでハネつけられるだろうが、一足飛びに艦橋に駆け上がって直訴したい気持に駆られたと、八重樫回想にある。

そんななか、防空指揮所の見張員が大声をあげた。

「零戦一機、飛んできます！」

野元大佐が視線をあげると、尾翼に指揮官機の帯マークがはいった隊長機が翼を振りながら近づいてくるのが見えた。引きつづき、見張員の声が飛ぶ。

「白根大尉の零戦が帰ってきました！」

制空隊長白根斐夫大尉は日華事変いらい真珠湾攻撃、インド洋作戦、ミッドウェー海戦といくたびもの戦場を体験し、そのつど無事に帰還している。大尉の操縦する零戦は第四旋回から軽やかに艦尾を回わり、飛行甲板に降り立つ。

「よくぞご無事で……」

隊長機の機付整備員川上秀一二整曹はこの朝、戦闘機整備の先任班長として送り出した愛機が無傷で母艦にもどってきたことに感激し、機腹下に駆け寄って涙まじりに声をかける。この零戦も明朝の出撃にそなえてリフトで格納庫に収納し、徹夜で整備し直さなければならない。

白根大尉は艦橋に駆け足で上がってくると、攻撃隊として発艦後隼鷹に収容され、第二次攻撃隊長として再度出撃し、反転帰投して「そのまま脚を伸ばして母艦にもどってきました」と落ち着いた口調で申告した。

すでに野元艦長からは戦闘速報で、「敵空母の状況二隻大破、別に一隻艦型不明のものあり」と連合艦隊司令部に報告されており、白根大尉の最新情報を加えれば「全艦撃沈破せるは確実」(『戦藻録』)という、未曾有の成果であった。

「ご苦労だった」

武骨な艦長だけにすぐには口には出せなかったが、「隊長機が何機も還ってこない状況で、白根大尉ひとりでも帰ってきたことで有難かった」のである。これで明朝の攻撃隊長は白根大尉で決まりだと、野元大佐は一安堵した。

2

角田覚治少将の空母隼鷹では、二航戦第三次攻撃隊の収容に手間どっていた。加藤舜孝中尉の艦爆隊四機の攻撃が反転帰投を決意したのは午後五時三〇分のこと。彼らが帰路をたどる時刻にはすでに陽が落ち、闇夜のなかで母艦をめざして帰投しなければならなかったのである。

攻撃は午後五時五分にはじまり、五分間でおわった。同一五分、集合予定地点で志賀大尉以下の制空隊零戦六機は、加藤艦爆隊が引き揚げてくるのを待つ。だが、四番機の小瀬本国雄三飛曹の九九艦爆一機は集合してこない。

一機やられたかと失意にくれながら、やむなく志賀大尉は残る全機をひきいて反転北上する。

すでに陽は没し、夜の闇が海上にひろがりはじめていた。こんな夜の海上に放り出されて母艦隼鷹艦上に帰りつけるためには、加藤中尉の偵察能力と零戦各機に搭載してあるクルシー式無線帰投方位測定機のみが頼りである。そのどちらかが成功しなければ、隼鷹隊は全滅である。

——果たして母艦は電波を出してくれるか。

発艦直前に崎長飛行長が「かならず電波を出すから」と固く約束して送り出してくれたが、それが真実かと隊長としての自分は信用していない。無線封止は母艦を護るために海戦時には必須の条件であり、米潜水艦をおびき寄せないためにも厳重に守りつづけねばならない掟である。角田司令官も、果たして母艦位置の電波発信を許可してくれるだろうか？

「いいか、クルシー電波を受信した奴は、まず第一におれに知らせろ！」

集合予定地点から反転北上するさい、部下の零戦各機に手先信号で命じてある。そして隊長の志賀大尉自身も、必死になってク式無線機のダイヤルを回わしながら、送信してくるはずの隼鷹の電波を捜し求める。もし母艦が電波を発信してくれなかったら……と闇の海上で不時着水し、死の恐怖にふるえる自分の姿を想像したりした。

夜間の洋上飛行は、飛行学生になっていらい初体験である。高度一〇〇メートル。海面を這うようにして飛ぶ。編隊を組むのは、各機の翼端灯のみが頼りである。たがいの姿を見失わないようにしっかりと編隊を組み、漆黒の世界をひたすら突き進む。

いつまで経っても闇の海上である。焦燥感に駆られて絶望的な気持になり、心の内で悲鳴のようなさけび声をあげる。

――なぜ、電波を出してくれないのか。おれたちの命は、そんな虫ケラのように小さいものか！　よし。このまま行方不明となって地獄に堕《お》ちるなら、母艦もろとも引っつかんで一緒に地獄まで連れて行ってやる！

部下の列機は黙々と隊長機の後に従ってくる。第二小隊長小野善治飛曹長、第三小隊長北畑三郎飛曹長……。隊長の自分は、彼らの命を護ってやらねばならない。

北畑機に異変があったようだ。さかんに耳にレシーバーを当てる仕草をしている。母艦隼鷹からの呼び出し電波を受信したようだ。

(これで母艦上空に帰れるぞ)

歓喜の衝動が、身体の芯からわき上がってきた。角田司令官はおれたちの命を見捨てなかったのだ。同少将は六月のダッチハーバー攻撃時にも、未帰還の一機を案じて「全艦隊、探照灯を点け！」と命令を発して、隼鷹乗組の乗員たちを感激させたことがある。米空母部隊を目前にして味方母艦を危険にさらすのは、だれもができる行為ではない。勇気ある決断だ。

「クルシーの電波がとどいていなかったら、確実に私たちの攻撃隊は行方不明となっていたことでしょう。暗い海上に、隼鷹が飛行甲板中央に白い着艦誘導灯を点けて待っていてくれたときには、躍り上がるような喜びがこみあげてきました」

戦後の志賀大尉の実感である。別行動をとっておくれてきた小瀬本機も無事着艦し、艦橋下で全員が艦長、飛行長、航空参謀の出迎えをうけた。

志賀大尉が先頭に立ち、

「私が制空隊としていくたの戦闘にも参加しましたが、第三次攻撃隊の四機が四弾命中という胸のすくような攻撃ははじめてです」

と賞め、末端にひかえる小瀬本三飛曹にもまことに晴れやかな瞬間であった。

第三次攻撃隊は瑞鶴隊、隼鷹隊両艦ともに全機無事帰投した。角田少将は「加藤中尉も無事もどったか」と安堵した表情であったし、岡田艦長も「四機とも全弾命中とは殊勲抜群である」と、ようやくミッドウェーの仇を討ったかのように上機嫌であった。

いま隼鷹は南東方向一四〇度、三〇ノットの速力で急速南下をつづけている。もはや第四次の攻撃隊を派出する余力は二航戦の角田少将側にもなく、今夜生起するにちがいない機動部隊前衛の重巡部隊と米国艦隊との洋上決戦を想定して、みずからも夜戦部隊の北方一〇〇カイリに占位して「残敵殲滅《せんめつ》」の任に就くためである。勇将角田少将の指揮だけに、戦意はきわめて旺盛である。

「明朝、黎明時には前衛部隊の五〇カイリ付近に近づいて航空攻撃をかけます」

作戦室から出てきた奥宮航空参謀が司令官の前に進み出て、瑞鶴と合流した後の作戦計画について報告した。隼鷹隊の攻撃可能機数は零戦一一、艦爆八、艦攻五機、計二四機で、夜戦後の損傷米艦艇の始末には充分だろう。

一方、そんな航空部隊側の期待にもかかわらず、機動部隊前衛の動きは緩慢であった。肝心の原忠一少将の重巡部隊も南下をしぶり、夜戦部隊決戦の海面に進出するのが大幅におくれているのである。

前衛部隊指揮官阿部弘毅少将の動きは、昼間から不自然であった。第三艦隊新戦策におうじて前方五〇～六〇カイリに進出し、機動部隊の警戒に当たるという命令に反して、いたずらに同一海面を保持するばかりである。

「敵方に進出せよ」

前進部隊指揮官近藤中将より再三にわたって南下命令がとどくが、阿部前衛部隊は重巡筑摩が被弾してから一方的に北西方への避退をつづけていた。長官命令で第八戦隊旗艦妙高が前進部隊の北、一八キロの地点まで進出したのは、午後おそくになってからのことである。

彼らは、何をおそれていたのか?

「もし水上部隊指揮官にもう一人の角田少将がいたら、戦いはどうなっていたか」

奥宮航空参謀の婉曲《えんきょく》的だが、怨嗟にみちた回想は航空部隊側の兵力すべてを消耗する全力攻撃に比して、水上部隊側が決戦を回避する方向に一日を費やしていることへの不満である。

奥宮少佐の分析では、これも「ミッドウェー海戦の影響」というべきもので、米軍機による航空攻撃に極端なまでの恐怖感を抱いたことに原因がある。そのきっかけは二航戦第二次攻撃隊の指揮官入来院大尉から、「上空に敵戦闘機あり」との報告電がはいったので、傷ついた空母ホーネット以外に無傷の米空母部隊（注、じつはエンタープライズ）が存在することが予想され、南下進撃の速力が鈍ったためである。

燃えさかるホーネットの周辺には護衛の新鋭戦艦サウス・ダコタ、重巡ノーザンプトンはじめ米水上艦艇群が蝟集《いしゅう》しており、ここに機動部隊前衛が突入すれば南太平洋海戦の、もう一つの水上決戦が生起したことはまちがいあるまい。

だが、味方水上艦隊が戦闘海面にたどりついた折には、おき去りにされた空母の艦影一つのみ……。日本側は、またしても長蛇を逸したのである。

午後八時一〇分、角田部隊の急速南下を危うんだ近藤長官命令で隼鷹、瑞鶴合同部隊はいったん北上し、米空母部隊との間合いを取り、明朝の索敵攻撃にそなえることになった。角田少将の見敵必殺精神は水上部隊の突入逡巡により空振りにおわり、仕切り直しを強いられたのである。

3

在トラックの連合艦隊司令部では、味方機被害の実状がわからず、「米空母撃沈」の相つぐ戦果報告にわき立っていた。空母ホーネットが洋上で航行停止している報告をうけ、宇垣参謀長はさっそく前進部隊指揮官あて、こんな電報を送っている。

「情況許サバ敵空母ヲ捕獲曳航サレタシ」

——この日、日本側はあくまでも追撃の手をゆるめない。在トラックの連合艦隊司令部から「敵ちょうど同じころ、前進部隊指揮官近藤中将へは、在トラックの連合艦隊司令部から「敵艦隊ヲ撃滅セヨ」の訓令が相ついで発信されている。

午後七時五分には旗艦大和から、「サンタクルーズ北方の敵艦隊は大部分を撃滅せられ、ガ島南方の敵主力艦隊はこれを救援、収容合同する算極めて大」なので、

「一、夜戦（敵情ニ依リ黎明時）ヲ以テ敵艦隊ヲ撃滅

二、航空部隊ハ早朝機宜『ヌデニ』島北方ヨリ索敵攻撃」

の命令が下された。このため、近藤長官はまず二水戦にたいして南東方向への進出を命じ、ついで第五戦隊等の重巡部隊群にたいしても急速南下を命じた。すなわち、重巡高雄、妙高および駆逐艦巻波、陽炎の四隻は二六ノットの高速で索敵攻撃にむかう。

サンタクルーズ島沖の海上は、日本側の独壇場となった。米キンケイド少将は日本艦隊との夜戦を不利とみて、空母エンタープライズにホーネットの飛行機を収容し、残余の航空機は周辺海上に不時着水させて駆逐艦で救助。そして、エンタープライズおよび護衛の戦艦、重巡群には戦場からの引き揚げを命じた。いわゆる負け戦の〝将棋の指しすぎ〟をきらったのだ。

一方の第三艦隊司令部はそれと知らず、駆逐艦嵐に将旗を移し、新たに水上偵察機による

夜間索敵を命じている。午後六時二〇分、さっそく軽巡長良の水偵から第一報がきた。

「敵ハ空母ヲ放棄集結針路九〇度速力二四節」

重巡摩耶水偵から、こんな意外な報告がきた。

「敵駆逐艦二隻火災中ノ空母ヲ砲撃中」

在トラックの連合艦隊司令部では、この緊急信をうけて幕僚たちが色めき立った。

「敵空母を沈めさせてはならない！」

強硬派の黒島先任参謀がいきり立って、興奮した口調でまくしたてた。

「敵は自分たちの空母を分捕られたくないために、砲撃で海底に沈めてしまおうとしている。そんなことをさせてはならん！　味方が乗りこんで行って、敵を追っ払え。敵空母は、よき戦利品になるぞ」

東京空襲に参加した米空母はホーネットとエンタープライズ二艦であったことは、日本側でも知られていた。その一艦を捕獲して日本内地に運びこみ、東京湾で一般に展示すれば国民の士気昂揚に役立つにちがいない、というのが黒島参謀の主張であった。

ふだんは冷静沈着な宇垣参謀長も、この魅力的なアイデアに心動かされたようである。さっそく自分の名で、以下の電報を発信させた。

「情況許サバ敵空母ヲ捕獲曳航サレタシ」

じっさい宇垣たち司令部幕僚にとっては、大型艦艇の曳航作業は初体験ではなかった。さる六月のミッドウェー海戦のさい、南雲機動部隊の旗艦赤城を格納庫破壊のあと日本内地に曳航して修理しようと企てられたことがある。二航戦旗艦飛龍もしかり。吃水線上部は被爆炎上していたが、艦体は無事で、曳航する大型艦艇があれば内地まで何とか引っ張ってこられたはずである。

そんな戦訓もあって海戦後、瀬戸内海で空母の曳航作業が可能かどうか、日本海軍でテストを試みた。当事者は、当時一航艦航空乙参謀吉岡忠一少佐。吉岡少佐によれば、「在泊の戦艦群を牽引側において、あれこれ空母の曳航作業を実験してみた」という。

「赤城だって四万トン近い重さでしょう。全長だって二六〇メートルもある。これを太い鋼索で曳航することになるんだから、取りあえずそれに耐えるだけの頑丈な曳航索を準備しなきゃならん。空《あ》いている戦艦や重巡群を動員してやってみたが、なかなかうまくゆかない。まず、それだけの太い鋼索がなかった。それで、いつのまにか立ち消えになってしまいました」

内海西部の安全な海域なら、微速数ノットの速力で曳航は可能だが、外洋では果たして成功するか？　また、米国潜水艦の追尾をどうかわすかも、重要な警戒条件となった。

だが、味方大勝利にわく旗艦大和の司令部では、こうした戦場からの曳航作業の欠点が忘れ去られている。「敵空母を引っ張ってこい」と幕僚たちは意《い》丈高《たけだか》である。

1

米戦史家サミュエル・E・モリソンは空母ホーネットの最期を悼《いた》んで、こんな哀惜の一文を献じている。

「艦を見棄てることは哀しいことである。軍艦は家庭であり、クラブであり、事務所であり、誇りであり、喜びであり、心配事でもある。

空母ホーネットの乗員たちは、この血の月曜日にいやというほど戦ったが、それでもこの〝古いうるさ者〟(注、ホーネットの意)を離れることをいやがった」

そして、こんなエピソードを書きこんでいる。綱をつたって海面に降りた水兵が、他の一人にこう問いかける。「あんたは再現役を希望するかね?」「もちろんさ、新しいホーネットにね」

——空母ホーネットは米国海軍にとっては栄光の象徴であり、ドゥーリットル東京空襲を成功させ真珠湾攻撃への報復をなしとげた殊勲の艦であった。その誇り高き空母が傷つき、動力を喪い、いま舵のきかぬまま洋上に廃墟として浮かんでいる。

「ホーネットを処分せよ」

午後五時一〇分、第十七機動部隊司令官ジョージ・D・ムレイ少将は将旗を重巡ペンサコラに移し、この栄光ある空母の魚雷処分を命じた。

駆逐艦ムスティン艦長ウイリアム・ピーターセン少佐は日本機最後の攻撃が終了するのを待って、輪型陣の外側に出て東側から魚雷を八本発射した。

「魚雷発射用意！」

――いったい、どこを走っているのやら。

ピーターセン艦長にとっては〝汚辱の仕事《ダーティ・ワーク》〟であり、やむをえず引きうけた苦悩の任務であったが、発射された魚雷はあらぬ方向に突っ走り、暴走し、とんだ滑稽な有様となった。

米海軍が使用したＭｋ《マーク》一三型魚雷は試作途中のまま前線配備されたので欠陥兵器となり、改良型が出現する一九四三年秋まで、いたるところで同様の誤走をくり返した。

ムスティンが発射した魚雷八本は二本が方向を見失って沈没し、三本が偏射で、命中したのは残る三本だが、それでもホーネットは沈まない。

同行していた駆逐艦アンダーソンが、いそいでこの魚雷処分に加わった。だが、この追加魚雷発射もみごとに失敗――二本が右に偏射、一本が早期爆発、残る六本が命中した。にもかかわらず、空母ホーネットは〝仲間から虐待されるのを拒むかのように〟持ちこたえた。

連合艦隊司令部の命令により、戦場へはまず第十戦隊の軽巡長良および第十駆逐隊の駆逐艦四隻が到着した。午後六時半、すでに陽は沈み、海上は薄明であったが無風で、波も立たず、中秋の名月と呼ぶにふさわしい満月がかかっていた。

「第三戦速！」

秋雲駆逐艦長相馬正平中佐は僚艦巻雲とともに、航行停止した米空母ホーネットの艦影をもとめて高速南下する。第三戦速、すなわち時速六〇キロもの猛スピードで海上を疾駆する。艦体はガタガタと音を立ててきしみ、乗員たちの緊張感が高まる。

近づくにつれ、「ドン、ドン」と耳に鳴る轟音が右前方、あるいは右真横の方角からきこえてくる。「何だ、あの音は」とけげんな表情で、相馬艦長が航海長にたずねた。

「何でしょうか。艦砲のようですが」

と徳永航海長が答える。「これで七発目かな」と、艦橋のだれかの声。この砲撃音は一四発か、一五発目で止んだ。

引きつづき、ドドーン、ドドーンと遠雷のような音が夜の海上から流れてきた。

「音はすれども、姿は見えずか」

だれかが軽口をきいた。艦砲射撃音の不気味な轟音が絶えることなく、不安な気持で沈黙を守っていられなかったのだろう。

じっさいは、米駆逐艦ムスティンとアンダーソンによる艦砲射撃であった。両艦は魚雷発射では処分不十分とみて、艦首の五インチ連装砲の射弾をはなっていたのである。アンダーソンは一三〇発、両艦あわせて三〇〇発もの五インチ砲弾が射ちこまれた。

日本艦隊がせまりつつあったので、処分をいそいだのであろう。艦上構造物への滅茶苦茶な砲撃であった。「上部甲板のいたるところから火が噴き上がり、可燃物はすべて燃え、火焔が艦体全面をおおいつくした」と、米側戦史はホーネットの無惨な姿をつたえている。

秋雲が南下をつづけていると、水平線が赤味をおびてきた。近接するにつれ、赤い帯が広がって見え、その中心に停止傾斜している米空母の姿が見えた。ポツンとただひとつ。砲撃中の米駆逐艦はあわてて逃げ去ったものか、他に水上艦艇の姿は見えない。

「対潜警戒を厳にせよ!」

相馬艦長が緊張感のとけぬ表情で厳命した。

2

第十戦隊に引きつづき、第八戦隊の重巡利根、筑摩が現場に姿をあらわした。後方のしんがり役は、第七戦隊の重巡熊野、鈴谷二隻である。

利根艦橋の先任参謀土井美二中佐は、雲一片もなく申し分のない中秋の名月を〝鑑賞する余裕〟もなく、目下に横たわる巨大な航空母艦の黒い影に目をこらしていた。米空母は艦首を東にし、左舷に四五度かたむけている。

利根、筑摩両艦はその南側を迂回して東に出て、さらに変針して北側にまわった。

——これを、どうやって曳航するか。

まっ先に土井参謀の頭に浮かんだのは、傷ついた米空母をどの艦が、いかに曳航するかであった。夜戦を前にして重巡部隊四隻のうち、どの艦がその困難な任務に当たることができるのか。回答は「否」であった。サンタクルーズ島沖は日米両軍の戦闘海域であり、明日朝には無傷のもう一隻の米空母が出現するかも知れないのだ。

（連合艦隊司令部は作戦上、さほど重大でない事項を指令、もしくは指示要望する悪い癖がある）

重巡部隊参謀として、作戦中横あいからあれこれと余計な口をはさんでくる上級司令部の差し出口を不愉快に思う気持がある。ミッドウェー作戦の場合も、そんな司令部の介入で苦労させられたものである。このときも、やはり山本長官名で損傷した空母飛龍を「成し得る限り救助し、曳航して帰ること」の指示が出た。

当時、南雲機動部隊の重巡、駆逐艦群は懸命に曳航を試みたが効果なく、飛龍は機関室に火が回わり航行不能となったので、結局は雷撃処分したものである。戦場の現場では、こうした判断は現地指揮官にまかせてほしいという気持が強い。こんどのケースでは、最高指揮官の近藤長官がどう判断するのか、気がかりであった。

合理主義者らしく、さっそく近藤中将の結論が出た。

「曳航は不可能、敵空母を処分せよ」

第十戦隊司令官木村進少将への命令が下されて、同少将の指示により駆逐艦秋雲、巻雲が処分に当たることになった。

「一番砲塔発射用意！」

相馬艦長が砲術長に命じ、艦首側の一二・七センチ連装砲の照準をさだめた。米空母の吃水線ぎりぎりをねらって艦砲射撃するのである。「撃ち方はじめ！」でつぎつぎと砲弾をはなつが、空母ホーネットの黒い艦姿は微動だにしない。二四発を射ちこんだところで「撃ち方止め！」の令が出た。

「やむをえん、魚雷で沈めよう」

相馬艦長は艦橋に水雷長を呼び、九三式魚雷による処分を命じた。同艦は六一センチ魚雷発射管四連装二基の装備があり、各基一本ずつ、調定深度五メートルで、かたむいているホーネットの艦腹をめがけて発射する。

「魚雷発射用意、撃《テ》ッ！」

命令一下、二本の魚雷が相前後して暗い海上にはなたれる。僚艦巻雲からも同様に魚雷二本が発射された。九三式魚雷は「酸素魚雷」と呼ばれていて航跡が見えない。数秒たって大爆音がした。つづいて二発、三発……。

一発は艦底をくぐりぬけてしまったらしい。それでも、

「やった！」

と、秋雲艦内は喜びの声であふれた。米空母の舷側から立ちのぼった巨大な三本の水柱が

消えると、ますます傾斜を深めて行く艦影が見えた。沈没は、もう時間の問題だ。

艦長相馬正平中佐は軍令部に報告するためと称して、「この情景を写真に撮れ」といい出した。航海長が「夜ですから、写真は無理です」と申告すると、「では、写しを取っておけ」と命じた。

絵が得意な中島斎信号員が選ばれて、沈没寸前のホーネットを描写して残すことになった。用紙は、航跡自画機の白紙である。

「どうだ中島、描けそうか」

と艦長が声をかけ、「ちょっと艦体の横腹が陰になって細部が見えません」と返事すると、「なるべく接近するか、いや探照灯で照らそう」と大胆な提案をした。

勝者のゆとりというのだろうか。秋雲が到着したとき、艦砲射撃を加えていた米駆逐艦二隻は姿を消し、いまや敵影はどこにも見えない。暗夜の海上に燃えさかる上部構造が赤々と点じているが、黒い巨大な艦体は孤独な姿を浮かべているのみである。艦長は大胆にも、敵中で堂々と探照灯を照らそうというのだ。

「探照灯照射はじめ、左九〇度」

秋雲はホーネットに近接し、探照灯で空母の舷側に光を当てた。何も知らされていない乗組員はおどろき、この不審は僚艦巻雲も同様であった。

「如何せしや」

と発光信号で問い合わせてきた。相馬艦長は平然と応答する。

「ワレ『ホーネット』の現状を写生するため照射中」

空母ホーネットは全長二五二・二メートルの巨きな艦体である。中島信号長は一五センチ双眼鏡で必死に艦体の細部まで描写しようと試みるが、全体の五、六分の一ほどしか視界にはいらない。しばらく描写して、「探照灯を移動して下さい」といい、艦長は「よし、右照射」とそれに応えた。

こうした問答を五、六回くり返して、ざっと鉛筆で炎上する米空母の断末魔の様子を写し取った。

その光景とは——。

艦首に捲きつけられたワイヤーロープが海中に垂れ下がり、米空母将兵が懸命に戦場から脱出をはかった様子がうかがえる。日本の空母とちがってホーネットは艦橋も大きく複雑で、無惨にもそれが一次、二航戦攻撃隊の雷爆撃により、見る影もなく破壊されている。そして相変わらず、火焔がいたるところで燃えさかっている。

時間にしてわずか一〇分たらず、ようやく鉛筆をおくと、それを見ていた艦長が、「探照灯照射止め」の命令を下した。

魚雷命中して三〇分の時間が経過していた。傾斜していたホーネットの艦体破壊部分に海水が浸水したのであろう、急激に左舷側にかたむきはじめた。もはや沈没はまぬがれまい。

利根艦橋の土井参謀は、傾斜する米空母の艦橋に「8」の数字を発見して、これが米空母ホーネットであることを確認した。

十月二十七日午前一時三〇分、米海軍記念日に空母ホーネットはサンタクルーズ島沖の海底に沈没した。地点、南緯八度三五分、東経一六六度四二分。

その最期を見守っていた駆逐艦秋雲の艦内からは、期せずして「バンザイ、バンザイ」の大歓声がまき起こった。

3

二十六日夜、瑞鶴艦橋では、大友航海長、航海士、当直将校が〝寝ずの番〟に立ち、夜間警戒に当たっていた。野元艦長は明朝の索敵機発進にそなえて、艦橋下の艦長休憩室で仮眠をとっている。明日にもまた無傷の米空母部隊が出現するやも知れず、息づまるような艦内の緊張感はまだ解けていない。

艦底の機関科指揮所では、大鈴機関長が海戦一日をタービン四基四軸、一六万馬力、最高速三四ノットを無事維持できたことに感謝したい気持になっていた。だが、油断は禁物である。彼は機関科員たちに、あえて叱咤の声をあげる。「あと一日、しっかり頑張ってくれ！」

機関科汽缶《ボイラー》室では外界と遮断されているため、戦闘の詳細は艦内スピーカーで戦況を知るのみである。第四缶室配置の神庭久義一等機関兵は「翔鶴被弾！」の知らせに、つぎはわが母艦の番かと一瞬たじろいだが、何事もなく時間がすぎ「やれやれ助かったのか」と一安堵していた。
艦底の機関科員たちは、ミッドウェー海戦時の空母加賀機関室全滅の悲報をひそかに口伝えで知るだけに、海戦一日を無事に切りぬけた「幸運の空母瑞鶴」の僥倖《ぎようこう》にホッと胸を撫で下ろす気持でいた。それだけに、神庭一機は僚艦翔鶴の被害がどのていどのものか、胸を痛めていたのだ。

彼らの直上、二層となった格納庫内では明日の索敵攻撃にそなえて九九艦爆、九七艦攻の修理、整備点検に大わらわになっていた。艦攻隊整備分隊士稲葉喜佐三兵曹長は今宿滋一郎大尉以下の第二次攻撃隊一七機のうち、無事帰投してきた九七艦攻が八機にすぎないことに衝撃をうけていた。不時着水機をのぞいて、戦死者二七名。帰投してきた九七艦攻はほとんどが傷つき、搭乗員も負傷して、飛行甲板は彼らが降り立つと流れ出す血で汚れた。

機上戦死の搭乗員も何人かいた。機体が使用可能となると、戦死者を引き揚げ、整備員たちが血で染まった座席を海水で洗う。そして、燃料を補給し爆弾を装備し、機銃弾を装塡してリフトで飛行甲板に上げる。交代をおえた搭乗員は、びしょ濡れの座席に乗りこんで出撃して行くのである。

「攻撃隊が出撃して行くたびに搭乗員の数が少なくなり、ああこの人も還ってこないんだなと思うと、見送りの帽振れで涙があふれるのをこらえきれませんでした」

というのが、稲葉兵曹長の回想談である。

翔鶴隊、瑞鳳隊の九七艦攻も収容をもとめて飛来してくるので、格納庫に入り切れず、多少の被弾機でも原田整備長が一目見て、「これは捨てろ！」と容赦なく海中投棄した。

空母瑞鶴はサンタクルーズ島沖の戦場から離れて、米空母部隊との間合いを取るために明朝の索敵機発進地点（南緯五度三〇分、東経一六五度五〇分）をめざして、ひたすら北上をつづけていた。機関長大鈴英男機関中佐は母艦の燃料が残り少なくなっているのを案じていた。はたして、明一日の戦闘航海に耐えるだけの重油が残っているのか。艦橋に駆け上がると、仮眠から覚めた野元艦長が羅針儀の前で仁王立ちになっていた。

「艦長、燃料残額はあと二割ほどです」

「そうか。明朝一番に燃料補給が必要だな」

と、野元大佐は眉をしかめた。とにかく給油船からの燃料補給がなければ、快速空母の実力は発揮できないのである。

在トラックの連合艦隊司令部から機動部隊の燃料不足を気づかってか、条件つきで作戦中止命令が出た。

「今朝、索敵ニヨリ敵艦隊攻撃ノ見込ナケレバ支援部隊ハ機宜『トラック』ニ回航セヨ」

海戦の夜が明けた二十七日午前六時五五分のことである。

米第十六機動部隊をひきいるキンケイド少将は、ひたすら敗走をつづけていた。行き先はハルゼー中将の根拠地、ニューカレドニア島ヌメア基地である。

六次にわたる日本側の執拗な航空攻撃により空母ホーネット喪失、同エンタープライズ傷つき、戦艦サウス・ダコタ、重巡サンジュアン、駆逐艦スミス、同ヒューズが損傷した。惨めだったのは敗走南下中に日本潜水艦に襲撃され、回避行動中に二艦が衝突事故を起こしたことである。

これは伊十五潜による待ち伏せ攻撃で、米機動部隊追撃のため、米空母部隊をエスピリッツサント島沖の甲散開線、戦艦部隊を乙散開線で邀撃すべく第六艦隊司令部より命令が出されていて、同艦が後者を発見、追躡をつづけていたのである。

伊十五潜からは、こんな報告電が発信されている。

「〇三三〇水上ニテ敵戦艦部隊（ノースカロライナ型一隻、駆逐艦四）発見潜航。接敵ニ努メシモ、襲撃ノ機ヲ得ズ」

戦艦部隊とは旗艦エンタープライズと分離行動中の戦艦サウス・ダコタ部隊で、高速の空母を追って南下中にあった。「敵潜水艦発見！」の報に艦長ガッチ大佐はあわてて転舵を命じ、追尾する駆逐艦マハンはこれを避けきれずに舷側に衝突した。「戦艦の損傷は本国で整備を必要とするほどのもの」と、米側戦史はその損傷の深刻さをつたえている。

キンケイド少将を緊張させる出来事は、まだあった。こんどは別働隊のウイリアム・A・リー少将の戦艦ワシントン、重巡四、駆逐艦六隻の第六十二任務部隊がインデスペンサブル礁南で魚雷攻撃をうけたのである。これも日本側の乙散開線展開中の潜水艦部隊の待ち伏せに遭遇したもので、日本側記録によれば、伊二十一潜が「敵コロラド型戦艦一ニ魚雷発射、命中音一ヲ聞ク」との凱歌を報じている。

だが、この魚雷攻撃は成功しなかった。戦艦ワシントンの見張員が雷跡に気づいて艦橋に通報したが、九三式魚雷は調整に失敗したものか、四〇〇ヤード（三六六メートル）手前で早発した。被害はなかった。

ニューカレドニアからガダルカナル基地への補給路に当たるこの海域は、米海上部隊の艦長たちから「魚雷交叉点」と呼ばれていて、洋上往来には彼らが極度に緊張を強いられる場所であった。相つぐ日本潜水艦による襲撃の報告をうけ、さすがに強烈な自信家の〝猛将〟ハルゼーも「こんご主力艦はこの海域を航行するべきでない」との指令を出さざるを得なくなった。

その結果、空母エンタープライズはソロモン諸島北方海域に二度と姿を現わすことなく、米側呼称「サンタクルーズ島沖海戦」は終幕をむかえたのである。だが、予期せぬことに沈没したはずの空母ホーネットは、まだ洋上に浮かんでいた。

十月二十七日早朝、米軍不時着水機の搭乗員捜索、救出にむかったＰＢＹ飛行艇は同艦の沈没推定個所上空を飛行した折、波間に空母ホーネットの上部構造物がのぞかせているのを発見した。度重なる砲撃、雷撃にもかかわらず艦内の防水区画が厳重に閉じられていて、かろうじて浮力を保っていたのである。ＰＢＹ艇員たちは機上から敬意をこめて、訣別のあいさつを送った。

「ズイカクは無事か」

1

「整備員起こし!」

艦内スピーカーがけたたましい声を上げている。海戦二日目の未明、瑞鶴格納庫内では索敵機九七艦攻の発進準備がととのえられている。午前四時四五分が発艦予定で、古参の稲葉兵曹長以下の艦攻整備班員たちがリフトで飛行甲板上に運び上げ、暖機運転に取りかかる。ブースト計、回転数、燃圧、油圧、シリンダー温度計の運転諸元チェックがつぎの作業である。

前方には、上空直衛の零戦三機も同じように発進準備が進められている。戦闘機整備の先任班長川上秀一二整曹が額に汗をにじませて「この機は調子良いか?」と熱心に一機ずつ、最後の点検に歩いている。分隊長付のこの〝整備の神様〟は担当の白根大尉が無事生還してきたので、充血した眼をしばたたかせながらも上機嫌である。二晩の徹夜つづきで、全員が疲労の極に達している。

だが、川上班のベテラン武村正毅二整曹は甲板上の喧騒のなか、一人浮かない表情でいる。

その理由とは、
——この戦争の行く末はどうなる？
という漠たる不安である。岡山県久米郡出身、昭和十六年、高等整備練習生課程を卒業した彼は、瑞鶴完成と同時に乗りこんできた零戦発動機整備のベテランである。

彼ら発動機整備班は真珠湾攻撃、インド洋機動作戦までは順調に任務をこなしていたが、サンゴ海海戦、第二次ソロモン、南太平洋両海戦と熾烈《しれつ》な戦闘を経験して、(どうやら様子がヘンだぞ)との雲行きの怪しさを感じはじめていたのだ。いったん零戦を無事整備完了して全機発艦させたあと、被害機が多く出て帰還収容して再整備する、ほんらいの点検修理作業が無くなってしまったのだ。これ以降、しだいに激化する航空消耗戦を、身をもって実感していたのだ。

武村二整曹の証言。

「ふつう零戦二一型装備の『栄』一二型発動機は、一〇〇時間ないし二〇〇時間使用した後で分解し、洗浄後インジケーター（計数器）、マイクロメーターなどで検査し組立てる。そして機体への積み替え作業という大修理をするのですが、サンゴ海海戦いらい、被弾した翔鶴の分をあわせて二艦分の戦闘機を収容するので、ちょっとした異常を見つけると片っ端から海中投棄され、われわれ整備班は何もすることが無くなりました」

中島製「栄」一二型発動機は十二空時代、徹底してこの空冷複列星型一四気筒の勉強をさせられた愛着あるエンジンである。だが、原田整備長の号令一下、つぎつぎと機体が発動機とともに海に投げ入れられるさまを見ていると、口惜しさに涙がにじんだ。

(こんな状態のまま戦闘機の消耗がつづけば、戦争の将来はどうなるのだろうか)

武村二整曹はだれにも打ち明けられぬひそかな危惧を心に秘めたまま、ぼう然と機体が投げこまれた遠い海面を見つめていた。

「金沢飛曹長、もう一度索敵に出てくれ」

前夜、松本飛行長が搭乗員待機室にやってきて、金沢卓一飛曹長にせわしなく翌日未明の米空母捜索を命じた。

瑞鶴士官室で隊長三人、分隊士二人の姿が消えている。准士官室では艦攻隊の湯浅只雄、艦爆隊の国分豊美、東藤一、佐藤茂行、岡本正人、艦戦隊の小山内末吉、計六人の古参組飛曹長が未帰還となった。昨日、索敵飛行帰還後は、これら戦友たちの死を悼《いた》む心の余裕もなく、松本飛行長の命をうけて第三次、第四次攻撃の使用可能機数を翔鶴隊、瑞鳳隊の着艦機から調査、点検に走りまわっていたのだ。

最終的な攻撃兵力は、

「二航戦の隼鷹部隊では零戦一一、艦爆八、艦攻九機であり、本艦からは翔鶴隊と合わせて零戦三三、艦爆九、艦攻一九機」

と報告した。総攻撃兵力は八九機である。

戦死者の遺品整理は同年兵、同期生の仕事だが、いまはそんな感傷は後まわしにして米空母部隊の残敵掃討が第一だと、金沢飛曹長は決意を新たにしている。

「途中で発見した不時着水機はどうなりましたか?」

と彼は機数調査のあいまに、飛行長に気がかりだったことをたずねた。索敵飛行の帰還途次に、波間に浮かぶ味方攻撃隊員の姿を発見したからである。もう一人、救命胴衣を着けて浮かんでいる飛行帽の男を見つけたので近づいてみると、これは米軍機搭乗員であった。

「さあ、よくわからん。さっそく駆逐艦で捜索させてみよう」

飛行長松本真実中佐は彼から発見位置、方角その他をくわしくメモして艦橋に駆け上がって行った。


十月二十七日午前四時四五分、未明の暗い空にむかって金沢飛曹長の索敵機が飛び立った。操縦員堀内謙三二飛曹、電信員金井清之助三飛曹のいつものペアである。九〇度真東から一五〇度南東方向にかけての扇形海面を、各索敵機が飛び立って行く。

一五分おくれて、支援部隊の重巡高雄、妙高、利根、鈴谷四隻から水偵各一機が派出され、一四〇度から一九五度二〇〇カイリの捜索飛行がおこなわれている。

午前八時、三時間一五分の米空母部隊索敵をおえて、金沢機が瑞鶴に帰投した。その足で艦橋に上がって行き、

「ただいま帰艦しました。敵空母は見当たらず、遁走した模様です」

とありのままをつげた。「ご苦労」と飛行長がねぎらったが、その場で彼は野元艦長の表情が悲痛にゆがんでいるのに気づいた。

2

「君が知らせてくれた不時着水機は、ありゃあ駆逐艦のほうでも気がついて救出にむかっておったよ。石丸大尉の機だった」

と、松本飛行長が教えてくれた。眼を上げると、野元艦長が目をしばたたかせて大きくうなずく様子が眼にはいった。

だが意外にも、松本中佐の声は重く沈んでいて、「残念だが、石丸大尉と偵察員は二人とも助からなかった」と目を伏せた。

艦爆隊第三中隊長石丸豊大尉と偵察員東藤一飛曹長のコンビは、第一次攻撃隊の出陣前に搭乗員待機室で談笑している姿を金沢飛曹長は索敵機発進前に目撃している。石丸大尉は新婚五ヵ月目で、勇敢な分隊長として名を馳せながら、新郎二十五歳、新婦十九歳という初々しいカップルで、士官たちの間でよく冷やかされているのを小耳にはさんだことがある。

東飛曹長は瑞鶴生えぬきのベテラン偵察員で、前任の〝エンマ大王〟こと江間保大尉との名コンビで艦内でも知られていた。――その二人が搭乗した九九艦爆は、機体が機銃弾に射ちぬかれてボロボロに破壊されて無惨な状態となり、帰途にかろうじて洋上に不時着水。前衛部隊の随伴駆逐艦夕雲が急行して救助した折には、東飛曹長は機上戦死し、操縦員の石丸大尉が満身創痍の血まみれの飛行服姿で泳いでいた。

トラック泊地へ帰投後、さらに松本飛行長が語ってくれた石丸大尉の最期の様子とは——。

「しっかりせい！」

収容された駆逐艦上では、看護兵が人工呼吸をほどこし航海長が耳もとで大声ではげますが、顔面蒼白の石丸大尉は息も荒く、意識を喪失したまま濡れた身体を士官室に横たえている。出血多量で吐く息が弱くなり、絶命する寸前にかすかに声が洩れた。

「何？　何がいいたいんだ？」

航海長があわててはげしく身体を揺さぶると、石丸大尉はカッと目を見開き、最後の気力をふりしぼって血の気の失せた唇でこうつぶやいた。

「ず……い……か……く」

それが自分の所属する艦、氏名を名乗ろうとしたのか、帰投する母艦の消息をたずねようとしたのかはわからない。

トラック島に帰港すると、駆逐艦から瑞鶴へ石丸大尉の遺体が運ばれてきた。着水時にほどかれた腹帯——新妻から贈られた千人針が血に染まっていた——が丁寧に折りたたまれて、飛行服のかたわらに添えられてあった。

野元為輝艦長の証言。

「彼の遺言となった最期の言葉は、『ズイカクは無事か』という母艦の被害を心配する意味ですよ。剛毅な彼の性格から考えてまちがいない。石丸君は命の尽きる寸前まで、瑞鶴のことを案じていたんです。それを耳にしたとき私は、思わず涙がこみあげてきました。しかし、艦長は部下の前で涙を見せてはいけない。そのために精神修養をしてきたのだからと思って、ぐっとこらえた。あのときほど、悲しかったことはなかったですね」

これも後日談だが、戦後になってから石丸大尉の兵学校六十六期の期友たちから、元艦長はこんな秘めたるエピソードを聞かされている。

石丸豊大尉の旧姓を岩下といい、長野県飯田中学校を卒業後、昭和十年四月、海軍兵学校に入校した。三号生徒時代(二年生)に遠縁にあたる石丸家の女学生を見染めてプロポーズ。既述のように、一人娘の石丸家に入婿する形で、石丸姓を名乗った。だがしかし、戦時下に稚《おさ》な妻を迎えて、飛行将校の明日をも知れぬ命とあっては尋常一様でない、この時期の青年士官らしい健気な覚悟をあえてした。

——妻を、子供を抱えた未亡人にしない。

という固い決意である。

新婚旅行へは妻の両親を同行させ、夜は新妻と一緒の寝床にはいっても、指一本ふれたりはしない。新妻の不審な表情を無視して、新郎はその後も「兄と妹のような関係」をつづけた。

五月二十四日に結婚し、二ヵ月後に瑞鶴がソロモン海への出撃と決まったさい、その直前、当時霞ヶ浦航空隊の飛行学生であった弟の岩下邦雄少尉を訪ね、こんな打ち明け話をしている。

「こんどの作戦では、おれたち艦爆隊員は生きて還って来れないかも知れん。もしおれが戦死した場合、彼女を妻として迎えてやってくれんか。そのことを考えて、おれは妻を娘のままにしておいた」

岩下邦雄少尉はのち大尉に昇進し、戦闘機紫電の三四一空「獅子部隊」分隊長、横須賀航空隊分隊長として大活躍した指揮官の猛者である。思いがけない話で弟はたじろいだが、兄の戦死後いつしか兵学校期友たちの間でこの秘話が広まり、のちに作家となった兵学校六十八期出身の豊田穣少尉も、みごとな艦爆隊先輩の自制と克己心だとして、この青年士官の身の処し方を深い感動をもって記している。ただし、霞空時代の石丸教官は厳格で、豊田少尉は〝操縦の呑みこみがおそい〟、〝ドンカン〟と、操縦桿でよく頭を叩かれたようだ。

後日談はさらにつづいて、戦後横浜の実家にもどった新妻は、やはり未亡人生活を余儀なくされたが、縁あって岩下大尉の次弟と結ばれ、再婚。子宝にも恵まれて幸福な第二の人生を歩んだといい、退役した二代目瑞鶴艦長の老後に唯一慰められるエピソードとなった。

そういえば、野元艦長にも回顧される出来事があった。士官室で夕食をとったあと、毎夕決まって石丸大尉は私室にもどって好きな尺八を吹いた。夜八時が定刻であった。その日々のくり返しが何であるのか、だれも気づかなかったが、同じ時刻、横浜の実家では新妻が同じように好きな琴の音を奏《かな》でていた。遠く海洋を離れておたがいの心を通わせる約束事であったのだろう。

そして、出撃のため家を出る七月二十四日、新妻に言い残した最期の言葉がある。

「十二月にソロモン海域から作戦をおえて帰ってくるから、そのときは二人で本当の結婚をしよう」

思いあふれる石丸豊の決断であったようである。これが、青年士官の最期の言葉となったのが、いかにも哀れである。

3

駆逐艦嵐に将棋をかかげていた司令長官南雲忠一中将は、十月二十七日午前九時一分、南下して機動部隊本隊と合流した。午後一時になって前進部隊指揮官近藤信竹中将より、「本日攻撃ノ見込ミナシ」との通報があり、指揮下にあった機動部隊前衛を本隊に復帰させる命令が出た。そのうえで、

「トラックニ回航スベシ」

と決せられた。これで、ようやく長かった南太平洋海戦のすべての幕が下りたのだ。

戦場海域から遠く離れた洋上で、午後三時三二分、南雲中将以下第三艦隊司令部参謀たちが空母瑞鶴に乗りこんできた。瑞鶴が旗艦となったのである。

南雲艦隊は二航戦の角田部隊をひきい、翌日前衛部隊を吸収して一路トラック泊地をめざして北上する。

野元為輝大佐は舷門に出て、司令部一行を出むかえた。

「ご苦労だった」

とまっ先にいたわりの声をかけたのは、参謀長草鹿少将であった。「たった一人でよく踏んばってくれた」と珍しく饒舌に語りかけて賞めそやし、「これで、ようやくミッドウェーの仇を討ちましたぞ」と上機嫌であった。

南雲中将は相変わらずの渋面であったが、重荷を果たして一安心といった柔らかい表情も時折のぞかせ、また幕僚たちのあいだでいちばんの喜び様を見せたのが、航空参謀内藤雄中佐である。積極攻撃が図に当たり、「敵空母二隻撃沈は確実」と見て、何くれとなく松本飛行長をつかまえて話しこんでいた。

その日午後おそく、艦内スピーカーが金沢飛曹長に呼び出しをかけてきた。格納庫内で愛機の九七艦攻を点検していた彼は、いそいで艦橋に駆けつけ、

「すまんがもう一度、捜査飛行に出てくれ」

と松本真実中佐がいった。「まだ洋上で不時着水した部下たちが救助を待っているかも知れん。艦長も、ひどく心配されているんだ」

「承知しました」

と金沢飛曹長が即答すると、野元艦長が真剣な面持ちで言葉を重ねた。

「一人でも多く搭乗員を救いたいんだ。しっかりがんばってくれ!」

十月二十八日午前四時起床。飛行服に身支度をととのえ、搭乗員待機室でいつものペアと打ち合わせをする。

「いいか、眼を皿のようにして海上を捜索しろ。どんな小さな波でも見逃すな。事実、昨日の索敵行では波間にただよう二人の搭乗員を見つけたぞ。残念ながら、一人は敵だったが……」

金沢機が発見した米軍機搭乗員とは空母ホーネット隊のパイロットのことで、駆逐艦巻雲が収容にむかい、もう一人、エンタープライズのパイロットも他機の報告により同陽炎《かげろう》が洋上で捕虜とした。両艦からの報告では、米空母部隊は二群編成で、第一集団はエンタープライズ、サウス・ダコタ、大巡二隻、駆逐艦八隻、第二集団はホーネット、大巡一隻、駆逐艦四~六隻。第二集団は第一集団の南方約八カイリ――という不明だった米機動部隊の陣容が明らかになった。

ただし、戦果報告にしばしば登場してくる空母サラトガについては、「十月十日現在、ハワイで入渠中であり、その後の消息は不明」との尋問内容であった。

米軍捕虜の証言は第三艦隊司令部に「他に健在なる一群の米空母部隊」の存在を否定する有力な根拠となったが、これが綜合戦果発表の段階になって思わぬ障害となる。ただし、これらの捕虜情報は金沢飛曹長の耳には達していない。

午前五時三〇分、夜明けとともに不時着水機捜索のために九七艦攻各機が飛び立つ。往復五時間の海上探索行である。

金沢飛曹長は戦場付近のサンタクルーズ島沖を何度も周回しながら、不時着水搭乗員の行方を捜しもとめていた。午前八時、発艦してすでに二時間三〇分、折り返しの予定時刻が近づきつつある。空は晴れ、見透しも良く、視界限度ぎりぎりまで眼を配っても、何ものも発見できない。

「残念だが、引き返そう」

ついに決断を下して操縦席の堀内謙三一飛曹につげ、後髪を引かれる思いで彼らは戦場を後にした。――だが予想外に、金沢飛曹長が気づかなかった生存者がいたのである。

第七章　高橋隊長、奇蹟の生還

洋上不時着水、漂流……。

1

未帰還となっていた翔鶴索敵隊の隊長岩井健太郎大尉の九七艦攻が母艦上空に帰投してきたものの、翔鶴被弾で瑞鶴艦上に飛来し着艦許可をもとめたが、攻撃隊発進のため「待テ」のオルジス信号が返ってきた。

周辺を旋回すること三〇分あまり燃料切れが心配になり、操縦員石川鋭一飛曹に、「石川兵曹、とにかく不時着予定の島まで飛んで行こうか」と、岩井大尉があらかじめ指定されていたブイン基地をめざすことを決意したのである。

「一か八か、やってみましょう」

古参下士官の石川一飛曹は燃料消費を最低限にして、洋上を一直線にソロモン諸島に西行する長距離飛行に挑戦した。この大胆な企てが成功し、岩井機は無事ブイン基地にたどりつくことができた。同基地は第六航空隊が進出しており、司令森田千里大佐、飛行隊長小福田祖大尉らが大いに歓迎してくれた。ブインで一泊して燃料を補給し、ラバウル基地へ。その後、トラック泊地の翔鶴にたどりつく。

のちに艦長室で岩井大尉が報告すると、有馬大佐は隊長の無事生還を喜び、ねぎらいのため室外に立っている石川一飛曹、電信員小山正男二飛曹の下士官二人を招き入れた。

「わざわざ有馬艦長はわれわれ一人ずつに声をかけ、『ご苦労だった』と親身になっていたわりの言葉をかけてくれました。それで、長い基地移動の疲れも吹き飛びました」

とは、石川一飛曹の回想談。人情家らしい有馬大佐の逸話である。

もう一機、第一次攻撃隊の艦爆隊突入で、攻撃開始直前に発火、炎上した飛行隊長高橋定大尉の戦死は確実と思われていた。隼鷹に着艦した二番機鈴木一飛曹からの通報があり、また第二小隊長米田中尉からの「隊長戦死」の緊急信で、自爆戦死はまちがいないと判断された。

――惜しい隊長を亡くしたものだ。

と松本飛行長が搭乗員待機室に顔を出して沈痛な表情で語っているのを、金沢飛曹長は耳にしている。六月末に瑞鶴に着任していらい四ヵ月、艦爆隊員のみならず、艦攻、艦戦両隊員にも信頼が篤く、艦長が頼りにしている飛行隊長の戦死は、飛行機隊全体にぽっかり穴のあいたような喪失感を感じさせた。

だが、隊長は不死身であった。

高橋大尉の操縦する九九艦爆は攻撃開始直前に米グラマン戦闘機の銃撃をうけ大破し、昇降舵索は千切れ、傷ついた左足の自由はきかず飛行靴には血溜りができた。墜落寸前であったがかろうじて機を引き起こし、ほうほうのテイで戦場付近まで引き返し、一時間三〇分の飛行ののち不時着水した。もし戦闘が味方勝利におわっていれば、残敵掃討の水上艦艇群が搭乗員救助にむかってくれるだろう、という目論見《もくろみ》であった。

後部偵察席の国分豊美飛曹長も着水時の反動で、機銃の照準器が首裏に刺さり、負傷の身体で救命筏にすがって泳いでいる。とにかく救助艦が出動してくるまでは、できるだけ長く海上に浮かんでいることだ。高橋大尉は大声で呼びかける。

「おい国分！　体力を消耗するな。ゆっくり泳いでおれ」

旧制中学四年生のときサッカー部主将となり、四国大会で優勝。兵学校入りしてからは柔道、剣道、相撲大会できたえられ、連合艦隊の柔道大会では優勝した経験がある。隊長として、体力には相当の自信があった。

だが、洋上はるかに一隻の傷ついた敵影も見当たらず、直射日光と大きな波のうねりがくり返すだけ。じりじりと肌が灼け、いたずらに時がすぎた。

時折、部下の国分飛曹長の身が心配になったが、福島県出身の東北人らしく朴訥な性格で、だまって隊長の指示通りに巧みに立ち泳ぎしている。無用に言葉をかけるのも消耗だ、と思い直した。

漂流中にまっ先に頭に浮かんだのは、反転途中で隊長機と見て編隊を組んできた部下の列機との別れである。不時着水直前にふと気づくと、左後方から飛来してきた九九艦爆が左右にバンクして味方識別の合図を送りながら接近してくる。

機は石丸第三中隊の岡本清人飛曹長機であった。後部偵察席には勝見一一飛曹が搭乗していて、隊長の表情を見て安堵したものか、ニコニコと笑いかける。

（いかん、一緒に連れて帰ることはできないのだ）

高橋大尉は炎上した右翼を指さして、手先信号で「ワレ燃料アト三〇分、先ニ行ケ」と命じた。ところが、岡本機からただちに返答があった。

「ワレ燃料ナシ、帰レヌ」

万事休す。隊長機、二番機ともども燃料がつきると、いずれ海中に墜落する悲運が待ちうけているのだ。（よし、おれと一緒に死のう）と高橋大尉が決意すると、左後方にぴったりしたがってくる二番機の二人が哀れに思えて、涙がにじんだ。

それから三〇分後、岡本機は左右にバンクを振りながら接近してきた。燃料が切れてプロペラが遊転をはじめていた。操縦席の岡本飛曹長は何度もうなずいて見せ、後席の勝見一飛曹は左右に大きく手を振った。これが二人の訣別のあいさつであった。機はダイブし、一直線に海上に急降下して行く。

やがて小さな水柱が上がり、真白い波紋が洋上に広がって行った。

「岡本！　勝見！」

と高橋大尉は二人の名を呼んだが、座席内に空しくこだまするばかりであった。つぎは自分の番だと、そのときはあらためて覚悟を決めたものだった。——あれから何時間たつのか。自分はいま国分と二人、何とか生きのびている。どうせ死ぬなら、岡本、勝見の二人とも一緒に不時着水して最後の瞬間まで四人で語り合いながら死にたかった、と思った。

2

高橋大尉が過去をふり返ってみると、何度も死の恐怖をくぐりぬけてきたという思い出がある。昭和十年、兵学校を卒業して第二十七期飛行学生となり、艦爆専修の操縦員をめざして訓練にはげんでいたころ、あわや死ぬか！という恐怖を何度も体験した。

そして、日華事変勃発時の昭和十二年、朝鮮半島京城の金浦飛行場に進出したさい、誘導路の粘土質のやわらかい土に脚を取られて、乗機の九四艦爆が逆立ちしたことがある。初戦場でまさかの脚折れ事故で、隊長から「出撃見合わせ」の大恥をかいた。

その日を境に、夢のなかでは着陸する艦爆機がつぎからつぎへと逆立ちし、ハラハラしながら自分の番がきて失敗し、「またやってしまった！」と油汗を流しながら飛び起きる、そんなさまを何度か経験した。

南支戦線では、南寧から貴陽にかけての攻撃行で投弾後、機体を引き起こすと油圧計がゼロを指している。対空砲火で機体が被弾したらしい。幸いエンジンは快調で、取りあえずは飛行可能である。

――どこまで飛びつづけられるか。

基地のある漢口までは、飛行時間にして二時間三〇分。油圧が零になり、いつエンジンがパタッと止まるか。薄氷を踏む思いで基地をめざした。これも夢のなかではひたすら闇を飛びつづけ、行きつくあてもないまま寝汗をぐっしょりかいて飛び起きる始末である。

戦闘中の思い出は悪夢ばかりではない。海南島基地に進出した折には、釣好きが昂じて三亜の海岸で部下たちと海釣りに興じ、エサを工夫して小さな蛤に釣り針をつけると、キスが大量にかかった。さっそく主計兵に命じて即席のテンプラ料理とし、整備員たちにもふるまって好評を博した。

開戦直後に占領したマニラ飛行場では、偶然三メートルばかりの大トカゲを発見し、物珍しさに追いかけると湿地帯と見たのは底無し沼で、あっという間に下半身が埋まってしまった。異変に気づいた部下が「隊長、大丈夫ですか」とロープを投げてくれて助かったのだが、生命を失いかねない珍事であった。……そんな小さな戦場の思い出が、後から後から追憶のなかでよみがえってきた。

父のこと、母のこと、妻のこと、二歳半になったばかりの娘の家族の顔が浮かんでは消えた。

やがて夕暮れが近づき、夜になった。漆黒の闇が二人の周辺を包んでいる。月も出ず、ひたすら立ち泳ぎをつづける漂流者に、悪夢の夜が更けて行った。

高橋大尉は四国愛媛の出身で水泳が得意であり、海軍兵学校時代には一四時間遠泳の記録を持っている。中学生時代はテニス、兵学校では銃剣術、陸戦競技、短艇、相撲、柔道とあらゆる競技で身体をきたえ、連合艦隊の柔道大会では優勝した経験もある。だが、米グラマン戦闘機の銃撃で負傷し、夕暮れが近づくと出血多量で明らかに体力を消耗していることがわかった。

気がかりなのは「隊長、大丈夫ですか」と声をかけてきた国分飛曹長の声の弱々しさであった。彼もまた右腕上膊部《じょうはくぶ》が銃撃で切り裂かれ、また着水時の衝撃で七・七ミリ旋回銃の銃身にある一〇センチほどの照星が後ろ首に突きささっておびただしい出血をしていることであった。泳いで近づくと、周囲の海水が流れ出した血で赤く糸を引いている。

——このまま放置すれば、数時間で生命がつきるにちがいない。

とっさにそう判断すると、〝浮き身術〟を心得ていた彼は、立ち泳ぎのまま部下の止血にあたることにした。まず、自分の救命衫《しん》(胴衣)を折りたたんで彼の後ろ首にあてがい、切り裂いた自分のマフラーで固縛し、右上膊部の傷口には腕の付け根を固く縛って出血を食い

止めることにした。その治療の最中、血の気を失ったまっ青な顔色で、国分飛曹長は、

「隊長、私を殺して下さい！」

と絶叫した。「どうせ死ぬんだから、早く射って下さい！」

九九艦爆の偵察席に彼は、不時着時の護身用に日本刀の小刀と拳銃を持ちこんでいた。幸い脱出時にはこれらを置き去りにして、律義な性格らしく必携の偵察バッグだけを持ち出している。中身は航法用具、記録用具、その他種々の救命品も蔵《しま》われている。高橋大尉はこれらの状況を一瞬のうちに見ぬき、「殺してくれ」とくり返す国分飛曹長の訴えを無視し、四〜五メートルはなれてそのまま放置することにした。高橋大尉は十四年式拳銃を携帯しており、身近にいると彼は奪い取って自決するかも知れなかったからである。

傷の手当てには、小一時間ばかりを要した。止血が成功し少し気持が落ち着いたのか、国分飛曹長は何もいわなくなった。

——ここは、いったい南太平洋上のどの位置にあるのか。

唯一の希望は、この不時着地点にあった。海戦に勝利し、味方の戦場整理の水上艦艇が救出に駆けつけるまでには、何としても生きのびねばならない。

戦場は南緯九度、東経一六七度付近であることは、出撃前の航法図板上にたしかに記録した。被弾して戦場を離脱し、北西方向に八〇カイリ飛行して、約七〇カイリ引き返したつもりである。サンタクルーズ島沖は確実だが、ギルバート諸島とソロモン諸島の中間あたりか。

何ひとつ島影の見えない渺茫たる海原である。直上の太陽が照りつけ、じりじりと顔や手足を灼きつける。のどの火傷がひりひりと痛み、声も出ない。

ソロモン海は亜熱帯域に属し、つねに高温多湿で、とくに十一月から三月までは北西信風が吹き、降雨が比較的多くなる。十月末のこの時期はちょうどスコールが多発の初期に当たり——といって季節の変化はない——また、海水温が一定であったことが体力の消耗をふせいでくれたことになる。

とつぜんのスコールがきた。季節風による沛然《はいぜん》たる雨で、すさまじい風雨が海上を荒れ狂い、二、三メートル先も見えない雨しぶきになった。「国分、しっかり水を飲め！」ととっさに声が出て、浮遊している国分飛曹長の近くに泳ぎつき、二人で飛行帽にスコールを受け、腹一杯に天与の恵みの真水でのどをうるおした。

高橋大尉は萎《な》えていた気力が一気によみがえるのを感じた。真水は、自分たちが生きようとする気力をあたえてくれる——生命の水だ。ありがたいことは、瞬間的にもスコールが灼熱の太陽光をさえぎり、真水で灼けた肌をいやしてくれたことである。

二人のペアに生気がよみがえった。

夜の闇の恐怖

1

高橋大尉は西伊予の三津浜海岸育ちである。父は造り酒屋の主で、儒学と漢学の造詣が深く、日露戦争に参戦し、広島大本営で明治天皇の検食をしたことを生涯の誇りとしていた。息子は父親の影響をうけて育ち、兵学校を志したのも多分に少年期に国学にふれる機会が多かったためであろう。身体鍛練を第一に考え、三津浜では古式泳法を学んだ。スコールでのどの乾きをいやし、声を発するまでに体力回復した高橋大尉がとった〝浮き身術〟とは、以下のようなものである。

胸いっぱいに空気を吸いこみ、身体を水平に浮かせて二〇〜三〇パーセントの浅い呼吸を維持する。全身の力をぬいて波に身体をゆだね、下半身が約三〇度の角度で海中に垂れたままにする。そして体力を消耗しないように、波にゆられて眠るのである。水上で睡眠がとれるかという当然の疑問がわくが、耳の穴から顔の上半分は洋上にあるので呼吸が可能であり、時どき空気を吐きすぎて顔に海水がかかって目ざめる以外は、眠ることができた。鍛練の賜物であった。

「隊長、鱶《フカ》です。フカの大群です！」

国分飛曹長は眠っていなかったのか、やにわに大声を発した。目がさめて彼の指さす方向に視線をめぐらすと、波のうねりに大きな魚が白い腹を見せて身をくねらせるのが見えた。フカは群棲しないはずと思ったが、いくつもの巨大な白い腹が見えた。

国分飛曹長は自分の腰に偵察バッグを後生大事にむすびつけている。いそいで袋のカバーをひろげ、中身の航法目標弾の銀粉袋を取り出す。高橋大尉は自分の褌《フンドシ》を解き、重い袋を出して海中に垂らす。そして、重傷で身動きの取れない国分飛曹長を手助けして、彼の両手で自分の両足を握らせた。

二人が縦列に海上に横たわる形となり、もう一袋の銀粉を海面に撒き散らした。捜索機が不時着水した搭乗員を発見しやすいように作られた銀粉は、一気に海上にキラキラ光る粉を広げた。大尉は左手で拳銃を抜き、右手で海面を大きく叩く。

——フカにとっては、相手が大きな敵に見えるにちがいない。

巧みな工夫で、どうやら危機は去ったらしい。フカの群れはうねりの中から消えていた。やがて南太平洋の強烈な太陽が赤々と燃えつきるように水平線上に沈み、たそがれどきがきた。

空は急速に明るさを失い、海上は薄闇に閉ざされようとしていた。たそがれとは、古語の「誰そ彼は」が語源であり、たそがれ時は「逢魔《おうま》が刻《とき》」とも呼ばれていて、日が没すると同時にあらゆる物《もの》の怪《け》が出現し、いたるところに徘徊すると古来から怖れられていた刻限である。

海上は波が立たない、静かな夕暮れどきであった。時折、小さな魚がはねて白い波が立つ以外は物音ひとつしない恐ろしいまでの静寂さに支配されている。(この暗い海のなかで自分は死んで行くのだろうか)という孤独と寂寥感に頭が占められていて、物狂おしいまでの恐怖が全身を金縛りにしていた。残照が消え、夜の漆黒の闇に閉ざされると、ますます心が凍りつく恐ろしい思いがした。

漆黒の世界がどのように恐怖に満ちたものか、海上に明日の希望もなく浮かんでいる自分に待ちうけている運命はフカにふたたび襲われるか、海上の嵐による水死か出血死か。いずれにしても、一人で戦場で生きのび、だれにも知られないままに海中に水死して行くのが自分の運命なのか。

そして夜の闇のなかから、何かが静かな強い圧力で自分を締めつけはじめた。夢か現実か、その境目がわからないままに重い力が頭上からのしかかってきた。

——悪魔が自分を殺しにやってきた。

逃れられない強い力で圧しつぶされそうになりながら、混濁した意識のなかで眼を閉じて死の運命を覚悟した。高橋大尉の回想談。

「夜の闇の恐怖というものは、死に誘う何か得体の知れない力と、その死霊から逃れて何とか生きようとする人間の強い力の戦いに思われました。『お前はだれだ！』、『お前は何しにきた、おれはお前に殺されんぞ』と、何度も頭のなかでさけんでいましたね」

この奇怪な魂の戦いに疲れて、抵抗の果てに昏睡状態にはいったようである。

2

夜の間、国分飛曹長がどのようにして生きのびたかは、記憶にない。東の空が明るみ、強烈な太陽が水平線上から姿をあらわすと、そのまぶしい光芒のなかで意識が回復した。朝がくれば何とかなると、唯一託した希望がかなって暗黒の世界から脱出することができたのだ。

太陽は中天にのぼり、たちまち灼けつくような強い日差しが降りそそいだ。昨夕二度のスコールが襲来し、のどの乾きをいやしてくれたせいか体力が少し回復し、右脇腹下の長さ五センチほどの裂傷や左膝下に食いこんだ銃弾破片の傷口の痛みが薄れていた。

不時着水したのは昨日午前九時一〇分ごろ。いま午前一〇時ごろか。あれから一昼夜、二五時間を波に揺られていたことになる。太陽は真上に近づき、日差しがふたたび肌を灼きつけるころ、突然大きなうねりのなかに巨大なフカが白い腹を見せながら大きく反りかえるのが見えた。体長三メートルはあろうか。

高橋大尉はとっさに大声で、国分飛曹長に警戒を呼びかけた。

「国分、フカだ！　水中を見張れ！」

同時に救命バッグから残る銀粉を取り出して一面に撒き、水中に頭を突っこんでフカの動きを注視し、ホルダーの十四年式拳銃の安全装置をはずした。国分飛曹長も後ろ首の救命枕をはずし、素手ながら闘いの身構えをする。銀粉は一度海水をくぐったので期待通りに拡散せず、威嚇効果は少なかった。

フカは二人の一〇メートル四方を回遊しながら、襲撃のチャンスをねらっていた。まずは人間の腹部を食いちぎるつもりらしい。一分近くぐるぐる回遊していたフカは、こんどは巨大な口を空けて一直線に突進してきた。

――くたばれ！

赤黒い大きな口が二、三メートル近くに接近するのを見て、高橋大尉は右腕を伸ばし、水中で拳銃の引き金を引いた。兵学校時代、彼は一、〇〇〇発以上の拳銃を射った経験がある。水中でははじめてで、空中ではなった反動の何倍もの衝撃が全身を襲った。

すさまじい水圧で右手は捻挫し、右の鼓膜が破れ、とくに下腹部は睾丸が切れて飛び、袋が破れたような気がした。後で恐るおそる小便をしてみたが異常はなく一安心したが、もし定法通り右手一杯に伸ばして射たなかったら、両鼓膜を破損してしまったにちがいない。右の耳は、戦後のいまだに難聴である。

フカに命中したかどうかはわからない。はげしい水圧の衝撃で怖れをなしたのか、フカは二度と姿は見せていない。拳銃は尾栓がガタガタになり、弾倉は吹き飛んで唯一発が銃身に残るだけになった。これは、最後の自分の自決用である。

フカとの闘いをおえて、眼と耳と腹をやられて疲れは際限に達していた。出血と飢餓による体力消耗が自慢の気力、持続力を奪ってしまったようである。仰向けになって洋上にただよいながら、心身ともに沈み行く静穏を感じていた。

――私の人生に悔いはない。

飛行隊長としてやるべき義務をはたし、この南太平洋上で死をむかえても、先に逝った戦友や部下たちもきっと自分を温かく迎えてくれるにちがいない。そして自分を可愛がり、温かく育ててくれた父を思った。厳格な父親であったが、子供心にもどってあの父のもとに行きたいと願った。父が亡くなって九年、早く親父に会いたいと痛切に思った。


「隊長、船です！　船です！」

どれくらいの時間がたったのか、とつじょ国分飛曹長が大声でさけんだ。

夢のなかの出来事のようでもあり、渾沌とした意識のなかで、何度もそんな大声をきいたような気がする。気がついてみると、まぎれもなく国分飛曹長の歓喜の声であった。ぼんやりとした頭のまま水平線上を見ると、何やら黒い小さな物体が動いている……。最初はそれが何かはわからず、頭脳は夢と現実を往き来して、自分が不時着水している事実すら忘れてしまっていたらしい。

だが、しばらくして――いや、ほんの数秒かも知れない――とつぜん意識がよみがえった。水平線上に船が航行しているのは現実であり、約五、〇〇〇メートル彼方から一隻の船舶が接近しつつあった。胸の動悸は高鳴り、息がせわしくなった。夢ではない、救助船が来たのだ。これは夢ではないのだ。

見るところ七〜八、〇〇〇トン級の燃料満載のタンカーであり、約三〇度の角度で接近しつづける。「国分、うねりの山に乗ったとき、水を空中にかき揚げろ！　声を出すと死ぬぞ」と注意して、高橋大尉は偵察バッグと拳銃を捨てて身軽になった。そして最後の力をふりしぼり、巻き足立ち泳ぎの姿勢でうねりに乗り、その頂点で水を空中に高くかき揚げた。国分飛曹長もそれにしたがう。

「国分、がんばれ！　褌を振りまわせ！」

いそいで、つぎに目立つ方策を考える。彼は首後ろの枕を外し、フンドシを左手で解いて悠々と頭上で回転させる。これなら遠目で見ても、だれもが気づくだろう。

船は刻々と近づいてきた。船上に人影はなく無人で、国旗もかかげていない。つぎの瞬間、これは日本の船だろうか、という疑念がわいてきた。船を発見したとき、当然日本の船舶だと思いこんだのだが、もしかしたら米国船籍かも知れない。敵か味方か、船が近づくにつれ、同時に不安もまた増幅されてきた。

「もし敵だったら、即刻死ぬんだぞ！」

とあらためて声をかけると、国分飛曹長は「はい」と応じた。それでも彼は、悠々とフンドシを振りつづける。

船は一〇〇メートルに近づいた。前甲板と後甲板に大砲が一門ずつ据えられていて、空をにらんでいる。戦闘に備えている油槽船で、もし敵船なら二人を銃撃するかも知れない。緊張に全身がこわばった。

そのときだった。錨甲板から顔を真っ黒に日焼けした船員が顔を出し、「オーイ、オーイ」と呼びかけてきた。どうやら船橋から前方海面を監視していたらしい。日本の船だ、日本人だとわかると急に気がぬけて、思わず国分の救命枕につかまった。

「日本だ。日本だ、日本の船だ！」

天にむかって大声でさけび、涙があふれ出た。国分飛曹長も泣いていた。そして顔を涙でくちゃくちゃにしながら、「隊長、隊長！」と声をあげて泣いていた。

船は七〜八〇メートルに近づいた。それを見て、高橋大尉はゆっくり泳ぎはじめた。国分飛曹長も同様にさせる。救命艇から引き揚げの爪竿《つめざお》が出された瞬間に、海底深く沈んでしまう例を何度も見聞きしていた。安心した瞬間に体力がつき、握力不足のまま海没して行くのだ。その危険をさけるために、泳ぎながら体力回復をはかるのである。

救助された船は、日本郵船所属の玄洋丸であった。船長は高田久作で、ソロモン海と日本を結ぶ航路の途中で、「運良くめぐり合うことができ、何よりです。ご苦労さまでした」と二人をねぎらってくれた。船員たちがつぎつぎと顔を出し、医者は乗船していなかったが、事務長が傷の手当てをし、真新しい衣服を提供してくれた。

「空腹でしょうが、一気に食べると死んでしまいますから」

と司厨長が注意し、まず熱いスープを一杯、つづいて柔らかい粥を三杯、作ってくれた。腹わたにしみ透るうまさであった。

高橋大尉は一刻も早く母艦に無事救出を知らせたかったが、「本船は無線封止中です」とのことで通信連絡はできなかった。玄洋丸は航海をつづけ、二人がトラック泊地に帰りついたのは瑞鶴の内地帰還の直前のことである。

戦場よ、さらば

1

南雲司令部が退去した空母翔鶴は、一路トラック泊地にむけ北上をつづけていた。

あの凄惨な戦闘が嘘のような、良く晴れた日々がつづいている。波もおだやかで、直上から照りつける直射日光がじりじりと肌を灼く。高速北上する翔鶴甲板では、吹きつける風が快い。

一方で視線を飛行甲板後部に転じれば、爆弾命中で破壊された後甲板が重なり合い、リフトが陥没し、あるいは盛り上がって、無惨な光景を呈していた。上部格納庫は命中弾により飴のようにひしゃげてぽっかりと穴が空き、天井桁がむき出しに陽光にさらされている。被弾当時はいたるところに整備員、応急隊員の遺体が散乱していたが、今は取り片づけられて人影はない。

応急指揮官の運用長福地周夫中佐は、サンゴ海海戦に引きつづき二度目の被弾をうけた翔鶴が、重大な被害をうけながらも沈没をまぬがれたことに、安堵の胸を撫で下ろしていた。——これも艦内防禦のためあらゆる方策を考え、猛訓練を重ねた賜物《たまもの》。との感懐がある。有馬艦長の献身的な尽力で破壊を最小限にとどめ、運用長の自分もよくそれに応えて艦を護り切ったという喜びもあった。

だが、一歩応急指揮所を出て被害調査にあたっていた福地中佐の眼に映じたのは、兵員室からはみ出して横たえられている遺体の数の多さであった。広い士官室も戦傷者で満ちあふれ、治療室も同様で、運びこまれた遺体はそのまま兵員室の床に無造作にならべられていたのだ。——戦死者一一九名、戦傷者一四〇名（うち重傷者二五名）。戦死者のうち、搭乗員五四名（士官、准士官あわせて一一名。下士官兵四三名）。

海軍報道班員牧島貞一カメラマンは、士官室でこんな光景を目撃している。

海戦当日夜、夕食の時刻になってようやく静寂がもどり、手空きの士官たちが三々五々集まってきた。それでも半数に満たず、にぎやかだった村田重治、関衛の両飛行隊長、新郷英城、鷲見五郎、山田昌平、吉本一男各大尉の姿が見えない。

残っているのは、飛行長根来中佐と戦闘機隊の指宿正信大尉の二人のみであった。指宿大尉は旧一航戦赤城乗組で、ミッドウェー海戦後翔鶴に転じてきたベテラン分隊長である。当日は艦上指揮で天蓋にのぼり、上空直衛機の戦闘指揮にあたっていたため戦死をまぬがれたのだ。

指宿大尉は牧島カメラマンを見ると、「報道班員！　大森兵曹が戦死したぞ」と声をかけてきた。大森茂高一飛曹は山梨県生まれ。小柄で無口な戦闘機乗りで、誠実な性格から牧島記者と親しい間柄になっていた。おどろく牧島貞一に指宿大尉は「敵機が雲の中から出てきたんで、無電で大森機を呼んだ。撃墜が間に合わないとみて、とっさに〝体当たり〟をしたんだよ」と、彼の戦死が自分のせいであるかのように己の判断を責めていた。

「惜しい部下を殺してしまった……」

と、指宿大尉は大粒の涙をこぼした。そして、「村田隊長も関少佐も戦死されてしまった し……」と机に顔を伏せて泣きじゃくった。根来飛行長も腕を組んで何もいわず、瞑目するばかりである。

そんな沈み切った空気を破るかのように、勢いよく士官室に駆けこんできた搭乗員がいる。今朝出撃した鷲見艦攻隊の機長中村勇哲二飛曹のペア、三人組である。

「飛行長、ただいま帰艦して参りました」

操縦員川島信三飛曹、電信員松田憲雄三飛曹もそろって敬礼をする。

「おお、生きとったか！　どうして帰ってきたんか」

と喜びの表情を取りもどして問いかける飛行長に、「駆逐艦嵐の近くに不時着水し、収容されて司令部の退艦と交代で移乗して参りました」と中村二飛曹が元気よく答えた。この一件で、士官室の重い空気も少しは和らいだようであった。

2

翌二十七日、翔鶴飛行甲板上で戦死者の水葬がおこなわれた。有馬艦長以下、亀田副長、塚本航海長、根来飛行長ら主要幹部が舷側で一列となり、ラッパ手が奏でる葬送曲「命を捨てて」に送られて遺体が一体ずつ、海上に投下されるのを見守っていた。

――艦長はどんな思いでおられるのか。

有馬大佐は昨日の艦橋で南雲司令部に食ってかかった挺身攻撃の意見具申を忘れたかのように、眼を閉じ、佇立してじっと敬礼をつづけたままである。（さぞかし無念であったろう）と塚本航海長は横目で見るが、その表情からは何もうかがえない。

福地運用長は戦死者の遺髪を一体ずつ、しっかりと和紙にくるんで遺族にとどけるつもりである。遺体安置所でのその作業は難渋をきわめて、なかなかにはかどらなかった。頭部を吹き飛ばされた者、全身を大火傷し頭髪が焼き切れた者、五体不満足のバラバラ遺体など、身元特定に時間がかかる悲惨な状態であったからである。

原田軍医長の報告によると、水葬遺体一一九体（うち氏名不詳のもの二四）、爆風で舷外に吹き飛ばされた者二三名という惨状であった。

儀式は工作兵が艦内作業場で白木の棺桶を製作し、遺体を収めて軍艦旗に包んで海中に投じるのが通例であったが、数が多すぎるため各員の居住区の毛布でくるみ、演習用小型爆弾一個を重しとして抱かせて葬送するのである。牧島カメラマンが見ていると、二、三人がかりで抱え上げる遺体もあれば、おそらく五体満足に揃っていなかったのだろう、子供のように小さな毛布にくるまれて軽々と一体丸がかえで投下される胸痛む光景もあった。

「戦死者の御霊《みたま》にたいし、敬礼！」

亀田副長の号令で、全乗員がいっせいに挙手の礼で遺体投下された海面にむかって整列した。翔鶴は大転舵で、ぐるりと周辺を一周する。一周、二周、三周……。

有馬艦長はその間、じっと瞑目したままで身じろぎもしない。その地点、北緯一度、東経一五七度の海上であった。

終章　海戦の果てに

混迷する戦果判定

1

十月二十八日午前一〇時三〇分。不時着水機の搭乗員を捜索して五時間後、金沢飛曹長は何の成果も得られず瑞鶴にもどってきた。艦攻隊整備分隊士稲葉飛曹長がみずから先頭に立って、収容作業をおこなう。

「味方機の搭乗員は見つかりましたか」

未帰還機の多さに衝撃をうけていた稲葉飛曹長が駆けよると、心配げな表情で声をかける。

「いや……」と首を振って、金沢飛曹長は九七艦攻の偵察席から甲板に飛び降りた。その足で、艦橋下で出迎えた分隊長梼原正幸大尉に報告する。

「海上を眼を皿のようにして隈なく捜しましたが、一人の生存者も見つけることができませんでした」

「よし」

と椿原大尉がうなずき、「昼食がすんだら、海戦研究会があるから参集するように」とつけ加えた。南雲司令部が移乗して瑞鶴が旗艦となり、第三艦隊司令部主催の作戦研究会、戦果確認がはじまるらしい。

といって、第一次攻撃隊の高橋、第二次の今宿両隊長が未帰還とあっては、残る津田、椿原両大尉が艦爆、艦攻隊の代表となって成果を確認する以外に途はないのだ。

ところが、金沢飛曹長が作戦研究会に顔を出すと、攻撃隊に参加した全搭乗員が集められていた。長井作戦参謀を中心として、高田首席参謀、内藤航空参謀、中島情報参謀など司令部幕僚たち全員が顔をそろえ、松本飛行長が司令役となって一人ひとりに攻撃成果を報告させた。さすがに緻密な第三艦隊司令部らしい徹底ぶりである。

第一次攻撃隊では村田、高橋両隊長に代わって翔鶴艦爆隊の有馬敬一大尉が立ち、「敵ホーネット型空母に魚雷二、爆弾六発以上命中、撃沈確実」と総括して報告した。第二次攻撃隊では関、今宿両隊長に代わって椿原大尉が「敵エンタープライズ型第二集団に魚雷二本以上、戦艦に二本以上、駆逐艦に一本。艦爆隊は敵空母に六発以上命中」と総括した。

「よし、それでは撃沈敵空母二隻と判定する」

長井作戦参謀が以上の報告により、第一回の作戦研究会の結論を下した。ただし同参謀は戦後回想録で、「撃沈確実とみたのは一隻で、もう一隻は写真判定、翌日の索敵で当該空母が見当たらなかったために、沈没と判断した」と正直な感想をのべている。もともと戦果判定は将来の作戦のために正確さを必要とするのだが、その後の作戦研究では成果を大甘にエスカレートさせて、ついには「敵空母三隻撃沈」という誇大な結末を招来するのである。

南太平洋海戦の作戦研究会は合計三度、旗艦瑞鶴で開かれている。第三艦隊司令部が主宰して当初は「撃沈敵空母二隻」としたが、さらに詳細を見極めるために随行する空母瑞鳳から二航戦司令部側の判断をも求めることになった。

「司令部幕僚ヲ派遣サレタシ」

旗艦からの発光信号で、二航戦首席参謀から指名されたのは航空参謀奥宮正武少佐である。奥宮少佐は手空き搭乗員による九七艦攻の偵察席に飛び乗って、いそいで瑞鶴甲板上まで運んでもらった。瑞鳳の手狭な飛行甲板から瑞鶴の広大な甲板上へ。

「おお、よく来てくれた」

艦橋内に姿を見せると、草鹿参謀長が待ちかねていたように喜色満面で二航戦参謀を出迎えた。その左側奥に南雲中将の姿が見えた。

「長官、味方の大勝利、おめでとうございます」

思わず祝賀の気持が言葉となって口をついて出た。「うむ……」いつもは渋面の南雲中将が少し頬をくずして大きくうなずいた。とっさに奥宮少佐は、長官の顔色が悪く少し疲れた表情に翳《かげ》っているのに気づき、いつもの憂鬱の気が生じているのかなといぶかしく思った。

それも、当然であったろう。機動部隊長官としてこの約一年間、真珠湾攻撃を皮切りにインド洋機動作戦、ミッドウェー海戦、第二次ソロモン、南太平洋両海戦と五度の大作戦を体験している。海軍官僚としては能吏であるだけに、戦闘指揮では神経をすり減らす日々であったにちがいない。だが、南太平洋での大勝利で、ミッドウェーでの敗北の屈辱感がいくぶんいやされたかのようにも見受けられた。

一方の草鹿参謀長は、「角田部隊は先陣を切って突進し、よくぞ戦果を拡大してくれた」と奥宮少佐を抱きかかえんばかりに空母隼鷹部隊の三次にわたる肉薄攻撃を賞めそやしてくれた。「山本長官も、さぞ満足しておられることだろう」と、在トラックの旗艦大和司令部を思いやった表情を見せた。

長官、参謀長の背後にひかえる首席参謀以下、幕僚の全員が口ぐちに「これで〝ミッドウエーの仇〞を討ったぞ」と大喜びであった。とくに新任の航空甲参謀内藤雄中佐は一航艦の名物参謀源田実中佐の同期生でその後任だけに、「味方被害は翔鶴、瑞鳳の二艦被弾だけですんだのは幸いだった」と、作戦指揮に満足した表情だった。乙参謀小牧一郎少佐も同様で、「二航戦部隊の戦果報告はどうなっているか」とききたがった。

だが、それよりも奥宮参謀の関心は同期生村田重治、関衛両少佐の消息であった。作戦研究会の艦内士官室に案内される途中で、さりげなく二人の隊長の戦闘状況の報告をもとめた。

奥宮少佐は兵学校五十八期出身で、昭和五年四月、卒業と同時に第二十四期飛行学生となり、関少佐は艦爆専修、奥宮少佐は偵察学生と分かれ、村田少佐は同八年十一月、一期下の飛行学生となり艦攻特修学生に選ばれている。

「村田は望み通り、艦攻隊雷撃指揮官として活躍しとるでしょうな」

と小牧参謀に問いかけると、「いや、二人の隊長とも帰ってこんのだ。自爆戦死したらしい」と、一期上のこの先輩参謀は目を伏せた。

「やはり、戦死しましたか」

空母隼鷹でも、山口正夫、入来院良秋両攻撃隊長が未帰還となり、瑞鶴の高橋定大尉を加えると都合五人の飛行隊長が喪われたことになる。米空母撃沈の戦果は誇りうべきものだが、指揮官五名が一挙に喪われては第三艦隊飛行機隊は壊滅状態となる。この六月、再建されたばかりの機動部隊はわずか五ヵ月余で、ふたたび再出発し直さなければならない。

――二航戦角田部隊も再建をいそがねばならない。

不吉な予感が脳裡をかすめ、奥宮参謀は暗澹《あんたん》たる気分になった。

2

作戦研究会は、戦闘報告の資料、今後の戦訓を検討する目的で開催されるのだが、議論の中心はやはり味方攻撃隊の成果がどのように挙げられたのかが焦点となった。

南雲司令部幕僚たちの質問は、奥宮参謀に集中した。まず、米空母部隊の規模について。中島情報参謀が米軍機のコールサインが「ブルーベース」「レッドベース」「リバーベース」の三種類に分かれており、三群の空母部隊が出動してきているのにまちがいなく、米軍捕虜情報による空母ホーネット、同エンタープライズ二群と限定するのは問題がある、と指摘した。

「二航戦司令部の判断はどうか」

と内藤中佐が問いかけるのに答えて、奥宮参謀は「搭乗員の報告によると、敵空母は三群ないしは四群出動してきていると思われます」と断定した。

その理由として、一航戦が撃沈確実とみた米空母二隻以外に「北々東約一五カイリ付近に空母一隻が単艦で行動しつつあり、これは被害甚大なため放棄したもの」と搭乗員の一人が帰投後報告したこと。さらに無傷の第三の空母集団があり、二四ノットの高速走行で飛行機の離発着をおこないつつあったこと。そのうえ艦爆隊の一機が同一海面に三隻の空母部隊を視認していること、などの諸点をつぎつぎとならべたてた。

搭乗員の一名が米空母に接近し、「サラトガ型にまちがいないと報告している」と言葉を重ねた。以上を綜合すると、米空母部隊は六群の可能性もある、と奥宮少佐は戦況分析をした。

米側戦史と比較すると、「放棄された米空母」とは漂流中のホーネットであり、「第三集団」とは高速避退中のエンタープライズ隊を誤認したものだが、戦果確認をすべき山口、入来院両隊長が未帰還となっているので、「搭乗員の報告を司令部は承認するだけ」と綜合戦果確認のむずかしさをも指摘した。

「まず敵空母は三群とみて、二航戦攻撃隊はどの部隊にむかったのか」

と長井作戦参謀が議論をまとめる方向で口火を切った。

「第三の空母集団は撃沈確実と認めます」

と奥宮参謀は強調した。

「すなわち、二航戦第一次、第二次、第三次攻撃隊はこの新たな敵にむかい二五〇キロ爆弾八発以上、八〇〇キロ爆弾一、魚雷三本以上命中し、撃沈確実と認めます」

「中島参謀、君の意見はどうか」

「せっかく搭載した二式艦偵が物の役に立たず、米空母の全体像がつかめないのが残念ですが、まず三群の米空母撃滅はまちがいないでしょう」

「よし、それで決まった。綜合戦果は敵空母三隻撃沈としよう」

これで二航戦司令部の主張も受け入れることになり、末国戦務参謀が綜合戦果発表の用意に取りかかることになった。

――ところが、

どういう異変が起こったのか。前二十六日、連合艦隊司令部から戦闘速報第一号が発信されていて、「『サンタクルーズ』北方海面ニ於テ空母四戦艦四其ノ他巡洋艦駆逐艦ヲ併セ計二十余隻ト航空撃滅戦」を展開中との発表があり、「撃沈敵空母三隻」が「同四隻撃沈」とエスカレートした。

二十七日午前一一時一〇分の第三艦隊戦闘概報第三号では、「以上合計敵空母四隻撃沈（原注＝内一隻ハ支援部隊処分セルモノヲ含ム）残敵戦艦一巡五駆九ト推定」と誇大なものと一変した。戦果は多分に過大なものとなりがちだが、第三艦隊側は二航戦の強硬な主張に屈したかのごとく、旗艦大和の山本長官の存在を意識しすぎた結果発表となった。

奥宮少佐が瑞鶴をはなれて隼鷹に帰艦したあと、再協議がはじまって中島情報参謀から「サラトガ型空母参加はありえない」と疑義が出た。高田首席参謀が中心となって再検討した結果、以下の公式発表で落ちついた。

機動部隊戦闘概報第四号（三一日二一二〇）。

「撃沈　大型空母三隻（原注＝内一隻大破炎上浮流中ナルヲ味方駆逐艦ニテ雷撃撃沈）

戦艦一隻（籠マスト）、大巡一隻、駆逐艦一隻、艦型不詳（大巡以上）一隻

撃破　敵上空五四機以上　味方上空一〇機、砲撃ニ依リ本隊五機、前衛一〇機以上」

瑞鶴艦長野元大佐は南雲司令部が移乗してきたお陰で、単艦で参謀不在のまま作戦指揮を采配する重圧からようやく解きはなたれ、いつもの艦橋左横の〝猿の腰かけ〟にゆったりと坐りこんでいた。

奥宮航空参謀が帰りぎわに声をかけ、

「この三日間、不眠不休で多くの幕僚が知恵をしぼっても困難な母艦航空作戦を、艦長ただ一人でよくぞ務められました」

と心のこもった賛辞を残していったのも面映ゆかったが、しかしその賞讃をよそに陸軍側第二師団総攻撃の失敗に、

――何のためにあれほど苦労したのか。

との不満を隠しきれなかった。

二十四日夜、第十七軍百武司令部の戦闘司令所からガ島飛行場占領を意味する「バンザイ電」を受信し、第三艦隊側は米空母との海上決戦に踏み切ったのである。ところが夜半になって、「敵飛行場占領は誤り」との訂正電がはいり、さらに第十七軍司令部から攻撃再興の通報がきて第二師団の米軍陣地突入を期待したが、これも失敗。二十六日午前六時（日本時間）には攻撃中止が決定した。

第二師団将兵は丸山政男中将の指揮下で、右翼隊の東海林連隊、左翼隊の古宮政治郎連隊の両側面からのガ島飛行場奪取を企図したが、東海林連隊はジャワ島攻略の快進撃とは異なって濃いジャングルの密林のなかで道を見失い、草原を飛行場と見誤まって「バンザイ電」を送信し、挙句《あげく》のはてに命令通りの「敵陣に殺到」することができなかった。

唯一全滅戦闘を展開したのは左翼隊のみである。古宮連隊は全員が飛行場の鉄条網を銃剣と手榴弾で吹き飛ばし、白刃を振るって白兵戦で米軍陣地に突進した。米軍はブラー中佐以下の海兵連隊が八一ミリ迫撃砲で放列を敷いて待ちかまえており、海兵隊員たちは迫撃砲と

手榴弾、自動小銃で対抗した。古宮大佐は軍旗を腹に巻いて自決し、連隊は壊滅状態となった。

第二師団の将兵たちは飢餓と負傷の身体を引きずりながら〝丸山道〟を三々五々避退して行く。二日間の攻防で戦死者は二、〇〇〇名をこえ、兵たちの遺体を密林に置き去りにしながら黙々と重い足どりで敗走の途を歩んで行く。

第十七軍参謀長宮崎周一少将から総攻撃失敗の報告文が送信されてきたのは、二十六日夜のことである。

「貴艦隊の全幅的協同を得たるに拘《かかわ》らず、今次のガ島飛行場の陣地の攻略奏効するに至らず、誠に慚愧《ざんき》に堪へず。目下に於ける戦局は更に大規模の兵力を以って行ひ、根本的に攻撃準備を進め周到充分なる準備の下に攻略を実施するの止むなきに立至れり。茲《ここ》に従来の熱誠なる御協同を深謝し此の上とも御協同を得ん事を祈る」

陸軍側はあくまでも面子《メンツ》を失いたくないと総攻撃失敗の謝罪をせず、相変わらず強気一辺倒である。明治建軍いらい一度も敗れたことのない、という日本陸軍の面目を重んじたものか、この電文を一目見て、「大規模の兵力を以って攻略を実施」とはどのような陸軍部隊輸送を考えているのか。またしても、南東方面への瑞鶴出動が必要なのかと、野元艦長は飛行機隊の消耗を現実として抱えながら前途の不安がわき上がるのをおぼえた。

山本長官の焦り

1

さきに戦場をはなれた翔鶴、瑞鳳の傷ついた二空母は二十八日午後、トラック島をのぞむ位置に帰ってきた。速力一六ノット、針路三五五度でひたすら反転北上をつづけてきたのだ。海上は静穏で、強烈な日射しが艦上に照りつける。午後三時、環礁を遠く迂回して北水道にむかう。警戒駆逐艦が米軍潜水艦の潜伏を警戒しながら先導し、両艦はいつもの碇泊地、春島の裏側錨地に投錨した。

「おや、艦長が出て行くぞ」

乗員の声に牧島カメラマンが視線を走らせると、白い第二種軍装に身を包んだ有馬艦長が内火艇に乗りこんで、旗艦大和にむかう姿が見えた。司令部への戦況報告のためらしい。

旗艦大和は六九、一〇〇トンの堂々たる艦姿を春島北西方の第二錨地に浮かべていた。旗艦らしく甲板上を第二種軍装の白い制服に身を固めた士官たちが三々五々散策しているかのように見える。

「いまこそ、戦艦部隊がガダルカナルを砲撃するチャンスだ。それが何たるざまだ」

大和の士官たちは何かの作業指揮をしているのにちがいなかったが、甲板上の真っ白な士官服姿はいかにものどかな、いわゆる〝南洋ボケ〟の風情に見えた。戦闘機分隊長の指宿大尉が嘲笑気味に声をあげると、いつもは冷静沈着な塚本航海長までが、「走りもせず、大砲も射たず、あんな大きな奴は戦力のマイナスだよ」と珍しく声を荒げた。

「あんな巨艦は燃料と食料を食うばかりで、いっそ柱島に泊まっていたほうがよほどましだ」

翔鶴の後甲板が見るも無惨に破壊され、発着艦不能の状態でようやく帰り着いたのに、逆に戦場などどこ吹く風と泰然としている巨艦大和を見ていると、つい不満の吐け口を求めたくなったのであろう。牧島カメラマンも、奮戦した乗員たちが「あらんかぎりの罵倒をあびせねば腹の虫はおさまらなかったのだろう」と同情的である。

有馬大佐は瑞鳳艦長大林末雄大佐と連れ立って、大和の連合艦隊司令部を訪ねた。二人は山本長官への報告を前に、参謀長公室に案内された。ふだんは表情を顔に出さない宇垣参謀長が上機嫌で両艦長をむかえ、「被害はどうか」と被弾の状況をきいた。

有馬大佐が「急降下爆撃をさけきれず四発食らいました。だが機関の損傷はなく三四ノットで自力航走が可能です」といい、大林大佐も「だしぬけに一発やられました」と率直に事実をのべた。

「それはよかった。それだけの損傷で沈まずに帰れたのは頂上《ちょうじょう》だった」

と宇垣が慰労の言葉をのべた。意外なことをきくものだなと、不審な表情で二人は顔を見合わせた。翔鶴は戦線離脱し、瑞鳳は戦闘継続が不能となった。癇癪《かんしゃく》持ちの参謀長が一言叱責するのではないかと、両艦長は事前に話し合い警戒していたのだ。

有馬が鋭く反問する。

「艦が沈まなければ良いのですか」

「そうだよ。敵ばかりやっつけて味方が何も損害がない、ということはありえない」

宇垣は自分の労《いたわ》りの言葉が通じないとみて、やや不満気な表情になった。

ミッドウェー海戦時のように正規空母四隻すべてを喪失する事態を考えれば、沈没空母が一隻もなく全艦トラック泊地に帰港できれば僥倖だとの思いで、つい口走ってしまったのだが、当日の日誌『戦藻録』に現場の指揮官の心情を思いやる言葉が「長官又は参謀長の千鈞《せんきん》の重さをなす。例え足らざる處あるも之に触るるなく、おうように之を収拾することこそ人を使ふの道なれ」と、言いわけがましい一文を書いている。

有馬艦長としては、再三にわたり大和司令部から「敵撃滅」の指示があり、その意を体して草鹿参謀長と激論をかわしたのだが、自分の真意が宇垣参謀長につたわっていないのが心外であった。もちろん、宇垣少将は翔鶴艦内の一騒動を知ってはいない。

長官公室では、山本長官以下黒島首席参謀、三和作戦参謀、渡辺戦務参謀など主要幕僚が顔をそろえて出迎えた。

両艦長がこもごも戦闘経過を報告し、黒島大佐から二、三の質問があって話は一区切りついた。本格的な戦況説明は後で南雲長官以下第三艦隊各幕僚の報告があるだろう。両艦長が立ち上がり公室を出ようとすると、山本長官が「おい、君ちょっと」と有馬大佐を呼び止めた。有馬がふり返ると、

「艦長、あのときもう少し追撃できなかったのか」

と山本がきいた。あきらかに旗艦翔鶴の早期戦線離脱、南雲司令部の駆逐艦移乗への不信をあらわしていた。

有馬大佐の挺身攻撃や敢闘精神の日常を知るだけに、長官としては南雲司令部の敵情判断の仔細を知りたかったのであろう。有馬大佐は即座にその意図を見ぬき、南雲―草鹿コンビの判断を庇《かば》うつもりで、思わず当たりさわりのない答えをした。

「あれが精一杯のところでした。あれ以上の追撃は無理だったでしょう」

山本はそれ以上の追及をしなかったが、二人のやりとりを耳にしていた黒島首席参謀が皮肉たっぷりに、

「そうでしょうなあ……。あなたのところは北の方にばかり走っていましたから、追撃は無理だったでしょう」

と、イヤ味をいった。

有馬はただちに反論したかったが、山本長官の眼前なのでじっとこらえた。黒島参謀は兵学校四十四期で、一期下。海軍大学校では甲種学生第二十六期の同期生である。有馬はのちに海軍省教育局長となった期友の高木惣吉に事のいきさつを打ち明け、それが山本長官戦死

後のことだったので、「思い切って本心を打ち明けておけばよかった」と大いに後悔していたとのことである。有馬艦長としては、草鹿参謀長の罵倒がやはり肚にすえかねる出来事であったにちがいない。

2

翌二十九日、山本長官は宇垣参謀長以下全幕僚を引き連れて傷ついた翔鶴の視察に出むいた。舷門で有馬艦長、福地運用長らが防暑服から白い第二種軍装に着かえて出迎える。福地運用長が傷ついた翔鶴を山本長官に案内するのは、サンゴ海海戦直後の五月十七日についでこの日で二度目となる。

前回はミッドウェー作戦出撃前のあわただしさのなかで、司令部幕僚たちも気もそぞろに被害個所を見て歩いたが、今回は宇垣参謀長以下幕僚たちも真剣な面持ちであった。

宇垣少将はあらためて航空戦闘の凄まじさを思い知ったようである。

「艦橋以後の四弾命中の跡損害極めて大なり。よくも下（下部機関室）に及ばざりしものよの感あり」（『戦藻録』）。

ついで、山本長官は艦内治療室に降り、傷ついた乗員たち一人ひとりに慰労のことばをかけて歩いた。長官が不意に足を止めたのは、機銃群指揮官鳥羽二八特務大尉の病床である。

「傷は大丈夫か」

と声をかけると、鳥羽大尉はかつて従兵長として旗艦長門時代の山本長官に仕えた経験があるだけに、「はい、大丈夫であります」と緊張気味に答えた。長官と元従兵長は少し昔話をして鳥羽大尉は生気をよみがえらせていたが、長官一行が立ち去ると、ぐったりと疲れ果てた表情をした。

鳥羽大尉の症状が急変したのは、翌三十日のことである。被弾による腹部裂傷で腹膜炎の症状が悪化し、原田耕介軍医長が艦橋に駆け上がってきて、「もはや望みはありません」とつげると、有馬大佐はいそいで病室に降りて行った。艦長は涙ながらに「何か言い残すことはないか」と問いかけると、鳥羽大尉は布団の下から小さな紙切れを出して、「家族に渡して下さい」とかすれる声で頼んだ。

遺書であった。鉛筆書きで記された一文には、「家族の皆へ、強く、正しく、よい日本人になれ」とあった。

治療に当たった渡辺直寛軍医中尉が見守っていると、とつぜん「東京の方角はどちらか」と問いかけた。その方角を指し示すといきなり布団をはいで立ち上がり、直立した状態のまま絶命した。弁慶の立往生――を思わせる、鳥羽二八特務大尉の壮烈な最期であった。

同日午後、南雲中将の機動部隊と近藤中将の前進部隊がトラック泊地に帰投した。翔鶴、瑞鳳についで内地への帰投が発表されると、瑞鶴艦内から「ウォー」と歓喜のどよめきが起こった。

「みんな死んでしまった……」

1

南雲中将の将旗をかかげた瑞鶴がトラック泊地に帰投したのは、翔鶴、瑞鳳到着より二日おくれて十月三十日のことになる。北水道から礁湖にはいり、春島裏の予定錨地へゆったりと進む。

「錨下ろせ！」

野元艦長の命令で泊地に投錨し、到着と同時に光井副長が指示して予定作業をつぎつぎとこなす。まず瑞鶴あての郵便物が運びこまれ、分隊ごとに分配される。ついで南雲司令部の旗艦配置となったので、僚艦翔鶴から作戦室、幕僚室にあった大量の作戦資料、海図、暗号書など機密書類が移された。量にして短艇二隻分はあり、司令部付橋本廣一曹が指揮して瑞鶴艦内に運びこんだ。

――とんだ貧乏クジ。

と橋本一曹がなげくのも無理はなかった。傷ついた翔鶴、瑞鳳の二艦はすでに内地工廠での修理が決まっており、司令部職員はそのまま旗艦に残って三ヵ月ぶりの内地帰還から除外されていたのだ。

第一次、第二次攻撃隊員のうち、翔鶴の飛行甲板が破壊されていたのでやむをえず瑞鶴に着艦し、あるいは燃料切れで付近に不時着水した翔鶴搭乗員が約三〇名ほどいた。トラック泊地入りと同時に、内火艇で彼らは元の母艦へともどされる。

関少佐の艦爆隊、直掩隊のうち第一中隊長有馬敬一、第三中隊長吉本一男両大尉をふくめ七機が瑞鶴に収容されていた。

有馬機の操縦員古田清人一飛曹は攻撃終了後、瑞鶴に収容されてのち「第四次攻撃隊に出発せよ。夜間攻撃だ」と命じられていた。航空総力戦の意図で、野元艦長が残存機すべてを投入し、討ちもらした〝残存米空母〟の撃滅をはかったのである。

古田一飛曹は（こんどこそ二度と還れまい）と覚悟を決めていた。真珠湾攻撃いらいインド洋、第二次ソロモン、南太平洋海戦第一次攻撃を奇跡的に生きのびてきて、最後の夜間攻撃で自分の命脈もつきたと思ったのだ。

「何しろ敵空母の弾幕は、目がくらむほどすさまじいものでしてね。操縦索がかろうじて動き、わが九九艦爆機も数十発の被弾がある。この機を応急修理して攻撃にむかうのですから、生還の途はなかったですよ」

夜間攻撃は味方偵察機が吊光弾を落として、その光芒を頼りに急降下爆撃をする。よほど両者の呼吸が合わなければ成功はおぼつかない至難のわざである。悲壮な覚悟で待機していたのだが、夜にはいって追撃中止となり、危うく命びろいしたものだ。

指揮官機の有馬敬一大尉も同様であったろう。幸い命令を取り消されて内火艇で翔鶴にもどると、まず眼にしたのは後甲板の爆弾命中による惨状である。

左舷前部の最下甲板にある士官私室は、舷側に穴があき、ふだんなら海水など入りこまない高い位置にあるのだが、転舵につぐ転舵で海水が侵入し天井まで水びたしになってしまっていた。

「衣類、書籍、煙草にいたるまで水びたし。夏の白い平服にネクタイの柄が染みついて使いものになりませんよ」

と偶然私室から顔を出した渡辺直寛軍医中尉が声をかけ、有馬大尉も半信半疑ながら自室のドアを開けて、あまりの惨状に仰天する始末であった。

村田少佐の艦攻隊員たちも、前日入港してきた隼鷹および瑞鶴に収容されていた一〇機分、二九名が翔鶴に帰ってきた。村田隊の列機、中井留一飛曹長の電信員中野利夫一飛曹が機上戦死し、遺体は水葬され、遺髪と爪が内地の遺族あてに遺されている。

第二中隊長鷲見五郎大尉の列機、徳留明一飛曹は収容された瑞鶴から母艦にもどってきた。村田、鷲見両隊長をふくめ未帰還三〇名。居住区にもどってくると顔なじみの搭乗員の姿がなく、〝村田一家〟ともいうべき旧一航戦のベテランの大半が還ってこなかった。艦攻分隊の溜まり場ともいうべき食卓用大机が空虚なままである。

――みんな死んでしまった。

とくに搭乗員全員から慕われていた村田重治少佐〝ブーツさん〟の談笑する仲間の輪が消えたことは無性なさびしさだった。

2

ブイン基地に不時着し、ラバウルを経由してトラック島に帰還してきた索敵機搭乗員石川鋭一飛曹は、機長偵察席の岩井健太郎大尉が艦橋に報告に行くのと分かれて、翔鶴の居住区に足を運んだ。

彼の気がかりは「敵空母見ユ」の発見電のあと第一次攻撃隊の雷爆同時攻撃を見守っていたが、一隻に魚雷命中停止し（注、空母ホーネット）、もう一隻は致命的な被害もなく（空母エンタープライズ）そのまま逃走をつづけていたので、わざわざ報告球を翔鶴甲板に落として再攻撃を要請した。この二隻目の敵空母の始末はどうなったのか、という事に関心があった。

居住区の一画で生還してきた電信員松田憲雄三飛曹に問いただしたが、帰途の航海中に艦攻隊、艦爆隊分かれて生存者たちが集められて戦果確認がおこなわれ、艦攻隊の戦果は、「新型空母一隻撃沈、大巡または艦型不詳一隻大破、駆逐艦一隻撃沈」というまっ当なものであり、これに艦爆隊、二航戦の戦果を加えると「米空母三隻撃沈確実」と華ばなしいものとなっていた。

空母ホーネットは別にして高速走行するエンタープライズの頑丈な艦体を見ているだけに、「本当に三隻も撃沈したのか」と石川一飛曹は疑念を抱いた。

それも道理であった。搭乗員待機室で戦闘機艦上指揮の指宿正信大尉が牧島カメラマンを相手に、「俺はどう見ても二隻撃沈としか考えられん」と公言していたからである。

「敵空母三隻撃沈というなら、三つの輪型陣があるはずだぞ。空母を取り巻く巡洋艦、駆逐艦が残っているはずだが、だれも三隻それぞれの輪型陣を見たものはいない。確実なのは二隻分だけだ」

石川一飛曹もなるほどと思い、司令部発表の戦果は誇大すぎると思ったが、口にできず黙ったままでいた。

翌三十一日正午には、第三艦隊合同の慰霊祭が取りおこなわれ、旗艦大和から山本長官以下司令部一行が瑞鶴を弔問に訪れた。翔鶴では、前日息を引き取った鳥羽二八特務大尉の遺体がトラック島内に運ばれ、茶毘《だび》に付されて遺骨となって艦内霊安所に帰ってきた。

これは後日の話になるが、翔鶴運用長福地周夫中佐の目撃談によると、同艦が横須賀軍港に帰港したさい、鳥羽大尉の中学校二年生の子息が海軍桟橋に駆けつけ、いつものように母艦の舷梯から降りてくる父の姿を一所懸命に捜し求める姿が目にはいった。父の戦死を知らず、一人ひとり乗員が下艦するのを桟橋の端で食い入るように見つめている少年の姿が哀れで、ついぞ声をかけそびれたという。少年の帰宅後、海軍省から戦死公報がとどいてどのような悲しい思いをするのかと、福地中佐は胸つぶれる思いであった。

渡辺軍医中尉の記録によると、翔鶴の戦死傷者は合計三五二名。うち艦内戦死者一四五名、搭乗員戦死者五三名、戦傷者一五四名である。瑞鶴の記録はないが、搭乗員戦死者は第一次、第二次攻撃隊あわせて五三名。

空母隼鷹からは高橋定大尉の二番機、鈴木敏夫一飛曹、藤岡寅夫二飛曹のペア、第三次攻撃隊の堀建二一飛曹、根岸正明二飛曹のペアが帰艦してきた。鈴木一飛曹は背中から右肩胛骨への一三ミリ機銃弾による貫通銃創で、根岸二飛曹は破傷風の悪化で、いずれも担架に乗せられて居住区の寝台に運びこまれた。

「高橋隊長の被弾の状況はどうだったか」

さっそく津田俊夫大尉が見舞いにきて隊長機の消息を知りたがったが、「グラマンに追われて何も見ておりません」と鈴木一飛曹が答えるのが精一杯であった。事実、一三ミリ機銃弾の嵐のなかで左右の列機に注目するゆとりなど、まるでなかったのである。

機動部隊と同じく近藤信竹中将の前進部隊もトラック泊地入りしたので、十一月一日午前九時三〇分、旗艦大和に各部隊指揮官、飛行長、飛行隊長らが集められ、山本長官からの訓示をうけた。すなわち、南雲中将をはじめ角田少将、近藤信竹中将および麾下の阿部弘毅、原忠一、木村進各少将、大森仙太郎、田中頼三各少将らである。

その後別室に移り、戦勝祝賀の乾杯の宴となった。前日に定例通りの将官昇進の内示があり、宇垣纒、阿部弘毅、角田覚治の三人が海軍中将に昇進した。幕僚たちが「おめでとうございます」と祝意をのべると、相変わらずの宇垣は〝鉄仮面〟ぶりで、「外面的にも内面的にもあまり問題とするにたらず」と無表情でいい、

星一つふえて変らぬ天の河

と自作の一句を披露して、「こんなもんだよ」とテレ隠しにいった。喜びを素直に表現できぬ天邪鬼なお人なのである。

乾盃後の歓談で、南雲中将―草鹿参謀長コンビの鼻息はなかなかに荒かった。とくに「ミッドウェーの仇を討った」と高言する草鹿参謀長は意気軒高で、「連合艦隊司令部の南下命令を無視して北上したため、米軍攻撃隊の猛攻をさけることができた」と強調し、「だいたい司令部がガ島奪回に消極的なのが、陸軍の総攻撃失敗を招いた」と大和司令部の作戦を非難する一幕もあった。ミッドウェー作戦後の〝青菜に塩〟の意気消沈ぶりからは想像できぬ強気の表情である。

宇垣のかたわらにいた作戦参謀三和義勇大佐は、二人の豹変《ひょうへん》ぶりを苦々しげにきいていた。すでに前日、第三艦隊長官―参謀長コンビの更迭が決定していたからである。

辞令は十一月二日付で、かねてから両者の交代を進言していた三和参謀はその日の日記に、こんな皮肉っぽい一文を残している。

「名将となる事の如何に難しきか。今将官に名将と思はるるべき寥々《りょうりょう》たるを思ふ」

午後から引きつづき、南太平洋作戦研究会がおこなわれ、各幕僚、飛行隊長以上が参加した。すでに空母翔鶴、同瑞鳳の内地帰投、修理が決まったが、あらためて同海戦での飛行機、搭乗員の消耗のはげしさが問題となり、瑞鶴の内地帰投、搭乗員の急速練成が肝要とされた。

すなわち、攻撃参加のべ一七三機のうち、自爆六九機、不時着水二三機だが、このうち旧一、二航戦のベテラン搭乗員の損耗が予想以上にはげしかった。このままでは機動部隊の作戦行動が成り立たず、空母瑞鶴も四月にトラック泊地出発、再建のため呉軍港をめざすことになった。

二日午後一〇時二〇分（日本時間）、連合艦隊電令作第三六九号が発せられ、瑞鶴の呉帰港が決まった。

「機動部隊中左ノ兵力ハ内地ニ回航急速整備訓練ヲ実施スベシ

第一航空戦隊、熊野、筑摩、第四駆逐隊、第十七駆逐隊、秋雲、冬月、第十六駆逐隊ニ小隊」

トラック泊地に残るのは前進部隊のみとなり、近藤長官麾下の重巡、戦艦部隊以外の航空母艦は隼鷹一隻となった。

3

旗艦大和での戦勝祝賀会をおえたあと、瑞鶴では上甲板格納庫で戦死者の告別式がおこなわれた。第三艦隊司令部が移乗してきたので、戦務整理に時間をとられていたからである。

三日午前十一時の予定で、野元艦長の指示をうけて光井副長が手空き乗員を総動員して斎場をしつらえる。

「故海軍大尉高橋定之霊」

を右先頭に、巨大な軍艦旗を背景に五三名の戦死者の名を記した白い垂れ幕がならび、飛行服姿の遺影が飾られている。瑞鶴は被弾しなかったので、戦死者のすべてが搭乗員である。慰霊の読経は、サンゴ海海戦時と同じく仏寺出身の工作長がつとめる予定だ。

その準備作業に艦内であわただしく人が往きかうなか、舷門に船員服姿の二人の男が姿をあらわした。副直将校が先頭の男が敬礼するのを見て、驚愕の声を発した。

「高橋大尉じゃありませんか！　ご無事だったんですか」

「おう、いま帰ったぞ」

艦爆隊の飛行隊長高橋定大尉と偵察員国分豊美飛曹長の二人が玄洋丸に救出されて、ようやくトラック泊地にたどりついたのである。副直将校が伝令を艦橋に走らせようとするのを制して、「おれが直接艦長にあいさつに行ってくる」と長い通路を歩いて艦橋にのぼって行った。国分飛曹長は第二士官次室へ。

「艦長、ただいま帰りました」

「高橋大尉か。よくぞ無事だったな。苦労したろう」

野元大佐は即座に被弾不時着水した高橋大尉機が長い漂流のはてに何らかの手段で救出さ

れたことを悟った。陽に焼けて頬のげっそりこけた隊長の容姿から、救出までのつらい経験を見ぬいたようだ。

「飛行隊長の君が生還してくれて、どれだけ心強いか。これで安心したぞ。しばらくは自室にもどって静養せい」

艦長は心から隊長の生還を喜んでいた。艦橋の大友航海長、航海士、当直将校の全員が満面の笑みで迎えてくれた。その温かい空気に満たされて、高橋大尉は目頭がうるむのをおぼえた。

隊長私室にもどると、艦爆隊搭乗員の戦死者の遺品が山積みになっていた。遺品整理は海軍生活の同期、同年兵の役割なので、整理をおえた遺品類は隊長室が仮置き場となっているらしい。むろん、高橋大尉の遺品分けもおこなわれている。

ぼう然と立ちつくしていると、話をききつけた津田俊夫大尉、米田信雄中尉らが駆けつけ、「隊長、ご無事だったんですか」「攻撃開始直前に姿を見失ったので、すっかりやられたもんだと思っていましたよ」と口々に無事生還を喜んでくれた。火を噴いた九九艦爆機から生還してくる例はほとんどなく、まるで奇跡だとわが事のように喜んでくれた。

一わたり事情を説明すると、格納庫内の斎場にむかった。

上部格納庫にはいって行くと、顔見知りの整備員が、「あ、高橋大尉！」とあっけに取られた表情で棒立ちになった。委細かまわず式台の前に立ち、戦死者の霊に手を合わせ、工作兵に命じて「故海軍大尉高橋定之霊」の垂れ幕と国分飛曹長の分を撤去させた。踵《きびす》を返して、士官室にむかう。

士官室では他科の科長連がつめかけていて、飛行隊長の生還を祝ってくれたが、今宿、石丸両分隊長の姿がなく、どこか胸の奥底にぽっかり穴があいた空白の虚無感を感じていた。

「隊長の愛用品を形見分けでもらいましたぜ。お返ししましょうか」

艦爆隊の次席指揮官米田中尉がいたずらっぽい眼つきで語った言葉が耳に残っている。愛用の腕時計やマニラ駐屯時代の飾りものの土産品など、すべて飛行科士官に分けられていたが、「いや、かまわん。貴様らに進呈する」と未練げなく答えた。

——いずれ彼らの遺品整理をせねばなるまい。

次期作戦では、また瑞鶴艦爆隊に大量の戦死者が出るにちがいない。米空母部隊の想像を絶する対空砲火の弾幕を突破して攻撃し、無事帰還することは皆無にひとしい。隊長としての自分が生還すれば、彼らの形見分けを自分の手でおこなわねばならない。いずれにしても、苛酷な運命は平等にやってくる。

いったん隊長私室にもどり、告別式に出席するために軍装をととのえながら、斎場にかかげられていた「岡本清人飛曹長之霊」と「勝見一一飛曹之霊」の二本の垂れ幕が眼に焼きついていて、もし彼らが不時着水し一緒に漂流していれば、二人とも生還できたろうにと愛惜の情がこみあげてきた。

——なぜ、死にいそいだのか?

南溟の海中深く愛機の九九艦爆とともに沈んで二度と還らぬ搭乗員両名の最期を偲び、高橋大尉の頬から涙が流れて落ちた。だれもがいない隊長室で、思わず声をあげて号泣した。

十一月四日午前六時三〇分、瑞鶴、重巡妙高は二隻の駆逐艦に護られてトラック泊地を発ち、母港の呉軍港をめざして帰国の途についた。南雲長官—草鹿参謀長のコンビ、高田首席参謀以下幕僚たちも一緒である。

三ヵ月ぶりの内地で、南太平洋海戦での勝利が確実とされるなか、いわば凱旋将軍のごとき軽やかな航海である。艦速二四ノット、北上するにつれ海が荒れ、朝夕の空気もひんやりと冷たくなった。南洋海上では暑くて防暑服姿であったが、内地が近づくにつれ寒くなり第一種軍装の冬服に着替えねばならなかった。

十一月九日、呉軍港に帰着。一航戦航空戦力の再建にあたることになった。十一日付で南雲中将は佐世保鎮守府長官に転任し、草鹿参謀長は横須賀航空隊司令として戦争の第一線からしりぞくことになった。

首席参謀高田利種大佐以下幕僚はそのまま司令部に残留することになったが、高田大佐はようやく重い肩の荷を下ろした気分になった。第三艦隊司令部は新司令官を迎えて二度目の機動部隊再建をめざすことになった。小沢治三郎少将——「海の巨人」である。

（了）

文庫本のためのあとがき

南太平洋海戦は日米双方が持てる力をすべて注ぎこみ、死力を尽くして戦ったという点で特筆されるべき戦闘にもかかわらず、海戦史のなかでほとんど顧みられたことはない。個人的回想や一局面を取り上げた記録は散見されるが、本格的な史的考察を加えられたことはない。

日本海軍にとっては、その四ヵ月前のミッドウェー海戦での予期せぬ大敗があまりにも衝撃的であったために、多くの戦史はこの段階で戦局の帰趨が決したと筆を措《お》くことが多かったのであろう。何しろ真珠湾攻撃の成功いらい、世界最強の機動部隊としてラバウル攻略からポートダーウィン、チラチャップ空襲、インド洋機動作戦など、破竹の勢いで海上を疾駆し、向かうところ敵なしの第一航空艦隊が、主力空母四隻を一挙に喪う惨敗を喫したのだから、史家の筆の勢いも止まらざるを得まい。

だが、真実はこの大敗によって当時世界一流を誇った空母部隊搭乗員が壊滅状態にあったわけでもなく、多くは他艦によって救出されて内地へ帰還することができた。機動部隊再建と同時に彼らは分散してふたたび第三艦隊空母搭乗員となり、南方最前線の日米空母戦闘に駆り出された。

一九四二年（昭和十七年）後半のガダルカナル島攻防戦が主舞台となり、第二次ソロモン海戦、南太平洋海戦と二度にわたって日米航空母艦戦がたたかわれた。その白眉《はくび》は同年十月の南太平洋海戦であり、〝ミッドウェーの仇〟を討ちたい南雲忠一中将と、前海戦で大勝した米海軍が連勝を托して送りこんだ猛将ハルゼー中将との、がっぷり四つに組んだ大勝負であった。

日本海軍は南雲忠一―草鹿龍之介参謀長のコンビを再任したが、主要幕僚として赤レンガ（海軍省）のカミソリと呼ばれた首席参謀と水雷戦のエキスパートと評される作戦参謀を起用した。強引な、あまりに攻撃的《アグレッシブ》すぎるハルゼーと緻密《ちみつ》な頭脳集団である日本側海軍参謀たちとの手に汗をにぎる攻防……。

日本艦隊の慎重な、虚々実々たる駆け引きと攻勢一本槍の米主将――結局、猛将ハルゼーは日本側の詭計《きけい》にまんまと引っかかってしまうのだが、逆に日本側は味方有利の情勢にもかかわらず、米空母周辺の護衛艦隊の強力な対空砲火の犠牲となり、おびただしい未帰還機を出している。

ただ、南雲機動部隊はいままで何度もくり返してきた過ち――攻撃の不徹底と兵力の出ししぶり——を挽回すべく、文字通り〝刀折れ矢つきる〟全力攻撃を断行した。米空母ホーネット、同エンタープライズをめぐる六度の執拗《しつよう》な連続雷爆撃がその証拠である。

米国側も敗北の事実を率直にみとめている。予期せぬ日本機の猛攻に一方的に敗れ、さすがに冷静な筆致で知られる米国海軍史家サミュエル・E・モリソンも、やや自虐的にこんな文章を記している。

「あり来たりの戦闘がおこなわれ、べつに真新しいことはあまり起こらなかった。直衛戦闘機の艦上指揮が悪かったという強い非難があり、各空母を輪型陣の中心において別々に行動させる戦闘方式について、ふたたび論議されることになり、これ以降、個別の単位で空母を出撃させる戦法は旧式戦術として採用されなくなった」

ハワイの太平洋艦隊司令部で司令長官ニミッツ大将は海戦での敗北を認め、「ガダルカナルの戦況は危機ではないが、絶望的だ」とのべた。米国本土では十月二十七日の米海軍記念日を期して、新聞ジャーナリズムがワシントンの海軍省につめかけたが、「米空母一隻喪失」との控え目な発表をうけて、さすがに辣腕《らつわん》な記者たちも鳴りをひそめた。

米サンフランシスコ放送のスポークス・マンW・ウィンターは、「米国海軍の創設いらい、この日ほど悲惨な海軍記念日をむかえたことはない」と、沈痛な声でマイクの前に立った。

だが一方で、日本軍の攻撃隊が直衛戦闘機群によってはばまれ、新鋭戦艦サウス・ダコタの四〇ミリ機関砲の集中砲火によっておびただしい日本機が海上に撃墜されたことは事実である。日本側は戦術的勝利をおさめたが、モリソン戦史は、「敵はトラックの隠れ家に帰らねばならなくなった」。一方のアメリカ側は「命中魚雷は少なく、また爆発してもまれだった。長距離索敵機はよくやっていたが、その情報は必要とする人びとにはとどかなかった」と指摘している。

戦局面でいえば、米空母ホーネットを撃沈した日本側は勝利したが、同時に真珠湾攻撃いらいの第一線級の搭乗員のほとんどを喪い、二度目の機動部隊再建を一からはじめなければならなくなった。

日本側は、サンゴ海海戦で米空母レキシントンを撃沈した代償としてポートモレスビー攻略作戦を断念したように、ホーネット撃沈の戦術的勝利の陰で陸軍丸山中将の第二師団のガ島飛行場奪回は不可能となった。日米攻防の局面ではこれ以降、南東方面における日本機動部隊の空母戦闘は幻と消えたのである。

本稿執筆にあたっては、当時第三艦隊首席参謀であった高田利種元大佐の全面的協力をえた。週に一度、約一ヵ月間にわたってのべ三〇時間におよぶロングインタビューが可能となった。中島親孝情報参謀、末国正雄戦務参謀にも一再ならず協力をえた。

高田利種元大佐は一九八七年（昭和六十二年）に病没したが、連合艦隊首席参謀、同参謀副長などを歴任し、レイテ作戦に参加。また日本海軍の終焉に立ち会った証人である。長時間取材が可能となったのはご本人の遺言のつもりであったのか、海軍での足跡について忌憚《きたん》なく語ってくれたことにある。思いがけない秘話が語られて、正史では読むことが出来ない数々のエピソードを耳にすることができた。

たとえば、こんな逸話である。

南太平洋海戦のあと、南雲長官、草鹿参謀長の交代人事が公表されたあと、高田参謀は草鹿参謀長から思わぬ叱声をあびることになった。海戦当日未明、煮えきらぬ長官―参謀長コンビの優柔不断にこらえきれず、

「よし、反転北上！」

と決断したことが、参謀長の権限を侵《おか》したというのである。

「いいか、参謀というものは参謀長の補佐役であって、あくまでも命令を下すのは参謀長の役割だ。これからも、首席参謀としてよく心得ておくように」

この「反転北上」の決断が南雲機動部隊の危機を救い、海戦勝利の主因となったことはたしかだが、草鹿少将は自分の面子《メンツ》をつぶされたと怒っているのである。

もう一つ、南雲中将にまつわる秘話を紹介しておこう。

長官、参謀長の交代人事について司令部の送別会がおこなわれた呉軍港の料亭で、宴なかばに南雲中将がこんな言葉をのべたのである。

「おい、高田君。ようやくわかったよ」

と高田大佐に声をかけた。「何でしょうか」と正面に坐ると、

「人に気がねしてあれやこれやを考えると、戦《いくさ》はできん。南北にバリカン運動してそのあげく連合艦隊司令部に盲従して南下に踏み切っていたら、どんな結末になったか。現場を知っているのはわれわれだから、自分の判断にしたがって決断するのがいちばんだ、と思い知ったよ」

艦橋で黙然と突っ立っているだけの南雲長官の思いがけない本音を耳にしたと、高田元大佐の強い印象となってこのやりとりが記憶に刻まれているのである。

さて、次巻はいよいよ山本長官が真珠湾攻撃の再来を夢見た母艦航空兵力の総力をあげての一大航空作戦『い』号作戦、長官戦死後の後継者古賀大将も同じ構想を抱いた『ろ』号作戦のラバウルを基地とした航空決戦の詳細を描く。

本稿について協力してくれた関係者は左記の通りである。その名を記して感謝の気持に代えたい。

高田利種、中島親孝、末国正雄、奥宮正武、佐薙毅、野元為輝、原田栄治、源田実、高橋定、鈴木敏夫、堀建二、古田清人、八重樫春造、金沢卓一、新郷英城、石川鋭、松田憲雄、秋山勘一、川上秀一、若杉雅清、山本治夫、小山益雄、榊原重雄、山崎敏夫、森定一、神庭久義、加藤戸一、小田勇夫、百合武一、岡田建三、大村孝二、塚本朋一郎、福地周夫、渡辺直寛、徳留明、稲葉喜佐三、西村肇、草鹿龍之介、小平好直、清水三代彦、片山徳三、武村正毅。

なお連載にあたっては竹川真一、単行本化には川岡篤両氏の力強い助力があった。あわせて感謝したい。

二〇一九年早春

森　史朗

単行本　平成二十六年十月「空母瑞鶴の南太平洋海戦」改題　潮書房光人社刊

参考文献

戦史・戦闘記録

戦史叢書（防衛庁防衛研修所戦史室著）朝雲新聞社

「ミッドウェー作戦」

「南東方面海軍作戦〈2〉」

「南太平洋陸軍作戦〈2〉」

「中部太平洋方面海軍作戦〈1〉」

「大本営海軍部・連合艦隊〈2〉」

「海軍航空概史」

「日本海軍航空史〈1〜4〉」日本海軍航空史編纂委員会編　時事通信社

回想録・戦史研究など

「戦藻録」宇垣纒　原書房

「空母瑞鶴から新興丸まで」宮尾直哉　近代文藝社

「飛翔雲」高橋定　私家版

「空母艦爆隊」山川新作　今日の話題社

「艦爆一代」小瀬本國雄　同

「空将新郷英城追想録」非売品

「機動部隊」奥宮正武・渕田美津雄共著　朝日ソノラマ

「連合艦隊作戦室」中島親孝　光人社

「海軍航空隊奮戦す」吉岡忠一　私家版

「ゼロ戦20番勝負」秦郁彦編　PHP文庫

「空母瑞鳳の生涯」桂理平　霞出版社

「栄光の駆逐艦秋雲」駆逐艦秋雲会　創造社

「空母翔鶴海戦記」福地周夫　出版協同

「南十字星は見ていた―翔鶴軍医官日記」渡辺直寛　私家版

「日本海軍戦闘機隊―付・エース列伝」秦郁彦監修・伊沢保穂編　酣燈社

「日本陸海軍の制度・組織・人事」日本近代史料研究会編　東京大学出版会

「陸海軍将官人事総覧」外山操編　芙蓉書房

「日本陸海軍将官辞典」福川秀樹　同

雑誌記事、その他

斎藤義雄、橋本廣、丹羽正行、田中一郎、関野英夫、渡辺喜代治各手記（雑誌『丸』別冊「ソロモンの死闘」所収）

「空母翔鶴艦爆隊の出撃」有馬敬一（『急降下爆撃

隊』所収） 今日の話題社
「翔鶴零戦隊南太平洋の凱歌」 宮嶋尚義（雑誌『丸』所収）
「わが海戦記」末国正雄（別冊『歴史と旅』所収）
「ミッドウェーの仇を討った日本機動部隊」中島親孝（同）
「決戦！勝機をつかむ」長井純隆（別冊『知性』太平洋戦争の全貌）
「回想有馬正文翔鶴艦長」丹羽正行（別冊『丸』）
「大型空母ホーネット強襲の雷撃機隊」萩原末二（雑誌『丸』所収）
「翔鶴艦攻隊南太平洋海戦記」松田憲雄（同）
「怒れる翔鶴艦戦隊傷だらけの凱歌」小町定（同）
「私は空母瑞鶴に不死身の神をみた」西村泰（同）
「殊勲の空母翔鶴魔の太平洋戦域を脱出せよ」秋山勘一（同）
　有馬正文日記　防衛庁戦史室蔵
　塚本朋一郎回想録
　小平好直手記
　原田栄治回想
　金沢卓一日記
　堀建二日記

外国文献
「太平洋戦争アメリカ海軍作戦史〈Ⅲ〉」サミュエル・E・モリソン（中野五郎訳）改造社
「第二次大戦」リデル・ハート（上村達雄訳）フジ出版社
「ニミッツの太平洋海戦史」E・B・ポッター（実松譲・冨永謙吾共訳）恒文社
「提督ニミッツ」E・B・ポッター（南郷洋一郎訳）フジ出版社
「キング元帥報告書」E・J・キング（山賀守治訳）国際特信社
「提督スプルーアンス」T・B・ブュエル（小城正訳）読売新聞社

米海軍戦史
"The Battle of The Coral Sea-Strategical and Tactical Analysis" by U.S. Naval War College.
"Action Reports" "War Diary" "Aviation History"
[U. S. S HORNET CV-8]
[U. S. S ENTERPRISE CV-6]
[U. S. S SARATOGA CV-3]

"Battle Experience : Solomon Islands 1942" by United States Fleet.

原書など

"History of United States Naval Operations in World War II-The Straggle for Guadalcanal" by Samuel Eliot Morrison : Little, Brawn & Company.

"CARRIER STRIKE-The Battle of the Santa Cruz Islands" by Eric Hammel ; Pacific Press

"THE SHIP THAT HELD THE LINE-The USS Hornet and the First Year of the Pacific War" by Lisle A. Rose; NAVAL INSTITUTE PRESS.

"GUADALCANAL" by Richard B. Frank ; A PENGUIN PRESS.

"Carrier Operations Vol II" by David Brown : IAN ALLAN

"The First Team-and the Guadalcanal Campaign" by John B. Landstrom : Naval Institute Press.

"Fire in the Sky-The Air War in the South Pacific" by Elic M.Bergerud : Westview.

"Carrier Warfare in the Pacific-An Oral History Collection" by E, T. Woodridge : Smithonian.

"US Carriers at War" by peter Kilduff : Ian Allen Ltd.

NF文庫

空母対空母

二〇一九年五月二十四日　第一刷発行

著　者　森　史朗

発行者　皆川豪志

発行所　株式会社　潮書房光人新社

〒100-8077　東京都千代田区大手町一-七-二

電話／〇三-六二八一-九八九一(代)

印刷・製本　凸版印刷株式会社

定価はカバーに表示してあります

乱丁・落丁のものはお取りかえ致します。本文は中性紙を使用

ISBN978-4-7698-3119-8　C0195

http://www.kojinsha.co.jp

NF文庫

刊行のことば

第二次世界大戦の戦火が熄《や》んで五〇年——その間、小社は夥しい数の戦争の記録を渉猟し、発掘し、常に公正なる立場を貫いて書誌とし、大方の絶讃を博して今日に及ぶが、その源は、散華された世代への熱き思い入れであり、同時に、その記録を誌して平和の礎とし、後世に伝えんとするにある。

小社の出版物は、戦記、伝記、文学、エッセイ、写真集、その他、すでに一、〇〇〇点を越え、加えて戦後五〇年になんなんとするを契機として、「光人社NF（ノンフィクション）文庫」を創刊して、読者諸賢の熱烈要望におこたえする次第である。人生のバイブルとして、心弱きときの活性の糧《かて》として、散華の世代からの感動の肉声に、あなたもぜひ、耳を傾けて下さい。